UN MARIAGE AMÉRICAIN

TAYARI JONES

UN MARIAGE AMÉRICAIN

Traduit de l'anglais (États-Unis)
par Karine Lalechère

PLON

Titre original
AN AMERICAN MARRIAGE

Ce livre est une œuvre de fiction. Tandis que, comme dans toute fiction, les perceptions et les idées littéraires sont fondées sur l'expérience, les noms, personnages, lieux et événements sont le fruit de l'imagination de l'auteur et sont purement fictionnels.

MIXTE
Papier issu de sources responsables
FSC® C003309

Pocket, une marque d'Univers Poche,
est un éditeur qui s'engage pour la préservation
de l'environnement et qui utilise du papier fabriqué
à partir de bois provenant de forêts gérées
de manière responsable.

ISBN : 978-2-266-30643-0
Dépôt légal : août 2020

À Alma Faye, la sœur de ma mère,
et à Maxine et Marcia, mes propres sœurs

« Ce qui vous arrive ne vous appartient pas, ne vous concerne qu'à moitié. Ce n'est pas à vous. Pas uniquement à vous. »

Claudine RANKINE

UN

La musique du pont

Roy

Il y a deux sortes de gens : ceux qui partent et ceux qui restent. Je suis un fier représentant de la première catégorie. Ma femme Celestial prétendait que, dans le fond, j'étais un gars de la campagne, mais je ne suis pas de cet avis. D'abord, je ne suis pas à proprement parler de la campagne. Eloe, en Louisiane, est une petite ville. Quand on entend campagne, on pense travail de la terre, balles de foin, traite des vaches. Je n'ai jamais ramassé de coton de ma vie, même si mon père ne pourrait pas en dire autant. Je ne me suis jamais approché d'un cheval, d'une chèvre ou d'un cochon, et ça ne me tente pas, merci. Ça faisait rire Celestial, qui précisait qu'elle n'insinuait pas que j'étais un paysan, simplement que j'avais grandi dans une région rurale. Si on suivait son raisonnement, on aurait pu dire qu'elle était elle aussi une fille de la campagne, vu qu'elle était née à Atlanta. Mais à l'écouter, elle était une « femme du Sud », à ne pas confondre avec une « belle du Sud ». Curieusement, « pêche de Géorgie[1] »

1. La belle du Sud (*Southern Belle*) est l'archétype de la demoiselle de bonne famille du sud des États-Unis d'avant la

lui convenait, et ça me convenait aussi, donc tout le monde était content.

Celestial se voit comme une personne cosmopolite et elle n'a pas tort. Pourtant, elle s'endort tous les soirs dans la maison où elle a grandi. Alors que moi, j'ai mis les voiles dès que j'ai pu, exactement soixante-douze heures après la cérémonie de remise des diplômes du lycée. Je serais parti avant, mais l'autocar ne s'arrêtait pas tous les jours à Eloe. Le temps que le facteur livre à ma mère le tube de carton contenant mon diplôme, j'étais déjà installé dans ma chambre universitaire à Atlanta. Je participais à un stage de prérentrée destiné aux boursiers qui étaient les premiers de leur famille à intégrer Morehouse College. Morehouse est une institution : l'une des plus anciennes facs afro-américaines du pays, exclusivement masculine. Nous étions invités à nous présenter deux mois et demi avant les étudiants parrainés par leur père ou leur grand-père, histoire de nous familiariser avec les lieux et de nous inculquer quelques principes de base. Imaginez vingt-trois jeunes Blacks qui regardent en boucle *School Daze* de Spike Lee et *Les Anges aux poings serrés* avec Sidney Poitier, ça vous donnera une idée du tableau. Ou ça ne vous dira rien. En tout cas, l'endoctrinement n'est pas toujours une mauvaise chose.

À chaque étape de ma scolarité, j'ai bénéficié des dispositifs d'aide aux enfants issus de milieux défavorisés : Head Start à cinq ans, puis Upward Bound au

---

guerre de Sécession. La *Georgia Peach* est une jolie fille, la pêche étant le symbole de l'État de Géorgie. (*Toutes les notes sont de la traductrice.*)

lycée. Si un jour j'ai des gosses, ils pourront pédaler joyeusement à travers la vie sans roues stabilisatrices, en attendant, rendons à César ce qui est à César.

C'est à Atlanta que j'ai appris les règles, et je les ai apprises vite. Personne n'a jamais eu l'occasion de me traiter de plouc. Malgré tout, quand on parle de chez soi, on ne pense pas à l'endroit où on a atterri. On pense à l'endroit d'où on a décollé. On ne choisit pas plus d'où on vient qu'on ne choisit sa famille. Au poker, on reçoit cinq cartes. Il y en a trois qu'on peut échanger et deux dont on ne peut pas se défaire : sa famille et sa terre natale.

Je ne suis pas en train de débiner Eloe. Il suffit de prendre un peu de recul pour constater que ça pourrait être pire. D'accord, c'est en Louisiane, pas vraiment une terre d'opportunités, mais c'est aussi aux États-Unis et, quitte à être noir et à galérer, autant que ce soit en Amérique. Sans compter que nous n'étions pas pauvres. Que ce soit bien clair. Mes parents travaillaient trop dur pour ça : mon père à Buck's Sporting Goods, un grand magasin de sport – plus des petits travaux de bricolage le soir –, et ma mère dans une de ces cantines typiques du Sud qui servent une viande et trois accompagnements différents. Prétendre que nous étions des va-nu-pieds ou des crève-la-faim serait leur faire injure. Nous étions correctement chaussés et nourris, merci d'en prendre bonne note.

Olive, Big Roy et moi habitions une solide maison de brique dans un quartier tranquille. J'avais ma chambre et même une salle de bains personnelle après que mon père eut construit l'extension. Quand mes souliers commençaient à me serrer, je n'avais pas à attendre pour qu'on m'en achète des neufs. Et, bien que j'aie bénéficié de bourses, mes parents ont payé leur part pour m'envoyer à la fac.

Malgré tout, il faut dire ce qui est. Si mon enfance était un sandwich, il n'y aurait pas de jambon qui dépasserait. Nous avions le nécessaire et rien de plus. « Ni rien de moins », aurait précisé ma mère, avant de me faire un de ses câlins à la pastille au citron.

À mon arrivée à Atlanta, j'avais toute ma vie devant moi : des rames et des rames de papier blanc. Ce n'est pas pour rien qu'on dit qu'un étudiant de Morehouse a toujours un stylo sur lui. Dix ans plus tard, tout semblait me sourire. Lorsqu'on me demandait d'où j'étais, je répondais : « A ! », si intime avec la ville que je l'appelais par son petit nom. Quand on m'interrogeait au sujet de ma famille, je parlais de Celestial.

Nous étions officiellement mariés depuis un an et demi, et nous étions heureux. En tout cas, je l'étais. Ce n'est peut-être pas la définition du bonheur pour tout le monde, mais nous étions un couple typique de la bourgeoisie noire d'Atlanta : le mari qui va se coucher avec son ordinateur portable, et l'épouse qui rêve de bijoux dans un coffret Tiffany. J'étais jeune, ambitieux et bien parti pour réussir. Celestial était une artiste, intense et ravissante. On ressemblait à Darius et Nina, les amoureux de *Love Jones*, en plus adultes. Que voulez-vous que je vous dise ? J'ai un faible pour les femmes incandescentes. Quand on est avec elles, on sait que c'est du sérieux, pas le style bonjour-bonsoir. Avant Celestial, je sortais avec une autre fille, un pur produit d'Atlanta, elle aussi. Une demoiselle parfaitement bien élevée qui avait fini par me menacer avec une arme à feu à un gala de bienfaisance d'une organisation afro-américaine. Je ne suis pas près de l'oublier. Un .22 argenté avec une crosse en nacre rose. Elle l'avait sorti de son sac sous la table, alors que nous attaquions nos steaks et notre gratin de pommes de terre. Soi-disant que je la trompais avec une femme de l'association des avocats. Comment expliquer ça ? J'avais peur et en même temps je n'avais pas peur. Il n'y a qu'une fille d'Atlanta pour faire un truc de racaille avec une telle classe. C'est la logique de l'amour, d'accord, mais j'hésitais entre la demander en mariage et appeler la police. Le lendemain matin, c'était fini entre nous, et laissez-moi vous dire que ce n'était pas de mon fait.

Après la fille au flingue, j'avais connu un passage à vide. À en croire les journaux, il y avait pénurie d'hommes noirs, malheureusement les femmes de mon entourage n'avaient pas l'air au courant. Chaque fois qu'une personne du beau sexe me tapait dans l'œil, il y avait déjà quelqu'un sur le coup.

Je ne suis pas contre la compétition, c'est plutôt sain, mais j'avais encore la fille au flingue dans la peau. Je m'étais résolu à passer quelques jours à Eloe pour prendre du recul et parler avec Big Roy. Mon père avait un côté vieux sage, le genre de type qui était là avant vous et qui serait toujours dans son fauteuil relax bien après votre départ.

« Qu'est-ce que tu veux faire d'une femme qui t'a collé un pétard sous le nez, mon garçon ? »

J'essayai de lui expliquer que, ce qui était remarquable, c'était le contraste entre l'aspect trash du pistolet et l'ambiance paillettes de la soirée. En plus :

« C'était pour rire, papa. »

Big Roy hocha la tête et aspira la mousse de sa bière.

« Si c'est comme ça qu'elle s'amuse, je ne tiens pas à savoir ce qu'elle fait quand elle est en colère. »

La voix d'Olive retentit dans la cuisine, s'adressant à mon père :

« Demande-lui avec qui elle est, maintenant. Parce qu'elle est avec quelqu'un. Elle est peut-être folle, mais elle n'est pas idiote. Aucune fille sensée ne laisserait tomber Little Roy sans avoir un autre gars sous le coude.

— Ta mère veut savoir avec qui elle est maintenant, répéta Big Roy, estimant manifestement que j'avais besoin d'un interprète.

— Un avocat. Pas un type à la Perry Mason. Le genre qui rédige des contrats. Un gratte-papier.

— Parce que toi, tu ne grattes pas de papier ?

— Aucun rapport. Je suis commercial et en plus c'est provisoire. La paperasse, ce n'est pas mon truc. C'est juste ce que je fais en ce moment.

— Je vois. »

S'adressant toujours à mon père, Olive intervint :

« Dis-lui qu'il se fait avoir par ces pimbêches à la peau claire. Dis-lui qu'il ne devrait pas oublier que nous avons des jeunes femmes très bien ici, à Allen Parish. Dis-lui de s'élever dans la société avec une de ses sœurs noires.

— Ta mère… »

Je coupai Big Roy :

« Je l'ai entendue et, jusqu'à nouvel ordre, personne n'a dit que cette fille avait la peau claire. »

Sauf qu'en l'occurrence c'était vrai. Olive avait du nez pour ces choses-là.

Elle sortit de la cuisine, s'essuyant les mains sur un torchon rayé.

« Ne te fâche pas. Je n'essaie pas de me mêler de tes affaires. »

Quand il s'agit de se trouver une femme, aucun homme ne peut totalement satisfaire sa mère. Mes amis me racontaient qu'ils recevaient des mises en garde : « Si elle a les cheveux lisses, ne l'amène pas à la maison. » *Ebony*, *Jet* et les autres magazines afro-américains répétaient à l'envi que les Noirs optaient pour le brassage conjugal dès qu'ils gagnaient trois sous. Pour ma part, je m'en étais toujours tenu à mes sœurs de couleur ; Olive était donc gonflée de chipoter sur la nuance du brun de sa peau.

Je pensais que Celestial trouverait grâce à ses yeux. Elles se ressemblaient tellement qu'elles auraient pu passer pour mère et fille. Elles avaient toutes les deux la fraîcheur de Thelma Evans du feuilleton *Good Times*, ma première idylle télévisée. Mais ça aurait été trop facile. Si Celestial avait le physique requis, elle n'était pas du même monde : une bourgeoise qui s'encanaillait. Big Roy, en revanche, était sous le charme : il l'aurait sans doute épousée si je ne l'avais pas fait. Ce qui ne risquait pas de la faire remonter dans l'estime d'Olive.

« Il n'y aurait qu'une chose pour que ta mère m'accepte, soupirait Celestial.

— Quoi ?

— Un bébé. Chaque fois que je la vois, elle m'inspecte de la tête aux pieds comme si je retenais ses petits-enfants en otage dans mon ventre.

— Tu exagères. »

En réalité, je connaissais ma mère et je savais que ma femme avait raison. Personnellement, au bout d'un an de mariage, j'étais prêt à perpétuer le nom familial, à créer une nouvelle génération, avec mise à jour du logiciel d'éducation.

Attention, je n'ai rien contre la manière dont nous avons été élevés, Celestial et moi, mais le monde change et il faut s'adapter. Notamment, il n'était pas question que je mentionne le coton. Mes parents parlaient toujours du coton, littéralement ou métaphoriquement. Les Blancs disent : « Si tu continues, tu finiras à l'usine », les Noirs, c'est : « Si tu continues, tu finiras dans un champ de coton. » Je n'allais pas rappeler à mes enfants que des gens étaient morts pour que je puisse vivre comme tout un chacun. Je ne voulais pas que Roy III se retrouve au cinéma devant *La Guerre des étoiles*, en train de penser que quelqu'un avait donné sa vie pour qu'il ait le droit d'être assis dans cette salle à bâfrer du pop-corn. Pas question. Ou alors pas souvent. Il faudrait trouver un juste milieu. De son côté, Celestial jurait qu'elle ne lui dirait jamais qu'il devait faire deux fois mieux que les Blancs pour obtenir deux fois moins. « Même si c'est vrai, pourquoi mettre des trucs pareils dans la tête d'un gamin de cinq ans ? »

À mes yeux, elle offrait l'équilibre parfait au féminin : du chic, mais pas le genre femme d'affaires guindée. Elle portait son pedigree comme le brillant d'une chaussure vernie. En plus, elle avait tout d'une artiste, la folie en moins. En d'autres termes, même s'il n'y avait pas de pistolet rose dans son sac à main, question intensité elle n'avait rien à envier à personne. Celestial ne se laissait pas dicter sa conduite et ça se voyait. Elle était grande, un mètre quatre-vingts sans talons, plus grande que son propre père. Je sais que la taille, c'est la loterie, pourtant, elle donnait l'impression d'avoir choisi cette altitude. Avec son épaisse chevelure indisciplinée, elle était un peu plus grande que moi. Avant même de découvrir qu'elle faisait des miracles avec du fil et une aiguille, on voyait bien qu'on avait affaire à un être hors du commun. Et en dépit de l'aveuglement de certains – par « certains », j'entends principalement Olive –, qui se refusaient à l'évidence, je ne doutais pas que toutes ces qualités feraient d'elle un jour une excellente mère.

J'avais presque envie de lui proposer d'appeler notre enfant – fille ou garçon – Avenir.

Si ça n'avait tenu qu'à moi, on aurait mis le bébé en route dès notre lune de miel. Imaginez un bungalow à fond de verre sur l'océan. Je ne savais même pas qu'un truc pareil existait, mais j'avais joué le type blasé quand elle m'avait montré la brochure, genre « Bien entendu, c'est sur la liste des choses que je veux faire au moins une fois avant de mourir ». On était donc là, à se délasser et à s'ébattre au-dessus de l'eau. Bali étant à vingt-trois heures de vol en première classe, notre mariage avait déjà plus de un jour. Je revoyais Celestial avançant d'un pas aérien vers l'autel, tellement apprêtée qu'on aurait dit une poupée à son image, ses cheveux rebelles rassemblés en un chignon de danseuse, le blush lui donnant des airs de jeune fille rougissante. Son père et elle gloussaient comme si c'était une simple répétition, et moi je me tenais là, sérieux comme un pape et trois cardinaux. Puis elle m'avait regardé et ses lèvres peintes en rose m'avaient envoyé un petit baiser. C'est à ce moment que j'avais percuté. Elle me signifiait que tout ça – les fillettes qui soulevaient sa traîne, ma jaquette, et même l'alliance dans ma poche –, c'était juste pour la galerie. Ce qui était réel, c'était la lumière qui dansait dans ses yeux et la pulsation de notre sang. Alors, j'avais souri moi aussi.

À Bali, il ne restait rien du chignon de ballerine ; vêtue seulement de paillettes pour le corps, elle exhibait une afro qui semblait sortie d'un numéro de *Jet* des années 1970.

« Faisons un bébé. »

Elle avait ri.

« C'est comme ça que tu veux me le demander ?

— Je suis sérieux.

— Pas encore, papa. Bientôt, promis. »

Le jour de notre premier anniversaire de mariage, j'écrivis sur une feuille : « Bientôt, genre maintenant ? »

Au dos, elle répondit : « Bientôt, genre hier. Je suis allée chez le médecin et tous les signaux sont au vert. »

Ce fut un autre bout de papier qui mit le feu aux poudres, ce soir-là : une carte de visite. Nous avions mangé au Beautiful Restaurant, un établissement mi-*diner*, mi-cafétéria qui se trouvait dans Cascade Road. Rien d'extraordinaire, mais c'était là que je l'avais demandée en mariage un an plus tôt. Elle avait répondu : « Oui, à condition que tu ranges cette bague. Je ne tiens pas à me faire braquer ! » Nous y étions donc retournés pour célébrer notre anniversaire. Après nous être régalés de plat de côtes braisé, avec du gratin de macaronis et du maïs, nous étions rentrés prendre le dessert à la maison : deux parts de gâteau de mariage qui attendaient dans le congélateur depuis trois cent soixante-cinq jours, histoire de voir si on franchirait le cap de la première année. Et bêtement, alors que tout allait bien, j'ouvris mon portefeuille pour lui montrer une photo d'elle que je gardais là. Quand je la retirai, ma carte de visite s'échappa et atterrit mollement à côté des assiettes de gâteau à l'amaretto. Au dos, à l'encre violette, un prénom de femme et un numéro de téléphone. C'était mal engagé pour moi et ça ne s'arrangea pas lorsqu'elle remarqua trois autres chiffres, qui, en déduisit-elle, correspondaient à une chambre d'hôtel.

« Je peux t'expliquer. »

La vérité, c'était que j'avais un faible pour le beau sexe. J'aimais flirter, mais c'était surtout pour le frisson. Parfois, je prenais un numéro de téléphone, comme si j'étais encore étudiant, même si dans 99,97 % des cas ça n'allait pas plus loin. Ça me rassurait de savoir que je n'avais pas perdu la main. Il n'y a pas de mal à ça, n'est-ce pas ?

« Je t'écoute.

— Elle l'a glissée dans ma poche.

— Ah oui ? Et comment est-ce qu'elle a réussi à te donner ta propre carte de visite ? »

La colère de Celestial alluma en moi une étincelle de désir : c'était le déclic de la gazinière avant que la flamme ne prenne.

« Elle m'a demandé ma carte. Je ne l'ai pas vue venir. »

Elle se leva, ramassa les assiettes à dessert et jeta le gâteau, avec la vaisselle de mariage en prime. Elle revint à la table et vida sa flûte de champagne rosé cul sec comme un shot de tequila. Puis elle me prit la mienne des mains et la descendit avant d'envoyer les deux verres à long pied rejoindre le reste à la poubelle. Ils se brisèrent avec un tintement de cloche.

« Tu te fous vraiment de la gueule du monde.

— Où est-ce que je suis, maintenant ? Ici, avec toi. Chez nous. Je pose ma tête sur ton oreiller tous les soirs.

— Le jour de notre anniversaire de mariage. »

Sa colère se diluait en tristesse, à présent. Elle se rassit.

« À quoi bon se marier, si c'est pour être infidèle ? »

Je m'abstins de lui faire remarquer qu'il n'y avait pas besoin d'être marié pour être infidèle. Je lui dis simplement la vérité :

« Je n'ai même pas appelé cette fille. »

Je m'assis à côté d'elle.

« Je t'aime, ajoutai-je comme si c'était une formule magique. Joyeux anniversaire. »

Elle se laissa embrasser, ce qui était bon signe. Ses lèvres avaient le goût du champagne rosé. Nous étions nus quand elle me mordit sauvagement l'oreille.

« Quel baratineur tu fais ! »

Elle tendit le bras vers ma table de chevet et en sortit une capote dans son emballage d'aluminium brillant.

« Allez, on se couvre. »

Je suis conscient que certains diraient que notre mariage battait de l'aile. Les gens adorent parler de ce qu'ils ne connaissent pas ; ils n'ont pas idée de ce qui se passe derrière les portes fermées, sous les draps, entre le soir et le matin. Mais moi qui étais aux premières loges, qui étais même partie prenante, je sais ce qu'il en est. Si je pouvais lui faire péter les plombs avec une carte de visite et si elle pouvait me rendre dingue avec un morceau de latex, ce n'était pas anodin.

Oui, nous avions beau être installés, nous étions encore jeunes et amoureux. Au bout d'un an, la flamme était toujours bleu incandescent.

La vérité, c'est que ce n'est pas évident d'être un couple 2.0. Vous vous souvenez de *Campus Show*, cette série sur une fac noire en Virginie ? Eh bien, sur le papier, c'était nous, dix ans après : *Campus Show – Que sont-ils devenus ?* Whitley et Dwayne à l'âge adulte. Sauf que Hollywood n'a jamais imaginé personne comme nous. Elle avait du talent ; j'étais son manager et sa muse. Je ne suis pas en train de dire que je me prélassais toute la journée en tenue d'Adam pour qu'elle puisse me dessiner. Non, je vivais ma vie et elle observait. À l'époque de nos fiançailles, elle avait réalisé une sculpture de verre qui avait remporté un prix. De loin, c'était une grosse bille tornade. De près, selon l'angle, on distinguait les lignes de mon profil dans les volutes. Lorsqu'on lui en avait offert cinq mille dollars, elle avait refusé de s'en séparer. Je m'excuse, mais ce n'est pas le signe d'un mariage qui bat de l'aile.

Ce qu'elle faisait, elle le faisait pour moi, et inversement. Autrefois, en Louisiane, quand on travaillait afin que sa femme puisse rester à la maison, on disait qu'on « l'asseyait ». C'était le but de Big Roy avec Olive, même si ça n'a jamais vraiment été possible. En son hommage, et peut-être pour moi aussi, je travaillais toute la journée de manière que Celestial puisse créer des poupées de chiffon, sa technique de prédilection. Pour ma part, je préférais ses sculptures de verre et ses dessins au trait délicat, cependant, les poupées s'adressaient à un plus large public. J'imaginais une collection distribuée à grande échelle. On pouvait les exposer sur une étagère ou les écrabouiller contre son cœur. Il y aurait toujours des modèles de luxe sur commande et des œuvres d'art. Ces dernières pouvaient facilement atteindre dix mille dollars. Mais ce serait grâce aux poupées de tous les jours qu'elle se ferait un nom, lui répétais-je. Et voyez, je ne m'étais pas trompé.

Je sais que de l'eau a coulé sous les ponts, et pas qu'un ruisseau. Mais par souci d'équité, je me dois de tout raconter. Nous étions mariés depuis un an et des poussières, et c'était une bonne année. Celestial elle-même en conviendrait.

Une météorite s'écrasa sur nos vies le premier week-end de septembre. Nous devions aller voir mes parents à l'occasion de la fête du Travail et nous avions décidé de prendre la voiture, parce que j'aimais rouler. J'associais l'avion au boulot. À l'époque, j'étais commercial pour un éditeur scolaire, des manuels de mathématiques, ce qui était un comble, car, sorti des tables de multiplication, je n'avais pas beaucoup d'affinités avec les chiffres. En revanche, la vente, ça me connaissait. La semaine précédente, j'avais conclu un joli contrat avec mon ancienne fac, et j'étais dans la course pour en signer un second avec l'université Georgia State. Ça ne faisait pas de moi le roi du pétrole, mais ça me vaudrait une coquette prime qui me permettrait d'envisager l'achat d'une nouvelle maison. Il n'y avait rien à redire à la nôtre – un solide pavillon de plain-pied dans une rue tranquille –, hormis le fait que c'était là que Celestial avait grandi, un cadeau de mariage de ses parents, une donation à leur fille unique et à personne d'autre. C'était une manière de nous mettre le pied à l'étrier, à l'américaine, un truc de Blancs, plutôt. Quoi qu'il en soit, j'avais envie d'accrocher mon chapeau à une patère portant mon nom.

Alors que nous filions sur l'I-10 en direction d'Eloe, j'avais ces questions à l'esprit, mais elles ne me tracassaient pas. Ma femme et moi nous étions réconciliés depuis notre querelle d'anniversaire et nous avions repris nos marques. Du hip-hop *old school* s'échappait de l'autoradio de la Honda Accord, une voiture familiale avec deux places vides à l'arrière.

Six heures plus tard, je mettais le clignotant alors que nous atteignions la sortie 163. Au moment où je rejoignis la double voie, je sentis Celestial se tendre à côté de moi. Les épaules un peu trop hautes, elle mâchonnait la pointe de ses cheveux. Je baissai le son du meilleur album de hip-hop de tous les temps.

« Qu'est-ce qu'il y a ?

— Je suis nerveuse, c'est tout.

— Pourquoi ?

— Ça ne t'arrive jamais d'avoir le sentiment que tu as oublié d'éteindre le four ou autre chose ?

— Appelle ton pote Andre pour vérifier. »

Elle tira sur sa ceinture de sécurité comme si le frottement l'irritait.

« Ça me fait toujours ça quand on va chez tes parents. Je suis dans mes petits souliers.

— Avec mes parents ? »

Olive et Big Roy sont les gens les plus simples du monde. En revanche, sa famille à elle, c'était une autre histoire. Son père était un genre d'inventeur génial, un bonhomme haut comme trois pommes, qui affichait une coupe afro à la Frederick Douglass avec la raie sur le côté. Sa mère travaillait dans l'enseignement, pas prof ni proviseur, mais directrice adjointe de tout le système scolaire de l'État. Pour couronner le tout, le père de Celestial avait touché le jackpot dix ou douze ans plus tôt, grâce au brevet d'une formule qui empêchait la pulpe de se séparer trop vite du jus d'orange. Il avait vendu le bébé à Minute Maid et, depuis, ils barbotaient tout nus dans une baignoire remplie de billets verts. Eux, ils étaient vraiment intimidants. À côté, Olive et Big Roy, c'était de la petite bière.

« Tu sais que mes parents t'aiment.

— C'est *toi* qu'ils aiment.

— Et moi je t'aime, donc ils t'aiment. C'est aussi simple que ça. »

Celestial contemplait les pins malingres qui défilaient de l'autre côté de la vitre.

« J'ai un mauvais pressentiment, Roy. Rentrons à la maison. »

Ma femme était portée sur l'exagération. Malgré tout, je sentais dans sa voix quelque chose qui ressemblait étrangement à de la peur.

« Qu'est-ce que c'est que cette histoire ?

— Je n'en sais rien. Rentrons, s'il te plaît.

— Et je suis censé raconter quoi à ma mère ? Tu te doutes bien qu'elle a mis les petits plats dans les grands.

— Rejette la responsabilité sur moi. Dis que tout est ma faute. »

Avec le recul, ça me fait penser à un film d'horreur, quand on se demande pourquoi les personnages s'entêtent à ignorer tous les avertissements. Si une voix spectrale te lance : TIRE-TOI, tu te tires. Sauf que, dans la vraie vie, on ne sait pas qu'on est dans un film d'horreur. On se dit que sa femme est un peu émotive. On espère en secret que c'est parce qu'elle est enceinte, vu que, un bébé, c'est ce qui nous liera à perpétuité.

Olive nous attendait sous le porche. Ma mère avait un faible pour les perruques et, ce jour-là, elle arborait des boucles couleur pêches en conserve. Je me garai presque contre le pare-chocs de la Chrysler de mon père, mis le levier de vitesses en mode parking, ouvris grand la portière et grimpai les marches quatre à quatre pour étreindre ma maman. Elle n'était pas plus épaisse qu'un fétu de paille, et j'arquai le dos pour la soulever de terre. Elle eut un rire musical de xylophone.

« Little Roy, tu es là. »

Après l'avoir reposée, je tournai la tête. J'étais seul. Je dévalai l'escalier dans l'autre sens et j'ouvris la portière. Celestial tendit le bras. J'entendais presque ma mère lever les yeux au ciel derrière moi, tandis que j'aidais ma femme à descendre de voiture.

« C'est juste un moment difficile à passer », dit Big Roy.

Nous dégustions un petit verre de cognac dans le salon, tandis qu'Olive s'affairait en cuisine et que Celestial se refaisait une beauté.

« J'ai eu de la chance. Quand j'ai rencontré ta maman, nous étions tous les deux seuls. Mes parents étaient morts, quant aux siens, ils vivaient au fin fond de l'Oklahoma et avaient fait une croix sur leur fille.

— Elles apprendront à s'apprécier. Celestial a besoin d'un peu de temps pour s'habituer aux gens.

— Ta mère n'est pas exactement le tact incarné. »

Là-dessus, nous trinquâmes aux femmes difficiles dont nous étions fous amoureux.

« Ça ira mieux quand on aura un enfant.

— Pas faux. Un bébé peut dompter un fauve.

— Qui est-ce que tu traites de fauve ? »

Surgissant de la cuisine, ma mère se percha sur les genoux de Big Roy comme une adolescente.

Celestial apparut à l'autre porte, fraîche et adorable, enveloppée d'un nuage de mandarine. J'étais dans le fauteuil et mes parents roucoulaient sur le canapé, si bien qu'elle n'avait nulle part où s'asseoir. Je tapotai mon genou. Vaillamment, elle y posa ses fesses. La scène devait évoquer un double rendez-vous galant un peu coincé aux alentours de 1952.

Ma mère se redressa.

« Celestial, il paraît que tu es célèbre.

— Pardon ? »

Elle tenta de se lever, mais je la tenais fermement.

« Le magazine. Pourquoi est-ce que tu ne nous as pas dit qu'on parlait de toi dans le monde ?

— Oh, c'est juste le bulletin des anciens élèves, balbutia Celestial, soudain intimidée.

— C'est un magazine », affirma Olive.

Elle prit la publication de papier glacé sous la table basse et l'ouvrit à une page cornée où figurait ma femme, avec une poupée de chiffon ressemblant à Joséphine Baker dans les bras. « Artistes à suivre », lisait-on en caractères gras.

« C'est moi qui le leur ai envoyé, avouai-je. Je suis fier de toi.

— Est-ce que c'est vrai que les gens paient cinq mille dollars pour tes poupées ? demanda Olive, les lèvres en cul de poule et les yeux plissés.

— Pas en règle générale.

— Tout à fait, l'interrompis-je. Je suis son manager. Tu crois que je laisserais ma femme se faire rouler ?

— Cinq mille dollars pour une poupée de chiffon ? répéta Olive, s'éventant avec le magazine, qui faisait voleter ses boucles pêche. Eh ben. J'imagine que c'est pour ça que le bon Dieu a créé les Blancs… »

Big Roy gloussa, tandis que Celestial s'agitait comme un scarabée sur le dos pour se dégager de mon étreinte.

« La photo ne lui rend pas justice, protesta-t-elle d'une voix de petite fille. Le bandeau est composé de perles cousues à la main et…

— Avec cinq mille dollars, on peut acheter beaucoup de perles. »

Celestial me regarda et j'intervins pour rétablir la paix :

« Maman, critique le jeu si tu veux, mais ne t'en prends pas à ceux qui essaient de jouer. »

Quand on a une femme, on comprend tout de suite qu'on a mis les pieds dans le plat. Dans ces cas-là, par je ne sais quel tour de passe-passe, elle se débrouille pour bousculer les ions dans l'atmosphère, laquelle devient soudain irrespirable.

« Ce n'est pas un jeu, répliqua Celestial. C'est de l'art. »

Ses yeux se posèrent sur les œuvres d'inspiration africaine aux murs du salon.

« Vraiment de l'art, je veux dire.

— Peut-être que si on pouvait en voir une en vrai ? suggéra diplomatiquement Big Roy.

— Il y en a une dans la voiture, lançai-je. Je vais la chercher. »

Emmaillotée dans une couverture douce, la poupée avait l'air d'un véritable bébé. C'était une des bizarreries de Celestial. Pour une femme qui considérait la maternité avec, disons, une certaine appréhension, elle se montrait très protectrice dès qu'il s'agissait de ses créatures de chiffon. Je lui répétais qu'elle devrait changer d'attitude lorsque nous ouvririons notre magasin. Les _poupées_*[1], ainsi que nous les appelions, seraient vendues pour une fraction du prix de celle que j'avais entre les mains. Elles devraient être cousues rapidement et, à un moment ou un autre, il faudrait envisager une production industrielle. Fini, les plaids en cachemire. Là, je l'avais laissée faire, car il s'agissait d'une commande du maire d'Atlanta pour sa directrice de cabinet qui devait accoucher en novembre.

Lorsque j'écartai la couverture afin de la montrer à ma mère, elle inspira bruyamment. J'adressai un clin d'œil à Celestial et elle eut la bonté de remettre les ions en place pour me permettre de respirer à nouveau.

« Mais c'est toi ! s'écria Olive en me prenant la poupée des mains, attentive à soutenir sa tête fragile.

— J'ai travaillé d'après une photo de lui bébé, souffla Celestial. Roy est mon inspiration.

— C'est pour ça qu'elle m'a épousé, plaisantai-je.

---

1. Tous les mots en italique signalés par un astérisque sont en français dans le texte.

— Ce n'est pas la seule raison. »

Ma mère se taisait, signe certain d'un moment de grâce. Elle avait les yeux fixés sur le petit paquet dans ses bras et mon père s'était approché pour regarder par-dessus son épaule.

« Je me suis servie de cristal autrichien pour les cheveux, reprit Celestial, s'animant. Tournez-le vers la lumière. »

Ma mère s'exécuta. Les perles noires scintillaient à la lueur de nos modestes ampoules.

« On dirait un halo, murmura-t-elle. C'est comme ça, quand on a un bébé. On a son petit ange à soi. »

Olive regagna le canapé pour étendre le bout de chou sur un coussin. C'était un peu surréaliste, parce qu'il me ressemblait vraiment, ou du moins à moi bébé. J'avais l'impression de me regarder dans un miroir enchanté. Et quand je me tournais vers Olive, je la voyais à seize ans, beaucoup trop jeune pour être maman et aussi tendre que le printemps.

« Est-ce que je peux l'acheter ?

— Non, répondis-je, la poitrine gonflée de fierté. C'est une commande. Dix mille dollars. Et ce grâce au concours de votre serviteur.

— Oh ! pardon, dit-elle en rabattant la couverture comme un linceul. De toute manière, qu'est-ce que je ferais d'une poupée ? Je suis une vieille dame.

— Je vous l'offre », annonça Celestial.

Je la dévisageai, genre « Qu'est-ce que tu racontes ? » – mon expression Gary Coleman dans *Arnold et Willy*, selon elle. Le contrat spécifiait livrée avant la fin du mois. La date limite était plus que ferme, le tout écrit à l'encre noire et signé en trois exemplaires devant témoin. Pas de clause concernant l'heure africaine.

« Je peux en fabriquer une autre, assura ma femme sans me regarder.
— Non, je ne veux pas causer de problème, rétorqua Olive. C'est juste que c'est le portrait craché de Little Roy. »

Je tendis le bras pour récupérer la poupée, mais ma mère ne semblait pas disposée à la lâcher et Celestial ne me facilitait pas la tâche. Elle était incapable de dire non à quelqu'un qui aimait son travail. Ce serait encore un détail à régler si on voulait gagner de l'argent un jour.

« Gardez-la. Je peux en faire une autre pour le maire », insista ma femme, comme si elle ne venait pas de passer trois mois sur ce modèle.

À présent, c'était au tour d'Olive de faire valser les ions.

« Oh ! si c'est pour le maire, surtout pas. Vite, remets-la dans la voiture avant qu'elle se salisse, me dit-elle en me la rendant. Je ne voudrais pas recevoir une facture de dix mille dollars.
— Maman.
— Olive, renchérit Big Roy.
— Madame Hamilton, ajouta Celestial.
— Passons à table. J'espère que les patates douces caramélisées et le chou vert ne sont pas devenus trop grossiers pour votre palais raffiné. »

Si le dîner ne se déroula pas dans un silence total, ce fut le degré zéro de la conversation. Dans sa colère, Olive avait raté le thé glacé. Candidement, j'en pris une longue gorgée. Je faillis la recracher aussitôt, la bouche brûlée par le sel. Quelques instants plus tard, mon diplôme de fin d'études secondaires tombait du mur et une étoile se dessinait sur le verre. Des présages ? Peut-être. Mais j'étais trop soucieux pour me demander si le ciel m'envoyait un message. Je me sentais tiraillé entre ces deux femmes que je chérissais par-dessus tout. Ce n'est pas que je sois incapable de gérer les situations délicates. Aucun homme n'ignore ce que c'est que de devoir répartir son affection. Dans ce cas, cependant, j'étais divisé en deux exactement au milieu. Olive m'avait mis au monde et avait fait de moi celui que j'étais. Celestial était le début du reste de ma vie, la porte étincelante qui conduisait au niveau supérieur.

En dessert, il y avait du gâteau aux noix de pécan et à la cannelle, mon préféré, mais les histoires autour de cette poupée à dix mille dollars m'avaient coupé l'appétit. Je me forçai néanmoins à me resservir, car tout le monde sait que le meilleur moyen d'envenimer la situation avec une femme du Sud, c'est de refuser sa nourriture. Je dévorai donc le contenu de mon assiette comme un réfugié et Celestial m'imita, même si nous avions tous deux juré de bannir le sucre raffiné.

« On va chercher vos bagages ? demanda Big Roy une fois la table débarrassée.

— Non, j'ai pris une chambre au Piney Woods, dis-je d'une voix faussement détachée.

— Tu préfères aller dormir dans ce bouge alors que tu as un lit qui t'attend ici, chez toi ? s'écria Olive.

— Je veux emmener Celestial à l'endroit où tout a commencé.

— Tu n'as pas besoin de passer la nuit là-bas pour ça. »

En fait, si. C'était une histoire qui devait être racontée à l'écart des propensions révisionnistes de mes parents. Au bout d'un an de mariage, elle méritait de savoir qui elle avait épousé.

« C'est ton idée ? demanda ma mère à ma femme.

— Non. Je serais ravie de rester ici.

— C'est moi », insistai-je.

En réalité, Celestial était soulagée d'aller à l'hôtel. Elle se sentait toujours mal à l'aise quand nous passions la nuit chez mes parents ou les siens, même après avoir convolé en justes noces. Lors de notre dernier séjour à Eloe, elle avait sorti une chemise de nuit style *La Petite Maison dans la prairie*, elle qui en général dormait dans le plus simple appareil.

« Mais j'ai fait le lit », protesta Olive.

Les deux femmes échangèrent un regard tel qu'il n'en passe jamais entre deux hommes. Pendant un instant, il n'y eut plus qu'elles, face à face.

« Roy ? fit Celestial, étrangement effrayée. Qu'est-ce que tu en penses ?

— On sera là demain matin, maman, répondis-je en l'embrassant. Scones et miel au petit déjeuner. »

Combien de temps nous fallut-il pour quitter la maison maternelle ? C'est peut-être une reconstruction de la mémoire mais, à part moi, tout le monde semblait avoir des pierres dans les poches. Alors que nous franchissions la porte, mon père se résolut enfin à rendre à ma femme le bébé de chiffon dans son linceul. Il le portait maladroitement, ne sachant trop s'il devait le traiter comme un objet ou un être vivant.

« Laisse-le respirer un peu », déclara ma mère, écartant la couverture.

Le soleil couchant orange alluma le halo.

« Vous pouvez le garder, sérieusement.

— Celui-ci est pour le maire. Tu m'en feras un autre.

— Ou mieux encore, un vrai poupon », renchérit Big Roy, dessinant dans l'air un ventre rond avec ses grandes paluches.

Son rire dissipa le sortilège qui nous engluait et nous pûmes enfin partir.

Aussitôt dans la voiture, Celestial se détendit. Le temps de rejoindre la voie rapide, ce qui assombrissait son humeur, inquiétude ou envoûtement, avait disparu. La tête entre les genoux, elle dénoua ses tresses mexicaines et fit gonfler ses cheveux. Lorsqu'elle se releva, elle était redevenue elle-même, crinière en bataille et sourire espiègle.

« C'était trop bizarre.

— Tu m'étonnes. Je n'ai pas compris ce qui s'est passé.

— Les bébés, dit-elle. Je crois que le désir d'avoir des petits-enfants fait perdre la boule à tous les parents, même les plus équilibrés.

— Les tiens ne sont pas comme ça, rétorquai-je, pensant au flegme des Davenport.

— Oh, que si ! C'est juste qu'ils se retiennent devant toi. Mais ils auraient tous besoin d'aller voir un psy.

— On essaie d'avoir un bébé. Qu'est-ce que ça peut faire, s'ils en veulent eux aussi ? Ce n'est pas bien d'avoir quelque chose en commun ? »

Avant l'hôtel, je me garai au bord de la route, à l'entrée d'un pont suspendu, disproportionné par rapport à ce que les cartes appelaient l'Aldridge River, et qui n'était en réalité qu'un gros ruisseau.

« Qu'est-ce que tu as aux pieds ?

— Des semelles compensées, répondit-elle en fronçant les sourcils.

— Tu peux marcher avec ? »

Elle n'avait pas l'air très à l'aise dans ses sandales, une construction élaborée de ruban à pois et de liège.

« Comment est-ce que tu voulais que j'impressionne ta mère sans talons ?

— Ne t'inquiète pas, c'est tout près, lui assurai-je en me laissant glisser au bas d'un talus mou, tandis qu'elle me suivait à petits pas. Accroche-toi à mon cou. »

Je la pris dans mes bras comme une jeune mariée et la portai ainsi jusqu'à la rivière. Le visage pressé contre ma poitrine, elle soupira. Je ne me serais pas risqué à le dire à voix haute, mais ça me plaisait d'être plus fort qu'elle, de pouvoir littéralement la soulever de terre. Jamais elle ne l'aurait avoué non plus, néanmoins, je savais qu'elle aimait ça aussi. Arrivé à destination, je la déposai sur la berge meuble.

« Tu deviens lourde, ma belle. Tu es sûre que tu n'es pas enceinte ?

— Ah, ah, très drôle, répondit-elle en levant la tête. C'est un bien gros pont pour un si petit cours d'eau. »

Je me laissai tomber par terre, m'adossant à l'un des poteaux de métal, comme si c'était le grand hickory devant chez nous. J'écartai les jambes et indiquai l'espace entre mes cuisses. Elle s'y assit. Je croisai les bras autour de sa poitrine et posai le menton à la naissance de son épaule. Le ruisseau devant nous était cristallin ; l'eau rebondissait sur les rochers lisses et le crépuscule ourlait les vaguelettes d'argent. Ma femme sentait la lavande et le gâteau à la noix de coco.

« Avant la construction du barrage, quand la rivière était plus haute, mon père et moi venions ici le samedi, avec nos cannes à pêche et nos appâts. D'une certaine manière, c'est ça, la paternité : des sandwichs à la mortadelle et du soda au raisin. »

Elle laissa échapper un petit rire, ne sachant trop où je voulais en venir. Au-dessus de nous, un véhicule passa sur la grille de métal et le vent s'engouffrant dans les trous joua quelques notes, comme quand on souffle doucement dans le goulot d'une bouteille.

« Quand il y a beaucoup de circulation, c'est presque une chanson. »

Nous restâmes là un moment, à écouter la musique du pont. Notre mariage était heureux. Ce n'est pas seulement une reconstruction de la mémoire.

« Georgia, dis-je enfin, utilisant son surnom. Ma famille est plus compliquée que tu ne le penses. Ma mère… »

Je ne parvins pas à terminer ma phrase.

« Ce n'est rien. Je ne suis pas fâchée. Elle t'aime, c'est tout. »

Elle se retourna vers moi et nous nous embrassâmes avec une fougue adolescente. C'était merveilleux de se sentir adulte et jeune en même temps. D'être marié sans être rangé. D'être attaché et libre.

Ma mère exagérait. Le Piney Woods valait bien un motel correct, une étoile et demie, si on était objectif. Et c'était le seul hôtel de la ville, ce qui méritait une étoile supplémentaire. Dans une autre vie, j'avais amené une fille ici, après le bal du lycée, bien décidé à en finir avec mon pucelage. J'avais rempli beaucoup de sacs de courses à la caisse du Piggly Wiggly pour payer la chambre, la bouteille d'*asti spumante* et quelques compléments indispensables à un rendez-vous romantique. J'étais même passé à la laverie faire de la monnaie pour le lit à vibrations. Mais la soirée avait tourné à la farce. Le lit-masseur avait englouti six pièces avant de se mettre en marche avec un vrombissement de tondeuse. Et ma cavalière portait une robe coloniale à arceaux qui s'était retournée et m'avait cogné le nez alors que je m'efforçais de faire plus ample connaissance avec elle.

Une fois dans la chambre, je racontai cette histoire à Celestial, espérant la faire rire. Au lieu de quoi elle dit : « Viens, mon lapin », et me laissa poser la tête sur sa poitrine, ce qui avait été peu ou prou la réaction de ma camarade de classe autrefois.

« J'ai l'impression de faire du camping, dis-je.

— Ou d'étudier à l'étranger. »

Mon regard accroché au sien dans le miroir, je me jetai à l'eau :

« J'ai failli naître ici, dans cet hôtel. Olive y travaillait, elle faisait des ménages. »

En ce temps-là, le Piney Woods Inn s'appelait le Rebel's Roost, le « repaire du rebelle ». L'établissement était propre, mais il y avait un drapeau sudiste dans chaque chambre. Ma mère était en train de frotter une baignoire lorsqu'elle ressentit les premières douleurs. Décrétant qu'il était hors de question que je voie le jour sous un symbole de l'esclavage, elle serra les cuisses, le temps que le propriétaire, un brave type malgré le décor, la conduise à Alexandria, à cinquante kilomètres de là. C'était le 5 avril 1969, un an presque jour pour jour après l'assassinat de Martin Luther King, et je passai ma première nuit dans une pouponnière racialement mixte, ce dont ma mère était très fière.

« Où était Big Roy ? », demanda Celestial, ainsi que je m'y attendais.

C'était précisément pour ça que nous étions là, alors, pourquoi avais-je tant de mal à répondre ? C'était pourtant moi qui l'avais amenée à cette question et je me comportais comme si on m'avait coupé la langue.

« Il travaillait ? »

Assise sur le lit, Celestial cousait de nouvelles perles sur la poupée du maire. Au bout d'un moment, mon silence attira son attention. Elle coupa le fil avec les dents, le noua et tourna la tête vers moi.

« Qu'est-ce qu'il y a ? »

Je bougeais les lèvres, mais aucun son n'en sortait. Je n'aurais pas dû commencer par là. Si mon histoire personnelle avait débuté le jour de ma naissance, elle avait des ramifications plus anciennes.

« Roy, qu'est-ce qu'il y a ? Qu'est-ce qui ne va pas ?

— Big Roy n'est pas mon vrai père. »

Cette courte phrase, j'avais promis à ma mère de ne jamais la prononcer.

« Quoi ?

— Biologiquement, je veux dire.

— Mais ton prénom ?

— Il m'a adopté et m'a renommé Roy quand j'étais bébé. »

Je me levai et nous préparai deux verres : jus de fruits en boîte et vodka. Je remuai les cocktails avec le doigt, incapable de croiser son regard, même dans le miroir.

« Tu es au courant depuis combien de temps ?

— Ils m'ont tout dit avant mon entrée à la maternelle. Eloe est une petite ville et ils ne voulaient pas que je l'apprenne dans la cour de récréation.

— C'est pour ça que tu me le dis maintenant ? Pour que je ne l'apprenne pas dans la rue ?

— Non. Je te le dis pour que tu connaisses tous mes secrets. »

Je m'approchai du lit et lui offris un des fins gobelets de plastique.

« Santé. »

Refusant de se joindre à mon toast pitoyable, elle posa sa vodka sur la table de chevet égratignée.

« Roy, pourquoi est-ce que tu fais des trucs pareils ? Nous sommes mariés depuis plus d'un an, et ça ne t'est jamais venu à l'esprit de m'en parler avant aujourd'hui ? »

J'attendais la suite, les cris et les larmes ; je les espérais, peut-être. Mais Celestial se contenta de lever les yeux au ciel et de secouer la tête. Elle inspira, puis expira longuement.

« Roy, tu le fais exprès.

— Quoi ?

— Tu prétends que nous formons une famille, que je suis la personne la plus proche de toi, et puis tu lâches cette bombe.

— Ce n'est pas une bombe. Quelle différence ça fait ? »

Cela avait l'air d'une question rhétorique, pourtant j'avais besoin d'une vraie réponse. J'avais besoin de l'entendre dire que ça ne faisait aucune différence, que j'étais moi, pas mon arbre généalogique contrarié.

« C'est un ensemble de choses. Il y a les numéros de téléphone dans ton portefeuille, le fait que tu ne portes pas toujours ton alliance. Et maintenant, ça. Dès qu'on règle un problème, il s'en présente un autre. Si je ne te connaissais pas mieux, je penserais que tu cherches à saboter notre mariage, le bébé, tout. »

Elle parlait comme si c'était ma faute, comme s'il était possible de danser le tango tout seul.

Lorsque j'étais en colère, je n'élevais pas la voix. Au contraire, je la baissais à un niveau tel qu'on ne l'entendait pas avec les oreilles, mais avec les os.

« Tu es sûre que c'est ce que tu veux ? C'est la porte de sortie que tu attendais ? Voilà la vraie question. Je te confie que je ne connais pas mon père et tu as des doutes sur notre relation ? Si je ne te l'ai pas dit avant, c'est parce que ça n'avait aucun rapport avec nous.

— Il y a un truc qui ne tourne pas rond chez toi. »

Son visage dans le miroir était vigilant et furieux.

« Tu vois. C'est pour ça que j'hésitais à t'en parler. Tout à coup, tu as l'impression que tu ne me connais pas parce que tu ne connais pas mon *profil génétique exact* ? C'est quoi ces conneries de bourge ?

— Le problème, c'est que tu l'as caché. Je me moque que tu ne saches pas qui est ton père.

— Je n'ai jamais dit que je ne le savais pas. Qu'est-ce que tu essaies de dire ? Que ma mère ignore qui l'a engrossée ? Vraiment, Celestial ?

— Ne joue pas sur les mots. C'est toi qui me cachais un secret gros comme une maison.

— Qu'est-ce que tu veux que je te dise ? Mon père biologique s'appelle Othaniel Jenkins. C'est la seule information dont je dispose. Maintenant, tu en sais autant que moi. Un secret gros comme une maison ?

Plutôt de la taille d'une cabane, si tu veux mon avis. Même pas : une niche.

— N'essaie pas de m'embrouiller.

— Sois un peu indulgente. Olive n'avait pas dix-sept ans. Il a profité d'elle. C'était un homme fait.

— Il ne s'agit pas de ça. Il s'agit de toi et moi. Nous sommes mariés. *Mariés*. Je me moque du nom de ton père. Est-ce que j'ai vraiment l'air de me soucier du fait que ta mère ait… »

Je me tournai pour la regarder sans l'intermédiaire du miroir, et ce que je vis m'inquiéta. Elle s'apprêtait à parler, les yeux mi-clos et les lèvres pincées. D'instinct, je sus que je ne voulais pas entendre ce qui allait suivre.

« 17 novembre », lançai-je avant qu'elle ait le temps d'aller plus loin.

Il y a des couples qui utilisent un « mot de sécurité » si leurs jeux sexuels deviennent trop violents, nous, c'était pour nous prémunir contre des paroles trop violentes. Si l'un de nous déclarait « 17 novembre », la date anniversaire de notre premier rendez-vous, alors toute conversation devait cesser pendant quinze minutes. J'avais demandé une trêve, parce que je savais que, si elle prononçait encore un mot au sujet de ma mère, l'un de nous dirait quelque chose d'irréparable.

Elle leva les mains.

« Très bien. Quinze minutes. »

Je pris le seau à glaçons en plastique.

« Je vais remplir ça. »

Quinze minutes, ça faisait pas mal de temps à tuer. À peine aurais-je franchi la porte qu'elle appellerait Andre. Ils étaient comme frère et sœur. Enfants, ils jouaient dans le même parc pour bébé alors qu'ils n'étaient pas encore capables de s'asseoir. J'avais connu Andre à la fac et c'était lui qui m'avait présenté Celestial.

Tandis qu'elle s'épanchait auprès de Dre, je montai au premier, plaçai le seau sur le distributeur et appuyai sur le levier. Les glaçons se déversèrent par à-coups. Pendant que je patientais, j'échangeai quelques mots avec une femme qui avait à peu près l'âge d'Olive, costaud, le visage doux, avec des fossettes. Elle avait un bras en écharpe. « C'est la coiffe des rotateurs », m'expliqua-t-elle. Conduire était pénible, mais un petit-fils l'attendait à Houston, un bébé qu'elle comptait bien soulever avec son bras valide. Ma mère m'ayant bien élevé, je portai ses glaçons jusqu'à sa chambre, la 206. À cause de sa blessure, elle n'arrivait pas à ouvrir la fenêtre. Je levai le vantail et le coinçai avec sa bible. Il me restait sept minutes. J'en profitai pour jouer les plombiers et réparer sa chasse d'eau qui se prenait pour les chutes du Niagara. Avant de la laisser, je la prévins que la porte fermait mal. Qu'elle pense à verrouiller après mon départ. Elle me remercia. Je l'appelai « madame ». Lorsque je la quittai, il était 20 h 48. Je peux l'affirmer, car je consultai ma montre pour voir si je pouvais rejoindre ma femme.

Je frappai à notre chambre à 20 h 53. Celestial nous avait préparé deux vodkas cranberry. Plongeant sa main nue dans le seau, elle ajouta trois glaçons dans chaque gobelet. Elle les fit tourner pour que le froid se diffuse, puis tendit son joli bras dans ma direction.

Ce fut ma dernière soirée heureuse avant très longtemps.

Celestial

La mémoire est un drôle d'animal, une conservatrice de musée excentrique. Je pense encore à cette nuit, bien que moins souvent qu'autrefois. Combien de temps peut-on vivre en regardant derrière soi ? Cependant, je n'ai pas oublié, quoi que les gens puissent dire. Ce n'est pas une défaillance de la mémoire. Je ne suis même pas sûre que ce soit une défaillance tout court.

Quand je dis que je retourne au Piney Woods dans mes rêves éveillés, ce n'est pas pour me justifier. C'est la simple vérité. Il n'y a qu'à écouter Aretha Franklin : « Une femme n'est qu'un être humain… de chair et de sang, comme son homme. » Ni plus ni moins.

Ce que je regrette, c'est qu'on se soit disputés aussi fort ce soir-là. Au sujet de ses parents, en plus. Il nous était arrivé de nous quereller plus violemment que ça, mais c'était à propos de notre relation. Au Piney Woods, c'était son histoire familiale qui était en cause, et les disputes concernant le passé sont toujours injustes. Sentant que nous risquions d'aller trop loin, Roy avait brandi le « 17 novembre » pour instaurer un cessez-le-feu. Lorsqu'il sortit avec le seau à glaçons, j'étais contente de le voir partir.

J'appelai Andre, qui décrocha au bout de trois sonneries. Il me calma, rationnel et poli, à son habitude.

« Ménage Roy. Si tu lui tombes dessus chaque fois qu'il essaie de faire amende honorable, tu vas l'encourager à mentir.

— Mais, protestai-je, incapable de lâcher prise, il n'a même pas…

— Tu sais que j'ai raison, répondit-il sans arrogance. En revanche, ce que tu ignores, c'est que je suis en galante compagnie, ce soir.

— Mille excuses ! m'écriai-je, heureuse pour lui.

— Les gigolos aussi se sentent seuls[1]. »

Je raccrochai en riant.

Et je souriais encore lorsque Roy ouvrit la porte, m'offrant le seau à glaçons en guise de bouquet de roses. À ce moment-là, ma colère avait refroidi comme une tasse de café oubliée.

« Georgia, je m'excuse, dit-il, me prenant le gobelet des mains. C'était un truc qui m'obsédait. Mets-toi à ma place. Tu as une famille parfaite. Ton père est millionnaire.

— Il n'a pas toujours eu de l'argent », rétorquai-je, une phrase que j'avais l'impression de prononcer au moins une fois par semaine.

Avant que mon père ne vende sa formule à Minute Maid, nous ressemblions à n'importe quelle famille de Cascade Heights, autrement dit nous appartenions à ce qui correspondait à la classe moyenne chez les

1. Allusion à « Gigolos Get Lonely Too », une chanson de The Time et Prince (1982).

Blancs et à la classe moyenne supérieure chez les Noirs. Pas d'employé de maison. Pas d'école privée. Pas de rente. Seulement deux parents avec un bon diplôme et un bon métier chacun.

« Peut-être, mais, quand je t'ai rencontrée, tu étais déjà la fille d'un homme riche.

— Un million de dollars ne te rend pas riche-riche. Les vrais riches n'ont pas besoin de gagner d'argent.

— Riche-riche, *nouveau** riche, faux riche : tous les riches se ressemblent vus de chez moi. Il n'était pas question que je débarque au manoir de ton père et que je lui annonce que je ne connaissais pas mon papa. »

Il fit un pas vers moi et je l'imitai.

« Ce n'est pas un manoir, répliquai-je d'une voix aussi douce que possible. Et je t'ai déjà dit que mon père était fils de métayer. Un métayer de l'Alabama, pour couronner le tout. »

Ces conversations me prenaient toujours au dépourvu. Pourtant, au bout d'un an, j'aurais dû m'être accoutumée à cette ritournelle agaçante. Ma mère m'avait mise en garde avant le mariage. Roy et moi venions de deux mondes différents. Je devrais constamment le rassurer et lui rappeler que nous étions sous un « joug bien assorti ». Amusée par les résonances bibliques de l'expression, je l'avais répétée à Roy, comparant le mariage à une charrue. Il n'avait pas esquissé un sourire.

« Celestial, ton père ne cultive plus la terre de personne. Et ta maman ? Je n'avais pas envie qu'elle voie Olive comme une fille-mère abandonnée au bord de la route. Je ne pouvais pas lui faire ça. »

Je franchis l'espace entre nous et posai la main sur sa tête. Je sentais sous ma paume la courbe de son crâne.

« Écoute, soufflai-je, mes lèvres contre son oreille. Nous ne sommes pas la version noire de la famille américaine idéale. Tu sais que ma mère est la seconde épouse de mon père.

— Parce que c'est censé être le scandale du siècle ?

— Tu ne connais pas toute l'histoire. »

Je pris une inspiration et me lançai sans réfléchir :

« Quand mes parents se sont mis ensemble, mon père n'était pas divorcé.

— Tu veux dire qu'ils étaient séparés ou que… ?

— Je veux dire que ma mère était sa maîtresse. Pendant longtemps. Trois ans environ. Ils se sont mariés devant le juge, parce que le pasteur de ma mère a refusé de les bénir. »

J'avais vu les photos. Elle portait un tailleur blanc cassé et un bibi à voilette. Mon père était jeune et enthousiaste. Leurs sourires ne révélaient rien, sinon une dévotion sans bornes. Rien n'indiquait ma présence non plus, pourtant j'étais bien là, cachée derrière son bouquet de chrysanthèmes jaunes.

« Ben ça alors, fit-il avec un léger sifflement. Je n'aurais jamais cru que c'était le genre de Mister D. Je n'aurais jamais imaginé que Gloria…

— Ne parle pas de ma mère. Tu ne parles pas de la mienne et je ne parle pas de la tienne.

— Je ne me permettrais pas de dire du mal de Gloria, tout comme je sais que tu ne dirais pas de mal d'Olive, OK ?

— On peut quand même critiquer papa. Selon ma mère, il lui a avoué qu'il était marié au bout d'un mois. »

Elle m'avait tout raconté l'année de mes dix-huit ans. Je venais de quitter Howard, la mythique université noire de Washington, après une histoire foireuse. Alors qu'elle m'aidait à scotcher mes cartons, ma mère m'avait dit : « L'amour obscurcit le jugement, mais parfois c'est pour le mieux. Est-ce que tu savais que ton père avait certaines obligations quand nous nous sommes rencontrés ? » C'était la première fois que ma mère me parlait de femme à femme. Sans un mot, nous nous étions juré le secret et, jusqu'à ce jour, je n'avais jamais trahi sa confiance.

« Un mois, ce n'est pas tant que ça. Elle aurait pu le quitter, dit Roy. Si c'était ce qu'elle voulait.

— Elle ne le voulait pas. D'après elle, elle était *irréversiblement amoureuse.* »

Je prononçai ces mots en imitant la manière dont ma mère s'exprimait en public, le ton catégorique appris en cours de diction, pas la voix tremblante avec laquelle elle m'avait révélé ce détail.

« Irréversiblement ? La garantie expirait au bout de trente jours et elle ne pouvait pas le renvoyer ?

— Elle m'a avoué que, rétrospectivement, elle était contente qu'il ne lui ait rien dit avant. Sinon, elle ne serait jamais sortie avec lui et elle serait passée à côté de l'homme de sa vie.

— Je peux comprendre, dit Roy en portant ma main à ses lèvres. Parfois, quand on est heureux d'être là où on est, on se moque de savoir comment on y est arrivé.

— Non. La manière compte. Cette histoire appartient à ma mère. Elle estime que mon père lui a menti pour son bien, d'accord. En ce qui me concerne, je ne veux jamais être reconnaissante à personne de m'avoir trompée.

— OK. Mais pense seconde génération. Si ton père n'avait pas caché sa situation, tu ne serais pas là. Et si tu n'étais pas là, où est-ce que je serais ?

— Il n'empêche. Pour moi, c'est important qu'on joue cartes sur table. Je ne veux pas que notre enfant porte le poids de nos secrets. »

Roy leva un poing victorieux.

« Tu t'es entendue ?

— Quoi ?

— Tu as dit “notre enfant”.

— Roy, arrête de faire l'idiot. Écoute ce que je veux te dire.

— N'essaie pas de rétropédaler. Tu as dit “notre enfant”.

— Je suis sérieuse. Plus de secrets, d'accord ? Si tu me caches encore quelque chose, c'est le moment de vider ton sac.

— Je ne te cache rien. »

Ces mots scellèrent notre réconciliation, une de plus. Il y a une chanson là-dessus, un vieux tube de soul : *Break up to make up, that's all we do.* « Se disputer pour se raccommoder, c'est tout ce qu'on fait. » Est-ce que je pensais que ce serait notre vie jusqu'à la fin ? Que nous vieillirions ensemble, alternant reproches et pardons ? En ce temps-là, je ne savais pas à quoi ressemblait l'éternité. Je ne le sais peut-être pas aujourd'hui. En tout cas, ce soir-là, au Piney Woods, notre mariage me paraissait une belle tapisserie fragile. Régulièrement, nous la déchirions puis la raccommodions, toujours au fil de soie, ravissante mais assurée de céder de nouveau.

Nous nous allongeâmes, un peu étourdis par nos cocktails de fortune. Le couvre-lit était d'une propreté douteuse et nous le repoussâmes du pied pour nous étendre sur le flanc, face à face. Suivant le contour de ses os bruns du bout des doigts, je songeai à mes parents et à ceux de Roy. Leur mariage était taillé dans une étoffe moins raffinée mais plus résistante, de la toile de jute cousue à la ficelle grise. Roy et moi nous sentions supérieurs, ce soir-là, grisés par la trame précieuse de notre affection. J'ai honte de ce souvenir. Quand j'y pense, j'ai le sang qui me monte au visage, même si ce n'est qu'un rêve éveillé.

En ce temps-là, j'ignorais que le corps était doué de prescience. Aussi, lorsque mes yeux se remplirent de larmes, je mis cette réaction sur le compte de l'émotion. J'avais de ces accès parfois, quand je faisais les magasins de tissu ou que je préparais à manger : je songeais à Roy, à ses jambes arquées, ou encore à la fois où il avait plaqué au sol un cambrioleur, au prix de l'une de ses dents de devant. Si les souvenirs remontaient et que je laissais échapper quelques pleurs en public, je prétextais une allergie ou un cil récalcitrant. Ce soir-là, donc, quand l'émotion m'embua les yeux et me serra la gorge, je l'attribuai à la passion et non à la prémonition.

Au moment de faire mon sac, je pensais que nous dormirions chez sa mère et je n'avais pas pris de lingerie sexy. Je portais une combinaison blanche dont il faudrait se contenter pour notre petit jeu d'effeuillage. Roy sourit et me dit qu'il m'aimait. Sa voix se brisa, comme si l'étrange sentiment qui m'avait envahie l'avait saisi lui aussi. Nous étions si bêtes, si jeunes, que nous croyions qu'il s'agissait simplement de désir. Et ça, nous en avions à revendre.

Nous ne dormions pas encore, mais nous étions vidés, dans cet entre-deux paisible où tout semble possible. Je m'assis, humant les effluves de la journée qui venait de s'écouler : la boue de la rivière, le musc du savon de l'hôtel, son odeur à lui, l'empreinte de sa chimie personnelle et la mienne. Une senteur qui imprégnait les fibres du drap. Je me penchai vers lui pour embrasser ses paupières. Je pensais que j'avais de la chance. Pas le sentiment que j'éprouvais en compagnie de femmes célibataires qui me rappelaient qu'il n'était pas simple de trouver un homme mariable de nos jours ni en lisant les magazines qui déploraient la pénurie de « bons » compagnons noirs, égrenant la litanie de tous ceux qui étaient inéligibles : morts, gays, en prison, mariés à des Blanches. Je m'estimais heureuse de ce point de vue, bien sûr, mais aussi d'une manière plus traditionnelle. Heureuse d'avoir rencontré quelqu'un dont j'appréciais l'odeur.

Nous étions-nous aimés avec une telle intensité cette nuit-là parce que nous savions ou parce que nous ne savions pas ? Le futur essayait-il de nous alerter, y avait-il une cloche sans battant qui se déchaînait quelque part ? Cette cloche désespérée parvint-elle à créer une légère brise, m'obligeant à tâter le sol, à la recherche de ma combinaison pour me couvrir ? Un avertissement subtil incita-t-il Roy à se retourner et à me serrer contre lui d'un bras lourd ? Il marmonna dans son sommeil, mais ne se réveilla pas.

Désirais-je un enfant ? Allongée dans ce lit, est-ce que j'imaginais une grappe de cellules se divisant et se divisant encore, jusqu'à ce que je sois maman et Roy papa, jusqu'à ce que Big Roy, Olive et mes parents deviennent grands-parents ? Je me demandais ce qui se passait dans mon corps, toutefois je ne pourrais pas affirmer que je l'espérais. La maternité est-elle réellement facultative quand on est une femme normale mariée à un homme normal ? Lorsque j'étais à l'université, j'étais bénévole dans une association. Je donnais des cours d'alphabétisation à des mères adolescentes. C'était déprimant, parce que ces jeunes obtenaient rarement leur diplôme. Une fois, autour d'expressos et de croissants, ma responsable me dit : « Fais un enfant et sauve-nous ! » Elle ne plaisantait pas en dépit de son sourire. « Si seules ces gamines font des bébés et que les filles comme toi restent sans attaches ni enfants, qu'est-ce que nous allons devenir ? » Sans réfléchir, je promis d'apporter ma contribution.

Je ne suis pas en train de dire que je ne voulais pas être mère. Je n'affirme pas le contraire non plus. Je dis simplement que j'étais consciente que c'était ce qu'on attendait de moi.

Alors que Roy dormait, confiant, je fermai les yeux avec appréhension. Et j'étais encore éveillée quand ils firent irruption dans la chambre. Ils enfoncèrent la porte, même si le rapport prétendrait plus tard qu'un réceptionniste leur avait donné la clé et qu'ils avaient ouvert de manière civilisée. Mais qui sait où est la vérité ? J'étais sûre que mon mari était endormi à côté de moi, tandis qu'une Blanche qui avait six ans de plus qu'Olive était persuadée qu'il se trouvait dans sa propre chambre. Elle dormait d'un sommeil léger dans la 206, inquiète parce que la porte fermait mal, essayant de se convaincre qu'elle était paranoïaque, sans parvenir à se laisser aller. Avant minuit, un individu avait actionné la poignée, sachant qu'il pourrait entrer. Malgré l'obscurité, elle avait reconnu Roy, le client rencontré au distributeur de glaçons, qui lui avait raconté qu'il s'était disputé avec sa femme. Ce n'était pas la première fois qu'elle se retrouvait à la merci d'un homme et elle avait décidé que ce serait la dernière. Roy était peut-être malin et il avait peut-être appris à la télé comment effacer ses traces, mais il ne pouvait pas effacer sa mémoire.

Sauf qu'elle ne pouvait pas effacer la mienne non plus. Roy était resté avec moi toute la nuit. Elle ne savait pas qui l'avait agressée, en revanche je savais qui j'avais épousé.

J'avais épousé Roy Othaniel Hamilton, que j'avais rencontré à la fac. Il n'y avait pas eu de déclic immédiat entre nous. Il se prenait pour un tombeur à l'époque, et déjà à dix-neuf ans je n'étais pas le genre de fille avec qui on s'amusait. J'étais arrivée à Spelman College après une première année catastrophique à Washington. Retour à la case départ. Ma mère, elle-même diplômée de Spelman, m'avait juré que je m'y ferais des amies à la vie à la mort, mais je m'en tenais à Andre, qui étudiait à Morehouse, juste à côté. Nous avions littéralement grandi ensemble. C'était mon meilleur ami depuis que nous avions trois ans et que nous prenions notre bain tous les deux dans l'évier de la cuisine.

Ce fut Andre qui joua le rôle d'entremetteur, quoique de manière involontaire. Roy et lui étaient voisins à Thurman Hall, la résidence universitaire à l'autre bout du campus. Je passais souvent la nuit dans sa chambre, en tout bien tout honneur, même si personne ne voulait le croire. Il dormait sur les draps, tandis que je me blottissais en dessous. Aujourd'hui, ça paraît fou, mais c'était comme ça entre nous.

Avant les présentations officielles, j'avais entendu son nom à travers la cloison, prononcé dans un souffle rauque qui évoquait le sexe. Roy. Othaniel. Hamilton.

« Tu crois que c'est lui qui lui a demandé de dire ça ?

— Othaniel ? ricanai-je.

— C'est juste que ça ne semble pas très spontané. »

Nous avions ri, tandis que le lit cognait contre le mur.

« Elle simule, c'est obligé, ajoutai-je.

— Si c'est le cas, alors elles simulent toutes. »

Je ne rencontrai Roy en personne qu'un mois plus tard.

Je me trouvais encore dans la chambre d'Andre ce matin-là quand il débarqua à l'aube, réclamant de la monnaie pour sa lessive, sans prendre la peine de frapper.

« Oh ! pardon, mademoiselle, dit-il d'un ton de surprise interrogative.

— Ma sœur, répondit Andre.

— Ta sœur pour de vrai ? s'enquit Roy, curieux.

— Si tu veux savoir qui je suis, pose-moi la question. »

Je devais avoir une sacrée touche, vêtue du tee-shirt bordeaux et blanc d'Andre, les cheveux sous un bonnet de nuit en satin. Mais je ne voulais pas qu'on parle à ma place.

« OK. Tu t'appelles comment ?

— Celestial Davenport.

— Moi, c'est Roy Hamilton.

— Roy *Othaniel* Hamilton, si j'en crois ce que j'ai entendu à travers la cloison. »

Nous restâmes un instant sans rien dire, espérant un signe, quelque chose pour nous indiquer la suite. Enfin, il détourna les yeux et demanda à Andre s'il avait une pièce de vingt-cinq cents. Je m'allongeai sur le ventre, pliai les genoux et croisai les chevilles.

« T'es pas banale, toi », lança Roy.

Andre attendit qu'il soit parti.

« Tu te rends compte que, son petit numéro du brave gars naïf, c'est du flan ?

— Pour qui tu me prends ? »

Il y avait quelque chose de dangereux chez lui et je ne voulais plus jouer avec le feu depuis que je m'étais brûlé les ailes à Howard.

Ce n'était sans doute pas le bon moment, car je n'adressai ni une parole ni une pensée à Roy Othaniel Hamilton au cours des quatre années suivantes. Lorsque je le revis, la fac appartenait déjà à l'album photo d'une époque révolue. Ce n'était pas qu'il avait changé, mais plutôt que ce qui me semblait dangereux autrefois s'était transformé en une chose que j'appelais « réel », et pour laquelle j'avais désormais un appétit insatiable.

Mais qu'est-ce qui était réel ? Notre première rencontre insignifiante ? Le jour où nous nous étions recroisés – à New York, si improbable que cela puisse paraître ? Est-ce que le réel nous était tombé dessus quand nous nous étions mariés, ou encore lorsque le procureur d'un trou paumé avait refusé de fixer une caution sous prétexte que Roy risquait de s'enfuir ?

L'État estimait qu'il avait beau avoir des racines en Louisiane, à présent son foyer était Atlanta, ce qui arracha à Roy un rire amer : « Parce que *maintenant* les racines ne veulent plus rien dire ? »

Notre avocat, un ami de mes parents que nous payions néanmoins généreusement, me promit que je ne perdrais pas mon mari. Celui que nous surnommions l'oncle Banks déposa des recours, remplit des formulaires et protesta en pure perte. Roy passa en prison les cent jours précédant son procès. Je restai en Louisiane pendant un mois, chez mes beaux-parents, dormant dans la chambre qui nous aurait épargné tout ça. J'attendais et je cousais. J'appelais Andre. J'appelais mes parents. Au moment d'envoyer sa poupée au maire, je me trouvai incapable de scotcher les rabats du carton. C'est Big Roy qui le fit pour moi, et le bruit du ruban adhésif qui se déchirait me hanta toute la nuit et bien d'autres après ça.

« Si ça ne se passe pas comme on l'espère, me dit Roy la veille du procès, je ne veux pas que tu m'attendes. Continue de fabriquer tes poupées et de faire ce que tu as à faire.

— Tout se passera bien. Tu n'es pas coupable.

— Tu n'as pas à m'attendre. Je risque gros. Je ne peux pas te demander de gâcher ta vie pour moi. »

Sa bouche et ses yeux parlaient deux langues différentes. Comme quelqu'un qui dit non en faisant oui de la tête.

« Personne ne gâchera rien », affirmai-je.

J'avais la foi, en ce temps-là. Je croyais en un tas de choses.

Andre était là. Après avoir été notre témoin de mariage, il se retrouvait témoin de moralité. Il me laissa lui couper les cheveux, me tendant les ciseaux pour tailler les dreadlocks qu'il laissait pousser depuis quatre ans. Au mariage, c'étaient encore de petits moignons rebelles. À présent, elles commençaient à obéir à la loi de la gravité et pointaient vers son col. Lorsque j'eus terminé, il passa les doigts dans ses boucles inégales.

Le lendemain, nous nous installâmes dans la salle d'audience, habillés pour paraître aussi innocents que possible. Mes parents étaient là, ainsi que ceux de Roy. Olive portait ses habits du dimanche et Big Roy était assis à côté d'elle, l'air pauvre mais honnête. Même mon père avait fait un effort vestimentaire et, une fois n'est pas coutume, mon élégante mère et lui semblaient « sous un joug assorti ». Roy n'était pas en reste. Ce n'était pas uniquement la coupe de sa veste et le pli de son ourlet sur le beau cuir de ses chaussures, c'était son visage rasé de près et ses yeux : les yeux candides et effrayés d'un homme qui ne s'était jamais retrouvé à la merci de l'État.

Le temps passé à la prison du comté l'avait rabougri ; la rondeur enfantine de ses joues avait disparu, révélant une mâchoire carrée que je ne lui connaissais pas. Curieusement, la maigreur lui donnait l'air plus fort que décharné. La seule chose qui trahissait qu'il était sur le point d'être jugé plutôt que de partir au travail, c'étaient ses pauvres doigts. Il s'était rongé les ongles au sang et avait attaqué les cuticules. Cher Roy. Mon mari incapable de commettre le moindre acte de violence, si ce n'est contre ses propres mains.

Une chose est sûre, ils ne me crurent pas. Douze jurés et pas un pour me faire confiance. Au tribunal, j'expliquai que Roy n'avait pas pu violer la femme de la chambre 206, parce qu'il était avec moi au moment de l'agression. Je parlai du lit à vibrations qui ne marchait pas, du film qui passait sur l'écran de télé neigeux. Le procureur me demanda à propos de quoi nous nous étions disputés. Prise au dépourvu, je regardai Roy et nos deux mères. Banks fit une objection et je n'eus pas à répondre, mais le silence donna l'impression que je cachais quelque chose de pourri au cœur de notre jeune mariage. Avant même d'avoir quitté la barre, j'étais consciente de ne pas avoir été à la hauteur. Peut-être n'étais-je pas assez suppliante. Pas assez théâtrale. Trop « pas de chez nous ». Qu'en sais-je ? En me préparant, l'oncle Banks m'avait dit : « Ce n'est pas le moment d'avoir l'air instruite et bien élevée. C'est le moment de te lâcher. Pas de filtre, que du cœur. Quoi qu'on te demande, le jury doit voir pourquoi tu as épousé cet homme. »

J'avais essayé, mais on m'avait toujours appris à être « instruite et bien élevée » et j'étais incapable de me comporter autrement devant des inconnus. Je ne savais pas exprimer mes sentiments avec des phrases maladroites. J'aurais aimé pouvoir présenter une sélection de mes œuvres, la série *Un homme en mouvement*, inspirée de Roy – les billes, les poupées et quelques aquarelles. J'aurais dit : « Voici qui il est pour moi. N'est-il pas beau ? N'est-il pas doux ? » Hélas, je n'avais que des mots à ma disposition, aussi légers et transparents que l'air. Lorsque je me rassis à côté d'Andre, même la jurée noire n'osait pas me regarder.

Je ne tardai pas à comprendre que j'avais vu trop de séries télévisées. Je m'attendais à voir apparaître un scientifique pour témoigner au sujet de l'ADN. Je m'attendais à voir un duo d'inspecteurs séduisants surgir à la dernière minute pour demander à parler de toute urgence au procureur. On allait se rendre compte que c'était une grossière erreur, un tragique malentendu. Nous serions tous bouleversés mais apaisés. Je croyais fermement que je quitterais le tribunal avec mon mari à mes côtés. À l'abri chez nous, nous raconterions à nos amis qu'aucun homme noir n'était véritablement en sécurité en Amérique.

Il prit douze ans. Nous aurions quarante-trois ans à sa sortie. J'étais incapable de me projeter aussi loin. Roy, lui, comprit tout de suite que c'était une éternité, parce qu'il éclata en sanglots à la table des accusés. Ses genoux flanchèrent et il se laissa tomber sur sa chaise. Le juge s'interrompit et exigea qu'il entende la sentence debout. Il se releva et pleura, pas comme un bébé, mais comme seul un adulte peut le faire, avec tout son corps, du bout des pieds au torse, et pour finir par la bouche. Quand un homme sanglote ainsi, on sait que ce sont toutes les larmes qu'il n'a jamais eu le droit de verser, depuis les déceptions sur le terrain de base-ball à dix ans jusqu'aux vexations subies l'année précédente, en passant par les chagrins d'amour adolescents.

Pendant ce temps, mes doigts frottaient rageusement un carré de peau rugueuse sous mon menton, souvenir d'une blessure. Quand ils avaient pénétré dans la chambre – en défonçant la porte en ce qui me concerne, en l'ouvrant avec une carte en plastique pour le reste du monde –, une fois la porte ouverte, donc, ils nous avaient tous les deux tirés du lit. Ils avaient traîné Roy jusqu'au parking et je les avais suivis, tendant les bras vers lui, presque nue. Dehors, quelqu'un m'avait poussée et, dans la chute, mon menton avait heurté le sol. Ma combinaison blanche s'était retroussée, révélant tout ce qu'il y avait à voir, tandis que mes dents s'enfonçaient dans ma lèvre inférieure. Roy gisait sur l'asphalte près de moi, presque à ma portée. Il prononça des mots qui n'atteignirent pas mes oreilles. J'ignore combien de temps nous restâmes là. Deux tombes parallèles. Mari. Femme. Ce que Dieu a uni, que l'homme ne le sépare pas.

Cher Roy,

Je t'écris cette lettre, assise à la table de la cuisine. Je suis seule, et pas uniquement parce qu'il n'y a personne à la maison. Jusque-là, je pensais savoir ce qui était possible et ce qui ne l'était pas. C'est peut-être cela, l'innocence : être incapable de prédire la souffrance à venir. Lorsque survient quelque chose qui dépasse l'entendement, on change. Comme un œuf cru par rapport à un œuf brouillé. C'est la même chose et c'est différent. Je n'ai pas d'autres mots pour l'expliquer. Je regarde dans le miroir et je sais que c'est moi, pourtant je ne me reconnais pas.

Parfois, le simple fait de pénétrer dans la maison m'épuise. J'essaie de me calmer, de me souvenir que j'ai vécu seule avant. Dormir seule ne m'a pas tuée alors et ça ne me tuera pas aujourd'hui. Mais en te perdant j'ai appris une chose au sujet de l'amour. Notre maison n'est pas simplement *vide*. Elle *a été vidée*. L'amour se crée une place dans ta vie, il se crée une place dans ton lit. À ton insu, il se crée une place dans ton corps, détourne tes vaisseaux sanguins, bat juste à côté de ton cœur. Et quand il part, il laisse un trou.

Avant de te rencontrer je ne me sentais pas seule. À présent je me sens si seule que je parle aux murs et chante pour le plafond.

On m'a dit que tu ne pourrais pas recevoir de courrier avant au moins un mois. Malgré tout, je t'écrirai tous les soirs.

Ta Celestial

Roy O. Hamilton Jr
Numéro d'écrou 4856932
Centre de détention Parson
3751 Lauderdale Woodyard Road
Jemison, Louisiane 70648

Chère Celestial, *alias* Georgia,

Je ne pense pas avoir écrit à qui que ce soit depuis le lycée, du temps où on m'avait attribué un correspondant français (ce qui a duré à peu près dix minutes). Une chose est sûre, en tout cas, je n'ai jamais écrit de lettre d'amour, et ceci en est une.

Celestial, je t'aime. Tu me manques. Je veux rentrer à la maison et être avec toi. Quel idiot, je te dis ce que tu sais déjà. J'essaie de trouver les mots qui feront que tu te souviennes de moi, du véritable moi, pas de l'homme que tu as vu debout dans une petite salle de tribunal miteuse. J'avais trop honte pour te regarder, mais désormais je le regrette, car je donnerais n'importe quoi pour une dernière image de toi.

Écrire cette lettre d'amour n'est pas évident pour moi. Je n'en ai même jamais vu, si l'on excepte celle que j'ai reçue en CE2 : Tu m'aimes _ oui _ non. (Ne réponds pas, ah ah !) Une lettre d'amour, c'est censé être de la musique ou du Shakespeare, sauf que je ne connais rien à Shakespeare. Je veux vraiment te dire ce que tu représentes pour moi, mais autant compter les secondes d'une journée sur ses doigts et ses orteils.

Pourquoi ne t'ai-je pas écrit des lettres d'amour depuis le début, pour m'entraîner ? Au moins, je ne serais pas si démuni aujourd'hui. C'est ce que je ressens tous les jours, ici : je ne sais pas quoi faire ni comment faire.

Je ne t'ai jamais laissée douter de mes sentiments, n'est-ce pas ? Tu n'as jamais eu à t'interroger. Je ne suis pas très doué avec les mots. Mon père m'a appris que seuls comptaient les actes, ce qu'on faisait pour une femme. Tu te souviens de la fois où tu as failli faire une dépression nerveuse parce que le vieux hickory dans le jardin semblait mourir ? Chez moi, on ne dépensait pas d'argent pour les animaux familiers, et encore moins pour les arbres. Mais je ne supportais pas de te voir pleurer, alors j'ai fait appel à un docteur des arbres. Voilà, pour moi, ça, c'est une lettre d'amour.

La première chose que j'ai faite quand je t'ai épousée a été de « t'asseoir », comme disent les vieux chez moi. Tu perdais ton temps et ton talent en intérim. Tu voulais coudre, et je me suis démené pour que tu puisses te consacrer à ta passion. Aucune obligation. C'était ça, ma lettre d'amour : « Je m'occupe de tout. Concentre-toi sur ton art. Repose-toi. Fais ce qui est nécessaire pour toi. »

Aujourd'hui, je n'ai qu'une feuille de papier et un semblant de stylo à bille. L'administration pénitentiaire enlève la partie extérieure, si bien que je dois me débrouiller avec une simple pointe et un tuyau en plastique souple rempli d'encre. Je le regarde, et je pense : est-ce vraiment tout ce qu'il me reste pour être un mari ?

Malgré tout, j'essaie.

Je t'aime,

Roy

Chère Georgia,

Bonjour de la planète Mars ! Ce n'est pas tout à fait une plaisanterie. Les bâtiments ici sont nommés d'après les astres. (Je te promets que c'est vrai, je ne pourrais pas inventer un truc pareil.) Toutes tes lettres m'ont été distribuées d'un coup hier. Toutes sans exception, et tu n'imagines pas à quel point j'étais heureux de les recevoir. Au comble du bonheur. Je ne sais même pas par où commencer.

Je suis là depuis trois mois à peine et ça fait déjà trois fois que je déménage. Mon dernier compagnon de cellule en date prétend qu'il finira ses jours ici et il te dit ça comme si c'était un avantage. Il s'appelle Walter. Il a passé la majeure partie de sa vie d'adulte en prison et il connaît toutes les ficelles. Je lui écris ses lettres, mais pas gratis. Ce n'est pas par manque de compassion. C'est juste que les gens ne te respectent pas si tu ne te fais pas payer. (Cette règle, je l'ai apprise dans le milieu de l'entreprise, et elle est dix fois plus vraie ici.) Walter n'a pas d'argent, alors, j'accepte ses cigarettes.

(Ne fais pas cette tête. Je te connais, chérie. Je ne les fume pas. Je les échange, notamment contre des sachets de nouilles asiatiques. Sans rire.) Les lettres que j'écris pour Walter sont adressées à des femmes qu'il a rencontrées par le biais des petites annonces. Tu serais surprise si tu voyais le nombre de ces dames désireuses de correspondre avec des détenus. (Ne sois pas jalouse, ah, ah.) Parfois, je m'énerve contre lui parce qu'il m'empêche de dormir avec toutes ses questions. Il a vécu à Eloe et il me réclame sans cesse des nouvelles. J'ai eu le malheur de lui avouer que je n'y habitais plus depuis que j'étais parti à la fac, et maintenant il me dit qu'il n'a jamais mis les pieds sur un campus et veut tout savoir là-dessus aussi. Il m'a même demandé d'où venait mon prénom. Ce n'est pas comme si je m'appelais Patrice Lumumba, quelque chose qui nécessiterait des explications ! Mais que veux-tu, Walter est un personnage, comme dirait Olive. On le surnomme le Yoda du ghetto, parce qu'il passe son temps à philosopher. Le jour où je l'ai traité de Yoda des champs par inadvertance, il était furieux. Je ne l'ai pas fait exprès, je le jure, et je ne recommencerai pas. De toute manière, on s'est réconciliés. Il m'a pris sous son aile, décrétant qu'entre frères aux jambes arquées on devait s'épauler. (Tu devrais voir ses guibolles. Pire que les miennes.)

C'est tout ce que j'ai à te raconter en ce qui concerne l'ambiance. Tout ce que je veux que tu saches. Ne m'interroge pas sur les détails. C'est dur, je m'en tiendrai là. Même si on a tué quelqu'un, on ne mérite pas de passer plus de deux ou trois ans dans un endroit pareil. *S'il te plaît, dis à l'oncle Banks de faire son possible.*

Il y a beaucoup de choses qui donnent à réfléchir, ici. Par exemple, cet établissement recense environ mille cinq cents détenus (afro-américains, en grande majorité), ce qui correspond plus ou moins au nombre d'étudiants à Morehouse. Je ne voudrais pas passer pour un cinglé conspirationniste, mais c'est difficile de ne pas cogiter. D'abord la prison est pleine de types qui ont un message politique, ensuite il règne une telle corruption qu'on ne peut pas s'empêcher de se dire qu'il y a une volonté derrière tout ça. Ma mère m'a écrit et tu connais sa théorie : c'est Satan ! Mon père, lui, accuse le Ku Klux Klan. Pas exactement le Klan avec les capuches et les croix, plutôt l'AmériKKKe. Je ne sais pas quoi penser. Si ce n'est penser que tu me manques.

J'ai enfin pu soumettre ma liste de visiteurs et, tout en haut, il y a toi : Celestial GLORIANA Davenport. (Ils veulent les noms officiels complets.) Je vais aussi mettre Dre. Est-ce qu'il a un second prénom ? Je parie que c'est un truc religieux, genre Elijah. Tu sais que c'est mon pote, mais la première fois viens seule, s'il te plaît. D'ici là, fais pleuvoir les lettres, chérie. Comment ai-je pu oublier que tu avais une si jolie écriture ? Si tu décides que tu n'as plus envie d'être une artiste célèbre, tu pourras toujours te reconvertir dans l'enseignement. Tu dois appuyer fort, parce qu'on sent les reliefs sur le papier. La nuit, quand les lumières sont éteintes – enfin, elles ne le sont jamais totalement : c'est assez sombre pour qu'on ne puisse pas lire, mais pas suffisamment pour bien dormir –, quoi qu'il en soit, après l'extinction des feux, je passe les doigts sur tes lettres, comme si c'était du braille. (Trop romantique !)

Sinon, merci d'alimenter le compte que m'a ouvert l'administration pénitentiaire. Ici, il faut acheter tout ce dont on a besoin. Sous-vêtements, chaussettes. Tout ce qui peut améliorer le quotidien. Ce n'est pas un appel du pied, mais ce serait cool d'avoir un radioréveil, et bien sûr, ce qui rendrait vraiment ma vie un peu plus supportable, ce serait de te voir.

Je t'aime,

Roy

P-S : J'ai commencé à t'appeler Georgia à New York, parce que je me rendais compte que tu avais le mal du pays. À présent, je continue parce que c'est moi qui suis nostalgique et que, mon pays, c'est toi.

Cher Roy,

Le temps que tu reçoives cette lettre, je serai déjà venue te voir, car je la poste en quittant la ville. Dre a fait le plein d'essence et j'ai chargé la voiture de bonnes choses. J'ai pratiquement appris par cœur le guide des visites. Il y a des règles très spécifiques concernant la tenue. J'ai un faible pour l'interdiction « des pantalons gauchos et des jupes-culottes ». Je parie que tu ne sais pas ce que c'est. Elles faisaient fureur quand j'étais en primaire et, Dieu merci, elles ne sont jamais revenues à la mode. En résumé : ne pas montrer de peau, ne pas porter de soutien-gorge à armature, sauf si tu veux faire sonner le détecteur de métal et être renvoyée chez toi. Après tout, c'est comme quand on prend l'avion… pour aller au couvent. Mais je suis prête.

Il va sans dire que je connais ce pays et son histoire. Je me souviens d'un homme qui avait donné une conférence à Spelman, après avoir passé plusieurs décennies en prison pour un crime qu'il n'avait pas commis. Tu étais là ? Il était accompagné de la femme blanche qui l'avait accusé. Ils avaient tous les deux été touchés par la grâce, quelque chose dans ce genre. Ils avaient beau se tenir devant moi, ils me faisaient l'impression d'une leçon d'histoire, de fantômes du Mississippi. Quel était le rapport avec nous, une foule d'étudiants entassés dans un amphi parce que ça comptait dans la moyenne ? Aujourd'hui, je regrette de ne pas avoir été plus attentive. Si j'évoque ce souvenir, c'est pour dire que je savais que ça existait, sauf que je ne croyais pas que ça puisse nous arriver à nous.

Songes-tu parfois à celle qui t'a accusé ? J'aimerais pouvoir lui parler en tête à tête. Quelqu'un l'a agressée dans sa chambre. Je ne pense pas qu'elle l'ait inventé, ça s'entendait dans sa voix. Sauf que ce n'était pas toi. À présent qu'elle est rentrée chez elle, à Chicago ou ailleurs, elle regrette de s'être arrêtée à Eloe. Et elle n'est pas la seule. Mais je ne t'apprends rien. Tu sais où tu es et tu sais ce que tu n'as pas fait.

L'oncle Banks prépare le premier appel. Il me répète que ce pourrait être pire. On ne s'en sort pas toujours vivant, quand on a maille à partir avec la loi. Il n'y a pas d'appel qui tienne face à une balle policière. C'est déjà ça. Même si ce n'est pas grand-chose.

Tu sais que je prie pour toi ? Est-ce que tu le sens, le soir, quand je m'agenouille à côté de mon lit, comme du temps où j'étais enfant ? Je ferme les paupières et je te revois tel que tu étais lors de notre dernière nuit ensemble, dans les moindres détails, jusqu'à la tache de rousseur au-dessus de ton sourcil. J'ai un carnet où j'ai noté chaque mot que nous avons échangé ce soir-là, avant de nous endormir. Je les ai écrits, pour qu'à ton retour nous puissions reprendre là où nous en étions restés.

Je dois te faire un aveu : je suis extrêmement nerveuse. J'ai beau être consciente que ce n'est pas pareil, ça me rappelle les premiers temps de notre relation, quand nous essayions d'être un couple à distance et que tu m'as envoyé un billet d'avion. Après tous nos échanges téléphoniques et nos e-mails, j'appréhendais ces retrouvailles. La suite a prouvé que j'avais tort de m'inquiéter, pourtant, aujourd'hui, j'éprouve une crainte similaire en t'écrivant cette lettre. Sache donc que, s'il y a une gêne entre nous pendant ma visite, c'est parce que cette situation est encore très nouvelle et que je suis stressée. Rien n'a changé. Je t'aime autant qu'au premier jour de notre mariage. Et je t'aimerai toujours.

Ta Celestial

Chère Georgia,

Merci d'être venue me rendre visite. Je sais que ce n'est pas facile. Quand je t'ai reconnue, élégante dans ce parloir où tu n'étais pas à ta place, je n'ai jamais été aussi heureux de ma vie de voir quelqu'un. J'avais envie de pleurer comme une fillette.

Je ne mentirai pas. C'était bizarre de se retrouver devant tous ces gens. Et si je suis resté silencieux, c'est que tu as déclaré que tu ne souhaitais pas discuter de ce qui me préoccupait vraiment. Je n'ai pas insisté parce que je ne tenais pas à gâcher le peu de temps que nous avions. Et c'était très bien ainsi. J'étais heureux de te voir. Walter a passé la journée du lendemain à me taquiner en disant que je rayonnais comme un sapin de Noël. Malgré tout, je dois te parler de ce qui me pèse, Celestial, pardon.

C'est vrai que j'ai dit que je ne voulais pas avoir un fils qui serait obligé d'avouer que son papa était en prison. Tu sais que je n'ai pas beaucoup d'informations sur mon géniteur, hormis son nom et le fait qu'il a probablement eu des ennuis avec la police. Mais depuis que Big Roy m'a adopté, je n'ai jamais eu à porter la honte comme une horloge géante autour du cou. Parfois, en dépit de tout, j'entendais le tic-tac de cette horloge dans un coin de mon esprit. Je pensais aussi à ce garçon que je connaissais, Myron, dont le père était au pénitencier d'État. Myron était minuscule, et tous ses vêtements lui étaient fournis par l'Église. Une fois, je l'ai vu avec une de mes vieilles vestes. On le surnommait « la Taule », à cause de son père. Aujourd'hui encore, il se fait appeler la Taule. C'est devenu son nom.

Notre enfant, lui, aurait quand même eu Mister D et Gloria, Andre, sans oublier mes parents. C'est plus qu'un village qui aurait pu prendre soin de lui en attendant que je retrouve ma liberté. Il m'aurait donné une raison supplémentaire d'espérer.

Je comprends que tu n'aies pas envie d'en parler. Ce qui est fait est fait. Néanmoins, je ne peux pas m'empêcher de penser à lui. Bien sûr, on ne peut pas savoir si c'était un garçon, pourtant je sens dans mes tripes que c'était un petit gars.

C'est une question douloureuse mais, si notre foi avait été plus forte, les choses auraient-elles été différentes ? Et si c'était un test ? Si nous avions gardé le bébé ? Je serais peut-être rentré à temps pour voir paraître son minuscule crâne chauve et innocent. Ce calvaire n'aurait alors été qu'une histoire que nous lui aurions racontée plus tard, pour qu'il comprenne qu'il fallait être prudent quand on était un homme noir aux États-Unis. Lorsque nous avons décidé qu'il valait mieux avorter, d'une certaine manière, nous nous sommes résignés. Nous avons cessé de croire que je serais acquitté. Et à partir du moment où nous avons abandonné, Dieu nous a abandonnés. Je sais qu'il ne nous abandonne jamais vraiment, mais tu me comprends.

Dis-moi, qui est au courant ? Tu n'as pas à me répondre. Ce n'est pas que ce soit important, je suis curieux, c'est tout. J'ai mis tes parents sur la liste des visiteurs et je me demande s'ils savent ce que nous avons fait.

Georgia, je ne peux pas t'obliger à en discuter si tu ne le souhaites pas, mais je voulais que tu saches que c'était ce que j'avais en travers de la gorge et qui m'empêchait de parler.

Malgré tout, c'était merveilleux de te voir. Je t'aime plus que les mots ne peuvent l'exprimer.

Ton mari,

Roy

Cher Roy,

Oui, chéri, oui, j'y pense, mais pas constamment. On ne peut ressasser ça jour après jour. Et quand j'y songe, c'est avec plus de tristesse que de regrets. Je comprends que tu en souffres, mais je t'en prie, ne m'envoie plus de lettre pareille. As-tu oublié la prison du comté ? L'odeur de pisse et de Javel, et toutes ces femmes avec leurs enfants autour de nous. Ton teint était si gris qu'on avait l'impression que tu étais couvert de cendres. Tes mains étaient aussi rugueuses que la peau d'un alligator et aucune crème ne semblait capable de guérir tes crevasses et tes plaies. As-tu oublié tout ça ? L'oncle Banks a dû te trouver un autre costume pour le procès tellement tu avais perdu de poids en attendant le « prompt jugement » dont tout citoyen américain est censé bénéficier. Tu n'étais que l'ombre de toi-même.

Quand je t'ai annoncé que j'étais enceinte, le moins qu'on puisse dire, c'est que tu n'as pas sauté de joie. J'espérais que cette idée te toucherait, te ramènerait à la vie. Pour te réveiller, ça t'a réveillé. Tu grondais entre tes dents, les poings fermés. Souviens-toi de ce que tu as dit : *Tu ne peux pas l'avoir. Pas comme ça.* Ce sont tes propres mots. Tu me serrais le poignet si fort que j'en avais des fourmis dans les doigts. Ne viens pas prétendre maintenant que tu n'étais pas sérieux.

Tu n'as pas mentionné ton camarade surnommé « la Taule » ni ton « vrai » père, mais à défaut d'arbre j'ai vu la forêt. C'est quelque chose dont j'étais sûre à l'époque et dont je reste à peu près sûre aujourd'hui : je ne veux pas être la mère d'un enfant né contre le souhait de son père, et tu étais très clair à ce sujet.

Roy, tu sais que je ne l'ai pas fait de gaieté de cœur. Si dur cela soit-il pour toi, souviens-toi que c'est à moi que c'est arrivé. C'est moi qui étais enceinte. C'est moi qui ne le suis plus. Quoi que tu ressentes, pense à ce que moi je dois éprouver. De même que je n'ai pas idée de ce qu'est la vie en prison, tu ignores ce que c'est que d'aller voir le médecin et de signer le registre.

Je gère ça à ma manière, à travers mon travail. Je couds comme une folle, tard dans la nuit. Les poupées m'en rappellent une autre, que j'ai eue enfant. Il y avait un magasin à Cleveland, le Babyland General Hospital, où on pouvait « adopter un bébé ». C'était un peu au-dessus de nos moyens, mais Gloria et moi y sommes allées, ne serait-ce que pour regarder. À la vue de tous ces jouets exposés, je lui ai demandé si c'était la fourrière des poupées. Et elle m'a répondu que c'était plutôt comme un orphelinat. J'avais eu une enfance tellement protégée que j'ignorais ce dont il s'agissait et, quand elle me l'a expliqué, j'ai pleuré et supplié pour qu'on les ramène toutes à la maison.

Mes poupées ne sont pas des orphelines à mes yeux, ce sont des bébés qui vivent dans mon atelier de couture. J'en ai fait quarante-deux à ce jour. Je pense essayer de les vendre sur des marchés d'artisans, à prix coûtant, environ cinquante dollars pièce. Celles-ci sont destinées à des enfants, pas à des collectionneurs. Et pour tout te dire, je veux m'en débarrasser. Je ne supporte plus leur regard sur moi toute la journée. Mais, en même temps, je ne peux pas m'arrêter de coudre.

Tu souhaites savoir qui est au courant. Au courant de ce que j'ai fait, ou au courant que tu m'as demandé de le faire ? Est-ce que tu t'imagines que je l'ai affiché sur un panneau géant ? Si tu es une femme adulte et que tu as plus de dix dollars à la banque, personne ne comprend ce qui t'empêche d'avoir un enfant. Mais comment pourrais-je envisager d'être mère alors que mon mari est en prison ? Je sais que tu es innocent, il n'y a pas l'ombre d'un doute dans mon esprit. À côté de ça, je sais aussi que tu n'es pas là. Ce n'est pas un jeu, un exercice ou un film. J'avais deux semaines de retard et je m'apprêtais à pisser sur une bandelette quand j'en ai réellement pris conscience.

Je n'en ai parlé à personne, hormis Andre. Il a simplement dit : « Tu ne peux pas y aller seule. » Il m'a conduite là-bas et il a couvert ma tête de sa veste pour passer devant les manifestants qui psalmodiaient leurs slogans et brandissaient leurs ignobles pancartes. Après, il m'a ramenée à la maison. Et dans la voiture, il m'a fait une réflexion que j'aimerais partager avec toi : « Ne pleure pas. Ce n'était pas votre dernière chance. » Roy, il a raison. Toi et moi, nous aurons des bébés. Comme on dit : « Une fille pour toi, un garçon pour moi », ou est-ce que c'est l'inverse ? Peu importe, à ta sortie, nous aurons dix enfants si c'est ce que tu veux. Je te le promets.

Je t'aime. Tu me manques.

Ta Celestial

Chère Georgia,

Je sais que j'ai promis d'arrêter. Mais j'ai encore une chose à ajouter. Nous avons détruit le germe de notre famille. Ta lettre laisse entendre que je t'ai forcée, que tu es arrivée à la prison du comté enthousiaste à la perspective de porter mon enfant. En réalité, tu as dit « Je suis enceinte » comme si tu étais atteinte d'un cancer. Qu'étais-je censé répondre ? Et admettons que je t'ai poussée dans cette direction, n'essaie pas de me faire croire que tu es une petite femme docile. Je n'oublierai jamais le jour de notre mariage quand, devant tout le monde, tu as regardé le pasteur dans les yeux parce qu'il voulait que tu me jures *obéissance*. S'il n'avait pas cédé, on serait toujours là-bas, à attendre sa bénédiction.

Le jour où tu es venue à la prison, nous avons discuté. Toi et moi. Deux adultes. Il ne s'agissait pas de moi te disant ce que tu avais à faire. Dès que j'ai évoqué l'idée de ne pas garder le bébé, j'ai vu le soulagement sur ton visage. J'ai desserré les doigts, tu as attrapé le ballon et tu es partie en courant avec. Tout ce dont tu te souviens est vrai. J'ai prononcé chacun de ces mots, mais tu ne m'as opposé aucun argument. Tu n'as pas dit qu'on se débrouillerait. Tu n'as pas dit que c'était un être que nous avions créé tous les deux. Tu n'as pas dit que je serais peut-être libre d'ici à la naissance. Tu as rentré la tête dans les épaules et tu as dit : « Je ferai le nécessaire. »

Oui, je comprends. Ton corps, ton choix. Tout ce qu'on t'a appris à Spelman. Très bien.

Malgré tout, nous aurions dû savoir qu'il y aurait des conséquences. Je suis prêt à prendre ma part de responsabilité, mais je n'étais pas seul.

Je t'aime,

Roy

Cher Roy,

Un peu de contexte.

À la fac, ma colocataire m'a dit que les hommes aiment que les femmes soient « vierges d'expérience » et qu'il vaut mieux éviter de leur parler de nos relations passées pour qu'ils puissent faire comme s'ils étaient les premiers. Je me doute donc que ça ne va pas te plaire, mais j'ai l'impression que tu me forces à te raconter cette malheureuse histoire.

Roy, tu sais que j'ai étudié un an à l'université Howard avant Spelman. Néanmoins, tu ignores pourquoi je suis partie. À Washington, je suivais un cours intitulé « Art de la diaspora africaine », et mon professeur, Raul Gomez, était l'incarnation de cette diaspora. C'était un Noir du Honduras, qui parlait espagnol quand il était passionné, et il était toujours passionné s'il s'agissait d'art. Il disait qu'il n'avait jamais terminé sa thèse parce qu'il ne supportait pas l'idée d'écrire au sujet d'Elizabeth Catlett en anglais. Il avait quarante ans, il était marié et il était séduisant. J'avais dix-huit ans, je me sentais flattée et j'étais la reine des gourdes.

Lorsque je me suis rendu compte que j'étais enceinte, nous étions officieusement fiancés. Même si je n'avais pas de bague, j'avais sa parole, mais – car il y a toujours un mais, n'est-ce pas ? – il fallait d'abord qu'il divorce et il estimait qu'après douze ans de vie commune sa femme ne méritait pas l'humiliation d'un enfant illégitime. Un enfant de l'amour, disait-il. Et moi, comme une idiote, j'étais touchée parce qu'il employait le mot « amour ».

Je suppose que tu devines la suite. Rétrospectivement, je réalise que c'était écrit d'avance. Je me remettais doucement de l'avortement quand il est venu à la résidence universitaire pour m'annoncer que c'était fini. Il était élégamment vêtu, en costume bleu marine avec une cravate couleur cendre. Je portais un jogging et un tee-shirt trop grand. Il avait l'air d'un artiste du Harlem des années 1920 et moi je n'avais même pas de chaussures aux pieds. Il m'a dit : « Tu es une fille adorable. Tu m'as tourné la tête et j'ai oublié mon devoir. » Et il m'a plantée là.

Il a disparu et, d'une certaine manière, moi aussi. J'avais l'impression d'avoir dérapé sur une plaque de verglas le long d'une route sombre dans un recoin de mon cerveau. J'ai cessé d'aller à ses cours, puis aux autres cours.

Au bout d'une quinzaine de jours, un ami de mon père, qui enseignait dans le département de chimie, a alerté ma famille. Les facs noires ne plaisantent pas avec leurs responsabilités dans ce genre de situation. Mes parents ont débarqué à Washington plus vite que tu ne peux dire « poursuites judiciaires ». (Oui, l'oncle Banks était l'avocat. Le procès n'avait aucune chance d'aboutir, mais le but était que Raul perde son emploi.)

Cette histoire m'a brisée. De retour à Atlanta, je suis restée prostrée pendant un mois. Je refusais même de voir Andre. Mes parents pensaient sérieusement à me faire interner. C'est Sylvia qui m'a secouée. (Toutes les filles ont besoin d'une tante sage et rassurante.) Je lui répétais le genre de choses que tu me dis à présent. J'avais tout gâché. Si j'avais été assez courageuse pour garder le bébé, j'aurais été récompensée en obtenant ce que je voulais réellement, autrement dit je serais Mme Gomez. La vie était un examen que je ratais à chaque étape.

Sylvia n'y est pas allée par quatre chemins : « Je ne vais pas te juger. C'est entre toi et Jésus. Je ne te poserai qu'une question, et je te demanderai seulement d'être franche : regrettes-tu de ne pas avoir un enfant aujourd'hui ? » J'étais incapable de répondre. Tout ce que je savais, c'était que je ne voulais pas ressentir ce que je ressentais. Devant mon silence, elle a ajouté : « Quand tu as fait le test de grossesse, tu espérais un résultat positif ou négatif ? » Je n'ai pas hésité : « Négatif. »

Alors, elle a dit : « Ce qui est fait est fait. Qu'est-ce que tu espères ? Remonter le temps ? Revenir à l'automne dernier et le dé-baiser ? »

Puis elle a sorti une dizaine de chaussettes, du fil à broder et de la bourre de coton. La suite, tu la connais, comme tout le monde. Elle m'a appris à confectionner les poupées-chaussettes destinées à l'hôpital Grady pour les enfants nés de mères toxicomanes, les « bébés du crack ». Nous leur rendions parfois visite et étreignions les pauvres petits, qui souffraient tellement du manque qu'ils tremblaient dans nos bras.

Je ne faisais pas ça par charité. Je cousais pour me purger de mon sentiment de culpabilité. J'étais à des lieues de songer aux *poupées** de collection, aux commandes et aux concours. Chaque fois que je faisais un geste pour réconforter un de ces bébés sans mère, j'avais l'impression de rembourser une fraction de ma dette à l'univers. Puis les poupées et Washington sont devenus deux choses distinctes dans ma tête. J'avais un poids sur la conscience et les poupées m'ont aidée à me libérer.

Malgré tout, je n'ai pas oublié. Je me suis juré que jamais plus je ne me remettrais dans une situation pareille. Pendant un temps, j'avais peur d'essayer, parce que je croyais que je m'étais abîmée, pas tant physiquement que spirituellement.

Roy, même si en théorie nous avions le choix, dans le fond nous ne l'avions pas vraiment. J'ai pleuré cette perte comme si j'avais fait une fausse couche. Mon corps était fertile, mais pas ma vie. Nous avons chacun un fardeau à porter.

Voilà, désormais, tu sais. Nous charrions tous les deux notre croix.

À présent, s'il te plaît, cessons d'en parler. Si tu as un peu de tendresse pour moi, n'évoque plus jamais le sujet.

Ta Celestial

Chère Georgia,

Deux de passés, plus que dix ans à tirer. (C'est mon nouveau sens de l'humour.)

Finalement, Banks va faire appel. J'ai honte de penser à tout l'argent que tes parents dépensent pour moi.

Même s'il leur fait un « prix d'ami », je vois le compteur tourner. Mais si la cour d'appel de l'État nous donne raison, je serai bientôt sorti et je prendrai le premier emploi que je trouverai pour rembourser ton père. Sérieusement. Peu importe si je dois remplir les sacs des clients à la caisse d'un supermarché.

C'est pour ça que je préfère les lettres aux e-mails. Tout ce que j'écris équivaut à une reconnaissance de dette, signée, cachetée et envoyée. En plus, on ne nous accorde que soixante-cinq minutes hebdomadaires pour rédiger nos e-mails à la bibliothèque, et il y a toujours quelqu'un qui attend derrière toi ou qui essaie de lire par-dessus ton épaule. J'aime autant utiliser ce temps pour proposer mes services d'écrivain public à mes codétenus. Tu ne devineras jamais avec quoi on m'a payé, la semaine dernière... Un oignon. Tu dois trouver ça délirant, pourtant les oignons sont une denrée rare, et la cuisine de la prison a bien besoin d'être un peu relevée. J'ai écrit un long message mi-flatteur, mi-suppliant pour un type qui réclamait de l'argent à un proche. S'il obtenait la somme espérée, je gagnais un oignon. Bien sûr, je l'ai partagé avec Walter, étant donné qu'il a joué le rôle d'intermédiaire. Tu aurais dû voir ça. Si le bossu de Notre-Dame était un légume, ce serait ce petit oignon tordu. Je préférerais t'épargner le détail de la tambouille que nous avons préparée ce soir-là dans notre cellule, mais je sais que tu es curieuse, et je vais donc essayer de te la décrire. C'est un plat qui se fait avec des nouilles instantanées chinoises, des chips de maïs écrasées, de l'oignon et des saucisses de Francfort. Chacun ajoute ce qu'il a et, quand c'est fini, on partage. Walter est notre chef cuistot. Je te promets que c'est meilleur que ça n'en a l'air.

L'autre avantage des lettres, c'est que je peux les écrire le soir. Dommage qu'il n'y ait pas plus de types branchés courrier à l'ancienne, parce que je pourrais en faire un petit commerce. Malheureusement, les gens à l'extérieur ne répondent pas et, si on écrit, c'est quand même pour recevoir une lettre en retour. L'e-mail, c'est différent. On répond en général presque immédiatement, même si c'est très bref. Toi, tu ne laisses jamais mes lettres sans réponse et tu sais que je t'en suis reconnaissant.

Est-ce que tu pourrais m'envoyer des photos ? J'en voudrais d'avant, et aussi deux ou trois plus récentes.

Je t'aime,

Roy

Cher Roy,

J'ai reçu ta lettre hier. As-tu eu la mienne ? Tu trouveras ci-joint les photos demandées. Celles d'avant, tu les reconnaîtras. Je n'en reviens pas quand je me vois si mince. Et puisque tu en veux des nouvelles, en voici. Andre s'est mis à la photographie, c'est pour ça qu'elles ont ce côté artistique et sérieux. Il n'est pas près d'en faire son métier, néanmoins je pense qu'il a du talent. C'est à cause de sa petite amie : elle a vingt et un ans et se figure pouvoir gagner sa vie en réalisant des documentaires. (Mais de quel droit est-ce que je me permettrais de juger ? J'ai la trentaine et je gagne ma vie en fabriquant des poupées de chiffon !) En plus, si elle plaît à Dre, je la kiffe, et Dre est amoureux. Mais vingt et un ans ? J'ai l'impression d'être une vieille dame.

Puisqu'il est question d'âge, tu vas voir que j'ai grossi. Mes parents sont pourtant tous les deux très minces. Pas de chance, il semblerait que je me sois pris un gène récessif dans les fesses. C'est ma faute.

Je couds non-stop, ce qui fait que je passe mes journées assise. Il faut dire que les commandes pleuvent !

La situation a atteint un point critique et j'ai décidé de louer un espace de vente. Ce n'est pas ce que tu imaginais, ça ressemble plus à une boutique chic qu'à un magasin de jouets. Enfin, disons que c'est luxueux pour des jouets, et modeste pour de l'art. Je dois avouer que c'est gratifiant de pouvoir proposer une jolie poupée noire à une jolie fillette noire et de la voir la serrer et la cajoler. C'est autre chose que de regarder un collectionneur partir avec une caisse en bois.

Je me demande si je fais des compromis. C'est de l'artisanat, mais pas de l'art.

Ça va, je sais ce que tu penses : je n'ai pas ouvert que déjà j'ai peur de vendre mon âme.

À propos de gros sous, je suppose que tu devines qui est derrière. J'ai en tout et pour tout un investisseur, et c'est mon père. Il a placé tellement d'argent dedans qu'on a mis la société à son nom. J'ai dû lui rappeler qu'un bailleur de fonds n'était pas censé participer à la gestion de l'entreprise. Il voulait que j'écrive « Poo-Paiz » sur l'enseigne au lieu de *Poupées** pour que l'Américain moyen soit capable de le prononcer. (Même pas en rêve !)

Je sais que nous avions prévu de lancer notre petite affaire tous les deux, sans l'aide de personne, malheureusement on ne fait pas toujours ce qu'on veut. En plus, mes parents y tenaient absolument. M'entêter à garder mon indépendance ne m'avancera à rien. Papa et moi sommes allés à la banque et nous avons parlé à un agent immobilier. Sauf imprévu, *Poupées** ouvrira d'ici à six mois. Même si ce n'est pas notre rêve, on n'en est pas très loin. Et comme dit mon père, « ça peut marcher ».

Mais revenons aux photos. Je n'arrête pas de changer de sujet parce que je ne suis pas satisfaite du résultat. Je trouve qu'elles en révèlent trop. Tu vois peut-être ce que je veux dire ? C'est ce que j'apprécie dans le travail de Dre, tant qu'il s'agit des autres. Il a fait un portrait de mon père, et on lit sa vie entière dans les rides de son front. Tout est là : l'Alabama, la paternité, son trip de self-made man noir. (Bien sûr, il le déteste et je le trouve génial.)

Les clichés que j'ai choisis sont classés « tout public », donc tu peux les montrer, mais quand je les regarde j'espère vraiment que tu vas les garder pour toi. Montre plutôt les vieilles photos à tes amis.

S'il te plaît, passe mon bonjour à Walter et dis-lui que j'aimerais faire sa connaissance. Il me fait l'effet d'un brave homme. Est-ce qu'il a de la famille ? Si tu veux, je peux virer de l'argent sur son compte à la prison. Ça me fait de la peine de penser à tous ces hommes enfermés sans personne pour les aider. Je peux utiliser le nom d'Andre si tu préfères que ça reste anonyme. Je sais que les gens ont leur fierté. Dis-moi ce qui serait le mieux.

Ta Celestial

Chère Georgia,

Tu es la meilleure chose qui me soit arrivée. Tout me manque chez toi. Même ton bonnet de nuit dont je me plaignais. Ta cuisine me manque. Ta silhouette parfaite. Tes cheveux naturels. Et surtout, ton chant me manque.

En revanche, nos disputes ne me manquent pas. Comment avons-nous pu perdre tout ce temps à nous prendre la tête pour des broutilles ? Je pense à toutes les fois où je t'ai blessée. Je pense à toutes les fois où j'aurais pu faire en sorte que tu sois rassurée, mais où je t'ai laissée t'inquiéter simplement parce que ça me plaisait qu'on s'inquiète à mon sujet. Quand j'y songe, j'ai l'impression d'être le dernier des idiots. Un pauvre idiot solitaire.

S'il te plaît, pardonne-moi et continue de m'aimer.

Tu ne sais pas à quel point c'est démoralisant d'être un homme qui n'a rien à donner à une femme. Je pense à toi à Atlanta, et à tous ces frères à Atlanta, avec leur attaché-case, leur emploi et leur diplôme. Coincé ici, je n'ai rien à t'offrir, si ce n'est mon âme, et je suis sincère.

La nuit, lorsque je parviens à me concentrer, je peux toucher ton corps en esprit. Je me demande si tu le sens dans ton sommeil. C'est dommage qu'il ait fallu que je me retrouve derrière les barreaux, privé de tout ce qui m'importait, pour réaliser qu'il était possible de toucher une autre personne sans la toucher. Je me sens plus près de toi que quand nous étions allongés côte à côte dans notre lit. Le matin, je me réveille harassé, parce que c'est épuisant de quitter son corps ainsi.

Je sais que je vais passer pour un dingue, mais je te demande d'essayer. S'il te plaît, essaie de me toucher avec ton esprit. Que je sache ce que ça fait.

Je t'aime,

Roy

Chère Georgia,

S'il te plaît, excuse-moi si ma dernière lettre était un peu barrée. Je ne voulais pas te faire flipper. S'il te plaît, réponds.

Roy

Cher Roy,

Tu ne m'as pas fait flipper. C'est juste que je n'arrête pas depuis quelques semaines. Ma carrière semble décoller. Je déteste ce mot : *carrière.* J'ai beau savoir que c'est de la parano, j'ai toujours la sensation que *garce arriviste* se cache derrière. Le fait est que ça s'emballe vraiment. Il est question d'une exposition en solo. Je ne voulais pas t'en parler avant que ce soit gravé dans le marbre, mais disons que c'est gravé dans la pâte à modeler. En tout cas, voici la nouvelle. Tu te souviens de ma série *Un homme en mouvement* ? À présent, elle s'appelle *Je SUIS un homme*. L'exposition réunira tous les portraits de toi que j'ai réalisés, à commencer par la bille. Je vais peut-être même décrocher une expo à New York. Attention, le mot important est *peut-être*, il n'empêche, je suis survoltée et débordée. Andre se charge des diapos et du graphisme. Tout a l'air parfait, j'aimerais seulement qu'il accepte que je le paie. Je sais qu'il est presque de la famille, malgré tout je ne voudrais pas abuser de sa gentillesse.

C'est épuisant, mais travailler ainsi avec des images de toi me donne l'impression de passer mes journées avec toi et parfois j'en oublie de t'écrire. S'il te plaît, pardonne-moi. Et sache que tu ne quittes jamais mes pensées.

Je t'embrasse,

C

Chère Georgia,

Ma mère dit que tu es célèbre. Vrai ou faux ?

Je t'aime,

Roy

Cher Roy,

Je dois l'être, si on en parle jusqu'à Eloe. Je suppose que toute la population noire de ce pays est abonnée à *Ebony*. Je ne sais pas si tu as lu l'article. Le cas échéant, laisse-moi t'expliquer. Et sinon, je veux que tu comprennes exactement ce qui s'est passé.

Je t'ai dit que ma poupée avait remporté un concours au National Portrait Museum. Ce que je n'ai pas précisé, c'est qu'elle te représentait. Ta maman m'avait demandé une poupée d'après une photo de toi bébé, le portrait de studio en noir et blanc qui se trouve dans ta chambre d'enfant. Je lui ai promis de m'en occuper et j'ai passé trois mois dessus pour reproduire le menton. Elle a même fourni la barboteuse d'époque. C'était surréaliste d'habiller la poupée avec les vêtements que ta mère destinait à son petit-fils. (Ça va chercher loin, mine de rien.) Quoi qu'il en soit, je l'ai oubliée à la maison lors de ma dernière visite. Une erreur idiote. J'ai donc décidé de la lui envoyer pour la Saint-Valentin, mais je n'arrivais pas à m'en séparer. Tu sais à quel point je peux être perfectionniste quand j'ai une commande. Il y avait quelque chose qui me gênait, quelque part, c'était trop facile, trop précis. Elle me l'a réclamée cent fois et cent fois je lui ai dit que c'était presque fini.

La suite est compliquée, donc laisse-moi revenir un peu en arrière.

Depuis que tu es en prison, je passe pas mal de temps avec ma mère. Au début, c'était juste pour ne pas être seule à la maison. À présent, on se rend visite comme des copines, on bavarde et on boit du vin. Parfois, elle reste dormir. Un soir, elle m'a raconté ce qui avait amené sa famille à Atlanta. C'était une longue histoire et j'étais fatiguée, mais dès que je piquais du nez elle me secouait.

À cette époque, ma mère était encore un bébé dans son landau. Ma grand-mère l'avait emmenée faire des courses, ce qui était toujours une source de stress pour elle, parce que mes grands-parents avaient beaucoup de besoins et peu d'argent. Parfois, ils devaient mendier un crédit, et l'orgueil de ma grand-mère en souffrait. En plus, tu sais comment ça peut déraper dès qu'on commence à s'endetter. Quoi qu'il en soit, un jour qu'elle était au magasin, en train de calculer comment elle pouvait nourrir toute la famille avec le minimum, elle a croisé une Blanche et sa fille. (Gloria m'en a dressé un tableau édifiant. Selon elle, elles étaient dépenaillées, sentaient le camphre, et la gamine n'avait même pas de chaussures aux pieds.)

Soudain, la petite a montré ma mère du doigt et a dit : « Regarde, maman ! Un bébé servante ! » Pour ma grand-mère, cet incident a été la goutte d'eau. Le mois ne s'était pas écoulé que la famille pliait bagage, direction Atlanta. Tout le monde s'est installé chez le frère de mon grand-père, le temps que ce dernier trouve un emploi. Mais ce n'est pas le propos. Ce que je veux dire, c'est qu'à cet instant, dans ce magasin, ma mère était bien un bébé servante, et c'est pour cette raison qu'ils sont partis, pour échapper à ce destin.

Tu essaieras de t'en souvenir, d'accord ? C'est important.

Je ne te l'ai jamais raconté, mais il y a environ un an il m'est arrivé un incident. Pas un accident, juste un incident. Je ne l'ai pas mentionné, parce que tu as assez de soucis comme ça. N'en fais pas tout un plat. Je vais bien.

Andre et moi étions du côté de Peeples Street, parce que nous venions d'installer mon exposition à Hammonds House. Ces poupées étaient très ornementées, presque baroques, beaucoup de soie grège et de tulle. C'était éreintant, car il fallait les disposer sur des plateformes mobiles que j'avais construites moi-même. Andre m'avait donné un coup de main, mais c'était un travail pénible, et je n'avais plus les yeux en face des trous quand on est sortis. Tout ça pour dire que j'étais épuisée.

Nous étions sur Abernathy Boulevard et nous allions acheter des sandwichs au thon chez les musulmans, ce qui est un autre facteur. J'avais faim.

Près d'un carrefour, nous avons croisé un enfant qui marchait avec sa maman. Un adorable bout de chou. Les tout-petits retiennent toujours mon attention. Si les choses s'étaient déroulées différemment, nous pourrions avoir un garçon de cet âge. Sa mère semblait jeune, vingt et un ans peut-être, pourtant, ça se voyait qu'elle était consciencieuse rien qu'à la manière dont elle lui tenait la main et bavardait avec lui. Je m'imaginais à sa place, sentant la douce menotte et répondant aux questions qu'il posait avec de grands yeux brillants. Lorsqu'ils sont arrivés à notre niveau, il a souri – ah, ces dents miniatures parfaites – et j'ai eu un choc. Ce petit garçon te ressemblait. Dans ma tête, une voix qui n'était pas la mienne a dit : *Un bébé prisonnier.* J'ai porté mes mains à ma bouche et j'ai regardé Andre, qui avait l'air désorienté. « Tu l'as vu ? C'était bien Roy ? » Il m'a dévisagée et il a fait : « Hein ? » J'ai honte rien que de l'écrire. Mais j'essaie d'expliquer ce qui s'est passé. Un instant plus tard, j'étais à genoux sur le trottoir, étreignant une borne d'incendie comme si c'était un robuste garçonnet.

Andre s'est accroupi. Les gens devaient croire à une scène de ménage. Il a détaché mes mains, un doigt après l'autre. On est parvenus je ne sais comment au restaurant. Il a appelé ma mère et m'a attrapée par les épaules en disant : « Tu ne peux pas laisser cette histoire te détruire. » Finalement, Gloria nous a rejoints et m'a donné une de ces « pilules pour les nerfs » que toutes les mères ont dans leur sac. En bref : je ne sais pas ce qui m'a pris mais, après une bonne nuit de sommeil, rien n'y paraissait plus. Le lendemain, j'étais sur pied et j'ai pu aller au vernissage à Hammonds House. Je ne peux pas vraiment expliquer ce qui s'est passé. Cette idée s'était logée en moi, comme un parasite intestinal.

Alors, j'en ai fait une poupée. J'ai déshabillé celle qui te représentait, je lui ai enlevé sa barboteuse et j'ai taillé une mini-combinaison de prisonnier dans du coton ciré. C'était tout aussi douloureux, mais au moins ça avait un sens. Avec les vêtements de bébé, ce n'était qu'un jouet. À présent, c'était de l'art. C'est la poupée qui a gagné le concours. Je regrette que tu l'aies appris par ta mère, j'aurais dû t'en parler avant.

Quand on m'a interrogée sur scène, je ne t'ai pas cité. On m'a questionnée au sujet de mon inspiration et j'ai raconté l'anecdote du bébé servante, j'ai évoqué Angela Davis et le complexe carcéro-industriel. Ce qui t'est arrivé est trop intime, je ne voulais pas lire ton histoire dans le journal. Je sais que tu comprendras.

Ta Celestial

Chère Georgia,

Il y a quelques mois, tu disais au sujet des poupées que, si ce n'était pas exactement notre rêve, on n'en était pas loin. Il semblerait plutôt que tu sois en train de réaliser ton véritable rêve dans mon dos. Le magasin, c'était mon idée. Toi, tu fantasmais sur les galeries, les musées et les installations clés en main. Ne me traite pas comme si je ne te connaissais pas.

Je comprends ce que tu dis et aussi ce que tu ne dis pas. As-tu honte de moi ? C'est ça, n'est-ce pas ? Tu ne peux pas aller au National Portrait Museum et révéler que ton mari est en prison. En réalité, tu le pourrais, mais tu ne veux pas le faire. Je compatis : c'est un gros changement et il faut s'y habituer. Avant, nous incarnions la famille noire modèle. Désormais, où en sommes-nous ? Je sais où *tu en es* et je sais où *j'en suis*, mais *NOUS* ?

Envoie-moi une photo de la poupée. Je l'apprécierai peut-être mieux quand je verrai à quoi elle ressemble, cependant, je dois t'avouer que l'idée ne me plaît qu'à moitié. Et même si ce que tu dis dans l'article est vrai, si tu souhaites sincèrement « sensibiliser l'opinion au problème de l'incarcération de masse » – admettons que ce ne soit pas du baratin –, explique-moi en quoi ce que tu fais va aider qui que ce soit, ici ? Hier, un type est mort parce que personne n'a voulu lui donner son insuline. Au risque de te décevoir, je dois te dire la vérité : aucune *poupée** ne le fera ressusciter.

Tu sais que je t'ai toujours soutenue dans ta démarche artistique. Personne ne croit plus en toi que moi, mais tu n'as pas l'impression d'avoir franchi une ligne ? Non contente de ne pas me prévenir, tu ne m'as même pas mentionné ? J'espère que ce prix du National Portrait Museum représente beaucoup pour toi. Je n'en dirai pas plus.

Tu sais, si ça te gêne d'expliquer aux gens que ton mari est victime d'une erreur judiciaire, à la place, tu peux leur parler de mon métier. J'ai obtenu une promotion. Je pousse une poubelle sur Mars et je ramasse les détritus avec une pince géante. C'est un chouette boulot, parce que Parson est aussi un site d'agro-industrie ; avant ça, je récoltais du soja. Maintenant, je travaille à l'intérieur et, bien que je ne porte pas la chemise et la cravate, j'ai une combinaison blanche. Tout est relatif, Celestial. Tu as toujours un époux qui gravit les échelons professionnels. Ici, je suis un col blanc. Pas besoin d'avoir honte.

Ton mari (je pense),

Roy

P-S : Andre était là aussi ? Est-ce que vous racontiez à qui voulait l'entendre que vous vous connaissiez depuis que, tout bébés, vous preniez votre bain dans le même évier ? Est-ce que tout le monde s'extasiait et trouvait ça trop mignon ? Celestial, je suis peut-être naïf, mais pas à ce point-là.

Cher Roy,

Ta dernière lettre m'a bouleversée. Comment te faire comprendre qu'il ne s'agit pas de honte ? Notre histoire est trop sensible pour être confiée au premier venu. Tu ne le vois pas ? Si j'explique que mon mari est en prison, tout le monde va se focaliser là-dessus au lieu de penser à moi ou à mes poupées. J'aurai beau clamer que tu es innocent, tout ce dont ils se souviendront, c'est de ton incarcération. J'aurai beau dire la vérité à ton sujet, ce n'est pas ce que les gens entendront. Alors, à quoi bon ? C'était une occasion unique pour moi, Roy. Mon ancienne tutrice à la fac est venue exprès de Californie et Johnnetta B. Cole, la présidente de Spelman, était là. Je me sentais incapable d'évoquer quelque chose d'aussi douloureux au micro pendant la séance de questions. Peut-être était-ce égoïste de ma part, mais je souhaitais exister au moins pour un instant en tant qu'artiste, et non pas seulement en tant qu'épouse de détenu.

Bien à toi,

Celestial

P-S : En ce qui concerne tes remarques au sujet d'Andre, je ne m'abaisserai pas à répondre à de telles bêtises. Je suis certaine qu'entre-temps tu as retrouvé la raison et j'accepte tes excuses par avance.

Chère Georgia,

Selon Walter, je suis un âne de refuser de voir les choses depuis ton côté du lit et je ne devrais pas m'attendre à ce que tu répètes partout que ton mari est derrière les barreaux : « On n'est pas dans *Le Fugitif.* Tu veux qu'elle se lance à la poursuite du manchot ? » (Tu comprends pourquoi on l'appelle le Yoda du ghetto ?) Il dit aussi que tu pourrais tracer une croix sur ta carrière si on t'associait à la prison, parce que ça ferait resurgir un tas de stéréotypes afro-américains gênants. Ou plutôt, pour reprendre ses mots : « C'est une femme noire. Ça veut dire que tout le monde pense déjà qu'elle a quinze mille gosses de quinze mille pères différents et qu'elle touche les allocs sous quinze mille noms différents. Malgré tout, elle s'est débrouillée pour faire avaler aux Blancs qu'elle était une sorte de magicienne avec ses poupées. Elle a même réussi à les persuader que c'était un vrai métier. Elle doit vendre sa came. Tu crois réellement que c'est une bonne idée de raconter que son bonhomme est au trou ? Si elle dit un truc pareil, tout le monde va commencer à penser aux allocs et tout le tintouin en la regardant. Après ça, il ne lui restera plus qu'à remballer ses poupées pour aller bosser dans une société de téléphonie. » (Encore une fois, ce sont ses mots, pas les miens.)

Mes mots à moi devraient être : *Excuse-moi.* Je ne voulais pas te faire culpabiliser. Mais c'est dur, Georgia. Tu n'as pas idée de la vie ici et, crois-moi, ça vaut mieux pour toi.

Je suis allé à la bibliothèque pour regarder l'article et la photo une fois de plus. Tu souriais et tu avais ta bague de fiançailles au doigt. Je me demande pourquoi je ne l'avais pas remarqué avant.

Je t'aime,

Roy

Chère Celestial,

Est-ce que tu as bien reçu ma lettre le mois dernier ? Je me suis excusé. Peut-être n'étais-je pas assez clair. Je te présente mes excuses. Tu vas me répondre ? Même par e-mail.

Roy

Roy O. Hamilton
Numéro d'écrou 4856932
Centre de détention Parson
3751 Lauderdale Woodyard Road
Jemison, Louisiane 70648

Monsieur Davenport,

Je suppose que ce n'était pas exactement ce que vous envisagiez le jour où je me suis présenté devant vous pour demander Celestial en mariage. J'étais là, grave, m'efforçant de faire les choses comme il faut, et vous avez répondu : « Je ne peux pas te donner sa main. » D'abord, j'ai cru que vous plaisantiez, puis, lorsque j'ai compris que vous étiez sérieux, j'ai fait marche arrière, prétendant que tout ça n'était qu'une blague, mais à l'intérieur j'étais furieux et gêné. J'avais l'impression de manger avec les doigts quand tout le monde autour de moi se servait d'une fourchette et d'un couteau. Ce n'était pas à vous de donner sa main, comme vous l'avez dit. En même temps, j'avais besoin de m'adresser à vous d'homme à homme. Je vous demandais si vous m'acceptiez pour gendre.

Je suis très proche de mon père. Celestial vous a peut-être confié qu'en réalité c'est mon beau-père, mais c'est le seul que j'aie connu et il représente pour moi un modèle masculin. Je suis son fils sous bien des aspects. Cependant, le monde dans lequel j'évoluais à Atlanta lui était étranger, même si c'est grâce à ses sacrifices que j'ai réussi. Big Roy a toujours vécu dans une petite ville du Sud. Il n'a pas terminé le lycée, pourtant, il a fourni un foyer sûr à notre famille. Je le respecte plus que quiconque.

Je suis venu vous trouver parce qu'il me semblait que nous avions beaucoup en commun. Nous étions tous les deux des immigrants à Atlanta, si vous voyez ce que je veux dire. Vous étiez là depuis plus longtemps, alors que je débarquais à peine du bateau, mais nos origines étaient très similaires. Vous aviez fait fortune en partant de rien, et j'étais en route pour faire fortune en partant de rien. Ou du moins c'était le sentiment que j'avais en ce temps-là. Vu la situation dans laquelle je me trouve actuellement, je m'abstiendrai de faire des pronostics. Quoi qu'il en soit, en vous demandant sa main, c'était votre bénédiction que je réclamais, la bénédiction d'un père et aussi d'un guide. Avec Celestial, j'étais conscient de viser au-dessus de ma condition. Je suppose que j'espérais une tape d'encouragement dans le dos et, pour finir, j'ai eu l'impression d'être un crétin.

Et je suis peut-être un crétin d'écrire cette lettre.

Monsieur Davenport, Celestial n'a pas mis les pieds en Louisiane depuis maintenant deux mois. Il n'y a pas eu de grosse dispute entre nous ni de désaccord majeur. Elle devait me rendre visite en septembre, mais elle n'est pas venue. Elle m'a fait savoir qu'elle avait des problèmes de voiture et je pensais qu'elle serait là le week-end suivant. Depuis, je ne l'ai pas vue et je n'ai pas reçu de lettre. Monsieur Davenport, j'espère que vous lui parlerez en mon nom. Vous allez me répondre que je devrais m'adresser directement à elle. Croyez-moi, ce n'est pas faute d'avoir essayé.

Quand vous m'avez congédié, ce jour-là, vous m'avez dit que peut-être je ne la connaissais pas assez pour l'épouser. Voilà pourquoi je me tourne vers vous à présent. Il semble qu'en effet je ne la connaissais pas aussi bien que je le croyais. Vous, en revanche, la connaissez depuis toujours et peut-être trouverez-vous les mots pour qu'elle me revienne.

S'il vous plaît, dites-lui que je comprends qu'être mariée à un homme en prison est un énorme sacrifice. Je n'ai pas l'habitude de demander. J'ai travaillé dur pour obtenir tout ce que j'ai. Je n'aurais pas eu le culot de venir vous voir à l'époque si ça n'avait pas été le cas. Aujourd'hui, je n'ai pas la possibilité de travailler pour gagner son amour. Je n'ai pas la possibilité de travailler pour vous convaincre vous, son père, que je suis digne d'elle. Avant, j'avais un bon emploi et des boutons de manchettes en or.

Qu'est-ce que j'ai, aujourd'hui ? Ma personne et rien d'autre. Je sais que ça ne se porte pas à l'annulaire gauche, que ça ne paiera pas les factures et que ça ne lui fera pas des enfants. Mais c'est tout ce que j'ai et je pense que c'est quand même quelque chose.

Merci de lire cette lettre, monsieur. J'espère que vous prendrez ma requête en considération. S'il vous plaît, n'en parlez pas à Celestial ni à sa mère. Je préférerais que cela reste entre hommes.

Sincères salutations,

Roy O. Hamilton Jr

Franklin Delano Davenport
9548 Cascade Road
Atlanta, Géorgie 30331

Cher Roy,

Je suis heureux d'avoir de tes nouvelles, car tu n'es jamais loin de mes pensées. Ma femme aime à se présenter en « guerrière de la prière » et elle demande souvent à Dieu d'intercéder en ta faveur. Personne ne t'a oublié, ici. Ni moi. Ni ma Gloria. Ni Celestial.

Mon fils (et j'emploie ce mot délibérément), je crois qu'il y a un malentendu en ce qui concerne le jour où tu es venu demander la main de Celestial. Je n'ai pas refusé. Je t'ai simplement expliqué que ma fille n'était pas ma propriété. J'ai envie de rire quand j'y songe. Tu es arrivé fier comme un paon, avec ta petite boîte en velours dans la poche de ta veste. Pendant une fraction de seconde, j'ai cru que c'était moi que tu allais demander en mariage ! (Je rigole !) J'étais heureux de savoir que tes intentions étaient honnêtes, mais je pensais que Celestial avait le droit de voir la bague avant moi. Je me suis rendu compte que tu étais un peu blessé, quand tu es parti ce jour-là, et franchement ce n'était peut-être pas plus mal. Tu dis dans ta lettre que tu n'as pas l'habitude de demander, et ça se voyait, pas tant à tes boutons de manchettes en or (authentiques ! Qui l'eût cru !) qu'à ta manière de bomber le torse. En réalité, tu n'étais pas là pour me demander sa main (que de toute façon, je le maintiens, je ne pouvais pas te donner), mais pour m'annoncer que tu l'épousais, alors qu'elle n'avait même pas encore accepté. J'en ai déduit que ton intention était de t'agenouiller devant elle, de brandir la bague (ornée d'un gros caillou, je n'en doutais pas un seul instant) et de lui faire savoir qu'elle avait remporté la loterie du mariage. J'étais sincère quand j'ai dit que tu ne devais pas très bien la connaître, si tu pensais que c'était la bonne stratégie avec elle.

Laisse-moi te raconter une anecdote à mon sujet. J'ai dû m'y reprendre à trois fois avec Gloria avant d'obtenir son consentement. La première fois, j'admets que la situation était un peu délicate, car j'étais marié. Gloria est une femme bien élevée, mais ses mots exacts ont été : « Tu peux toujours courir. » La deuxième fois, le refus a été plus aimable : « Non, pas encore. » La troisième, je n'étais pas à genoux, ni littéralement ni métaphoriquement. Je lui ai présenté ma modeste offrande et lui ai demandé de partager ma vie. Je me suis excusé de mes erreurs. Je me suis fait petit. Je ne suis pas allé trouver son père et je n'ai pas sollicité son meilleur ami pour m'aider à rendre la scène parfaite. J'ai pris sa main et j'ai mis mon âme à nu. Elle a répondu d'un hochement de tête. Il n'y avait ni acclamations, ni applaudissements, ni bonds de joie comme on peut en voir à la télé. Pas de demande sur un panneau publicitaire ou à la mi-temps d'un match de football retransmis en direct. Le mariage, c'est une affaire privée entre deux personnes. Nul besoin du public d'un studio.

Cela dit, tu peux compter sur moi. Je demanderai à Celestial pourquoi elle a fait une pause. Pour être franc, je l'ignorais. Mais ne te fais pas d'illusions : je ne peux pas lui parler « en ton nom ». Je ne peux que lui parler en mon nom, en tant que père.

J'espère que tu n'interpréteras pas cela comme un rejet, car ce n'est pas mon intention. Tu fais partie de la famille et chacun de nous te tient en haute estime.

Je dois également te dire que je montrerai ta lettre à Celestial. Je suis son père et je ne peux pas agir dans son dos. Elle est la joie de ma vie et la seule famille de mon sang qui me reste. Mais je peux t'assurer une chose : je sais quelle sorte de femme nous avons élevée. Sa mère s'est révélée d'une loyauté indéfectible envers moi, alors que je ne l'ai pas toujours mérité, et je ne doute pas que ma fille soit faite du même bois.

Bien cordialement,

Franklin Delano Davenport

Copie à : CG Davenport

Chère Celestial,

Quand tu recevras cette lettre, Mister D m'aura déjà balancé. J'espère que tu ne m'en veux pas de lui avoir écrit. Je me sens proche de ton père depuis le jour où il m'a invité dans sa grande maison (je l'appelle toujours le Vaisseau Mère dans ma tête), à l'époque où toi et moi étions encore en phase d'observation. Je ne l'oublierai jamais. Il faisait froid dehors, mais Mister D a insisté pour s'installer sur la galerie. Bien que frigorifié, je ne voulais pas passer pour une mauviette. J'étais prêt à lui dire que mes intentions étaient honorables, mais il ne souhaitait pas parler de toi. Je me suis assis et il a aussitôt entrepris de rouler un joint ! C'était dingue, j'avais l'impression d'être piégé pour la caméra cachée. Puis il a dit : « Ne prends pas des airs de sainte-nitouche. Je suis sûr que tu ne craches pas dessus, je le vois dans tes yeux ! » Alors, il a dégainé son long briquet allume-feu et a failli me cramer les sourcils. J'ai tiré une taffe avec lui. C'était sa manière de m'accueillir dans la famille.

Celestial, tu sais que, les pères, c'est un peu particulier pour moi.

Et c'est le véritable objet de cette lettre. J'avais prévu de te supplier une fois de plus de me rendre visite. Mais j'en ai assez de supplier. Tu viendras quand tu viendras. C'est ce que j'ai lu entre les lignes de la réponse de ton père. Tu es adulte et personne ne t'obligera à faire quoi que ce soit si tu n'en as pas envie (comme si j'avais besoin qu'on me le rappelle).

Je t'écris pour que tu saches qu'il s'est produit un événement qui m'a bouleversé. Je suis conscient que tu « fais une pause », pour reprendre les mots de ton père. Toutefois, ce que je m'apprête à te dire me brûle la langue. Il faut que j'en parle à quelqu'un et, Georgia, tu es la seule à qui je puisse me confier.

Tu te souviens de notre dernière journée ensemble, quand je t'ai conduite au ruisseau pour écouter la musique du pont ? Je voulais te révéler à ce moment-là que Big Roy n'était pas mon père biologique. Je me suis dégonflé, mais j'ai fini par jouer cartes sur table, parce que je me rendais compte que nous ne pouvions pas fonder une famille alors que tu ignorais qu'il y avait un joker génétique dans l'histoire. Je voulais agir au mieux, même si j'étais conscient que j'aurais dû t'en parler avant le mariage. J'ai essayé d'aborder le sujet une ou deux fois, sans parvenir à aller jusqu'au bout. Nous nous sommes disputés violemment à ce propos et, par un malheureux concours de circonstances, ce désaccord m'a mené là où je suis aujourd'hui. Je dois avouer que, bien que je me sois déjà excusé de ne pas te l'avoir dit avant, jusqu'à récemment, je ne comprenais pas vraiment ce que cela faisait de découvrir qu'on ignorait qui était réellement une personne que l'on croyait connaître.

Pardonne-moi ce cliché, mais j'espère que tu es assise. Tu peux aussi te verser un verre de vin, parce que tu ne vas pas en revenir. *Figure-toi que mon géniteur est incarcéré à Parson. Et voici la meilleure : il n'est autre que Walter, le Yoda du ghetto.*

Je t'explique comment je l'ai appris : tu t'en doutes, un homme qui a un minimum de facilités à l'écrit est très sollicité en prison. Je peux écrire des lettres, déchiffrer des documents et même rendre de menus services juridiques. Quand je dis menus, je veux dire menus. Mais je me débrouille mieux que la moyenne.

(Merci Morehouse College. C'est Benny Mays[1] qui serait content.) Quoi qu'il en soit, je donnais un coup de main à Walter lorsque je suis tombé sur une fiche d'informations avec en haut son nom officiel complet : Othaniel Walter Jenkins. Aujourd'hui, il n'y a qu'un homme au monde portant ce nom, mais autrefois il y en avait deux. Avant que Big Roy ne me rebaptise Roy, je m'appelais Othaniel Walter Jenkins Jr. Ma mère a gardé Othaniel en second prénom, pour préserver quelque chose de ma filiation, je suppose.

En lisant ça, j'ai compris. Tu te souviens de ce qu'il m'a lancé quand on s'est retrouvés dans la même cellule ? « Entre frères aux jambes arquées, on doit s'épauler. » Et il m'a regardé pour voir ma réaction. Je n'y avais pas prêté attention sur le moment, alors qu'il soulignait une ressemblance familiale. Là-bas, tout le monde dit « ton vieux », mais je pensais que c'était un truc de taulards. Les gens recréent des familles, ici, et Walter veillait sur moi comme si j'étais l'un des siens.

Revenons en arrière. Voici l'histoire que m'a racontée Olive : après avoir fêté ses seize ans et terminé ses études secondaires à Oklahoma City, elle a grimpé dans un autocar à destination de La Nouvelle-Orléans. Elle avait suivi un cours de dactylo et se figurait qu'elle trouverait sans problème un emploi de secrétaire. En chemin, elle a rencontré mon

1. Président historique de Morehouse College (de 1940 à 1967) et adepte de la résistance non violente, il fut l'un des théoriciens du mouvement des droits civiques et un mentor pour Martin Luther King.

géniteur et s'est retrouvée coincée dans une petite ville appelée New Iberia. Elle avait presque dix-sept ans et il en avait au moins trente. Il n'était pas marié, mais il avait laissé pas mal d'enfants sur son passage, au point qu'Olive me répétait que je devais être prudent chaque fois que je tombais sur une fille venant de Louisiane, du Mississippi ou de l'est du Texas. (Quand elle disait ça, je l'imaginais répandant sa semence sur toute la région.) En bref, il a fini par l'abandonner, sans le sou et enceinte jusqu'au cou. Mais tu connais Olive, elle n'était pas du genre à subir sans rien faire. Elle est restée à New Iberia jusqu'à ce que son ventre soit gonflé à exploser, puis elle s'est mise en quête de son homme. Elle a sillonné la ville, exhibant son ballon, tant et si bien que des vieilles dames compatissantes lui ont livré les maigres renseignements dont elles disposaient. Enfin, chez le boucher, quelqu'un lui a confié qu'on l'avait vu à Eloe, où il travaillait à l'usine à papier. (Une information dont elle aurait dû se méfier, disait ma mère, puisqu'il y avait le mot *travail* dedans.) Et en effet, lorsqu'elle est arrivée à Eloe, Walter avait levé l'ancre depuis longtemps. Malgré tout, elle a trouvé trois choses indispensables à une femme, selon elle : Jésus, un emploi et un mari.

Olive estimait que je n'avais pas besoin d'en savoir plus. Et j'étais du même avis. J'avais Big Roy et, pour tout le monde à Eloe, j'étais Little Roy. Pourquoi serais-je allé courir après un vagabond ? Pierre qui roule n'amasse pas mousse : c'était mon opinion sur le sujet.

Sauf que ce jour-là, à la prison, j'ai eu l'impression de m'être pris la pierre en question en pleine figure.

Assommé, je suis resté à la bibliothèque jusqu'à l'heure de regagner ma cellule. Que pouvais-je faire d'autre ? Je ne pouvais pas aller m'asseoir sous un pont pour réfléchir. Quand je suis rentré, il était en train d'uriner. La vie n'est pas juste, Georgia. J'apprends que ce type est mon père et je le trouve la queue à la main. (Désolé, mais il faut bien dire les choses comme elles sont.)

Il a terminé son affaire et quand il s'est retourné il a tout de suite compris. « Alors, ça y est ? Tu sais tout ? » Je lui ai dit ce que j'avais lu sur sa fiche et il a répondu : « Je plaide coupable. » Il a même eu un petit sourire. À se demander s'il n'attendait pas cette occasion depuis le début.

Il plaidait coupable, disait-il, mais pour quoi ? Je n'en étais pas très sûr. Était-il coupable d'être mon père ou de ne pas me l'avoir avoué ? Il souriait de toutes ses dents, comme si c'était la meilleure nouvelle de l'année, et moi j'avais le sentiment de m'être fait rouler dans la farine.

Il voulait me raconter sa version de l'histoire, et c'est ce qu'il a fait. Il n'y a pas d'intimité en prison et laisse-moi te dire que ces mecs sont pires que des concierges. Walter parlait fort, à croire qu'il prêchait à l'église. Sa version n'était somme toute pas très différente de celle de ma mère. Ils s'étaient rencontrés alors qu'ils fuyaient tous les deux : Olive son père, et lui une femme (ou son mari, pour être plus précis). Ils voyageaient dans la section réservée aux « gens de couleur » d'un autocar Greyhound. Quinze heures côte à côte, c'est long, et le temps d'atteindre la Louisiane ma mère était raide dingue de lui. À force de cajoleries, Walter l'a convaincue de rester un peu avec lui à New Iberia. (Il m'a dit texto : « J'étais un Nègre croquignolet, à l'époque. ») Olive et lui se sont mis à la colle. Dans un taudis, où l'eau courante était le seul confort. Moins de deux mois plus tard, elle était « dans une situation intéressante ». Comme toute fille enceinte qui se respecte, elle voulait se marier et lui, comme tout salopard qui se respecte, il a pris la poudre d'escampette. Arrivé à cette partie de l'histoire, il est passé en mode Yoda du ghetto : « Quand une femme te dit qu'elle attend un enfant de toi, tu prends tes jambes à ton cou, c'est un réflexe normal. Imagine que tu es dans une maison en feu : tu te tires d'abord et tu réfléchis ensuite. C'est la nature humaine, parce que c'est ta vie entière qu'elle te réclame. Et un homme n'a qu'une vie. »

C'étaient des foutaises, j'en étais conscient, mais j'avais du mal à m'indigner parce que je coinçais sur une petite phrase de son monologue.

Celestial, en l'écoutant, je me suis rendu compte que je n'ai pas su te soutenir quand tu m'as annoncé que le test était positif. Lorsque j'ai dit : « Qu'est-ce que tu veux faire ? », c'était comme si je prenais la fuite.

Me voyant renifler et retenir mes larmes, il a tenté de se défendre. Il a juré qu'il n'avait jamais levé la main sur ma mère, ne l'avait jamais volée, alors que son sac était juste là, sur la commode. Et ce n'était pas personnel, il en avait abandonné d'autres, des femmes enceintes. C'était l'époque qui voulait ça. Sauf que ce n'était pas à lui que je pensais, Celestial, je pensais à toi et je me disais que j'étais le dernier des salauds. Voilà la vérité.

Assis sur le lit, j'avais une révélation, pendant que Walter s'excitait tout seul : « Tu crois que c'est une coïncidence si on a atterri dans la même cellule ? » En fait, c'était son copain Prejean, un autre type d'Eloe, qui lui avait parlé de moi. Alors, il m'avait observé à distance. « On dit que le fruit ne tombe jamais loin de l'arbre, mais je ne savais pas de quel arbre tu étais tombé. Le mien ou celui de ta maman. » Après m'avoir étudié de plus près, il a décidé que, tout ce que j'avais hérité de lui, c'étaient ses jambes arquées et ses cheveux crépus. Puis il a payé une coquette somme pour qu'on me transfère dans sa cellule avant que je me fasse complètement démolir. « Avoue-le, ta situation s'est améliorée depuis que tu es avec moi. Tu pourrais m'être reconnaissant. »

Celestial, je voudrais être furieux contre lui. Il a abandonné ma mère comme la dernière des dernières, et il aurait été le pire des pères s'il était resté. Il n'aurait certainement fait aucun sacrifice pour que j'étudie à Morehouse. Malgré tout, c'est vrai que je lui suis redevable. Sans lui, je serais peut-être mort à l'heure qu'il est, ou dans de sales draps. Walter n'est pas le Don Corleone de la prison, mais c'est un ancien et personne ne lui cherche de noises. Rien ne l'obligeait à me prendre sous son aile et il l'a fait.

C'est compliqué. La nuit dernière, après l'extinction des feux, il m'a lancé : « Je n'arrive pas à croire qu'elle ait laissé ce Nègre changer ton nom. Quel manque de respect ! »

J'ai fait la sourde oreille. Prononcer un seul mot contre Big Roy serait criminel. Il a fait de moi son fils, et pas uniquement en me donnant son nom. Il a été mon père, il est mon père. Pourtant, ici, mon vieux, c'est Walter.

Ce monde dépasse mon entendement, Celestial. Je sais que j'ai promis que je ne te supplierais pas dans cette lettre, mais je te le demande encore une fois. S'il te plaît, viens. J'ai besoin de voir ton visage.

Je t'aime,

Roy

Cher Roy,

Je t'écris pour te demander de me pardonner. S'il te plaît, sois patient. Je me rends compte que cela fait longtemps. Au début, c'était parce que je ne savais plus où donner de la tête. À présent, mes raisons sont ennuyeuses et simples. C'est la période des fêtes et je suis coincée au magasin. Mon assistante Tamar me remplacera, pas le week-end prochain mais le suivant. (Elle est étudiante à Emory et elle est bourrée de talent. Elle fait des couvertures matelassées sublimes. Elle est vraiment douée.)

Donc, pendant que Tamar s'occupera de la boutique, Gloria et moi ferons le trajet en voiture. Elle tient à apporter à ta maman son célèbre gâteau à la confiture de mûres, et je préfère ne pas faire le voyage seule.

Je sais que tu m'en veux. Et tu as le droit d'être exaspéré. Cependant, j'espère que nous ne gâcherons pas la visite à nous disputer. Le peu de temps que nous avons ensemble est précieux. Si tu peux me pardonner, s'il te plaît, fais-le. Si je m'explique, m'écouteras-tu ? Dis-moi ce que je dois faire pour arranger les choses.

Que pense Walter de tout ça ? J'espère que tu ne m'as pas peinte sous un jour trop défavorable. Je ne voudrais pas qu'il ait une mauvaise impression de moi lors de notre première rencontre. (Je pourrai faire sa connaissance ?) Comment vous accommodez-vous tous les deux de ce bouleversement ? En réalité, je suppose que c'est surtout toi qui es sous le choc, malgré tout, je suis sûre que cela a modifié vos relations. En as-tu parlé à Olive ? Il y a matière à réflexion. D'ici là, donne-moi ses références, je mettrai de l'argent sur son compte pour les fêtes.

Je sais que tu es fier, mais laisse-moi faire cela pour lui et pour toi. Il fait partie de la famille. À très vite.

Bien à toi,

Celestial

Chère Celestial,

Merci d'être venue me voir ; je sais que c'est un long trajet et que tu es très occupée. Tu as changé. Je me demande si tu n'as pas perdu du poids, car ton visage m'a paru plus anguleux. Mais je ne crois pas que ce soit physique. Est-ce que tu vas bien ? Y a-t-il quelque chose dont tu souhaiterais me parler ? Je n'essaie pas de savoir si tu as rencontré quelqu'un. C'est très loin de mes pensées. Je m'interroge sincèrement. Quand tu es entrée, j'ai étudié ton visage, et je ne t'ai pas trouvée.

Je n'ai pas les mots pour expliquer.

Roy

Cher Roy,

Que veux-tu que je te dise ? Oui, j'ai perdu quelques kilos. Une partie volontairement : je suis amenée à me rendre à New York régulièrement, et tu sais que les gens sont plus minces là-bas. Je n'ai pas envie de passer pour la brave fille du Sud qui fait de l'art folklorique. Si je veux qu'on prenne mes poupées au sérieux, il faut que j'aie le physique de l'emploi. Mais, manifestement, tu ne parlais pas de ma ligne.

Suis-je différente ? Cela fera bientôt trois ans, donc oui, je suppose que j'ai changé. Hier, je me suis assise sous le vieux hickory devant la maison. C'est le seul endroit où je trouve du repos et où je me sens à peu près bien. Je sais : à peu près bien, c'est loin d'être idéal, néanmoins, c'est précieux pour moi en ce moment. Même quand je suis heureuse, il y a toujours quelque chose qui s'interpose entre moi et ce dont je devrais me réjouir. C'est comme manger un caramel sans enlever le papier. L'arbre, lui, demeure imperturbable, indifférent à ce qui agite les humains. Je songe qu'il était là avant ma naissance et qu'il sera là après nous. Cela devrait peut-être me rendre triste, pourtant ce n'est pas le cas.

Roy, nous vieillissons. Tous les quinze jours, j'arrache un ou deux cheveux gris. C'est encore un peu tôt pour les teintures, mais quand même. Bien sûr, nous ne sommes pas âgés, cependant nous ne sommes plus des adolescents non plus. C'est peut-être ce que tu as vu : le temps qui s'enfuit.

Est-ce que je fréquente quelqu'un d'autre ? Tu as beau prétendre que ce n'est pas le sens de ta question, tu l'as posée, ne serait-ce qu'en disant que tu ne la posais pas. Ta bague est à mon doigt. Je n'ai rien à ajouter.

Celestial

Chère Celestial,

Olive est malade. Dimanche, Big Roy est venu sans elle. Dès que je l'ai vu sur cette petite chaise inconfortable, l'air d'un ours assis sur un champignon, j'ai compris qu'il avait quelque chose à m'annoncer et que ce n'était pas une bonne nouvelle. Apparemment, elle a un cancer du poumon, bien qu'elle n'ait pas fumé une cigarette depuis vingt-trois ans.

J'aimerais que tu ailles voir comment elle va. Je réalise que ça fait très longtemps que je n'ai pas pu te rendre service. J'ai l'impression que ma dette grossit de jour en jour, encore plus que quand je croulais sous les emprunts étudiants. À une époque, je m'amusais à calculer combien ça me coûtait par jour, par heure, puis par minute. Je sais que tu ne tiens pas de registre, mais moi si. J'ai besoin que tu viennes me voir. J'ai besoin que tu mettes de l'argent sur mon compte. J'ai besoin que tu t'assures que l'oncle Banks ne relâche pas ses efforts. J'ai besoin de toi pour ne pas oublier l'homme que j'étais, pour ne pas devenir un taulard noir de plus. Je suis conscient que j'ai besoin, besoin, besoin, besoin, et qu'à force le fossé se creuse entre nous. Je ne suis pas fou, je le vois. Je sais que tu ne viens pas aussi souvent qu'avant. Je sais à quoi ressemblent les véritables sentiments, et je sais également à quoi ressemble une obligation. Sur ton visage, c'est le devoir que je lis.

Ce que je te demande est énorme. C'est un long trajet en voiture et je suis conscient que ma mère et toi n'êtes pas les meilleures amies du monde. Mais je t'en prie, vas-y et dis-moi ce que mon père me cache.

Roy

Cher Roy,

Cette lettre, je m'étais promis de ne jamais te l'envoyer. Avant que je n'aille plus loin, je tiens à te dire que je suis désolée. Le simple fait de taper ces mots me tue. Je ne prétendrai pas que cela me fait plus de mal qu'à toi, parce que je sais à quel point tu souffres jour après jour, et que, quoi qu'il m'arrive, ce ne sera jamais comparable. Mais justement, j'ai mal de ne pas partager tes souffrances, et je ne peux pas continuer ainsi.

Je ne peux plus être ta femme. D'une certaine manière, j'ai l'impression de ne jamais avoir véritablement eu l'occasion de m'essayer à ce rôle. Nous n'étions mariés que depuis un an et demi quand la foudre est tombée, et nous comptions encore en mois comme pour un bébé. Cela fait maintenant trois ans que je fais de mon mieux pour être mariée sans réellement être une épouse.

Tu vas croire qu'il y a un autre homme, pourtant il s'agit vraiment de nous, du lien fragile entre nous, qui s'est déchiré du fait de ton incarcération. À l'enterrement de ta mère, ton père m'a montré ce qu'était une véritable relation entre mari et femme. S'il l'avait pu, il serait descendu dans la tombe à sa place. Mais ils ont vécu sous le même toit pendant plus de trente ans. En un sens, ils ont grandi et mûri ensemble et, si elle n'était pas morte, ils auraient vieilli ensemble. C'est ça, un mariage. Ce qu'il y a entre nous, ce n'en est pas un. Un mariage, c'est plus que ton cœur et mon cœur, c'est notre vie commune. Et elle n'existe pas.

Ce n'est ni ta faute ni la mienne, c'est le temps qui passe. Si nous avions mis dans un bocal une pièce pour chaque jour partagé, et si nous en avions retiré une pour chaque jour où nous avons été éloignés, le bocal serait vide depuis longtemps. J'ai tenté de trouver des moyens d'ajouter d'autres pièces, mais, entre le parloir bruyant et cette table déprimante qui nous sépare, je rentre toujours bredouille de mes visites à la prison. Je le sais et toi aussi. Les trois dernières fois, nous n'avons quasiment pas échangé un mot. Tu ne supportes pas de m'entendre raconter mes journées et je ne supporte pas de t'entendre parler des tiennes.

Je ne t'abandonne pas. Je ne t'abandonnerai jamais. L'oncle Banks continuera à faire appel. Je continuerai à alimenter ton compte et je te rendrai visite chaque mois. Je peux être ton amie, ton alliée, ta sœur. Tu fais partie de ma famille, Roy, et tu en feras toujours partie. Mais je ne peux plus être ta femme.

Je t'aime (et ce ne sont pas que des mots),

Celestial

Chère Georgia,

Que veux-tu que je dise ? Suis-je censé répondre que ça me convient d'être simplement ton ami ? Désolé, j'ai une autre interprétation de « jusqu'à ce que la mort nous sépare ». Et, autant que je sache, je suis encore vivant. Mais fais ce que tu as à faire.

Sois une femme forte et indépendante, comme on te l'a appris à la fac. Abandonne à son sort un frère tombé à terre. Je n'aurais jamais cru ça de toi. Il y a des épouses ici qui viennent voir leur mari depuis des décennies, qui prennent l'autocar à Baton Rouge à 5 heures du matin. Walter correspond avec des femmes qu'il ne connaissait pas avant et, quand elles lui rendent visite, elles ne se contentent pas de parler. Certaines campent dans leur voiture sur le parking pour être là à l'ouverture des portes. Avant sa mort, ma mère venait chaque semaine. Qu'est-ce qui te fait croire que tu vaux mieux qu'elles ?

Ne viens pas me dire que tu es mon amie. Je n'ai pas besoin d'amis.

ROH

Cher Roy,

J'ai préféré être sincère parce que j'estimais que je te le devais. Je ne m'attendais certes pas à ce que tu accueilles ma lettre avec des confettis et des serpentins, mais j'espérais que tu ferais un pas de côté pour envisager les choses de mon point de vue. Est-ce que tu me compares vraiment à ces femmes qui s'entassent dans le car de la prison ? Je les connais, moi aussi. Je les ai rencontrées. Toute leur existence s'organise autour de Parson ; hormis travailler, c'est tout ce qu'elles font. Chaque semaine, elles subissent une fouille au corps. Plus d'une fois, j'ai dû laisser un gardien glisser la main dans ma culotte pour pouvoir m'asseoir à la table en face de toi. C'est ce que tu veux ? C'est la vie que tu me souhaites ? C'est ainsi que tu m'aimes ?

Tu prétends comprendre que c'est dur pour moi. Quand je te vois, tu te tasses sur ta chaise et tu admets que tu ne peux pas me donner ce dont j'ai besoin. Et maintenant tu tombes des nues. Pendant plus de trois ans, j'ai été là, physiquement et moralement. Mais je ne peux plus continuer comme ça ou le moral ne suivra pas. Je te l'ai dit dans ma dernière lettre et je te le répète. Je te soutiendrai. Je viendrai te voir. Je ne peux simplement plus le faire en tant qu'épouse.

C

Chère Celestial,

Je suis innocent.

Cher Roy.

Moi aussi, je suis innocente.

Chère Celestial,

Je suppose que c'est mon tour d'envoyer une lettre que je m'étais promis de ne jamais écrire. Je te fais savoir par ce courrier que je mets un terme officiel à notre relation. Tu as raison. Ce mariage est à sens unique. Comment pourrais-je prétendre le contraire ? Mais tu dois aussi admettre une chose : je ne te veux dans ma vie qu'en tant qu'épouse, car dans ma tête et dans mon cœur je suis ton mari.

S'il te plaît, ne viens pas me voir. Si tu ne respectes pas mes vœux, tu seras refoulée à l'entrée, car je t'ai retirée de ma liste. Il ne s'agit pas d'une mesquine vengeance. J'essaie d'apprendre à vivre avec cette nouvelle réalité.

ROH

Roy O. Hamilton
Numéro d'écrou 4856932
Centre de détention Parson
3751 Lauderdale Woodyard Road
Jemison, Louisiane 70648

Maître Banks,

Je me passerai désormais de vos services. Veuillez simplement retirer la personne suivante de la liste de mes visiteurs :

Davenport, Celestial Gloriana.

Je vous prie d'accepter mes sincères salutations,

Roy O. Hamilton Jr

Me Robert A. Banks, avocat
1238 Peachtree Road, Suite 470
Atlanta, Géorgie 30031

Cher Roy,

Ceci est une réponse à votre lettre de la semaine dernière. Sans briser le secret professionnel, j'ai parlé à la famille Davenport, qui m'a fait savoir qu'elle ne souhaitait pas que je renonce à mon rôle auprès de vous. Si je n'ai pas d'autres nouvelles de vous, je continuerai donc à vous représenter. À votre requête, j'ai rempli les documents pour modifier votre liste de visiteurs. Néanmoins, je vous prie instamment de réfléchir.

Roy, depuis que j'exerce cette profession, j'ai gagné certaines affaires et j'en ai perdu d'autres, cependant aucune ne m'a touché autant que la vôtre, pas seulement parce qu'elle a laissé ma nièce inconsolable, mais aussi en raison du mal que cette histoire vous a causé. Pour tout vous dire, vous me rappelez le père de Celestial. Nous sommes amis depuis l'époque où il avait des trous dans ses chaussures. Nous travaillions de nuit dans une fabrique d'emballages et nous terminions juste à temps pour filer en cours. Franklin est arrivé là où il est aujourd'hui uniquement grâce à sa détermination. Vous avez le même genre de volonté. Et moi aussi.

Je sais que le rejet de notre appel par la juridiction de l'État a été un coup dur. C'est décevant mais guère étonnant. Si le Mississippi remporte la palme du « pire État du Sud », la Louisiane le talonne de près. Les cours fédérales offrent plus d'espoir, parce qu'on a moins de risques de tomber sur un juge alcoolique, corrompu ou raciste, voire un cocktail peu ragoûtant des trois.

Tout n'est pas perdu. Ne renoncez pas.

Et ne tournez pas le dos aux Davenport par orgueil. La prison isole, je ne vous apprends rien. Vous avez une longue peine devant vous et, pendant que je m'efforce de trouver une solution, je vous conjure de ne pas vous couper des gens qui vous relient à la vie qui était la vôtre et que vous désirez retrouver. Je vous adresse ci-joint le document qui exclura ma nièce de vos visiteurs. À vous de décider si vous souhaitez l'envoyer. Le secret professionnel protège notre correspondance et tout ce que vous m'écrirez restera entre nous, bien sûr, cependant, j'ai pensé qu'il était de mon devoir de vous donner mon avis.

Veuillez agréer mes salutations distinguées,

Robert Banks

Roy O. Hamilton
Numéro d'écrou 4856932
Centre de détention Parson
3751 Lauderdale Woodyard Road
Jemison, Louisiane 70648

Maître Banks,

Vous avez raison et je confirme par la présente que je veux que vous continuiez à me représenter. Par ailleurs, je maintiendrai Celestial sur ma liste, mais je vous prie de ne pas lui communiquer cette information : c'est à l'avocat que je m'adresse et non à l'ami de la famille. Si elle décide de venir, elle sera admise à l'entrée. Le lui dire sous-entendrait que je souhaite qu'elle me rende visite et je ne lui demande rien.

Ces dernières années ont été très pénibles pour elle, je n'en doute pas. Mais, vous savez qu'elles l'ont été encore plus pour moi. J'ai beau essayer de me mettre à sa place, c'est difficile de plaindre quelqu'un qui est libre et voit ses rêves se réaliser. Tout ce que je voulais, c'était qu'elle respecte l'engagement que nous avions pris « pour le meilleur et pour le pire ». C'est ce que je lui ai demandé. Mais je ne la supplierai pas (plus).

Je vous prie de continuer à vous occuper de mon dossier. Ne m'oubliez pas dans cette prison, ne me reléguez pas parmi les causes perdues. Vous m'aviez conseillé de ne pas trop me faire d'illusions quant à l'issue de l'appel, mais comment puis-je garder l'espoir si je n'ai même pas le droit d'être optimiste ? J'ai l'impression qu'on exige constamment l'impossible de moi.

Encore une chose, je suis conscient que vos services ne sont pas gratuits. Je rendrai aux Davenport chaque sou versé à compter de ce jour et je vous en donnerai autant dès que j'en aurai les moyens. Vous êtes mon seul espoir. Je ne pensais jamais dire cela à quelqu'un que je connais à peine. Ma mère nous a quittés. Quant à mon père, que peut-il faire ? C'est un homme travailleur qui a des valeurs mais pas d'argent. Celestial semble avoir tourné la page. Il ne me reste que vous, et savoir que c'est son père qui vous paie m'est douloureux, néanmoins vous avez raison : ce serait idiot de faire passer la fierté avant le bon sens.

Je profite de cette lettre pour vous remercier encore une fois.

Sincères salutations,

Roy O. Hamilton Jr

Cher Roy,

Aujourd'hui, c'est le 17 novembre et je pense à toi. Peut-être qu'en cette date anniversaire de notre premier rendez-vous tu me répondras. Du temps où c'était notre « mot de sécurité », nous nous en servions pour interrompre momentanément la communication. À présent, j'espère que cela nous aidera à la rétablir. Ce n'est pas la relation que je souhaite avoir avec toi. Accepte la tendresse que je peux t'offrir, celle qui lie deux êtres humains.

Affectueusement,

Celestial

Cher Roy,

Joyeux Noël. Je n'ai pas reçu de nouvelles, mais j'espère que tu vas bien.

Celestial

Cher Roy,

Si tu ne souhaites pas me voir, je ne peux pas t'y obliger. C'est cruel de me bannir de ta vie parce que je ne peux pas être exactement celle que tu veux que je sois. Permets-moi de le répéter encore une fois : je ne t'abandonne pas. Jamais je ne le ferai.

C

Chère Celestial,

Je te demande de respecter mon vœu. Je redoutais qu'une telle chose n'arrive. Laisse-moi tranquille. Je ne peux pas vivre suspendu à ton bon vouloir.

Roy

Cher Roy,

Joyeux anniversaire. Banks me dit que tu vas bien, mais rien de plus. Peux-tu l'autoriser à me donner des nouvelles ?

C

Cher Roy,

Tu recevras cette lettre autour de la date anniversaire de la mort d'Olive. Je sais que tu te sens très seul, mais tu ne l'es pas. Cela fait longtemps que je n'ai pas eu de nouvelles, malgré tout, n'oublie pas que je pense à toi.

Celestial

Chère Celestial,

Puis-je encore t'appeler Georgia ? Ce sera toujours le nom que je te donnerai en pensée. Georgia, donc, voici la lettre que j'espérais t'écrire depuis cinq ans, les mots que je répétais dans ma tête. Je les ai même gravés sur le mur à côté de mon lit.

Georgia, je rentre à la maison.

Ton oncle a réussi. Il est passé par-dessus les ploucs de Louisiane pour adresser un recours au niveau fédéral. Le tribunal a conclu à une « grossière erreur de procédure », ce qui revient à dire que mon procès était truqué. Le jugement a été annulé et le procureur de l'État n'a même pas pris la peine de faire un pourvoi. Donc, « dans l'intérêt de la justice », je serai bientôt à la maison.

Banks t'expliquera tout en détail. Je l'ai autorisé à le faire, mais je voulais que tu l'apprennes de moi, que tu le voies écrit de ma main. Dans un mois aujourd'hui, je serai un homme libre et je serai rentré à temps pour Noël.

Je sais que nous avons traversé une mauvaise passe. J'ai eu tort de t'interdire de me rendre visite et tu as eu tort de ne pas essayer de m'en empêcher. Peu importe, ce n'est pas le moment de nous blâmer l'un l'autre pour ce qui ne peut être changé. Je m'en veux de ne pas t'avoir répondu. Je n'ai rien reçu de toi depuis un an, mais de quel droit pouvais-je attendre que tu continues à écrire alors que j'ignorais tes lettres ? Pensais-tu que je t'avais oubliée ? J'espère que mon silence ne t'a pas blessée. Tout ce que je peux dire, c'est que j'étais moi-même blessé et que j'avais honte.

Accepteras-tu de me croire si je te dis que ces cinq années sont derrière moi et derrière nous ? De l'eau a coulé sous les ponts. (Te souviens-tu du ruisseau d'Eloe et de la chanson du pont ?)

Je me rends compte qu'on ne peut pas se contenter de reprendre là où on en était restés, mais force est de constater que tu n'as pas divorcé. Tout ce que je veux savoir, c'est la raison pour laquelle tu as choisi de demeurer mon épouse devant la loi. Même si tu passes ton temps avec un autre, tu as décidé de me garder comme mari pendant toutes ces années. Dans ma tête, je nous vois à la table de notre cuisine, dans notre confortable maison, échangeant avec calme et sincérité.

Georgia, ceci est une lettre d'amour. Tout ce que je fais est une lettre d'amour qui t'est adressée.

Je t'aime,

Roy

DEUX

Dresse la table pour moi

Andre

Ce doit être pareil quand on épouse une veuve. On lui apporte des bandages pour ses plaies ; on la réconforte lorsque les souvenirs l'assaillent par surprise et qu'elle pleure sans raison apparente. Si elle évoque le passé, on s'abstient de lui rappeler les détails qu'elle préfère oublier, tout en se répétant que c'est idiot d'être jaloux d'un mort.

Que pouvais-je faire d'autre ? Je connais Celestial Davenport depuis toujours et je l'aime depuis au moins autant de temps. C'est la vérité, aussi simple et naturelle que le Vieux Hickey, le vénérable hickory plus que centenaire entre nos deux maisons. Ma tendresse pour elle est inscrite dans mon corps, comme la tache de naissance en forme de Voie lactée entre mes omoplates.

Le jour où la nouvelle est tombée, je savais déjà qu'elle ne m'appartenait pas. Je ne parle pas du fait que, sur le papier, elle était l'épouse d'un autre homme. Si vous la connaissiez, vous comprendriez qu'il ne l'a jamais possédée non plus. Elle n'en est peut-être même pas consciente, mais elle est le genre de femme qui n'appartiendra jamais à personne.

Seulement, il faut s'approcher tout près pour s'en rendre compte. Imaginez un billet de vingt dollars. Vous pensez qu'il est vert, pourtant, quand on l'examine, on réalise qu'il est beige, avec les contours à l'encre vert foncé. À présent, songez à Celestial. Même à l'époque où elle portait la bague de Roy, elle n'était pas *sa* femme. Elle était tout au plus une femme mariée.

Je ne me cherche pas d'excuses. Je suis conscient qu'il y a des hommes meilleurs que moi, qui auraient abattu l'arbre des sentiments et brûlé la souche le jour où Roy a été enfermé, d'autant plus qu'il était victime d'une erreur judiciaire. Je ne doutais pas de son innocence. Aucun de nous n'en doutait. J'ai déçu M. Davenport, qui estimait que j'aurais dû me conduire en gentleman et laisser Celestial tranquille, la laisser être un monument vivant au martyre de Roy. Mais pour comprendre, il faut savoir ce que c'est que d'aimer quelqu'un depuis le jour où on a appris à mouvoir sa langue pour parler, à fléchir ses pieds pour marcher.

J'étais même leur témoin de mariage. Le jour où elle a épousé Roy, lorsque j'ai écrit mon nom, Andre Maurice Tucker, ma main droite tremblait si fort que j'ai dû l'immobiliser à l'aide de la gauche. À l'église, quand le pasteur a demandé si quelqu'un avait une raison de s'opposer à cette union, je me suis tu, la taille comprimée par ma large ceinture de smoking, le cœur battant comme un poing maladroit dans ma poitrine. Elle était sincère, par cette journée de printemps, mais il faut également tenir compte de tous les jours qui ont suivi, et aussi de ceux qui sont venus avant.

Reprenons. Celestial et moi avons grandi dans une ruelle du sud-ouest d'Atlanta. Lynn Valley Road, une impasse perpendiculaire à Lynn Drive, qui elle-même donnait sur Lynhurst. L'avantage de l'impasse, c'était que nous pouvions jouer dehors sans risque d'être renversés. Parfois, j'envie les gamins d'aujourd'hui, avec leur taekwondo, leurs psychothérapies et leurs stages de langue en immersion. Cela dit, ce n'était pas si mal de ne rien avoir à faire hormis rester en vie et s'amuser. On nous laissa nous ébattre en toute liberté pendant une bonne partie des années 1970, jusqu'à ce qu'un tueur en série terrorise la ville. Je me souviens que nous avions noué un ruban autour du Vieux Hickey, en mémoire des vingt-neuf enfants disparus et assassinés. Il y eut deux années difficiles, puis la menace s'estompa ; les rubans jaunes s'effilochèrent et tombèrent en même temps que les feuilles pour brûler avec elles. Celestial et moi continuâmes de vivre, aimer, apprendre et grandir.

J'avais sept ans lorsque le divorce destructeur de mes parents bouleversa notre vie. C'était une époque où on ne se séparait pas, dans les bonnes familles. Après le déménagement de Carlos – une sortie théâtrale, pour laquelle il avait réquisitionné ses trois frères, un policier en congé et un camion de location –, Celestial offrit de me prêter son père. Ce jour-là, elle me traîna par la main jusqu'au laboratoire du sous-sol. M. Davenport portait une blouse blanche de médecin et les branches de ses lunettes de sécurité disparaissaient dans son afro asymétrique. « Papa, déclara-t-elle. Le père d'Andre est parti, alors je lui ai dit que tu pourrais être son papa à temps partiel. » Il alluma un bec Bunsen, retira ses lunettes et répondit :

« C'est une proposition qui me paraît envisageable. » À ce jour, cela reste le plus beau cadeau qu'on m'ait jamais fait, même si je ne devais jamais nouer de véritable lien filial avec M. Davenport. L'alchimie n'opéra pas totalement. Il n'empêche, par son geste généreux, elle avait soulevé la couverture, je m'étais glissé dessous et nous étions devenus une famille.

Pour être honnête, nous n'étions pas tout à fait comme frère et sœur. Notre relation était plus ambiguë. En terminale, je l'avais accompagnée au bal de la Saint-Valentin, faute de mieux. Elle convoitait un joueur de grosse caisse et je faisais les yeux doux à une majorette. Bien entendu, ils avaient des vues l'un sur l'autre. Personnellement, je n'étais pas surpris outre mesure de ne pas avoir de cavalière. Nous vivions dans un milieu où il fallait être grand, beau et très noir. J'étais petit, mignon et clair de peau. Après le bal, je l'embrassai à l'arrière de la limousine que j'avais louée à James Witherspoon. Puis, chez elle, je la suivis à pas de loup au sous-sol et la pelotai sur le canapé où son père piquait parfois un somme entre deux expériences de chimie. Il planait une odeur d'alcool à friction dans l'air et les coussins sentaient le cannabis. Celestial sortit d'un meuble verni un flacon de ce qui me sembla être du gin. Nous nous le repassâmes plusieurs fois pour nous donner du courage.

En garçon bien élevé, j'avouai tout à Evie le lendemain matin. Ma mère me dit deux choses : (a) c'était couru d'avance, (b) maintenant, je n'avais plus qu'à aller sonner à côté pour demander à Celestial d'être ma petite amie. C'était « une proposition qui me paraissait envisageable », pour reprendre la formule de M. Davenport, mais Celestial, elle, ne le voyait pas ainsi. « Dre, est-ce qu'on peut faire comme s'il ne s'était rien passé ? Est-ce qu'on peut simplement regarder la télé ? » Elle me posait une vraie question, elle voulait savoir si on pouvait remonter le temps. Si on pouvait effacer le souvenir de la nuit précédente, aller vers un autre matin. La mort dans l'âme, je répondis qu'on pouvait essayer. Elle m'avait brisé le cœur, comme Ella Fitzgerald pouvait faire éclater un verre en chantant.

Je ne suis pas en train de prétendre que j'avais planté mon drapeau avant Roy, dès le lycée. Je dis juste qu'il y avait déjà une longue histoire entre nous, une véritable histoire, et que ce n'est pas seulement le fait d'être là au bon endroit et au bon moment.

Après, chacun partit chercher fortune de son côté. Ma quête ne me mena pas très loin : à dix kilomètres, à Morehouse College. C'était l'établissement où avaient étudié mon père et mon grand-père, et Carlos, qui n'avait jamais versé à Evie la moitié de ce qu'il lui devait pour ma pension alimentaire, était disposé à payer les frais de scolarité si je perpétuais la tradition. J'aurais préféré l'université Xavier à La Nouvelle-Orléans, mais je devais aller là où Carlos voudrait bien envoyer un chèque. Je ne me plains pas. Morehouse était une bonne fac et j'y appris qu'il existait des dizaines de façons d'être un homme noir. Je n'avais qu'à choisir celle qui me correspondait.

Celestial opta pour Howard, une autre université afro-américaine historique, malgré sa mère qui avait élu Smith, dans le Massachusetts, et son père qui penchait pour Spelman, à Atlanta même. Celestial parvenant toujours à ses fins, ils finirent par lui acheter une Toyota Corolla grise qu'elle baptisa Lucille et elle prit la route, direction Washington. Je tentai de la voir lorsque je me rendis sur place, à l'occasion d'un match Morehouse-Howard, mais ma copine de l'époque n'était pas très chaude pour faire sa connaissance. Rien qu'à la manière dont je prononçais son nom, elle avait compris que mes sentiments pour elle étaient plus qu'amicaux.

Environ trois semaines plus tard, Celestial rentrait chez elle, brisée. Sa famille la garda pour ainsi dire séquestrée pendant près de six mois. Je lui rendis visite deux fois, et je serais revenu toutes les semaines si sa tante Sylvia ne me l'avait pas interdit. Il se jouait quelque chose d'occulte et de féminin entre elles, quelque chose d'aussi mystérieux et primitif qu'une potion de sorcières.

En septembre, elle avait retrouvé goût à la vie, mais elle ne retourna pas à Washington. Ses parents firent jouer leurs relations et elle s'inscrivit finalement à Spelman College, l'université sœur de Morehouse. Evie me demanda de veiller sur elle, ce que je fis. C'était toujours la Celestial que je connaissais, avec quelque chose de dangereux en plus, un tranchant nouveau. Son sens de l'humour était plus affûté et elle semblait encore plus grande quand elle se tenait droite.

Tout ça, c'était il y a longtemps. Je sais que la nostalgie est une drogue puissante, cependant, je ne peux pas m'empêcher de songer à cette époque où nous étions jeunes et sans le sou ; parfois, elle venait me voir à la cité U et nous faisions un festin d'ailes de poulet panées pour un peu plus de deux dollars. Après dîner, je la taquinais, lui demandant pourquoi elle ne m'amenait jamais aucune copine.

« J'ai remarqué que tu poses toujours la question quand il ne reste plus rien à manger.

— Je suis sérieux.

— La prochaine fois. Promis. »

Mais elle ne me présenta jamais qui que ce soit et elle ne me donna jamais d'explication. Vers 1 heure du matin, je lui proposais systématiquement de la raccompagner et elle me répondait : « Je préfère rester ici. » Nous dormions dans mon lit une place – elle sous les draps, moi au-dessus, le tissu entre nous par respect pour la bienséance. Je ne serais pas totalement honnête si je prétendais que le fait de partager un lit avec juste une pièce de coton entre nos corps ne m'agaçait pas de temps en temps. Rétrospectivement, j'attribue cette réaction à ma jeunesse. Une fois, elle se réveilla avant le lever du soleil et elle murmura : « Andre, il y a des jours où j'ai l'impression de ne plus savoir qui je suis. » Ce fut la seule fois où je la rejoignis sous le drap, mais c'était uniquement pour apaiser ses tremblements. « Ce n'est rien, lui soufflai-je. Tout va bien. »

Et si je peux ajouter un détail pour compléter le tableau, ils se rencontrèrent par mon intermédiaire. Ce jour-là, elle avait dormi dans ma chambre, et Roy débarqua à 8 heures du matin, parce qu'il avait besoin de monnaie pour la laverie. Il entra sans frapper. À croire qu'il était inimaginable que j'aie une vie privée. À la fac, on avait du mal à me ranger dans une case. Je n'étais pas assez militant pour être un nationaliste noir, pas assez décalé pour être un intello, et il va sans dire que je n'avais pas ce qu'il fallait pour être un tombeur. Mais je me débrouillais, même si je n'avais pas une horde de groupies. Roy, en revanche, était la coqueluche de ses dames. Il faut dire qu'il avait le profil requis : assez grand, beau, la peau foncée. Avec ça, une touche de rusticité qui lui permettait de passer pour un brave garçon. Nos chambres ayant une cloison mitoyenne, je savais que c'était une technique de drague. Attention, je ne prétends pas qu'il n'était pas un vrai gars de la campagne, mais il n'était ni idiot ni inoffensif.

« Roy Hamilton, se présenta-t-il en dévisageant Celestial d'un air affamé.

— Roy *Othaniel* Hamilton, si j'en crois ce que j'ai entendu à travers la cloison. »

Il me regarda comme si j'avais divulgué une information top secret. J'ouvris les paumes en signe d'impuissance. Il se tourna de nouveau vers Celestial, qui resta imperturbable. C'est ce qui dut l'attirer, au début, le défi. Il n'en revenait pas qu'elle ne manifestât aucun intérêt. Même moi, j'étais dérouté.

C'est ce qui me fit comprendre que sa transformation était permanente. La nouvelle Celestial était ainsi, brutale et directe, le résultat de sa convalescence auprès de Sylvia. Au cours de ces six mois, elle avait appris deux choses : à convertir des chaussettes en poupées et à repérer immédiatement un homme dont il fallait se méfier.

Roy revint trois ou quatre fois dans ma chambre pour se renseigner sur elle.

« Il n'y a rien entre vous, hein ?

— Rien de rien. On se connaît depuis qu'on est gosses.

— D'ac. File-moi des infos.

— Genre ?

— Si je savais, tu crois que je te poserais la question ? »

J'aurais pu l'aider, c'est certain. Mais je n'avais pas l'intention de lui livrer le plan d'accès à son âme. C'était un mec sympa et déjà à l'époque je l'aimais bien. Nous avions failli faire partie de la même fraternité étudiante. C'était la première des conditions de mon père pour payer mes frais de scolarité : je devais rejoindre le club – dans son esprit, seul son fils aîné pouvait perpétuer la tradition. Lorsque je me présentai à la « réunion d'information », Roy était là. Dans la mesure où il était un étudiant de « première génération », il n'avait pas grand-chose à inscrire sur sa fiche, tandis que nous grattions tous fiévreusement. J'étais assis à côté de lui, je vis donc la panique crisper légèrement ses traits. Quand les vétérans firent le tour de la salle pour ramasser les copies, il tendit la sienne, parfaitement vierge. « Je n'avais pas l'impression que ces questions allaient réellement vous révéler qui je suis. » Sa voix n'était pas tombée dans les graves, mais on sentait quelque chose. Le grand frère laissa échapper un grognement et dit : « Fais pas le con, remplis ça. » Il n'empêche, il s'était affirmé. Roy jeta un coup d'œil sur la mienne où j'avais noté en majuscules tout l'arbre généalogique paternel.

« C'est dans ton sang.

— Demande-moi combien de fois j'ai vu ces gens au cours des dix dernières années », rétorquai-je.

Il haussa les épaules.

« Ça ne fait rien, c'est ta famille. »

Je rendis ma fiche et me rassis à côté de lui. La suite tourna au ridicule. Je ne rentrerai pas dans les détails, car un secret est un secret. Disons simplement que, s'il n'y eut pas moyen d'éviter la tenue de cérémonie, aucun animal, poulet ou autre, ne fut sacrifié.

« On devrait se tirer d'ici », me dit Roy avec un coup de coude, testant la température.

Quand j'y repense, je regrette de ne pas l'avoir pris au mot. Nous aurions pu partir avec notre dignité intacte. Avance rapide. Version courte : notre candidature ne fut pas retenue. Version un peu plus détaillée : on nous fit subir trois semaines d'humiliations, et notre candidature ne fut toujours pas retenue. Version super secrète : j'étais soulagé en mon for intérieur, mais Roy s'essuya les yeux avec sa manche.

Nous étions en termes amicaux, à défaut d'être de véritables amis, cependant il n'était pas question que je lui offre Celestial sur un plateau. Ce n'était pas comme ça qu'Evie m'avait élevé. Il fallut trois ou quatre ans de plus pour qu'ils se retrouvent sans l'aide de personne. Cette fois, c'était le bon moment. Roy était-il le genre de mari qu'on souhaitait à sa sœur ? En réalité, on préférerait que sa sœur ne se marie pas du tout. Mais ils semblaient heureux ensemble. Il prenait soin d'elle et, pour autant que je sache, lorsqu'il s'engagea à l'aimer fidèlement et à la soutenir, il était sincère. Evie elle-même était favorable à cette union, au point qu'elle joua du piano à la cérémonie. C'était une histoire édifiante : un garçon qui court après une fille et qui, pour finir, se laisse attraper. À la réception, j'étais assis en tête de table et je leur souhaitai tout le bonheur du monde. Quand je levai mon verre en leur honneur, ce fut du fond du cœur. Celui qui prétend le contraire est un menteur.

Tout cela est vrai. Mais on ne peut pas prévoir ce que l'avenir nous réserve. Il y a des mauvaises surprises, et aussi des bonnes. Je ne voudrais pas paraître trop « c'est la vie », mais comment pourrais-je m'excuser aujourd'hui pour les presque trois ans que Celestial et moi avons passés ensemble ? Et à qui serais-je censé présenter des excuses ? Devrais-je aller voir Roy, repentant, pris la main dans le sac ? À ses yeux, ce serait peut-être justifié, mais Celestial est un être humain qui vit et respire. On ne la vole pas comme un portefeuille ou même une idée géniale. Bien sûr, on peut voir cette histoire différemment. Néanmoins, à la base, il y a un fait : je l'aime et elle m'aime. C'est à elle que je pense en premier lorsque je me réveille le matin, que je sois à côté d'elle ou seul dans mon lit.

Quand j'étais petit, ma grand-mère disait : « Les voies de Dieu sont impénétrables. » Ou : « Il n'est peut-être pas toujours là lorsque tu le voudrais, mais il intervient toujours au bon moment. » Evie rectifiait : « Dieu te fera ce qu'il estime devoir te faire. » Aussitôt, ma grand-mère la faisait taire et lui rappelait qu'être quittée par un homme n'était pas la pire chose qui puisse arriver. Ce à quoi ma mère répondait : « C'est la pire chose qui me soit arrivée à moi. » Elle le répéta tant et si bien qu'elle finit par attraper le lupus. « Dieu voulait que je sache ce qu'était réellement le malheur », soupirait-elle. Cette vision d'un Dieu tout-puissant qui jouait avec nous ne me plaisait pas beaucoup. Je préférais la tendresse et la tolérance que promettaient les cantiques de ma grand-mère. J'étais encore petit garçon quand je le dis à Evie, qui me rétorqua : « On se débrouille avec le Dieu qu'on nous a donné. »

On se débrouille aussi avec l'amour qu'on nous donne, quelles que soient les complications qu'il trimballe comme des boîtes de conserve accrochées derrière une voiture de jeunes mariés. Nous n'avions pas oublié Roy. Celestial et moi transférions tous les deux de l'argent sur son compte chaque mois, mais cela revenait à envoyer trente-cinq cents à un orphelin éthiopien : c'était à la fois mieux que rien et une misère. Peu importe, il était toujours là, un spectre qui flottait dans un coin de la chambre.

Le quatrième mercredi de novembre, je rentrai du travail pour trouver Celestial dans ma cuisine, en blouse de couture, en train de boire du vin rouge. Je voyais qu'elle était nerveuse au cliquetis sec de ses ongles sur la table.

« Chérie, qu'est-ce qui ne va pas ? », demandai-je en ôtant mon manteau.

Elle secoua la tête et poussa un soupir que je fus incapable d'interpréter.

Je m'assis à côté d'elle et bus une gorgée. C'était une habitude que nous avions, de partager un verre.

Celestial passa les doigts dans ses cheveux, qu'elle coupait ras depuis que nous étions ensemble. Cela la vieillissait, mais dans le bon sens. C'était ce qui faisait la différence entre une jeune fille et une femme.

« Ça va ? »

D'une main elle porta le verre à ses lèvres, tandis que de l'autre elle sortait une lettre de sa poche. Avant même de déplier le papier ligné, je savais de quoi il s'agissait, comme si le sens avait été injecté directement dans mon sang, court-circuitant le langage.

« Oncle Banks a accompli un miracle, dit-elle en se frottant la tête. Roy va être libéré. »

Elle se leva pendant que je me dirigeais vers le placard, où je pris un second verre, que je remplis à moitié de cabernet, regrettant de ne pas avoir quelque chose de plus fort. Je portai un toast :

« À Banks ! Il avait promis qu'il ne renoncerait pas.

— Oui. Enfin. Ça va faire cinq ans.

— Je suis content pour Roy. C'était mon ami.

— Je sais. Je sais que tu ne lui souhaites aucun mal. »

Nous nous tenions devant l'évier de la cuisine, regardant par la fenêtre l'herbe brune tapissée de feuilles mortes. Contre le mur au bout de la propriété poussait un figuier que Carlos avait mis en terre à ma naissance. Afin de ne pas être en reste, M. Davenport avait planté une jungle de rosiers pour le premier anniversaire de Celestial et, depuis, chaque été, ils s'enroulaient autour d'une dizaine de treilles, parfumés et indisciplinés.

« Tu penses qu'il compte revenir à la maison ? demanda Celestial. Dans sa lettre, il ne mentionne pas ses projets.

— Comment pourrait-il avoir des projets ? Il doit repartir de zéro.

— Il peut venir habiter ici. Toi et moi, on ira chez moi et on l'installera chez toi.

— Aucun homme n'acceptera un tel arrangement.

— On ne sait jamais. »

Je secouai la tête.

« Non.

— Mais tu es heureux qu'il sorte ? Tu n'as pas de ressentiment ?

— Celestial, pour qui me prends-tu ? »

Bien sûr que j'étais heureux d'apprendre qu'il allait être libéré. Et rien de ce qui pourrait se passer n'y changerait quoi que ce soit. Mon cœur se gonflait de gratitude à l'idée que Roy Hamilton, mon ami, mon frère de Morehouse, avait obtenu justice. Cela dit, Celestial et moi allions devoir discuter. Le mois dernier, elle s'était enfin résolue à parler des papiers de divorce à Banks et, la veille, je m'étais rendu chez le bijoutier pour acheter une bague, une issue que ma mère prédisait depuis mon troisième anniversaire. J'avais prévu de la réveiller avec ce cadeau le lendemain, le jeudi de Thanksgiving. La pierre n'était pas tape-à-l'œil ; Celestial avait déjà donné. Ce n'était même pas un diamant. J'avais choisi un rubis ovale sombre traversé d'un éclat flamboyant, monté sur un simple anneau d'or. C'était comme si son chant avait été solidifié sous la forme d'un bijou.

J'avais pris un risque, car elle affirmait ne plus croire au mariage. « Jusqu'à ce que la mort nous sépare » n'était pas raisonnable, selon elle, un échec annoncé. À quoi croyait-elle, alors ? « La communion entre deux âmes », répondait-elle. Pour ma part, je suis à la fois moderne et traditionnel. L'intimité, bien sûr : qui n'y croit pas ? Mais j'accorde aussi de la valeur à l'engagement. Quand elle disait que le mariage était une « drôle d'institution », j'étais bien d'accord. Le divorce de mes parents m'avait montré quel genre de contrat injuste deux individus pouvaient passer devant l'autel. Malgré tout, de nos jours, aux États-Unis, le mariage restait ce qui se rapprochait le plus de ce à quoi j'aspirais.

« Regarde-moi », dis-je à Celestial.

Elle tourna la tête, son visage ouvert la trahissant. Elle mordillait le coin gauche de sa lèvre inférieure. Si ma bouche avait effleuré son cou, j'aurais senti son pouls sous sa peau. Ses yeux se tournèrent de nouveau vers le jardin tapissé de feuilles.

« Dre, qu'est-ce que nous allons faire ? »

En guise de réponse, je me plaçai derrière elle et j'enlaçai sa taille, pliant un peu les genoux pour poser le menton sur son épaule osseuse.

« Qu'est-ce que nous allons faire ? », répéta-t-elle.

J'étais heureux qu'elle dise *nous*. Ce n'était pas grand-chose, mais je m'y agrippai de toutes mes forces.

« Il faut qu'on lui dise la vérité. C'est la première chose. La question de l'endroit où il va vivre viendra après. C'est un détail. »

Elle hocha la tête en silence.

« Quatre semaines ?

— Plus ou moins. Le 23 décembre. Joyeux Noël.

— Laisse-moi aller en Louisiane pour lui parler. »

Je la lâchai et la regardai, souhaitant qu'elle prenne ma proposition pour ce qu'elle était : non pas une solution désespérée, mais un geste de gentleman. Je m'offrais tel un manteau sur une flaque de boue.

« Dans sa lettre, il dit qu'il veut discuter. Tu ne crois pas que je lui dois au moins ça ?

— Si, et tu le feras. Seulement, pas tout de suite. Laisse-moi lui expliquer la situation, et s'il désire un face-à-face je le conduirai à Atlanta. Mais il n'aura peut-être pas envie de venir ici, lorsqu'il saura.

— Dre, murmura-t-elle, caressant ma joue avec la douceur d'un baiser ou d'une excuse. Et si moi, je souhaite lui parler ? Je ne peux pas t'envoyer en

Louisiane pour régler le problème à ma place, comme si c'était une simple crevaison ou une amende. J'ai été mariée avec lui, tu t'en souviens ? Ce n'est pas sa faute si ça n'a pas marché.

— Ce n'est pas la question. »

J'avais beau dire, il y avait cette voix insistante dans ma tête qui me répétait qu'être avec Celestial était un délit, du même ordre qu'une usurpation d'identité ou un pillage de tombe. *Trouve-toi une femme qui ne soit pas celle d'un autre*, me disait-elle avec les intonations de Roy. D'autres fois, c'était mon père me rappelant : « Tout ce que tu as, c'est ta réputation », ce qui, venant de lui, aurait dû me faire rire. Et par-dessus cette cacophonie, il y avait l'avis de ma grand-mère : « Ce qui est pour toi est pour toi. Tends la main et accepte ton dû. » Je ne l'avais jamais mentionné à Celestial, mais j'étais sûr qu'elle avait ses propres voix.

« Je sais que ce n'est la faute de personne, malgré tout, c'est un sujet sensible. Même si nous n'avons pas été mariés longtemps, nous l'avons été.

— Je ne veux pas parler de lui avant qu'on ait parlé de nous. Je n'avais pas imaginé que ça se passerait comme ça, mais voilà. »

Je ne mis pas un genou en terre : nous étions au-delà de ce genre de formalités. Elle secoua la tête à la vue de la bague au creux de ma paume, perturbée. Chez le bijoutier, elle m'avait paru parfaite et personnelle, aux antipodes de celle que Roy lui avait offerte. À présent, j'avais peur que ce ne soit pas suffisant.

« C'est une demande ?

— C'est une promesse.

— Tu ne peux pas faire ça, pas maintenant. Pas tout en même temps. »

Elle s'écarta pour se diriger vers ma chambre. Lorsqu'elle s'enferma, j'entendis le faible déclic du verrou. J'aurais pu lui courir après. J'aurais pu ouvrir à l'aide d'un trombone mais, quand une femme vous claque la porte au nez, crocheter la serrure n'arrangera rien.

Dans le salon, je me servis une rasade du whisky tourbé que Carlos m'avait offert lorsque j'avais obtenu mon diplôme. Pendant quinze ans il était resté intact, attendant une occasion. Un an plus tôt, Celestial m'avait interrogé au sujet de la bouteille, et sa présence m'avait paru la meilleure raison du monde. Nous l'avions débouchée en notre honneur à tous les deux. Désormais, elle était presque vide et je serais nostalgique quand il n'y en aurait plus. Je sortis avec mon verre et m'assis au pied du Vieux Hickey. Le fond de l'air était frais, mais l'alcool me brûlait la gorge. Chez Celestial, toutes les lumières étaient allumées et les rideaux ouverts. Son atelier de couture était rempli de poupées, en prévision des fêtes de fin d'année. À mes yeux, elles ressemblaient toutes à Roy bébé, même si elles se déclinaient du teint le plus clair au plus foncé, et que la plupart représentaient des petites filles. Chacune d'entre elles était Roy. J'avais accepté cette réalité depuis longtemps. Celestial était veuve et les veuves ont le droit d'être endeuillées. Elle m'appela au moment où la lune se levait dans le ciel. J'hésitai, attendant qu'elle insiste. Je la sentais inquiète, me cherchant dans la maison. Si elle prenait le temps de réfléchir, elle saurait où me trouver. Mon nom résonna dans les pièces vides encore un instant.

Enfin, elle parut sur le seuil, vêtue d'une chemise de nuit à fleurs et d'une robe de chambre, comme si nous étions mariés depuis un siècle.

« Dre, dit-elle, traversant pieds nus la pelouse froide et humide. Rentre. Viens te coucher. »

Sans un mot, je passai devant elle et j'entrai dans la chambre. Le désordre du lit laissait penser qu'elle ne s'était réfugiée dans le sommeil que pour être rattrapée par un cauchemar. Je fis ma toilette comme d'habitude, puis j'enfilai un bas de pyjama et un tee-shirt. Je tirai le drap et la couverture, les lissai, puis les écartai. J'éteignis avant de la rejoindre près du placard où elle se tenait, les bras croisés sur la poitrine.

« Viens, dis-je, lui donnant un baiser fraternel.

— Dre, que veux-tu que je fasse ?

— Je veux t'épouser, que tout soit légal, officiel. C'est à toi de décider, mais tu ne peux pas me laisser dans le doute.

— Ce n'est pas le bon moment.

— Je te demande seulement ce que tu veux. Ou tu veux m'épouser ou tu ne le veux pas. Ou on joue à faire semblant depuis près de trois ans ou on a construit quelque chose de réel.

— C'est un ultimatum.

— Tu sais que ce n'est pas mon genre. Mais j'ai besoin d'une réponse, Celestial, et j'en ai besoin maintenant. »

Je la lâchai. Elle se dirigea de son côté du lit et moi du mien. Deux boxeurs chacun dans leur coin.

Aucun de nous deux ne parla ni ne ferma l'œil. Je me demandai si c'était la fin de notre histoire. J'envisageai de me rapprocher d'elle, de la rejoindre sur son territoire, du côté qui fleurait la lavande. Je dormais souvent tout près d'elle, partageant parfois son oreiller. Ce soir, pourtant, j'avais l'impression que j'avais besoin d'une invitation et il ne semblait pas que ce fût à l'ordre du jour. S'il y a une chose que j'ai apprise, c'est qu'on ne sait jamais ce qui se passe dans la tête de l'autre. Finalement, elle vint à moi à l'approche de l'aube, juste avant l'échéance que je m'étais fixée. Elle m'appela de ses mains, de ses jambes, de ses lèvres, de sa personne tout entière. J'étais là, prêt, tendu comme un ressort.

Elle était peut-être la femme d'un autre aux yeux de la loi, mais les événements des cinq dernières années nous avaient montré que la loi ignorait tout de la vraie vie des gens. Ce qu'il y avait entre nous, alors que nous nous étreignions dans mon lit, épuisés et en sueur, c'était de la communion ou je n'y connaissais rien.

« Écoute, murmurai-je, enveloppé du parfum de sa peau. Ce n'est pas parce que Roy était en prison que nous nous sommes trouvés. Tu m'entends ?

— Je sais, soupira-t-elle. Je sais, je sais, je sais.

— Celestial, s'il te plaît. Marions-nous. »

Dans le noir, elle parla, ses lèvres si proches des miennes que je sentais le goût de ses mots, riches et tourbeux.

Celestial

À l'époque, j'étais une jeune mariée qui trouvait encore du riz dans ses cheveux quand elle se coiffait. Cela faisait dix-huit mois que j'avais franchi le pas en dansant ; je comptais toujours en mois, comme pour un bébé.

Le mariage ressemble beaucoup à une greffe. D'un côté on a la branche à peine coupée, la sève qui sourd, le parfum de printemps, et de l'autre l'arbre dépouillé de son écorce protectrice, creusé et prêt à recevoir le corps étranger. Mon père avait pratiqué cette opération chirurgicale sur un cornouiller dans la partie du jardin située le long de la maison. Il avait attaché une branche à fleurs roses volée dans les bois sur l'arbre à fleurs blanches de ma mère, acheté dans une pépinière. Il avait fallu des mètres de jute et deux ans pour que la greffe prenne. Aujourd'hui encore, après toutes ces années, le cornouiller a quelque chose de pas tout à fait naturel, en dépit de sa splendeur bicolore.

Dans mon mariage, je ne saurais dire qui était le tronc et qui était le membre greffé. Un bébé aurait peut-être balayé ces considérations. À trois, on n'est plus un couple, mais une famille, ce qui décuple les responsabilités si on part, et les promesses de plaisir si on reste. Ce n'était pas aussi calculé, bien sûr. Le rationalisme glaçant de l'analyse a posteriori met au jour le pourquoi et le comment de ce qui pouvait paraître magique jusque-là. C'est le manuel du prestidigitateur qui dévoile les tours, réalisés non par une quelconque opération de sorcellerie, mais à l'aide de consignes précises et de dispositifs mystérieux.

Ce n'est pas une excuse, juste une explication.

Le jour de Thanksgiving, je me réveillai à côté d'Andre, sa bague au doigt. Si on m'avait dit autrefois que je me retrouverais tiraillée entre un mari et un fiancé, j'aurais refusé de le croire. Pourtant, ce n'était pas une fatalité. J'aurais pu demander à l'oncle Banks de rédiger les papiers de divorce le jour où j'avais réalisé que je ne pourrais pas être l'épouse d'un prisonnier. Dans la foulée de l'enterrement d'Olive, j'avais compris que c'était Andre que je voulais, ce cher Dre, qui était là depuis le début. Pourquoi n'avais-je pas régularisé tout ça plus tôt ? Un amour latent pour Roy dormait-il encore en moi ? C'était la question que je lisais dans les yeux d'Andre depuis deux ans, tous les soirs au moment d'aller se coucher. C'est la question sous les mots de Roy, comme s'il les avait écrits, puis effacés, avant de réécrire par-dessus.

Les raisons ne manquaient pas. Le sentiment de culpabilité suintait à travers les fissures de ma logique. Comment pouvais-je lui envoyer des papiers de divorce, lui faire subir encore un décret officiel, un autre rebondissement dévastateur ? Cela me semblait un acte de cruauté gratuite d'entériner ce qu'il savait déjà. Était-ce par générosité ou par faiblesse ? Lorsque j'avais interrogé ma mère un an plus tôt, elle m'avait tendu un verre d'eau et assuré que tout finirait par se résoudre au mieux.

Je posai la main sur l'épaule endormie d'Andre, mes doigts encerclant sa marque de naissance. Il respirait profondément, confiant, sachant que le monde continuerait de tourner pendant qu'il rechargeait ses batteries. La vie était moins effrayante à 5 heures du matin, quand seulement l'un de nous était éveillé. Andre était devenu un bel homme. Sa silhouette dégingandée s'était durcie en un corps mince et fort. Il avait toujours quelque chose de léonin, avec ses cheveux tirant sur le roux et sa peau acajou, mais c'était désormais un lion adulte et non plus un adorable lionceau. « Vous aurez de beaux bébés, vous deux », nous disaient parfois des inconnus. Nous souriions. C'était un compliment, pourtant, cette idée me nouait la gorge et m'empêchait de respirer.

Agité par un rêve, Andre s'empara de ma main dans son sommeil, alors, je m'attardai encore un peu à côté de lui. On célébrait Thanksgiving, aujourd'hui. L'une des complications de la vie d'adulte, c'est que les fêtes deviennent un modèle à l'aune duquel on mesure sa réussite. Pour les enfants, Thanksgiving c'est la dinde, et Noël les cadeaux. Quand on est grand, les fêtes, c'est avant tout la famille, et les gagnants ne sont pas nombreux.

Comment ma mère, cette rêveuse romantique, allait-elle interpréter la bague à mon doigt, d'un rouge sombre de feuillc d'automne ? À en croire ce rubis, Andre était mon fiancé, mais le diamant de Roy, si blanc qu'il paraissait bleu, affirmait que c'était impossible. De toute manière, qui écoute la sagesse des pierres ? Seuls nos corps savent la vérité. Les os ne mentent pas. Que cachait encore mon coffret à bijoux ? Une petite dent dont l'ivoire rappelait une pièce de dentelle ancienne, le bord crénelé comme la lame d'un couteau à steak.

Dans le sud-ouest d'Atlanta, tout le monde connaissait la maison de mes parents. C'était un point de repère, même si aucune plaque ne la distinguait. Située au croisement de Lynhurst Drive et de Cascade Road, juste avant Childress Street, l'imposante bâtisse victorienne était restée inoccupée pendant près de cinquante ans, avant que mon père ne la dispute aux écureuils et aux tamias. En retrait de la rue, en partie dissimulée par un mur vert d'arbustes buissonnants négligés, elle évoquait un conte gothique du XIXe siècle, dans ce quartier aux pavillons de brique proprets. Quand j'étais petite, nous passions devant pour nous rendre à Greenbriar Mall et papa disait : « Un jour nous vivrons ici. Ce monstre bâti après la guerre de Sécession est le lot de consolation pour la perte de Tara. » Je le prenais très au sérieux. « Mais c'est une maison hantée ! protestais-je.

— Oui, mademoiselle, répondait-il. Hantée par le fantôme de l'histoire ! » C'était le moment où ma mère intervenait : « C'est une façon de parler. » Alors, papa disait parfois : « Non. C'est de la prescience. » Ce à quoi Gloria répliquait : « De la prescience ? Plutôt de l'aveuglement, non ? Ou peut-être de l'optimisme. Mais arrête, tu effraies ta fille. »

Il arrêta, jusqu'à ce qu'il gagne le gros lot. L'argent fit renaître sa fascination pour la demeure en ruine sur la colline, avec ses coupoles et ses vitraux. Oncle

Banks découvrit qu'elle était la propriété d'une famille issue d'une vieille fortune, qui la possédait depuis sa construction dans les années 1860. Elle n'envisageait pas d'y vivre depuis que le sud-ouest d'Atlanta était devenu entièrement noir, et ne pouvait pas non plus se résoudre à la vendre. Du moins jusqu'au jour où Franklin Delano Davenport se présenta, trois générations plus tard, avec une mallette remplie de billets menottée à son poignet. Un chèque aurait fait l'affaire mais, rien que pour le geste, il estimait que cela en valait la peine.

Gloria doutait que les Blancs cèdent, cependant, elle savait mieux que personne que son époux était capable de miracles. Qui aurait imaginé qu'un prof de chimie ferait une découverte qui leur permettrait de vivre *à l'aise*, ainsi qu'elle se plaisait à le dire ? Lorsqu'il rentra sans l'attaché-case, elle jeta les brochures pour des villas modernes en stuc dans des zones limitrophes afin de se mettre en quête d'entreprises spécialisées dans la rénovation historique. Elle affirmait qu'elle était plus heureuse ici, de toute manière, près de leur ancien quartier, avec sa population d'enseignants, de médecins de famille et d'autres professionnels dont les salaires étaient assortis de primes et d'avantages, une catégorie qui avait émergé avec le mouvement des droits civiques. Plus à l'ouest, ses voisins auraient probablement été des rappeurs, des chirurgiens esthétiques ou des cadres du marketing. De son côté, mon père se déclarait soulagé de ne pas être à la merci d'une association de propriétaires qui se serait permis de lui dire ce qu'il pouvait faire et ne pas faire dans sa fichue maison.

Il était entêté et persévérant, deux qualités qui jouèrent un rôle essentiel dans sa réussite inattendue. Pendant vingt ans, chaque soir en rentrant du lycée, il était descendu dans son laboratoire au sous-sol. Dans la plupart de mes souvenirs d'enfant, il portait une blouse blanche ornée d'une multitude de badges vintage clamant : LIBÉREZ ANGELA, SE TAIRE C'EST DIRE OUI. Ou : OUI, JE SUIS UN HOMME ! Il laissa pousser son afro, sauvage et inculte, et ne la coupa pas quand « Black is beautiful » devint « Être black, c'est OK ». Beaucoup de femmes se seraient lassées de ce rêveur brouillon, sans parler des odeurs bizarres qui montaient du sous-sol, mais Gloria l'encourageait à faire ses expériences. Bien que travaillant elle aussi à plein temps, elle trouvait toujours un moment pour remplir ses dépôts de brevet et les poster. Aujourd'hui, quand on lui demande comment le petit va-nu-pieds de Sunflower, dans l'Alabama, a pu devenir un savant fou millionnaire, il répond qu'il était trop tête de mule pour échouer.

Jamais je n'aurais imaginé que son caractère inflexible se retournerait contre Dre et moi. Après tout, Andre était le premier choix de mon père. Roy, avec ses aspirations à vif, roses et fragiles comme la peau sous une croûte, lui était plus sympathique en tant qu'homme qu'en tant que gendre. « Je parie qu'il se douche dans son costume et sa cravate, disait-il. Je respecte son ambition ; je n'en étais moi-même pas dépourvu. Mais tu ne vas pas passer ta vie entière avec un homme qui a quelque chose à prouver. » En ce qui concernait Dre, en revanche, il n'était qu'affection. « Donne sa chance à ce bon vieil Andre », se plaisait-il à répéter, et ce jusqu'au matin de mes fiançailles. Lorsque je lui rétorquais que nous étions comme frère et sœur, il haussait les épaules : « Ma seule sœur, c'est ma sœur. » Et s'il avait déjà bien entamé une bouteille de bourbon, il ajoutait : « Pour ta maman et moi, ça n'a pas été simple. Mais nous avons fini par nous trouver. Toi, tu es libre de choisir ta vie. Prends Andre en considération. Tu le connais bien. Il fait partie de la famille. Tu as le droit d'opter pour la facilité. »

À présent, il n'accordait à Dre qu'un bref hochement de tête en guise de bonjour.

Le jour de Thanksgiving, nous arrivâmes chez mes parents avec pas grand-chose hormis la nouvelle de notre engagement mutuel et celle de la libération prochaine de Roy. J'avais promis deux desserts : un gâteau fourré au chocolat pour mon père et une tarte au flan pour ma mère, mais j'étais trop bouleversée pour cuisiner. La pâtisserie est capricieuse et imprévisible. Je sentais que, si je faisais un gâteau, il était condamné à s'affaisser dans le four.

Mon père était dans le jardin, occupé à installer les décorations de Noël. Dans une propriété aussi vaste, il pouvait donner libre cours à son amour pour l'esprit des fêtes. Armé d'un cutter, il était accroupi devant trois cartons de figurines de la Nativité, au milieu de l'immense pelouse verte. Il avait mis son tee-shirt sens devant derrière et, sur son dos étroit, on pouvait lire ONLY IN ATLANTA, « Ça n'arrive qu'à Atlanta ».

« Tu te souviens de ces tee-shirts ? », fit Dre, alors que nous avancions lentement dans l'allée.

Je m'en souvenais très bien. Only in Atlanta était l'un des nombreux projets entrepreneuriaux de Roy. Il espérait que ce serait pour le Sud l'équivalent du phénomène I Love New York, qui avait rendu riche son inventeur. Roy n'avait eu le temps de commander qu'une série de tee-shirts et de porte-clés avant d'être incarcéré.

« Il avait toujours une idée pour faire fortune.

— C'est vrai. Ça va ?

— Oui. Et toi ?

— Je suis prêt. Mais, si je suis honnête, il y a des moments où je me sens coupable simplement parce que je peux vivre ma vie. »

Je ne pris pas la peine de lui dire que je comprenais, parce qu'il le savait. Il devrait y avoir un mot pour ça, ce qu'on éprouve quand on vole quelque chose qui nous appartient déjà.

Nous regardions papa, rassemblant nos forces pour lancer un salut festif. De chaque carton, il sortit un Balthazar – le mage basané – et remit les autres à l'intérieur. Je n'avais aucune idée de ce qu'il comptait faire des six rois blancs. Il avait encore à installer une crèche, deux bonshommes de neige gonflables et une famille de rennes. Sur la galerie, l'oncle Banks était perché sur une échelle pour accrocher des guirlandes lumineuses imitant des stalactites de glace.

« Salut la compagnie ! m'exclamai-je en ouvrant les bras.

— Celestial, fit mon père, sans ignorer Dre, mais sans lui adresser le moindre signe. Tu as mon gâteau ?

— Bonjour, monsieur Davenport, dit Andre comme si de rien n'était. Joyeux Thanksgiving ! Vous vous doutiez bien qu'on ne viendrait pas les mains vides. Je vous ai apporté du Glenlivet. »

Mon père pointa le menton dans ma direction et je posai un baiser sur sa joue. Il sentait le beurre de cacao et le cannabis. Il tendit finalement la main à Andre, qui la serra avec optimisme.

« Joyeux Thanksgiving, Andre.

— Papa. Sois gentil », murmurai-je.

Je pris la main de Dre, celle qui ne tenait pas la bouteille, et nous gravîmes les marches de la galerie qui courait tout autour de la maison.

« Merci, Andre, pour le remontant, lâcha enfin mon père. Nous le goûterons après manger.

— Volontiers », répondit Dre, visiblement heureux.

Devant nous, juché sur son échelle, notre avocat préféré s'efforçait de démêler une guirlande enchevêtrée.

« Hello, oncle Banks, dis-je en serrant ses jambes.

— Salut, petite chérie. Comment ça va, jeune homme ? »

À cet instant, tante Sylvia passa la tête par la porte. Mon plus ancien souvenir d'elle datait de l'époque où elle avait rencontré Banks. Ils m'avaient emmenée à l'Omni Coliseum faire du patin à glace. En partant, elle m'avait acheté une bougie jaune pâle dans un verre à vin. Ma mère l'avait aussitôt confisquée en s'écriant : « Il ne faut pas donner de feu à un enfant ! » Sylvia avait plaidé ma cause. « Celestial ne l'allumera pas. N'est-ce pas, mon cœur ? » J'avais secoué la tête et Gloria avait hésité. « Fais-lui confiance », avait insisté Sylvia, s'adressant à ma mère, mais me regardant, moi. Le jour de mon mariage, elle menait la procession, radieuse en dame d'honneur, même si Banks et elle n'étaient pas officiellement mariés.

« Celestial, Andre ! Je suis heureuse de vous voir. Ta mère ne voulait pas mettre les friands au four avant que vous ne soyez là. Fais-moi un bisou, mon neveu. »

Elle ouvrit grand la porte et Dre entra derrière elle. Je m'attardai un moment en bas de l'échelle.

« Oncle Banks ?

— Non, répondit-il, lisant dans mes pensées. Je n'ai rien dit à personne, sauf à Sylvia. C'est à toi d'annoncer la nouvelle à tes parents.

— Je voulais te remercier. Tu es allé jusqu'au bout.

— Oui. Ces abrutis n'ont pas compris ce qui leur arrivait. »

Il redescendit prudemment, car il portait ses souliers du dimanche.

« Ton père est mon plus vieil ami, poursuivit-il une fois sur la terre ferme. Nous avons débarqué à Atlanta il y a des années sans un sou en poche. Je lui suis plus attaché qu'à mes propres frères. Malgré tout, je veux que tu saches que je ne suis pas toujours d'accord avec lui. Dans mon métier, on voit de tout. Ça permet de prendre du recul. Honnêtement, sur certains sujets, il n'a pas bougé d'un iota depuis sa naissance. Mais il t'adore, Celestial. Tu es entourée de gens qui t'aiment : ton père, Andre, Roy. Dis-toi que c'est un problème de riche. »

Le repas fut servi sur la lourde table de chêne, qui était couverte d'une nappe de dentelle pour masquer des décennies d'usage quotidien. Dans la maison de rêve méticuleusement rénovée de mes parents, tout le reste était lisse et ravissant ; seule la table avait une histoire à raconter. C'était un cadeau de mariage de ma grand-mère, l'un des rares qu'ils avaient reçus quand ils s'étaient mariés devant le juge. « Vous la transmettrez à vos enfants et à leurs enfants », avait-elle déclaré. Lorsque les déménageurs l'avaient livrée,

Gloria leur avait dit : « Faites attention. Cette table, c'est la bénédiction de ma mère. »

Il n'y avait qu'à l'occasion des fêtes qu'on se rendait compte que mon père était fils de pasteur.

« Seigneur ! », tonna-t-il.

Tout le monde baissa la tête. Je pris sa main à gauche et celle d'Andre à droite.

« Nous sommes réunis ici pour te remercier des bienfaits dont tu nous as comblés. Nous te rendons grâce pour cette nourriture et pour la table sur laquelle elle se trouve. Nous te remercions pour notre liberté. Nous prions pour ceux derrière les barreaux qui ne peuvent profiter du baume et du soutien que représente la famille. »

Puis, de mémoire, il récita un long passage des Écritures.

Avant que quiconque ait le temps de dire « Amen », Andre pris la parole :

« Et merci pour l'amour qui nous unit tous. »

Ma mère redressa la tête.

« Amen à ces bonnes paroles. »

Aussitôt, un agréable brouhaha emplit la pièce. Mon père attaqua la dinde à l'aide d'un couteau électrique qui ressemblait à une tronçonneuse miniature, tandis que Gloria faisait le tour de la table avec un lourd pichet de thé glacé. Banks et Sylvia étaient assis côte à côte, sages comme des images, mais j'étais convaincue que, sous la table, il avait la main sur sa cuisse. Avec toutes ces fleurs et les bougies qui brûlaient dans les candélabres, la pièce présentait un joli tableau. Je pris une gorgée de thé citronné dans un verre en cristal qui me rappela Olive. Elle adorait le cristal et achetait ses verres un par un. Je me demandai ce qu'ils étaient devenus à sa mort, puisqu'elle n'avait pas de fille à qui offrir sa bénédiction et sa vaisselle. Je baissai la tête et priai pour elle. *Faites que le paradis soit rempli de beaux objets.* Puis je murmurai en silence : « S'il vous plaît, pardonnez-moi. »

Je regardai ma mère, espérant qu'elle me ferait la grâce d'un sourire. Gloria était scandaleusement belle. J'avais pour habitude de mettre Roy en garde contre la tentation de voir là une garantie que je vieillirais bien, même si j'avais hérité de beaucoup de ses traits. Nous sommes toutes les deux grandes, la peau foncée, avec des yeux en amande et des lèvres pleines. Elle se prénomme Gloria Celeste, et moi Celestial Gloriana. Lorsque j'étais enfant, elle m'embrassait souvent le front et m'appelait « enfant de l'amour ».

Je me servis copieusement, mais j'étais incapable de manger. Les secrets m'étouffaient comme si j'avais une tumeur dans la gorge. Chaque fois que je prononçais une phrase qui n'était ni *Roy sera libre avant Noël*, ni *Andre et moi allons nous marier*, j'avais l'impression de mentir, même si c'était vrai par ailleurs. En face de moi, ce cher oncle Banks coupait méthodiquement le contenu de son assiette, bien qu'il ne manifestât pas un grand appétit non plus. Je débordais de tendresse pour lui. Il avait fait de son mieux et, pendant toutes ces années, son mieux n'avait pas suffi. Il méritait de pouvoir partager la nouvelle avec ses amis. Il méritait des remerciements et des félicitations sincères.

Je sentais le regard de ma mère sur moi. Je la dévisageai avec une question sur les lèvres et elle m'adressa un subtil hochement de tête, comme si elle savait ce qu'elle ne pouvait pas savoir.

En dessert, il y avait un gâteau à la confiture de mûres, une recette qu'elle tenait de sa mère. Pour qu'il soit prêt le jour de Thanksgiving, il faut le préparer dès le dernier jour de l'été, l'imbiber de rhum, bien l'envelopper et le mettre au frais quand les lucioles scintillent encore dans l'air du soir. Cette pâtisserie occupait une place importante dans la légende familiale. Gloria, qui, lorsqu'elle rencontra mon père, enseignait les sciences humaines, en offrit une tranche fragile au nouveau professeur de chimie. « J'étais conquis ! », clamait-il à qui voulait l'entendre.

Gloria posa le dessert sur la table, et son arôme de rhum, de girofle, de cannelle et de rose me chatouilla les narines. Je me tournai vers elle.

« Quoi qu'il arrive, dit-elle à mi-voix, tu sais que je serai toujours ta mère. »

Mes yeux revinrent sur le gâteau au centre du napperon de papier, sur mon assiette et la minuscule cuillère en équilibre au bord. La scène me rappelait le dîner en famille la veille de notre mariage. Roy avait réclamé à Gloria sa spécialité. Pendant que tout le monde mangeait du canard et buvait du mousseux, elle m'avait entraînée à l'extérieur du restaurant. Sur le parking, à côté d'un gardénia odorant, elle m'avait serrée contre sa poitrine. « Je suis heureuse aujourd'hui parce que tu es heureuse. Pas parce que tu te maries. Je me fiche des détails superficiels. Ce qui compte pour moi, c'est toi. » C'était la bénédiction de ma mère. J'espérais qu'elle me l'accorderait de nouveau.

J'observai Andre, qui rayonnait de confiance et d'impatience. Oncle Banks parlait à mi-voix avec Sylvia. Enfin, j'affrontai le regard de mon père.

Pendant des années, j'avais été la prunelle de ses yeux, sa petite puce. Le jour de mon mariage, je portais des ballerines, pas pour Roy, mais pour ne pas le dépasser, lui. J'avais insisté pour que le pasteur omette le mot obéissance, cependant, pour mon père, nous avions gardé la phrase « Qui donne cette femme en mariage ? » afin qu'il puisse répondre « C'est moi », de sa belle voix grave.

À table, lorsque je levai mon verre, il ne restait qu'une goutte de thé au fond.

« Je voudrais porter un toast. »

Les cinq autres convives m'imitèrent avec un bel ensemble.

« À notre oncle Banks, dont les efforts sans relâche ont fini par payer. Roy sera libre avant Noël. »

Sylvia laissa échapper une petite exclamation et tendit son verre, pour que nous trinquions avec elle. Banks dit « Merci », ma mère « Rendons grâce à Dieu ! », et mon père pas un mot.

Andre recula sa chaise. Longiligne, il se dressait pareil à une tour, ou un phare.

« J'ai demandé à Celestial si elle voulait m'épouser », déclara-t-il.

Roy et moi avions annoncé nos fiançailles à cette même table, de façon très similaire. La nouvelle avait été saluée par du bordeaux et des applaudissements. Cette fois, mon père se tourna vers moi.

« Et qu'as-tu répondu, ma puce ? »

Je me levai à mon tour.

« Papa, j'ai dit oui. »

Je m'étais efforcée d'être catégorique, mais j'entendais l'interrogation dans ma voix. La supplique.

« On trouvera une solution, intervint ma mère, le regard sur mon père. On va discuter. »

Andre passa le bras autour de mes épaules et je me sentis respirer profondément, de longues inspirations apaisantes, alors que les larmes me brûlaient les yeux. La vérité est toujours un réconfort, quels que soient les écueils.

Mon père posa son verre vide à côté de sa part de gâteau encore intacte.

« Ce n'est pas bien, dit-il d'une voix légère. Ma puce, je refuse de cautionner ça. Tu ne peux pas épouser Andre si tu as déjà un mari. J'admets ma part de responsabilité. Je te passe tous tes caprices depuis que tu es petite fille, tu penses donc que c'est tous les jours dimanche. Mais c'est la vraie vie. On ne peut pas toujours avoir ce qu'on veut.

— Papa, tu devrais savoir mieux que quiconque que parfois l'amour n'obéit pas aux règles. Quand maman et toi vous êtes mariés…

— Celestial. »

Gloria affichait une expression que je ne pouvais pas déchiffrer. Un avertissement en langue étrangère.

« Un scénario entièrement différent, objecta mon père. Quand j'ai rencontré ta mère, nous avions des circonstances atténuantes. Je m'étais marié trop jeune, trop vite. Gloria est mon âme sœur, ma compagne de cœur. Nous étions faits l'un pour l'autre.

— Monsieur Davenport, s'interposa Andre. C'est ce que Celestial représente pour moi. Elle est la femme auprès de qui je veux vivre toujours.

— Mon garçon, répondit mon père, agrippant sa petite cuillère comme une fourche. Je te parlerai d'un homme noir à un autre : Roy est l'otage de l'État.

Il est une victime de l'Amérique. La moindre des choses serait de lui rendre sa femme à son retour.

— Monsieur Davenport, avec tout le respect que…

— Ça commence à bien faire, les "monsieur Davenport" par-ci et les "monsieur Davenport" par-là. Ce n'est pourtant pas compliqué. Cet homme va rentrer chez lui après avoir passé cinq ans en prison pour un crime qu'il n'a pas commis, et tu voudrais qu'il trouve sa femme avec ta petite bague à son doigt, et toi qui lui contes fleurette ? Tu sais ce que Roy va penser : que son épouse n'a pas pu s'empêcher d'écarter les jambes et que celui qui se prétendait son ami ignore ce que c'est que d'être un homme, et encore moins un homme noir. »

Ma mère s'était levée.

« Franklin, excuse-toi.

— Monsieur Davenport, est-ce que vous vous entendez ? Vous pouvez me détester tant que vous voulez. Je suis venu ici dans l'espoir que vous me donneriez votre bénédiction, mais je peux m'en passer. En revanche, Celestial est votre fille. Vous ne pouvez pas parler d'elle comme ça.

— S'il te plaît, papa, ne me rejette pas. »

L'oncle Banks resta assis, cependant, il émanait de lui une calme autorité.

« Ça devait arriver, Franklin. Que veux-tu que la petite fasse ?

— Je veux qu'elle se conduise comme la fille que nous avons éduquée.

— Je l'ai éduquée pour qu'elle sache ce qu'elle voulait », intervint ma mère.

Mon père porta les mains à ses tempes comme s'il voulait s'assurer que sa tête tenait bien sur son cou.

« Qu'est-ce que c'est que toutes ces histoires sur l'amour et savoir ce qu'on veut ? Pardon si je suis brutal, mais ce qui se joue là est autrement plus important qu'une toquade. Elle a eu mille fois la possibilité de choisir Andre, si c'était avec lui qu'elle voulait faire sa vie. Maintenant, l'occasion est passée. Qu'a fait Roy pour mériter ça ? Rien, hormis être un Noir qui se trouvait au mauvais endroit au mauvais moment. Inutile de chercher plus loin. »

Il n'y avait pas de réponse simple face à cette accusation. Andre et moi étions toujours debout, seuls au milieu des nôtres. Mon père planta sa cuillère dans le gâteau. Il était content de lui. Satisfait de son numéro, heureux d'avoir eu le dernier mot.

De l'autre côté de la table, Sylvia murmura quelque chose à l'oncle Banks, la lumière jouant sur les minuscules miroirs de ses boucles d'oreilles. S'armant de courage, elle prit une inspiration audible et parla précipitamment :

« Je ne fais pas officiellement partie de cette famille, mais nous nous connaissons depuis très longtemps. Votre comportement à tous est inadmissible. Inadmissible. Déjà, nous devrions prendre au moins une minute pour applaudir Banks. Cela fait cinq ans qu'il se tue à la tâche. Vous autres, vous vous contentiez de signer les chèques et de prier. C'est Banks qui a obtenu ce résultat. C'est lui qui s'est battu contre le système. »

Tout le monde marmonna des remerciements embarrassés, que l'intéressé accepta avec un hochement de tête charitable. Puis il attrapa la main de Sylvia, pour lui indiquer qu'il était temps de se rasseoir. Sans succès.

« À présent, Franklin, reprit-elle, se tournant vers celui qui présidait la table. Tu ne m'as pas demandé mon avis, mais je vais te le donner quand même. Celestial doit choisir entre Andre et Roy. C'est déjà assez compliqué sans que tu t'en mêles. N'oblige pas en plus Gloria à devoir choisir entre sa fille et son mari, parce que tu ne peux pas gagner à ce jeu-là. Ne laisse pas entendre à ta fille qu'elle doit aller avec l'homme que tu as désigné, comme si tu étais une espèce de mac. C'est un combat de coqs, Franklin, et tu le sais. »

Roy

Pendant les semaines à la fois courtes et longues entre le moment où j'appris que je partais et celui où je quittai la prison, Walter ne dormit pour ainsi dire pas. Il parlait toute la nuit, égrenant les mille et une leçons de vie au futur ancien détenu.

« Souviens-toi. Ta femme a vécu à l'extérieur pendant tout ce temps.

— Tu ne la connais pas. Qu'est-ce qui te permet de me dire ce qu'elle a fait ?

— Je ne peux pas te dire ce que j'ignore : ce qu'elle a fait exactement. Je n'en ai aucune idée et toi non plus. Tout ce que je sais, c'est que la vie de tout le monde a avancé. Pas la tienne. »

Selon lui, la solution était de se laver l'esprit du passé. L'avenir, voilà ce qui devait me préoccuper. Mais comment étais-je censé ne pas ressentir de nostalgie pour ce que j'avais perdu ? Il ne me donna jamais la recette. Il ne pouvait pas comprendre, parce qu'il n'y avait rien derrière lui, à part des occasions ratées et des regrets. Pour quelqu'un comme lui, la possibilité de repartir de zéro était un cadeau. En ce qui me concernait, c'était la pire des épreuves.

Avant d'en prendre pour douze ans, j'avais atteint tous mes objectifs : un emploi qui payait plus que les factures, une maison de cinq pièces, une grande pelouse que je tondais le dimanche, et une femme qui m'élevait l'âme comme une prière. J'étais satisfait de mon travail, mais je comptais trouver un meilleur emploi dans les deux ans. Lynn Valley Road n'était qu'un début. Les enfants venaient ensuite sur ma liste. La relation revêt une autre signification quand on va au lit pour une raison qui dépasse les simples sentiments personnels. Malgré ce qui s'était passé après, je n'oublierais jamais cette dernière nuit et notre étreinte enfiévrée.

« Walter, tu me conseilles de faire une croix sur ce que j'avais pour penser à ce que je veux aujourd'hui, mais pour moi c'est la même chose.

— Hmm, marmonna-t-il, le visage plissé par une profonde réflexion yodique. Quelqu'un dans ta situation doit envisager la vie comme un nouveau-né. Imagine que tu n'as jamais vécu dans le monde avant et attends qu'il te montre la route à suivre. Concentre-toi sur l'ici et maintenant. »

Je regardai mon pitoyable environnement.

« Qu'est-ce que j'ai, ici et maintenant ? Tu ne peux pas me demander de vivre dans l'instant quand le passé était mille fois mieux. »

Il clappa de la langue.

« Tu sais ce que tu as, ici et maintenant ? Ici et maintenant, tu dois nettoyer ce lavabo. »

Même en prison, où on marche sur la tête, c'était gonflé : lui m'assignant des corvées. Mon géniteur me lança une petite éponge, que je rattrapai.

« C'est ton tour », répliquai-je en la lui renvoyant.

Il me la rendit aussi sec.

« Les pères ne prennent pas leur tour. »

Je frottai un petit savon contre l'éponge jaune et j'entrepris de récurer le lavabo, qui n'était de toute manière pas vraiment sale.

« Yoda des champs.

— Fais attention à ce que tu dis. »

Ce que Walter ne me précisa pas, c'est que, innocent ou non, je ne serais pas autorisé à sortir par la grande porte. En dépit de la modestie d'une telle attente, j'aurais dû me douter qu'il ne fallait pas demander plus que le minimum. Banks m'avait prévenu que je ne devais pas compter sur des excuses officielles ni sur une enveloppe portant le tampon de l'État. De toute façon, je ne connaissais pas les noms des personnes auxquelles j'aurais pu m'adresser pour cela. En guise de réparation, je n'aurais droit qu'aux vingt-trois dollars que tout un chacun recevait en quittant le centre de détention de l'État de Louisiane. Mais était-ce déraisonnable d'espérer qu'un innocent qui avait payé à la société la dette d'un autre serait autorisé à emprunter la grande porte ? Je me voyais descendre un escalier de marbre avec le soleil sur le visage, fouler une petite pelouse verdoyante où toute ma famille m'attendrait, même si Olive était enterrée depuis deux ans et Celestial sortie de ma vie depuis autant de temps. Big Roy serait là, c'était une certitude, cependant, il n'y avait qu'une femme pour vraiment souhaiter la bienvenue à un homme qui rentrait à la maison, lui laver les pieds, lui offrir à manger.

Mon père, conscient que je ne franchirais aucune grande porte, se trouvait sur le parking à l'arrière de l'établissement, appuyé contre le capot de sa Chrysler. Lorsqu'il m'aperçut, il tira sur son col et lissa ses cheveux. Je mis ma main en visière pour me protéger du soleil déjà bas sur l'horizon et je vis un sourire se dessiner sur son visage.

Nous étions une dizaine à être libérés, ce jour-là. Une famille brandissait des ballons gonflables argentés en forme de décorations de Noël pour accueillir un jeune type, pas plus de vingt ans ; un gamin arborant un nez rouge en plastique pressa la partie renflée d'un klaxon de vélo en forme de poire, ce qui, curieusement, alluma son nez. Le deuxième n'avait personne. Sans regarder ni à droite ni à gauche, comme s'il était tiré par une laisse, il se dirigea vers la camionnette grise qui le déposerait à la gare routière. Des femmes attendaient les autres : mère, épouse ou petite amie. Elles avaient conduit jusque-là, mais toutes confièrent le volant à leur homme pour repartir. J'étais le dernier à sortir. C'était une belle journée d'hiver. Je n'étais pas très à l'aise dans mes chaussures : des souliers en cuir à bout golf. Mes chaussettes avaient été égarées par le système, j'avais donc les pieds nus à l'intérieur. Je sentais la texture irrégulière de l'asphalte sous mes semelles, alors que je marchais vers mon père. *Père* était un mot qui me semblait maladroit, désormais, et je n'osais pas attendre quoi que ce soit. Non pas que j'étais du genre à réclamer grand-chose. Quand j'étais au lycée et que j'étais trop grand pour qu'il me punisse si je faisais des conneries, des bêtises de garçon, il me disait : « Si tu te fais arrêter, ne m'appelle pas. Les fils prodigues, très peu pour moi. Ne compte pas sur une fête de bienvenue. » Mais c'était du temps où nous pensions qu'il fallait être coupable pour aller en prison, ou au moins idiot.

Si quelqu'un méritait une fête, c'était pourtant moi, l'autre fils, celui qui n'avait pas eu droit au veau gras. Ou Job. Ou Ésaü, ou n'importe lequel de tous ceux qui se retrouvaient abandonnés dans la Bible. Le soir fatal où j'étais allé chercher des glaçons, toutes les décisions intelligentes que j'avais pu prendre jusque-là avaient soudain compté pour rien.

Quelqu'un avait violé cette femme – il n'y avait qu'à voir la manière dont ses doigts tressautaient sur ses genoux –, mais ce n'était pas moi. Elle m'avait inspiré une certaine tendresse, quand je l'avais rencontrée au distributeur. Je lui avais dit qu'elle me rappelait ma mère et elle avait répondu qu'elle avait toujours voulu avoir un fils. Lorsque je l'avais escortée jusqu'à sa chambre, je m'étais confié, lui racontant ma dispute absurde avec Celestial, et elle avait promis d'allumer un cierge pour moi.

Au procès, j'avais presque eu pitié d'elle, alors qu'elle débitait son horrible histoire qui foutait ma vie en l'air. Elle pesait ses mots, comme si elle avait appris son témoignage par cœur, utilisant des termes techniques pour décrire son corps et ce qu'il avait subi. Elle me dévisageait, la bouche tremblante de peur, mais aussi de douleur et de colère. Dans son esprit, j'étais celui qui lui avait fait ça, alors qu'elle venait de prier pour moi et mon mariage, et le bébé que nous essayions de concevoir. Quand on lui avait demandé si elle était sûre d'elle, elle avait été catégorique.

Et aujourd'hui, me reconnaîtrait-elle ? Qui parmi ceux qui m'avaient connu m'aurait reconnu à présent ? La prison change un homme, qu'il soit coupable ou innocent, elle le transforme en détenu. Alors que je traversais le parking à grands pas, je secouai la tête comme un chien mouillé pour me débarrasser de ces pensées. Ce qui compte, c'est de sortir, me répétais-je. Petite porte, grande porte, qu'est-ce que ça peut faire ?

Me voici. Un homme libre, paraît-il. Ballons gonflables, cognac ou veau gras, quelle importance ?

Big Roy ne s'écarta pas de la voiture pour se précipiter à ma rencontre. Il me regarda m'approcher et, lorsque je fus à sa portée, il ouvrit les bras et m'étreignit. J'avais trente-six ans. Je savais que j'avais encore de nombreuses années devant moi, pourtant, je ne pouvais pas m'empêcher de compter celles que j'avais ratées. Je me mordis la lèvre et j'aspirai le sang chaud, heureux de sentir le poids protecteur des bras de mon père.

« Ça me fait plaisir de te voir, mon fils. »

Je savourai ce mot, la vérité qu'il renfermait.

« Moi aussi.

— Tu es en avance. »

Je ne pus retenir un sourire. Je ne savais même pas ce qu'il entendait par là. Parlait-il de ma libération qui avait eu lieu cinq jours plus tôt que prévu, ce dont on m'avait prévenu il y avait seulement soixante-douze heures ? Ou de ma sortie alors que j'avais accompli moins de la moitié des douze ans auxquels j'avais été condamné ?

« C'est toi qui m'as appris que cinq minutes d'avance, c'était déjà être en retard. »

Il sourit lui aussi.

« Je suis heureux de constater que tu m'écoutais.

— Je n'ai fait que ça. »

Nous nous installâmes dans la Chrysler, la voiture avec laquelle il m'avait conduit en prison.

« Tu veux passer voir Olive ? Je n'y suis pas encore allé aujourd'hui.

— Non. »

Je n'étais pas prêt à me retrouver devant le rectangle de terre, avec le nom de ma mère gravé dans le marbre froid au-dessus. La seule personne de sexe féminin que j'avais envie de voir, c'était Celestial, mais elle se trouvait à Atlanta, à huit cent quinze kilomètres de là, et elle n'était même pas au courant de ma libération.

Les épaules de Big Roy s'affaissèrent.

« Ce n'est pas grave. Olive n'ira nulle part, de toute façon. »

Je suppose qu'il l'avait dit sans y penser, mais ses mots me touchèrent au cœur.

« Non, en effet. »

Il roula un ou deux kilomètres en silence. À droite, les néons du casino rivalisaient avec le soleil et ils finirent par remporter la partie. Devant nous, le nez d'une voiture de police pointait au milieu d'une rangée de buissons. Contrôle de vitesse. Rien n'avait changé.

« Alors, quand est-ce que tu vas aller la voir ? »

Cette fois, c'était de Celestial qu'il parlait.

« D'ici à deux jours, je pense.

— Elle le sait ?

— Oui. Je lui ai écrit. Mais elle n'est pas au courant que la date a été avancée.

— Comment est-ce qu'elle pourrait l'être, si tu ne le lui as pas dit ? »

Je n'avais pas grand-chose à répondre, hormis la vérité.

« Laisse-moi me retaper un peu d'abord. »

Big Roy hocha la tête.

« Tu es sûr et certain qu'elle est toujours ta femme ?

— Elle n'a pas demandé le divorce. Ça veut dire quelque chose.

— Elle se débrouille plutôt bien.

— Si on veut, oui. »

Je faillis ajouter qu'un artiste ne pouvait pas dépasser un certain seuil de célébrité dans ce pays, mais je ne voulais pas avoir l'air envieux ou mesquin.

« Je suis fier d'elle.

— Je n'ai pas vu Celestial depuis l'enterrement de ta maman, reprit-il sans quitter la route des yeux. Elle était là avec son ami Andre. J'étais heureux qu'elle vienne. »

J'opinai.

« C'était il y a deux ans, peut-être un peu plus. Pas de nouvelles depuis.

— Moi non plus, mais elle mettait de l'argent sur mon compte. Chaque mois.

— Ce n'est pas rien. Je respecte ça. À la maison, je te montrerai le magazine avec sa photo.

— Je l'ai vu. »

Posant avec un couple de poupées qui ressemblent à ses parents, elle sourit comme si elle n'avait jamais connu un jour de souffrance dans sa vie. J'avais lu l'article trois fois. Deux fois en silence et une à voix haute à Walter, qui avait reconnu que, si elle ne me mentionnait pas, il n'était pas non plus question d'un autre homme. Cela dit, j'avais hâte de revoir le magazine.

« On est abonnés à *Ebony*. À la prison, je veux dire. *Jet*, *Black Enterprise*. Le tiercé gagnant.

— Ce n'est pas raciste ?

— Peut-être un peu, dis-je en riant. Mon compagnon de cellule aimait bien *Essence*, un mensuel féminin afro-américain. Il le feuilletait et déclarait : "Il y a beaucoup de femmes qui cherchent un homme, là-dehors." Il avait un certain âge. Il s'appelait Walter. Il veillait sur moi, d'une certaine manière. »

Une émotion inattendue fit trembler ma voix.

« C'est vrai ? »

Il leva la main du volant, faisant mine d'ajuster le rétroviseur central, pour finalement se gratter le menton.

« C'est un don du Ciel. Une petite bénédiction. »

Le feu passa au vert, mais Big Roy hésitait. Derrière nous, on klaxonna timidement, comme si on ne voulait pas l'interrompre.

« Je me réjouis de tout ce qui a contribué à te ramener ici entier, mon garçon. »

Il y avait quarante-cinq minutes de route jusqu'à Eloe. Assez de temps pour se confier. Pourtant, je ne soufflai mot de la nouvelle qui se cognait contre les parois de mon crâne depuis trois ans. Ce n'était pas du lait. Elle n'allait pas tourner si j'attendais encore un peu. La vérité serait toujours là dans un mois, un an ou même dix, quel que soit le moment où je serais prêt à parler de Walter à Big Roy. Si ce moment arrivait un jour.

Il se gara dans l'allée.

« Le quartier n'est plus ce qu'il était. On a essayé de voler la Chrysler. Ils sont venus avec un camion pendant mon absence et ont raconté aux voisins que c'était moi qui les avais appelés. Heureusement que mon collègue Wickliffe était là. Il leur a fait peur avec son pistolet.

— Ça lui fait quel âge, à Wickliffe ? Quatre-vingts ?

— C'est l'âge de ton pistolet qui compte.

— Ça n'arrive qu'à Eloe. »

C'était étrange de rentrer à la maison sans bagages. Mes bras ballants me paraissaient inutiles.

« Tu as faim ?

— J'ai une faim de loup. »

Il ouvrit la porte sur le côté et je pénétrai dans le salon. Tout était disposé exactement de la même façon, les fauteuils orientés vers la télé. Le relax était neuf, mais il avait pris la place de l'ancien. Au-dessus du canapé était accroché un tableau auquel Olive tenait. Il représentait une femme sereine, un foulard africain sur la tête, en train de lire un livre. Elle l'avait trouvé aux puces et avait payé un supplément pour le cadre doré. La pièce était impeccable et une discrète odeur citronnée s'élevait des traces laissées par l'aspirateur sur le tapis.

« Qui a fait le ménage ?

— Les dames de l'église de ta maman. Lorsqu'elles ont appris que tu rentrais, elles ont débarqué à la maison, un bataillon équipé de balais et de casseroles. »

Je hochai la tête.

« Une dame en particulier ?

— Non, c'est trop tôt. Viens. Tu peux aller te débarbouiller dans la salle de bains. »

Alors que je me savonnais les mains avec soin, je songeai à Walter, qui se les lavait toujours obsessionnellement. Je me demandai s'il avait déjà un nouveau compagnon de cellule. Je lui avais donné tout ce que je possédais : vêtements, brosse à cheveux, mes quelques livres et ma radio. Même mon déodorant. Il garderait ce qui pourrait lui être utile et vendrait ou échangerait le reste.

L'eau chaude était agréable et je laissai mes mains sous le robinet jusqu'à ce que la brûlure devienne insoutenable.

« Il y a quelques affaires sur ton lit. Le strict nécessaire. Demain, tu pourras aller à Walmart acheter tout ce dont tu as besoin.

— Merci, papa. »

Ce mot, *papa.* Je ne l'employais jamais quand je m'adressais à Walter, pourtant ça lui aurait certainement fait plaisir. Il l'avait prononcé à une ou deux reprises. « Écoute-moi. Je suis ton papa. » Mais pas une fois il n'avait franchi mes lèvres.

Après, on mangea. C'étaient les plats qu'elles apportaient à l'occasion d'un décès : poulet rôti, haricots verts cuits lentement avec du jambon, gratin de macaronis, petits pains maison. Big Roy glissa son assiette au micro-ondes, pianota sur des boutons, et elle se mit à tourner sous la lumière. Des étincelles jaillirent avec un bruit de pétard à cause du liseré métallique. Il la sortit à l'aide d'une manique, la couvrit d'une serviette en papier et tendit la main pour que je lui passe la mienne.

Nous nous assîmes dans le salon, nos assiettes sur les genoux.

« Tu veux dire le bénédicité ? me demanda Big Roy.

— Notre père qui es aux Cieux, commençai-je, butant sur le mot *père.* Merci pour cette nourriture qui va sustenter notre corps. »

Je cherchai quelque chose à ajouter, mais tout ce qui se présentait à mon esprit, c'était que ma mère était partie pour toujours et que ma femme n'était pas là non plus.

« Merci pour mon père. Merci de m'avoir ramené à la maison. Amen. »

La tête baissée, j'attendais l'écho de Big Roy. Comme rien ne venait, je relevai les yeux et découvris qu'il se balançait légèrement, la main devant la bouche.

« Tout ce que voulait Olive, c'était voir ce jour. C'était tout ce qu'elle demandait et elle n'est plus là. Nous sommes tous les deux à la maison et nous mangeons la nourriture préparée par des étrangères. J'ai beau savoir que le Seigneur n'agit pas sans raison, ce n'est pas juste. »

J'aurais dû aller vers lui, mais comment étais-je censé consoler un autre homme ? Olive se serait assise à ses côtés, aurait attiré son visage contre sa poitrine et l'aurait apaisé avec des mots de femme. En dépit de ma faim, j'attendis qu'il soit capable de prendre sa fourchette pour manger. Le temps qu'il se décide, la magie du micro-ondes s'était dissipée, laissant la nourriture coriace et desséchée.

Big Roy se leva.

« Tu es fatigué, mon garçon ? J'aimerais me coucher tôt. Être en forme demain matin. »

Il n'était que 19 heures, mais en hiver les journées étaient courtes. Dans ma chambre, j'enfilai le pyjama préparé par Big Roy, ou peut-être par les dames patronnesses.

Cinq ans, c'est long dans la vraie vie. En prison, ce n'est pas une éternité. C'est une période limitée dont on voit la fin. Je me demande si je me serais conduit différemment si j'avais su que je n'avais que cinq ans à purger. C'est dur d'être derrière les barreaux à trente-cinq ans, mais est-ce que ça l'aurait été autant si on m'avait dit qu'un an plus tard je serais libre ? On ne peut pas toujours mesurer le temps avec une montre, un calendrier ou des grains de sable.

« Celestial. » Tous les soirs, je psalmodiais son nom telle une prière, même après sa dernière lettre écrite sur une feuille couleur de la paume de ma main inutile. Même quand je faisais des choses dont je me souvenais avec embarras, je songeais à elle, m'interrogeant sur ce que je lui raconterais au sujet de ce qu'on m'avait donné, de ce qui avait été volé, de qui j'avais touché. Parfois, je me disais qu'elle comprendrait. Ou que, au moins, elle compatirait. Elle saurait que je pensais ne jamais ressortir.

Celestial était un sacré numéro ; elle avait failli ne pas m'épouser. Pourtant, elle m'aimait, je n'avais aucun doute à ce sujet. Il est vrai que j'avais commis quelques erreurs de base concernant la demande elle-même, cependant, je la soupçonnais de ne jamais avoir eu l'intention de se marier du tout. Elle avait ce qu'elle appelait « un tableau de visualisation », un bête panneau de liège où elle épinglait des mots comme *prospérité, créativité, passion !*. Il y avait des photos de magazines représentant ce qu'elle attendait de la vie. Elle souhaitait que son travail se retrouve un jour exposé au Smithsonian, mais il y avait aussi une petite maison sur Amelia Island et un cliché de la Terre vue de la Lune. Ni robe de mariée ni bague de fiançailles associées au cottage. Ça ne me gênait pas et ça me gênait à la fois.

Ce n'est pas que je rêvais d'un mariage de princesse comme une gamine de douze ans. Je n'étais pas non plus un bouffon qui fantasmait à l'idée d'avoir dix fils et de distribuer des cigares tous les dix-huit mois. Mais je me voyais bien avec deux enfants, d'abord un garçon que j'appellerais Trey, puis une fille. La spontanéité, y aller au feeling, c'est très bien quand on peut se le permettre. Un gars d'Eloe, lui, se devait d'avoir une stratégie. Et Celestial était pareille ; nous n'avions ni l'un ni l'autre envie de nous en remettre au destin. Advienne que pourra, très peu pour nous.

Il y avait environ un an, dans un accès de désespoir, j'avais détruit tout ce qu'elle m'avait envoyé, hormis sa lettre de rupture rédigée avec soin. Bien entendu, Walter m'avait mis en garde contre l'impulsion de faire une boule de tout ce papier parfumé et de le jeter dans la cuvette métallique des toilettes. Pourquoi avais-je choisi de conserver la lettre qui m'avait fait le plus de mal ? Je l'ignore mais, dans ma chambre, alors que je respirais à l'air libre pour la première fois, je m'apprêtais à la relire.

Si j'avais pu m'en empêcher, je l'aurais fait. Dépliant la page avec précaution pour que les pliures usées ne se déchirent pas, je caressai le verso, cherchant à retrouver l'espoir qu'il m'était arrivé de découvrir caché là.

Celestial

C'était une vraie histoire d'amour, comme les filles noires n'étaient plus censées en vivre. Du romantisme vintage, devenu denrée rare depuis Martin Luther King, en même temps que les magasins de vêtements, les drugstores et les cafétérias appartenant à des Afro-Américains. À ma naissance, Auburn Avenue, qui avait été la rue noire la plus riche du monde, agonisait, coupée en deux par la voie express. L'opiniâtre église baptiste Ebenezer tenait bon, fier rappel de son pasteur le plus célèbre, dont le tombeau de marbre et la flamme éternelle montaient la garde à quelques mètres de là. À vingt-quatre ans, quand je vivais à New York, je pensais que l'amour noir avait subi le même sort : intégré jusqu'à la quasi-extinction.

« L'amour noir est la richesse noire », dit la poète Nikki Giovanni. Par une nuit d'ivresse dans le West Village, ma colocataire Imani se fit tatouer cette phrase sur la hanche droite dans un accès d'optimisme. Nous avions toutes les deux fait notre premier cycle dans des universités noires. La poursuite de nos études s'était donc révélée à la fois un choc culturel et une dystopie. Aux beaux-arts, nous étions seulement deux Blacks, et l'autre paraissait constamment furieux contre moi parce que je l'empêchais d'être l'unique exception. Imani, qui faisait un master de poésie, se heurtait aux mêmes problèmes. Nous avions toutes les deux trouvé un job de serveuse à Maroons, un restaurant de Manhattan spécialisé dans la cuisine noire du monde entier : poulet jamaïcain, chou, riz wolof et pain de maïs. Nous sortions avec nos managers, des hommes à la colère rentrée qui parlaient avec un accent colonial. Trop vieux, trop pauvres et trop beaux, ils étaient aussi inconstants que le temps mais, comme le disait Imani : « Noir et vivant, c'est déjà pas mal. »

À l'époque, j'essayais de m'insérer dans le milieu artistique new-yorkais. J'étais en permanence au régime et je me surveillais pour ne pas dire : « Vous aut'» et « M'dame ». La plupart du temps, je m'en sortais bien, sauf si j'avais bu. Après trois gin-fizz, tout le sud-ouest d'Atlanta semblait se déverser par ma bouche, comme si je n'avais jamais suivi de cours de diction de ma vie. Roy, lui, habitait dans l'agglomération d'Atlanta, mais tout juste. L'appartement qu'il louait était tellement excentré qu'il captait à peine la station R&B à la radio. Il avait un emploi de bureau, un box dans un *open space*, et il était grassement payé pour représenter la diversité dans son entreprise. Il ne détestait ni n'aimait particulièrement son travail ; c'était un moyen d'atteindre son but. Les déplacements lui plaisaient, en revanche, car jusque-là il ne s'était jamais aventuré à l'ouest de Dallas ni au nord de Baltimore.

Bien sûr, j'ignorais tout ça le jour où Imani installa le groupe de Roy à une grande table ronde dans ma section. Tout ce que je savais, c'était qu'il y avait huit clients à la six, dont sept Blancs. Présumant que le huitième était l'un de ces forcenés de l'assimilation, je me montrai froide et professionnelle. Tandis que je récitais les plats du jour, je sentis le regard du Noir sur moi, même si la rousse à côté, qui s'appuyait sur lui en lisant le menu, semblait être sa copine. Pour finir, elle commanda une caïpirinha à l'oseille.

« Et pour monsieur ? demandai-je, avec l'amabilité d'un contrôleur fiscal.

— Un whisky-Coca, mademoiselle la Géorgienne. »

Je tressaillis comme si on avait glissé un glaçon dans ma chemise.

« Mon accent ? »

Toutes les personnes à la table éclatèrent de rire, notamment la rousse.

« Vous n'avez pas l'accent du Sud, m'assura-t-elle. On est tous de Géorgie. À mon oreille, vous êtes totalement yankee. »

Yankee était un mot du Sud blanc pour désigner les nordistes, l'équivalent du drapeau sudiste, un reste de rancœur de la guerre de Sécession. Je me tournai vers le Noir – nous étions alliés à présent – et je levai discrètement les yeux au ciel. En réponse, il haussa imperceptiblement les épaules pour dire : « Qu'est-ce que tu veux, les Blancs sont comme ça. » Puis il s'écarta légèrement de la rousse, cette fois pour signifier : « C'est un repas de boulot. Ce n'est pas ma copine. »

À voix haute, il dit :

« Je crois qu'on se connaît. Tu n'étais pas à Spelman ? Je m'appelle Roy Hamilton, un de tes frères de Morehouse. »

Cette histoire qui voulait que les garçons de Morehouse et les filles de Spelman soient frères et sœurs, ça m'avait toujours laissée dubitative. Peut-être parce que j'étais arrivée en deuxième année et que j'avais raté les rituels et les réjouissances de la semaine d'accueil des nouveaux étudiants. Néanmoins, le clin d'œil avait rempli son office. J'avais l'impression de retrouver un ami d'enfance perdu de vue depuis longtemps.

« Roy Hamilton », répétai-je lentement.

Je me creusai la mémoire, mais, pour moi, il était un pur produit de Morehouse, le genre de mec qui avait décrété qu'il ferait des études de commerce dès la maternelle.

« Rappelle-moi ton nom ? demanda-t-il, les yeux sur mon badge qui affichait IMANI, tandis que la véritable Imani portait un badge CELESTIAL à l'autre bout de la salle.

— Imani, dit la rousse clairement irritée. Tu ne sais pas lire ? »

Il fit mine de ne pas l'avoir entendue.

« Non, ce n'est pas ça. C'était un truc plus désuet, genre Ruthie Mae.

— Celestial. Un des prénoms de ma mère.

— Je suis étonné que tu ne te fasses pas appeler Celeste maintenant que tu es à New York. Moi, c'est Roy. Roy Othaniel Hamilton, pour être exact. »

À la mention de son second prénom – Celestial, désuet ? C'était l'hôpital qui se moquait de la charité –, je me souvins de lui. À l'époque, c'était un play-boy, un coureur, un baratineur. Tout ça à la fois. Mon manager, qui la veille encore affirmait avec insistance qu'il n'était pas mon copain, se racla la gorge. À dragueur, dragueur et demi.

Est-ce de la nostalgie ? Est-ce que ça s'est réellement passé ainsi ? Je regrette de ne pas avoir pris de photo pour savoir de quoi on avait l'air plus tard ce soir-là, devant le restaurant. L'hiver était arrivé tôt. Roy portait un manteau de laine léger, avec une écharpe anémique, sans doute vendue avec. J'étais emmitouflée dans une doudoune que m'avait envoyée Gloria, de crainte que je ne meure d'hypothermie avant que ma « phase artiste » ne passe et que je ne rentre faire un master « métiers de l'enseignement ». La neige tombait en paquets mouillés, mais je n'avais pas attaché ma capuche parce que je voulais que Roy voie mon visage.

Tout, ou presque, est une question de moment et de circonstances, je m'en rends compte aujourd'hui. Roy est entré dans ma vie à un moment où j'avais besoin d'un homme dans son genre. Me serais-je jetée à corps perdu dans cette histoire si je n'avais jamais quitté Atlanta ? Je n'en sais rien. De toute façon, ce qu'on ressent et ce qu'on comprend de l'amour, ça fait deux. À présent, des années plus tard, je suis consciente que j'étais isolée et à la dérive. Roy, lui, éprouvait cette solitude particulière propre au dragueur. Il me rappelait Atlanta et inversement. C'est pour cette raison que nous étions attirés l'un vers l'autre. Pourtant, ce soir-là, devant Maroons, la raison nous avait désertés. L'émotion humaine est au-delà de la logique ; elle est aussi lisse et ininterrompue qu'un globe de verre soufflé.

Roy

Sur le trottoir devant le restaurant, je fixai son image dans ma mémoire : la forme de sa bouche, la teinte violine de son rouge à lèvres assorti aux mèches dans ses cheveux. Je connaissais cet accent, du Sud mais pas trop, et je connaissais cette silhouette, les hanches larges et la taille fine. J'avais dit que son prénom avait quelque chose de désuet, en fait, j'aurais dû dire classique. Je le sentais encore sur ma langue, comme un rêve dont il ne vous reste que des bribes.

« Ça te branche de découvrir Brooklyn ? Mon autre coloc travaille au Two Steps Down. Si on y va, on pourra boire à l'œil. »

Je faillis répliquer que nous n'avions pas besoin de cocktails gratuits, mais j'avais le sentiment qu'elle serait plus irritée qu'impressionnée.

« Prenons un taxi, dis-je.

— Ne compte pas dessus.

— Pourquoi ? »

D'un air interrogateur, je tapotai ma peau noire entre mon manteau en poil de chameau et mes gants de cuir souple.

« Pour ça, oui, et à cause de la neige. Les tarifs sont multipliés par deux. On va y aller en métro. »

Elle indiqua une boule verte signalant l'entrée, et nous nous enfonçâmes dans un monde qui me rappelait une scène particulièrement sombre de *The Wiz.*

« Après toi », dit-elle, insérant un jeton et me poussant vers le tourniquet.

J'avais la sensation d'être un aveugle ayant oublié sa canne chez lui.

« Tu sais, je suis là pour le travail. J'ai un rendez-vous d'affaires demain matin.

— Cool », répondit-elle en souriant poliment.

Mon statut professionnel la laissait clairement de marbre. Ce n'était pas que j'y attachais une grande importance, je voulais juste lui rappeler que j'avais une vie bien remplie.

Je ne suis pas un fan des transports publics. À Atlanta, il y avait le bus ou le MARTA, le réseau ferré métropolitain, et on ne les empruntait que si on n'avait pas les moyens d'avoir une voiture. À mon arrivée à Morehouse je n'avais pas le choix, mais dès que j'avais pu mettre trois sous de côté je m'étais offert la dernière Ford Pinto existante. Andre l'avait surnommée « l'auto bombe », car c'était un danger sur roues, ce qui n'empêchait personne, et lui le premier, de se faire trimballer dans mon carrosse.

Le A Train n'avait pas grand rapport avec ce que laissaient entrevoir les paroles du standard de jazz du même nom. Le métro new-yorkais grouillait de monde, et les manteaux matelassés empestaient le sac de couchage humide. Le sol était couvert d'un lino qu'on ne trouve que dans les cités. Les sièges étaient d'une nuance d'orange réservée aux bas salaires. Et je ne parle même pas des hommes parfaitement valides qui occupaient parfois deux places, alors qu'il restait des femmes debout.

Devant nous, une Afro-Américaine qui serrait ses courses contre sa poitrine dormait comme si elle était dans son lit. À côté d'elle était assis un Noir au teint clair, avec une galerie de portraits tatouée sur le crâne. Au-dessus de sa pommette, on distinguait le visage d'une femme qui semblait pleurer.

« Georgia, murmurai-je dans ses cheveux. Comment est-ce que tu peux vivre ici ? »

Elle se tourna vers moi et je me retrouvai si proche qu'elle dut se pencher en arrière pour que nos lèvres ne se rejoignent pas.

« Je ne vis pas vraiment ici. Je suis à la fac, je paie mes études.

— Alors, tu fais semblant d'être serveuse ? »

Elle ajusta sa prise pour mieux s'agripper à la poignée au-dessus de nous et leva le pied, me montrant une chaussure noire avec une épaisse semelle de caoutchouc.

« Il faudrait que quelqu'un le dise à mes pieds, parce qu'ils me font aussi mal que si je travaillais pour de vrai. »

Je ris avec elle, mais j'eus une pensée pour ma mère en Louisiane, qui se plaignait toujours de sa voûte plantaire. Elle avait beau rejeter la faute sur les talons qu'elle portait le dimanche, je savais que c'était à cause des journées qu'elle passait debout au restaurant.

« Qu'cst-ce que tu étudies, à la fac ? »

J'espérais qu'elle ne préparait pas un doctorat, un MBA ou un diplôme de droit. Je n'avais rien contre les femmes instruites, mais je n'avais pas envie d'expliquer pourquoi je m'étais arrêté en licence.

« Les beaux-arts, et plus particulièrement le textile et l'art folklorique. »

Je voyais bien à la manière dont le coin de ses yeux remontait qu'elle était aussi fière qu'une mère évoquant sa fille, sauf que je n'avais pas la moindre idée de ce dont il s'agissait.

« Ah oui ?

— Je suis artisan, déclara-t-elle. Je fabrique des poupées. »

Je compris au ton de sa voix qu'il ne s'agissait pas d'une explication, mais d'une bonne nouvelle.

« C'est comme ça que tu comptes gagner ta vie ?

— Tu as entendu parler de Faith Ringgold ? »

La réponse était non, mais elle poursuivit sur sa lancée :

« Je veux faire la même chose. Avec des poupées à la place des couvertures matelassées. Je vais me déclarer et créer mon entreprise.

— Comment tu vas l'appeler ?

— Babydolls.

— On dirait le nom d'un club de strip-tease.

— Pas du tout ! »

Elle s'était exprimée d'une voix assez forte pour réveiller la femme qui dormait devant nous. Le type au visage tatoué tressaillit.

« J'ai étudié le marketing. C'est mon travail de réfléchir à ce genre de choses. »

Elle avait toujours l'air offensé de quelqu'un qui venait de subir une vexation majeure.

« Tu pourrais peut-être trouver un nom plus percutant. »

Sentant que j'étais sur la bonne voie, je suggérai :
« *Poupées**, par exemple. C'est le même mot en français.

— En français ? répéta-t-elle en m'examinant. Tu es haïtien ? »

Je secouai la tête.

« Moi ? Je suis un Black américain bon teint.

— Et tu parles français ? »

Elle semblait soudain pleine d'espoir, comme si elle avait besoin de quelqu'un pour lui faire une traduction. Pendant une seconde, j'envisageai de me servir de ma Louisiane natale, parce que les filles ont un faible pour les créoles, puis je me ravisai. Je ne voulais pas lui mentir.

« Je l'ai étudié au lycée et je l'avais pris en option à Morehouse.

— Mon directeur de mémoire, Didier, il est haïtien. Enfin, plus ou moins. Il est né ici, à Brooklyn, mais il est quand même haïtien. Tu sais ce que c'est. Il parle français. »

J'avais peut-être l'air d'être tombé de la dernière charrette de foin, malgré tout, je n'étais pas idiot au point d'ignorer que ça sentait mauvais quand une femme mentionnait un frère de couleur sans crier gare.

Il fallut faire un changement, avant qu'elle m'annonce que nous avions atteint notre destination.

Je gravis derrière elle un escalier crasseux carrelé comme des toilettes publiques. Lorsque j'émergeai à Brooklyn, je découvris avec surprise des arbres de chaque côté de la rue. Je levai les yeux vers leurs branches nues, autour desquelles voletaient des flocons joufflus. Pour un vrai fils du Sud, ce n'était pas un spectacle ordinaire. Je dus me retenir pour ne pas tirer la langue et goûter la neige.

« C'est comme à la télé.

— Demain, elle sera sale et entassée le long des trottoirs. Mais c'est beau quand elle est toute fraîche. »

Nous bifurquâmes au croisement suivant. J'avais envie de prendre sa main. Les bâtiments étaient brun clair, couleur pelure de crayon, et ils étaient tous mitoyens, si bien que la rue paraissait bordée de châteaux. Elle m'expliqua qu'à l'origine ces *brownstones* de trois étages abritaient une seule famille, mais qu'à présent chacune était divisée en appartements.

« J'habite juste là, ajouta-t-elle en indiquant une maison en face. En demi-sous-sol. Tu vois ? »

Je regardai dans la direction de son doigt.

« Merde ! s'écria-t-elle soudain. Encore ? »

Je plissai les yeux, m'efforçant de voir entre les flocons. Je n'eus pas le temps de me rendre compte de ce qui se passait ; elle hurla « Hé ! » et bondit comme si on l'avait catapultée avec une fronde. Elle bénéficiait de quatre ou cinq secondes d'avance sur moi grâce au facteur surprise. Lorsque je m'élançai derrière elle, je n'étais toujours pas sûr d'avoir compris ce qui se tramait. J'avais beau me donner à fond, je n'arrivais pas à la rattraper. Je songeai à la pub Nike avec Spike Lee et Michael Jordan. Comme disait Spike Lee : *It's the shoes* – « Tout est dans les chaussures. » Les pompes que j'avais aux pieds, c'était pour le style, pas pour la vélocité : des Florsheim bordeaux capables d'exciter la convoitise d'un pasteur. Dessus et semelle cuir. Celestial, elle, portait des godasses d'infirmière améliorées, aussi laides que des chiots nouveau-nés, mais plus adaptées à la cavale urbaine.

Je finis par distinguer le mec qui galopait devant nous. Entre deux chapelets de jurons, elle cria : « Lâche mes affaires ! » Il semblait que nous pourchassions un cambrioleur, et il courait vite, le salaud. Elle se débrouillait bien, mais ce type était une fusée. Il avait aux pieds une paire de Jordan, qu'il avait sans doute volée. C'est bien ce que je disais : les chaussures.

Carlton était une longue avenue. Bordée de *brownstones* et d'arbres dont les racines soulevaient le trottoir. J'étais clairement le seul gêné par le terrain. Celestial sautait par-dessus les racines sans ralentir. Le cambrioleur était encore plus agile, et même gracieux. Il n'en était pas à son coup d'essai.

Il savait qu'elle ne le rattraperait pas. Je savais qu'elle ne le rattraperait pas. Normalement, j'évite les causes perdues, je suis un homme raisonnable, mais tant qu'elle courait je ne pouvais pas m'arrêter. De quoi aurais-je l'air si je laissais ma cavalière pourchasser seule un hors-la-loi ? Bien que hors d'haleine, je continuai donc. On n'a rien sans rien.

Combien de temps cette course-poursuite dura-t-elle ? Une éternité. Entre le froid qui me glaçait les poumons et mes chaussures qui me comprimaient les orteils, j'étais persuadé que cette histoire allait avoir ma peau. Devant moi, concentrée sur le petit jeune, Celestial jurait comme un charretier. J'avais une crampe, mais c'était au cœur. Même si ses imprécations la ralentissaient, c'était mal engagé pour moi. J'étais plus lourd, parti avec du retard et, pour couronner le tout, habillé comme Louis Farrakhan. Je n'avais jamais été un adepte de la Nation de l'Islam, pourtant, penser à Farrakhan me redonna un peu d'énergie.

Son nationalisme noir était certes un peu extrême, mais il avait des principes. Quelle que soit sa tenue, le bon pasteur n'aurait jamais laissé une de ses sœurs appréhender un cambrioleur sans lever le petit doigt.

À cet instant, je le jure, les dieux me sourirent. Alors que je puisais dans mes dernières réserves d'endurance, le pied de Celestial buta contre une dalle cassée et elle s'étala sur le trottoir. En trois enjambées, je la rattrapai et, tel Carl Lewis, sautai par-dessus son corps. Avant que mes élégants souliers n'aient touché le sol, je savais que c'était dans la poche. On aurait pu lancer la musique de fin et le générique au moment où j'étais en l'air.

Dommage que ce ne fût pas un film. J'atterris, je dérapai de quelques centimètres dans la mauvaise direction, je pris mes repères et c'était reparti. Le voleur n'était plus qu'à deux ou trois dalles, la tête tournée vers moi. À présent, je visais le podium. J'accélérai le battement de mes bras et de mes jambes, m'efforçant de me remémorer tout ce que j'avais appris en cours d'athlétisme au lycée. Il trébucha, ce qui lui fit perdre de précieuses secondes. Il était si proche que je distinguais la marque sur l'étiquette à l'arrière de son tee-shirt : Kani. Mes doigts se refermèrent sur sa maigre cheville tandis que mon genou droit s'écrasait sur l'asphalte. Il se débattit vigoureusement, mais je m'agrippai à ma proie de toutes mes forces.

« T'es dingue ou quoi ? s'émerveilla-t-il. Et si j'avais un flingue ? »

C'était une remarque sensée et je pris le temps d'y réfléchir. Il en profita pour se dégager et me flanquer un coup dans la figure. À sa décharge, je dirai qu'il ne frappa pas aussi fort qu'il l'aurait pu. Il ne me fracassa pas la tête contre le trottoir. Toutes proportions gardées, c'était presque un coup de pied affectueux, délivré en pleine bouche, qui me brisa une dent de la mâchoire inférieure au passage.

Derrière moi, j'entendais se rapprocher les semelles en caoutchouc de Celestial. Je craignais qu'elle ne m'enjambe comme une coureuse de haies et ne continue cette poursuite infernale, mais elle s'agenouilla à côté de moi.

« Je n'ai pas réussi à récupérer tes affaires, haletai-je.

— Ce n'est pas grave. Tu es mon héros. »

Je crus qu'elle plaisantait, mais ses mains sur mon visage me révélèrent que ce n'était pas le cas.

Le dentiste qui me posa un bridge me dit qu'il aurait pu sauver ma dent si j'étais allé tout de suite à l'hôpital. Celestial me l'avait d'ailleurs proposé ce soir-là, tandis que nous repartions en direction du petit appartement qu'elle partageait avec trois personnes et une douzaine de poupées. Devant mon refus, elle m'appliqua une compresse froide et appela la police. L'agent arriva deux heures plus tard. Entre-temps, j'étais tombé amoureux. J'avais la tête qui tournait et je me prenais pour les Jackson Five : « Baby, toi et moi, c'est simple comme *do ré mi*, ABC. » Sur le rapport de police, elle signa de son nom entier, et j'étais prêt à me le faire tatouer sur le front : Celestial Gloriana Davenport.

Andre

La vérité ne regarde personne d'autre que Celestial et moi.

Le dimanche avant l'inhumation d'Olive, je fis une visite à la prison tandis que Celestial demeurait auprès du père de Roy. Enfin, *visite* n'est pas le terme. Disons que j'allai le voir. Alors que nous partagions trois paquets de chips achetés au distributeur, il me demanda de le représenter à l'enterrement et de porter le cercueil de sa mère jusqu'à l'autel. J'acceptai sans entrain. Ce n'est pas le genre de tâche qu'on accueille en sautant de joie. Son père avait réclamé un diacre supplémentaire pour prendre sa place à l'avant à droite, mais je devais lui expliquer que Roy préférait que je m'en charge. Nous nous serrâmes la main, comme si nous avions conclu un contrat d'affaires. Je me levai pour partir. Roy ne bougea pas.

« Je dois attendre la fin des heures de visite.

— Tu vas rester là ? »

Il m'adressa un sourire tordu.

« C'est toujours mieux que de retourner en cellule. Ça ne me gêne pas.

— Je ne suis pas à la minute, dis-je, me rasseyant sur la chaise en plastique.

— Tu vois ce type ? »

Il indiqua un détenu maigre avec les cheveux taillés en brosse et des lunettes à la Malcolm X.

« C'est mon père. Mon père biologique. J'ai fait sa connaissance ici. »

Je jetai un coup d'œil à l'homme qui parlait à une rousse potelée en robe à fleurs.

« Il l'a rencontrée par les petites annonces.

— Je ne regardais pas son amie. Attends, c'est du délire. Ton vrai père ?

— Il paraît. »

Roy étudia mon visage, cherchant un signe.

« Tu ne savais pas, dit-il enfin. Tu ne savais pas.

— Comment est-ce que j'aurais pu le savoir ?

— Celestial ne te l'a pas dit. Si elle ne te l'a pas dit, elle ne l'a dit à personne », se réjouit-il.

Je ressentis une piqûre d'irritation, entre le moustique et la guêpe.

« Tu ressembles à ton papa, déclarai-je, désignant l'autre homme du menton.

— Mon papa, c'est Big Roy. Lui, là-bas, c'est bon, on est potes maintenant, mais à l'époque cet enfoiré est sorti acheter des cigarettes et il n'est jamais revenu. À présent, je le vois tous les jours. »

Il secoua la tête.

« Je me dis que ça doit avoir un sens profond, rapport à la vie, tout ça, sauf que je ne sais pas quoi. »

Engoncé dans le costume gris que j'avais mis en prévision de la veillée, je me taisais, parce que je n'avais pas de réponse. Les pères étaient un sujet compliqué. J'avais sept ans lorsque le mien avait rencontré une autre femme à un salon professionnel et nous avait abandonnés pour fonder une nouvelle famille. Ce n'était pas la première fois. Il lui était déjà arrivé de s'amouracher d'une inconnue et de menacer de s'installer avec elle. Son métier – il était dans le commerce de la glace, celle qui sert à faire des glaçons – l'obligeait à se rendre à des congrès, où il se laissait facilement emporter par son enthousiasme. C'était un tempérament passionné, je suppose. Quand j'avais trois ans, il s'était épris d'une femme qui travaillait dans le domaine du transport de la neige carbonique. Finalement, elle avait renoncé à quitter son mari et mon père nous était revenu. Après ça, il y avait eu d'autres flirts poussés mais éphémères. Jusqu'au jour où il avait rencontré une sculptrice sur glace à un salon de deux jours à Denver. Au bout d'à peine trente-six heures en sa merveilleuse compagnie, il était rentré et il avait fait ses valises. Cette fois, il n'était pas revenu. Et il était toujours avec elle. Aujourd'hui, ils avaient un fils et une fille qu'il avait vus grandir. Allez comprendre.

J'ouvris mes paumes.

« Les voies du Seigneur sont impénétrables ?

— Genre. Ma maman…

— Je suis de tout cœur avec toi. »

Il secoua de nouveau la tête, regardant ses mains.

« Je te suis reconnaissant de la porter à ma place.

— Tu sais que tu peux compter sur moi.

— Dis à Celestial qu'elle me manque. Dis-lui que je la remercie de chanter à la cérémonie.

— Pas de problème, dis-je en repoussant ma chaise pour me lever.

— Dre… Ne le prends pas mal, mais c'est ma femme. Ne l'oublie pas. »

Puis il sourit, un grand sourire qui révélait une dent cassée.

« Je rigole, mec. Dis-lui que j'ai demandé de ses nouvelles. »

Celestial n'est pas le genre de personne qu'on inviterait à chanter à un mariage. Si sa mère est une soprano défiant la pesanteur, elle est une alto whisky et Marlboro. Déjà petite, elle avait la voix de quelqu'un qu'on aurait réveillé au milieu de la nuit. Quand elle chante, ce n'est pas divertissant. On dirait plutôt qu'elle divulgue des secrets qui ne lui appartiennent pas.

De même qu'il m'avait réquisitionné pour porter le cercueil, Roy lui avait demandé d'interpréter un cantique. Elle se plaça face à l'assemblée, méconnaissable. Avec ses cheveux lissés et sa robe marine empruntée à Gloria, elle semblait diminuée, mais pas rabaissée. C'était par respect qu'elle avait choisi de ne pas briller.

« Mlle Olive aimait deux choses. »

Le micro conférait à sa voix un écho spectral.

« Elle aimait Notre-Seigneur et elle aimait sa famille, et tout particulièrement son fils. La plupart d'entre vous savent pourquoi Roy n'est pas ici. Mais il n'est pas absent. »

Elle recula de quelques pas. Aussitôt, les préposés au bon déroulement de la cérémonie communiquèrent par signes, prêts à intervenir si elle s'effondrait. En réalité, elle s'était écartée uniquement parce que sa voix était trop forte pour la sonorisation.

Elle entonna « Jesus Promised Me a Home » sans accompagnement au piano, le regard au-delà du cercueil de bois sombre. Fixant le vieux Roy, elle se donna tout entière, jusqu'à ce que les femmes se lèvent et sortent leurs éventails, tandis qu'un homme dans le salon funéraire répétait : « Merci, Jésus. » Sa voix blessait et guérissait à la fois. « S'il l'a dit, je sais que c'est vrai », chantait-elle. Elle n'essayait pas de se mettre en avant ni de le faire pleurer, cependant, l'Esprit saint était présent dans les paroles qu'elle rugissait, et aussi une émotion très humaine, si bien que les épaules de Big Roy finirent par s'affaisser, et qu'il laissa s'épancher les eaux libératrices. Je ne suis pas théologien, mais je peux dire qu'il y avait de l'Amour dans cette salle. Elle avait affirmé que Roy n'était pas absent et, lorsqu'elle se tut, nul ne pouvait en douter.

Celestial revint s'asseoir sur le banc à côté de moi, épuisée, et je serrai sa main. Elle posa la tête sur mon épaule.

« Je veux rentrer à la maison. »

Après l'oraison, un discours prévisible sur les épouses et les mères, avec des références au livre de Ruth, on appela les six porteurs à rejoindre leur place. Big Roy tenait à procéder à l'ancienne, le cercueil en équilibre sur nos épaules, sans l'aide des mains. Tel un chef d'orchestre, le directeur des pompes funèbres nous donna le signal et notre petit groupe souleva Olive avant de progresser lentement vers la sortie. Aucun poids ne peut se mesurer à celui d'un corps. Bien que le fardeau fût partagé entre tous, je me sentais seul avec ma douleur. À chaque pas, le cercueil cognait contre mon oreille, et pendant un bref accès superstitieux je me demandai si c'était un message de l'au-delà.

Une limousine conduite par le fils du directeur nous emmena tous les trois – le père de Roy, Celestial et moi – au cimetière. Il nous proposa de mettre la climatisation. « Non, Reggie, répondit le vieil homme, j'ai besoin d'air. » Il baissa la vitre. Un vent humide aussi poisseux que le sang s'engouffra dans la voiture. Je ne bougeais pas, concentré sur ma respiration. Celestial portait un parfum romantique. Big Roy suçait une pastille à la menthe, sucrée et poivrée. À ma gauche, Celestial prit ma main. La fraîcheur de sa peau me réconforta.

« Je préférerais que vous ne fassiez pas ça. »

Elle se dégagea vivement, laissant ma paume vacante.

Au bout de quelques kilomètres, la limousine suivit le corbillard sur une route de terre inégale. Les cahots libérèrent peut-être quelque chose à l'intérieur de M. Hamilton.

« J'aime Olive d'une manière que vous autres, les jeunes, ne pouvez même pas imaginer. Je me suis efforcé d'être le meilleur mari et le meilleur papa possible. Elle m'a appris à communier avec une femme. Elle m'a appris à m'occuper d'un petit garçon.

— Oui, monsieur », murmurai-je.

Celestial fredonnait un air que je connaissais, mais dont le titre m'échappait. Elle semblait différente, plus profonde et plus ample, comme si elle avait perçu quelque chose de la vie, de la mort et de l'amour que j'avais la chance d'ignorer encore.

Au cimetière, il fallut de nouveau soulever le cercueil. Alors que nous avancions dans l'allée, je me demandai comment une ville aussi petite avait pu accumuler autant de morts. À l'avant on trouvait les stèles les plus modernes, en granit poli, mais au loin on distinguait des pierres usées par le temps, en grès probablement. Pour cette partie du dernier voyage d'Olive, nous étions autorisés à nous aider de nos mains. Enfin, le cercueil fut déposé sur les courroies tendues au-dessus du trou béant.

Le pasteur se tenait derrière nous. Il prit sa place en psalmodiant. Il parla du corps périssable qui serait mangé par les vers et de l'âme immaculée et indestructible. Tout le monde dit : « Tu es poussière et tu retourneras à la poussière. » Le petit groupe de fidèles défit les couronnes et jeta des fleurs de couleur vive dans la fosse, tandis que les hommes relâchaient les sangles pour descendre Olive en terre.

Assise sous la tente verte, Celestial s'efforçait de réconforter M. Hamilton. Le couvercle de ciment se referma avec un bruit sourd. Elle se tamponna les yeux avec un mouchoir en papier roulé en boule, pendant qu'on déroulait le gazon synthétique. Les fossoyeurs s'interrompirent, hésitant à démarrer la pelleteuse en présence de la famille. Ça me mettait un peu mal à l'aise de songer que Celestial, le vieux Roy et moi constituions « la famille », mais c'était pourtant le cas.

Je me levai.

« Je pense qu'il est temps d'y aller, monsieur. Les gens doivent nous attendre à l'église.

— Tout le monde sera là-bas, ajouta Celestial en m'imitant.

— Qui, tout le monde ? Sans ma femme, il n'y a personne. »

Derrière nous, les fossoyeurs s'agitaient, pressés d'en finir avec la tâche pour laquelle ils avaient été embauchés. Ça sentait la tombe, un mélange de fertilité et de putréfaction, une odeur d'appâts de pêche. Enfin, M. Hamilton se leva et s'approcha du trou. Croyant qu'il allait ramasser une poignée de terre et la jeter sur le cercueil deux mètres plus bas, Celestial et moi le suivîmes. Là, à notre plus grande surprise, il s'assit sur le monticule, délibérément, presque comme un manifestant.

« Monsieur ? », fit Celestial.

Il ne répondit pas. Elle le rejoignit et s'assit à côté de lui. Quand je tournai la tête pour demander de l'aide, je constatai que tout le monde était parti et avait sans doute regagné l'église, où nous attendait une collation. J'imitai donc Celestial. L'humidité traversait mon pantalon. Les fossoyeurs murmuraient entre eux en espagnol.

Je me trouvais tout près de lui, à sa droite, mais c'était à Celestial qu'il s'adressait, lui expliquant les responsabilités qui pèseraient sur elle désormais.

« Olive allait voir Little Roy toutes les semaines, jusqu'au moment où elle a été trop malade pour se déplacer. Elle se tenait au courant des progrès de Me Banks. Elle l'appelait tous les mercredis à midi. Je ne sais pas vraiment ce qu'il a fait pour l'instant, en tout cas, elle s'assurait qu'il ne nous oubliait pas. Maintenant qu'elle n'est plus là, c'est à toi de prendre la relève, Celestial. Je ferai mon possible, mais un homme a besoin d'une femme pour s'occuper de lui. »

Elle hocha la tête, les yeux humides.

« Oui, monsieur, je comprends.

— Vraiment ? demanda-t-il en la considérant d'un air méfiant. Tu penses tout savoir, mais tu es trop jeune, ma fille. »

Je me levai et brossai l'arrière de mon pantalon, avant de tendre la main à Celestial. Puis je me tournai vers le vieux Roy.

« Monsieur, partons, et laissons ces hommes faire leur travail. »

Il se mit sur ses pieds, refusant mon aide. Il était costaud et à côté de lui je ne me sentais pas plus épais qu'un fil de fer.

« Ce n'est pas leur travail. C'est le mien. »

Il se dirigea vers un arbre et s'empara de la pelle appuyée contre le tronc. En dépit de son âge, il soulevait de lourdes quantités de terre, qu'il lançait sur le cercueil. Je n'oublierai jamais le bruit.

Alors que je me saisissais de la seconde pelle, songeant que c'était ce que Roy aurait voulu que je fasse, son père m'ordonna de reposer l'outil. Puis, avec plus de douceur, il ajouta :

« Ce n'est pas à toi de faire ça. Je sais que tu penses que c'est ton devoir de remplacer Little Roy, mais s'il était là je lui dirais la même chose. C'est personnel. Entre ma femme et moi. Je dois la recouvrir seul. Vous deux, prenez la Cadillac. Je vous rejoindrai quand j'aurai terminé. »

Lui obéissant comme s'il était notre propre père, nous repartîmes, contournant les tombes. La voiture attendait sur le chemin. Le chauffeur, qui ne nous avait pas entendus arriver, coupa à la hâte la musique qui faisait vibrer les haut-parleurs. Lorsqu'il démarra, nous nous retournâmes comme des enfants pour regarder par la lunette arrière le vieil homme ensevelir sa femme avec la furie obstinée d'un John Henry[1].

Celestial poussa un soupir.

« Jamais de ta vie tu ne reverras une scène pareille.

— J'espère bien.

— Roy est là-bas depuis longtemps, murmura-t-elle. J'ai fait tout ce que j'étais censée faire. Je n'ai pas touché un autre homme, je n'ai même pas pensé à un autre. Pourtant quand je vois son père sur la tombe de sa femme, j'ai l'impression d'avoir joué à la mariée. De ne pas savoir ce qu'est un véritable engagement. »

Elle étouffa un sanglot et ses larmes laissèrent une tache humide sur ma chemise blanc sale.

« Je ne veux pas aller à l'église. Je veux rentrer à la maison. »

Je lui fis signe de se taire, indiquant le chauffeur.

« C'est une petite ville, lui soufflai-je. Inutile de crier sur les toits des choses qui pourraient être mal interprétées. »

Un quart d'heure plus tard, aussi crasseux que des charbonniers, nous pénétrions dans l'église baptiste du Christ-Roi, où nous attendait un festin. Les gens parlaient de nous, je le savais, mais devant nous ils étaient polis et remplissaient nos verres de jus de fruits. Je regardai Celestial dans les yeux et vis que, comme moi, elle rêvait d'un cocktail vodka-Martini bien tassé. Ce qui ne nous empêcha pas de manger consciencieusement les plats traditionnels qu'on nous

1. Héros ouvrier mythique du XIXe siècle, qui, à l'époque où la machine commençait à supplanter l'homme, se serait mesuré victorieusement à un marteau-pilon.

servit et de ne partir qu'une fois sûrs que Big Roy ne viendrait pas.

Il nous fallut un moment pour trouver un bar où nous poser. Il aurait été plus rapide de faire les quarante kilomètres qui nous séparaient du casino, où l'alcool était bon marché et les barmans généreux. Mais Celestial avait refusé.

« Non, pas par là. Je ne veux pas passer devant la prison.

— Pas de problème.

— Tu crois ? J'ai honte de ne pas être capable de simplement regarder les fils barbelés derrière lesquels il doit vivre. Est-ce que je l'aime, Dre ? »

Je ne pouvais pas répondre à cette question.

« Tu l'as épousé. »

Elle se tourna vers la fenêtre, tapant son front contre la vitre. Je sortis pour elle un mouchoir de ma poche, tenant le volant d'une main, tandis que je cherchais un endroit où nous abreuver.

L'alcool n'était pourtant pas une denrée rare, à Eloe. On trouvait autant de commerces de spiritueux que d'églises, autrement dit presque tous les trente mètres. À chaque coin de rue, il y avait des hommes qui portaient à leurs lèvres des sacs en papier brun dissimulant des bouteilles. Faute de bar, nous pourrions toujours en faire autant.

Pour finir, nous échouâmes au Earl Picard's Saturday Nighter, un bouge qui avait dû être un magasin 7-Eleven dans une précédente incarnation. Nous choisîmes deux tabourets branlants, face à des saucisses à hot-dog, qui tournaient autour d'une ampoule rouge. Les vitres étaient peintes, si bien que, même à midi, à l'intérieur il était perpétuellement minuit. Lorsque nous nous assîmes, la barmaid leva les yeux du livre qu'elle lisait à l'aide d'une petite lampe de poche. Elle posa celle-ci sur le comptoir, dessinant un cercle de lumière au plafond.

« Qu'est-ce que je vous sers ? »

Ce n'était pas exactement le genre d'établissement où l'on proposait des Martini. Celestial se rabattit sur une vodka-orange. La femme versa au moins quatre doigts de Smirnoff dans un gobelet fragile, avant d'ouvrir une cannette de jus de fruits. Puis elle fouilla sous le comptoir pour en extraire un bocal de cerises, et elle en transperça deux d'une épée en plastique.

Nous ne prîmes pas la peine de trinquer ; nous étions si sales que je sentais des grains de terre dans mon verre.

« À ton avis, le vieux Roy est toujours là-bas avec sa pelle ou il a cédé la place aux machines après notre départ ?

— Il est encore là-bas. Il ne laissera pas une pelleteuse l'enterrer, répondit-elle, remuant les glaçons pour refroidir son cocktail. Et Roy ? Comment ça allait ?

— Ça allait, je pense. Il te fait dire que tu lui manques.

— Tu sais que je l'aime, hein, Dre ? Sa mère n'a jamais voulu le croire.

— Elle ne te connaissait pas vraiment. Et peut-être qu'elle estimait qu'aucune femme n'était assez bien pour son fils unique. Tu sais comment sont les *mamas* noires.

— Je vais en prendre une autre », déclara-t-elle à la barmaid, qui nous prépara deux nouvelles vodkas.

Je tirai de ma poche quelques pièces de vingt-cinq cents et lui dis :

« Vas-y mollo, cow-boy. Mets plutôt de la musique dans le juke-box. »

L'argent à la main, elle se dirigea vers le fond de la salle d'un pas mal assuré, comme si elle marchait sur des jambes qui n'étaient pas les siennes. Réagissant à l'humidité, ses cheveux perdaient déjà leur raideur funèbre et remontaient autour de ses oreilles. Les hommes assis à l'autre bout du comptoir laissèrent leur regard s'attarder sur sa silhouette, tandis qu'elle se penchait pour examiner les titres.

« C'est votre femme ? me demanda la barmaid avec dans l'œil une lueur qui aurait pu passer pour aguicheuse.

— Non. Nous sommes de vieux amis. Nous sommes venus d'Atlanta pour un enterrement.

— Oh. Olive Hamilton ? »

Je hochai la tête.

« Quelle tristesse. C'est la belle-fille ? »

J'avais le sentiment qu'elle connaissait la réponse. Tout compte fait, c'était la curiosité qui faisait briller son regard, le goût des petites villes pour les cancans.

Au retour de Celestial, la barmaid recula, comme si elle était gênée. Soudain, Prince entonna « I Wanna Be Your Lover ».

« Tu te souviens, en quatrième ? Quand on pensait qu'il disait "Je veux être le seul à te faire jouer" ?

— Je n'ai jamais pensé un truc pareil.

— Tu savais ce que *jouir* signifiait ? En quatrième ?

— Je savais que ça voulait dire quelque chose, en tout cas. »

Toute conversation cessa pendant un moment. Elle continua à la vodka bon marché et je passai à la bière, puis au Sprite.

« Elle m'a frappée, dit enfin Celestial, faisant tinter les glaçons dans son gobelet. Olive. Parce que j'étais restée trop longtemps sans venir. La fois suivante, elle m'a flanqué une gifle. Nous dînions au casino. Elle a attendu que ma mère s'éclipse pour aller aux toilettes, elle s'est penchée par-dessus la table, et *pan.* »

Celestial claqua des mains.

« En pleine figure. Les larmes me sont montées aux yeux. "Écoute-moi, ma petite, si je ne pleure pas, personne ne pleure. J'ai plus souffert ce matin que toi dans ta vie entière."

— Hein ? m'écriai-je, effleurant sa joue. Qu'est-ce qui lui a pris ?

— Une accumulation de choses, je suppose. En tout cas, elle m'a vaccinée contre les larmes. »

Elle posa la main sur la mienne.

« À l'église, mon visage était en feu. Juste là. »

Elle frotta ma paume contre sa joue tendre. Puis elle se tourna pour l'embrasser.

« Celestial, tu es bourrée.

— Non, dit-elle, reprenant ma main. Enfin, si, mais je sais ce que je fais. »

Je me dégageai.

« Arrête. Les gens ici ont compris qui on est. »

Je lui adressai un regard sévère, la tête inclinée sur le côté.

« Ah ouais. C'est une petite ville. »

J'acquiesçai, tandis que son visage se froissait un peu.

« Microscopique. »

À présent, on écoutait les Isley Brothers. Le genre de chanson lente, au charme rétro, qui évoquait une dévotion depuis longtemps passée de mode.

« J'ai toujours aimé ce morceau, déclarai-je.

— Tu sais pourquoi ? C'est parce que c'est le genre de musique sur lequel on a été conçus. Elle te parle à un niveau primaire.

— Je préfère ne pas imaginer ma conception. »

Elle était un peu mélancolique, maintenant, tandis qu'elle faisait tourner un glaçon du bout d'un ongle rongé jusqu'à la chair.

« Dre, je suis tellement lasse de tout ça. Tout. Cette petite ville miteuse. Lasse d'avoir une belle-famille. Et la prison. La prison n'était pas censée faire partie de ma vie. J'ai été mariée pendant un an et demi, c'est tout. Quand Roy a été arrêté, mon père n'avait pas fini de rembourser la noce.

— Je n'ai jamais réussi à t'imaginer en Mme Hamilton. »

Je demandai l'addition et deux verres d'eau glacée.

Elle leva les yeux au ciel.

« Quand tu l'as vu, est-ce qu'il avait l'air de m'en vouloir ? La dernière fois, il m'a dit qu'il n'aimait pas ce que je dégageais, que ça se sentait que j'étais là par obligation. »

Elle posa son verre.

« Il n'a pas tort, mais qu'est-ce que je suis censée faire ? Je travaille nuit et jour au magasin, puis je roule des heures pour aller en Louisiane et je dors chez mes beaux-parents qui ne m'apprécient même pas. Puis il faut subir… subir tout ça, ajouta-t-elle en remuant les doigts. Et il trouve que mon sourire n'est pas assez radieux ? Je n'ai pas signé pour ça. »

Je ris, bien qu'elle fût sérieuse.

« Ce n'est pas comme ça que ça marche.

— Tu peux rire, répondit-elle avec irritation. Tu sais comment je me sens là-bas ? Noire et désespérée. Tu n'as pas idée de ce que c'est que de faire la queue pour aller au parloir.

— Justement, si. J'y étais hier.

— Ce n'est pas pareil pour une femme. On te traite comme si tu rendais visite à ton mac. Tous les gardiens ont un petit sourire en coin. Quand ils te regardent, ils voient une pauvre cruche. Une victime qui se raconte des histoires. Si tu essaies de t'arranger pour avoir l'air respectable, c'est encore pire, d'une certaine manière. On te prend pour une débile, parce que c'est évident que tu pourrais faire mieux si tu étais moins conne. »

Elle se mit à claquer des doigts au rythme de la musique, s'efforçant de briser le sortilège des sentiments envahissants, mais elle avait trop bu pour être maîtresse de ses émotions.

Si j'avais été seul avec elle, je l'aurais serrée dans mes bras. En présence de la barmaid et des trois autres clients, je n'osai pas bouger.

« Allons-y », me contentai-je de dire.

À l'hôtel les lumières étaient éteintes, en revanche le parking du casino était plein. Apparemment, il y avait dix voitures à gagner ce soir. Une fois à l'abri dans l'ascenseur, je me tournai vers elle. Elle m'enlaça, me rappelant comme elle me serrait à me couper le souffle quand nous étions enfants. Elle sentait la vodka, mais aussi la lavande et le pin. Nous restâmes ainsi jusqu'au quatrième, où les portes s'ouvrirent sur une famille qui attendait patiemment.

« Des jeunes mariés », expliqua la mère tandis que nous sortions.

Nous étions face au couloir menant à nos chambres.

« Tout le monde croyait qu'on finirait par se marier.

— Tu es ivre. Ivre morte.

— Je ne suis pas d'accord. »

Elle se dirigea vers sa chambre et glissa la clé dans la serrure. Des petites lumières vertes clignotèrent.

« Je suis quelque chose, mais pas ivre. Tu viens ? Tu veux ?

— Celestial, c'est moi, Dre. »

En dépit de mes protestations, j'avais l'impression que quelqu'un inclinait le globe et me faisait pencher vers elle.

Elle rit, et sa voix était joueuse comme si nous n'avions pas vu le père de Roy enterrer sa femme à la pelle. Comme s'il n'était jamais rien arrivé de grave.

« Et c'est moi, Celestial. »

Lorsque je voulus répondre à son rire, aucun son ne sortit. De toute manière, ça aurait été faire semblant, et je ne faisais jamais semblant avec elle.

L'atmosphère changea lorsque je franchis le seuil et que le déclic de la porte retentit derrière moi. Elle ne me tomba pas dans les bras, me couvrant de baisers et de caresses passionnés, dans une étreinte cinématographique. Non, pendant un long moment, nous nous regardâmes. Deux personnes embarrassées devant un paquet qu'elles ne savent pas comment ouvrir. Elle s'assit sur le lit et j'en fis autant. Je songeai à la première fois, après le bal du lycée. Si, comme ce soir, nous étions soûls et endimanchés, à l'époque je distinguais à peine les ruches de sa robe dans la pénombre, alors que là nous étions en pleine lumière. Ses cheveux formaient un halo noir autour de sa tête ; nos bouches étaient brûlantes d'alcool et nos vêtements maculés de terre.

Je m'approchai et mes doigts s'enfoncèrent dans ses boucles serrées.

« Nous avons toujours été ensemble, dit-elle. Pas comme ça, mais toujours. »

J'acquiesçai.

« Je veux être le seul à te faire jouer. »

Elle partit d'un éclat de rire et je l'imitai, un vrai rire partagé cette fois. C'est alors que notre vie bascula. Je vins à elle et elle vint à moi, la joie sur les lèvres. Ce qui se passa après n'était peut-être pas un engagement légal ; il n'y avait ni prêtre ni témoin. Mais ça nous appartenait.

Roy

À Eloe, si on veut connaître sa filiation, il suffit d'ouvrir la bible familiale. Tout est noté là, sur la page de garde, avant « Au commencement… ». L'histoire officielle, en tout cas, car il en existe d'autres, qui sont rarement écrites. La généalogie officieuse, elle, ne se transmet qu'à voix basse. Dedans, il y a un certain nombre de Blancs, dont on chuchote le nom tantôt honteusement, tantôt fièrement, en fonction des détails. Il y a aussi ceux qui sont du bon côté de la barrière raciale, mais pas de la barrière matrimoniale. J'étais l'un des rares habitants d'Eloe à n'avoir personne en dehors de mes parents. Olive était née à Oklahoma City. Elle avait encore de la famille là-bas, mais on ne se fréquentait pas. Big Roy venait de Howland, au Texas. Il s'était arrêté à Eloe alors qu'il se rendait à Jackson. Notre bible était un cadeau de mariage de sa logeuse. Sous la couverture de cuir, il n'y avait que nos trois noms, tracés de l'écriture appliquée de ma mère.

Roy McHenry Hamilton + Olive Ann Ingelman
Roy Othaniel Hamilton Jr

Elle avait omis d'ajouter Celestial à côté de moi, mais il y avait beaucoup de place sur cette page, assez pour dresser la liste de tous les Hamilton à venir, reliés par des diagonales et des tirets.

En ce qui concernait Davina Hardrick, c'était autre chose. Il y avait au moins une dizaine de Hardrick noirs en ville, et même quelques Hardrik, sans *c*, qui avaient modifié leur nom lorsque la famille s'était divisée comme une paroisse déchirée par des luttes intestines. Je lui enviais ses solides racines, assez épaisses pour soulever le trottoir. Elle me dit qu'elle habitait l'ancienne maison de Mlle Annie Mae et je m'efforçai de me rappeler quels étaient ses liens avec Mlle Annie Mae, quelles lignes les reliaient dans la bible. Je me souvenais du grand-père de Davina, M. Picard, ou bien était-ce son oncle ? Sa famille avait beaucoup de ramifications, c'est sûr. Autrefois, je savais tout ça.

J'étais tombé sur elle à Walmart, lorsque j'étais allé acheter des fleurs pour Olive. Davina, en uniforme bleu, déverrouilla l'armoire réfrigérée et m'aida à choisir un bouquet, que je me sentais incapable de porter à sa destinataire. Tandis qu'elle l'enveloppait dans du papier blanc, elle me demanda si je me souvenais d'elle au lycée, même si elle était deux classes au-dessous de moi. Je répondis que oui. Puis elle me demanda si j'avais envie de manger de la bonne cuisine maison. Encore une fois, je dis oui. Et quelques heures plus tard, je me tenais devant une construction de bois décorée de guirlandes lumineuses multicolores et d'un gros ruban doré.

Je gravis les trois marches de béton qui menaient au porche dont le sol s'affaissait. Cette petite maison devait avoir soixante-dix ans, peut-être quatre-vingts, et avait sans doute été bâtie par le mari de Mlle Annie Mae. Ce quartier était appelé Hardwood, « le bois dur », parce que c'était là que vivaient les ouvriers de couleur de la scierie, du temps où il y avait une scierie et où « gens de couleur » était une expression de respect. Je frappai à la porte ornée d'une couronne argentée, regrettant presque de ne pas avoir un chapeau pour pouvoir l'ôter et le tenir entre mes mains.

Elle me salua de derrière la porte moustiquaire, accueillante dans son tablier de Noël qui faisait ressortir sa peau chocolat aux reflets rouges, comme le cuir d'une belle paire de mocassins.

« Te voilà bien élégant.

— Toi aussi. »

Les arômes de la cuisine épiçaient l'air et j'avais hâte d'entrer.

« Tu es en avance, ajouta-t-elle avec un petit sourire, pas irritée, simplement pour communiquer une information. Donne-moi une minute pour me recoiffer. »

Là-dessus, elle referma la porte. Je m'assis sur les marches et j'attendis. Attendre, c'est une seconde nature, au bout de cinq ans de détention. Évitant de tourner la tête vers le bâtiment de brique orange des pompes funèbres où on avait veillé ma mère, je regardai mes doigts, si semblables à ceux de Walter, noueux, avec des cals jaunâtres. J'étais arrivé à la prison avec des mains de banquier et j'en ressortais avec celles d'un ouvrier de scierie. Mais au moins j'étais dehors. J'avais appris ça là-bas : se concentrer sur ce qui est réellement important.

Edwards Street était relativement silencieuse. Un groupe de petits garçons essayaient d'attraper des écrevisses avec du bacon et de la ficelle dans le fossé. Au loin, je distinguais le reflet des néons dans la vitrine du magasin d'alcool, et je sentais les légères vibrations des haut-parleurs dans l'air. C'était ma ville natale. Je m'étais écorché les genoux dans ces rues ; j'avais appris à être un homme à ces carrefours, pourtant je n'étais pas chez moi.

Lorsque Davina réapparut, elle avait ôté son tablier, à mon grand regret, même si sa robe bordeaux soulignait ses formes féminines. Au lycée, elle avait une silhouette parfaite, petite et compacte, en « maison de brique » comme on disait en ce temps-là. Big Roy m'avait mis en garde contre ces filles qui étaient jolies à quinze ans et grosses à trente : mieux valait éviter de les épouser. En ce qui concernait Davina, le conseil paraissait aussi naïf que cruel. Oui, il y avait du monde au balcon, et au niveau des hanches également, mais elle était plus qu'appétissante.

« Tu es encore marié ? me demanda-t-elle à travers la porte moustiquaire.

— Je n'en sais rien. »

Elle sourit, la tête inclinée, révélant une décoration de Noël piquée comme un gardénia derrière son oreille.

« Entre. Le repas sera prêt dans une minute. Tu bois quelque chose ?

— Et toi ? »

J'admirai ses courbes tandis qu'elle franchissait les quelques pas nous séparant de la cuisine.

Le Roy d'autrefois aurait su quoi dire. Je ne parle pas du Roy d'avant la prison, mais de celui que j'étais bien avant Celestial, à vingt ans, quand je collectionnais les femmes comme des papillons. En ce temps-là, j'étais capable de me concentrer. *Le fric à l'esprit, l'esprit au fric*, me répétais-je quel que soit l'objectif, avec un clin d'œil à Snoop Dogg. Une chose à la fois, c'est le seul moyen de gagner. Et voilà qu'aujourd'hui, face à une femme, une belle femme, je ne pensais qu'à mon épouse dont je n'avais pas de nouvelles depuis deux ans.

Je ne prétends pas avoir toujours été un saint. Il y avait eu des erreurs commises et des sentiments froissés, notamment le jour où elle avait trouvé une facture pour deux ensembles de lingerie, alors que je ne lui en avais offert qu'un pour son anniversaire. Elle n'était pas folle de rage, mais pas loin. Je lui avais dit : « Celestial, je n'aime que toi. » Ça n'expliquait pas le petit bout de papier dans sa main, pourtant c'était la pure vérité, et je pense qu'elle le savait.

Dans le salon de Davina, alors que je buvais son alcool, c'était le visage de ma femme que je voyais, son odeur que je respirais, sa chanson que j'entendais. Malgré tout, j'avais l'eau à la bouche en la regardant.

« Quand est-ce que Mlle Annie Mae est décédée ? Elle était gentille. Elle vendait des conserves de légumes au vinaigre pour dix cents, quand nous étions petits. Tu t'en souviens ?

— Ça va faire quatre ans. J'ai été surprise qu'elle me laisse sa maison, mais nous avions toujours été proches et son fils vit à Houston, à présent. Wofford. Tu vois qui c'est ? »

Je me rappelais que c'était le gars du coin qui avait réussi et qui venait nous parler quand nous étions au lycée pour nous conseiller de ne pas abandonner nos études, de ne pas mettre de fille enceinte et de ne pas fumer de crack.

« Oui, très bien. »

Davina eut un petit sourire.

« À présent que Mlle Annie Mae est morte, ça m'étonnerait qu'on le revoie dans cette ville. Mon père était pareil, ajouta-t-elle en secouant la tête. Il avait filé à Dallas avant que je fête mon cinquième anniversaire.

— Tu ne sais pas pourquoi il est parti. »

Elle sourit encore, un vrai sourire, comme si elle m'était reconnaissante d'essayer de voir le bon côté des choses.

« Tout ce que je peux dire, c'est qu'il est parti. De toute manière, c'est toujours la même histoire, un béguin passager.

— Ne l'accuse pas d'être superficiel. Les hommes ont leurs raisons.

— Tu n'es pas venu ici pour me parler de mon père, je présume ? »

Il y avait une question dans sa question. Les femmes ont une façon de vous demander plus que ce qu'elles souhaitent réellement savoir.

« Ça sent bon, lançai-je, m'efforçant d'alléger l'atmosphère. Les femmes de Louisiane… Je parie que vous venez toutes au monde avec une poêle à la main. »

J'espérais que sur la table je trouverais un plat de haricots doliques, cueillis sur les plants qui poussaient le long de la barrière entre sa propriété et celle des voisins. Autrefois, c'était là que vivait M. Fontenot, le prof de français. Je m'étais retrouvé inscrit dans sa classe par accident, le seul Noir du groupe. Il s'était créé une forme de sympathie entre M. Fontenot et moi, parce que nous étions tous les deux des exceptions.

Il m'avait parlé du club de français, dont les membres se réunissaient après l'école pour pratiquer la langue en prévision d'un voyage de dix jours à Paris. Quand je lui demandai s'il y avait des Noirs là-bas, il me répondit : « Oui, natifs et importés. » Il m'offrit un roman de James Baldwin, *La Conversion*, qui n'avait rien à voir avec la France, même si, selon lui, l'auteur y vivait au moment où nous parlions. Je tournai le livre et étudiai le visage triste et intelligent au dos. James Baldwin était noir, c'était indéniable. « Si tu t'appliques en français, je t'aiderai à trouver une bourse pour ton voyage. » Malheureusement je me heurtai à trois écueils. D'abord, j'aurais été le seul gamin noir du séjour et personne n'était très enthousiaste à cette idée. « S'il y a le moindre problème sur place, ce sera ta parole contre la leur », observa Big Roy. Puis il y avait l'argent. L'aide de M. Fontenot ne couvrirait pas tout. Il faudrait encore débourser sept cent cinquante dollars. C'était pour ça qu'il n'y avait pas d'enfant noir. Enfin, il y avait M. Fontenot lui-même.

Lorsqu'il m'avait donné *La Conversion*, il n'avait pas mentionné que Jimmy était homosexuel. Jimmy, c'était ainsi qu'il appelait Baldwin, comme s'ils étaient de vieux copains. Selon M. Fontenot, Jimmy avait commencé à conserver ses écrits pour la postérité dès l'âge de onze ans, parce qu'il sentait qu'il deviendrait quelqu'un d'important et qu'il aurait besoin d'« étayer son parcours ». Il m'avait donné un petit carnet noir. « Tu devrais tenir un journal pour les générations futures, m'avait-il dit. Quand tu partiras d'ici, les gens voudront savoir comment tu as réussi à t'en sortir. » C'est ce journal, plus que l'argent, qui sonna le glas de mes projets. Ce carnet ne plaisait ni à Big Roy ni à ma mère. Eloe est une petite ville, parfois étouffante et cruelle. Mes parents passèrent un ou deux coups de fil, et ils comprirent vite que M. Fontenot « en était ». À partir de là, il ne fut plus question de m'envoyer à Paris sous sa garde.

« Qu'est devenu M. Fontenot ?

— Il est mort au début des années 1990.

— De quoi ?

— Tu sais bien. Allez, viens, tu dois te nourrir. »

Je m'approchai de la table ovale, similaire à celle à laquelle je mangeais, enfant. On pouvait y asseoir six personnes sans problème. Comme je tirais une chaise, elle me demanda si je souhaitais me laver les mains. Honteux, je me dirigeai vers la salle de bains. Alors que je me frottais avec un savon à l'odeur féminine, je sentis un picotement de colère sous ma mâchoire, mais je m'aspergeai le menton jusqu'à ce que ça passe. Inclinant la tête sous le robinet, je laissai l'eau fraîche couler dans ma bouche. Ça faisait longtemps que je n'avais pas eu le loisir de me regarder dans un vrai miroir, et j'aurais mieux fait de m'abstenir. Mon front était aussi plissé que l'éventail qu'Olive avait toujours dans son sac. J'étais propre et rasé, c'était déjà ça. Dès que je me serais renfloué, je me ferais poser un nouveau bridge. À l'aide d'une serviette marron pelucheuse suspendue à un crochet, je m'essuyai le visage et retournai à la table, où m'attendait un véritable festin.

Une abondance biblique. Côtelettes de porc nappées de sauce, gratin de macaronis – le dessus doré et luisant –, un monticule de purée de pommes de terre dans un saladier à rayures bleues. À côté une assiette de petits pains blancs, semblables à ceux que faisait Olive. Quand on les déchirait, ils se divisaient en quartiers fondant de beurre. Enfin, dans un bol argenté, les haricots doliques qui m'avaient tant manqué.

« Tu veux réciter le bénédicité ? », demanda-t-elle, posant sa main sur la mienne.

Je fermai les yeux et baissai la tête, mais je ne pus aller au-delà de « Merci, Seigneur ». Ma gorge se mit à palpiter. Je respirai lentement deux fois, puis je renonçai. Fronçant les paupières, j'avalai péniblement ma salive pour retenir ce qui montait et menaçait de s'échapper.

« Merci, Seigneur, pour ce repas, reprit Davina. Merci pour cette nourriture qui sustente nos corps. Merci de nous rassembler autour de cette table. Au nom de ton fils Jésus-Christ, amen. »

Elle me serra la main en guise de conclusion. Lorsqu'elle tenta de se dégager, je m'agrippai à elle. Avant de la lâcher, je parvins à ajouter : « Bénis les mains qui ont préparé tout ça. »

Tandis qu'elle me servait, je songeai à l'image que je devais donner : un homme tout juste sorti de prison, qui allait faire un sort à des côtes de porc. J'avais l'impression d'être la chute d'une blague. Je me sentais plus inadéquat ici, dans ma ville natale, que je ne l'avais jamais été dans le monde de l'entreprise. Davina plaça une assiette copieuse devant moi. Me souvenant de mes bonnes manières à temps, j'attendis qu'elle prenne sa fourchette pour m'emparer de la mienne.

« *Bon appétit** », dit-elle en souriant.

Je lui en souhaitai autant, pensant à Celestial, qui prononçait ces mots chaque fois qu'elle mangeait quelque chose, même ses céréales le matin.

Je terminais ma seconde assiette et mon troisième verre de citronnade sucrée lorsque Davina demanda d'une voix trop désinvolte pour une question qu'elle m'avait déjà posée à deux reprises :

« Tu es toujours marié ? »

Je finis lentement de mastiquer ma bouchée, puis je la fis glisser avec une gorgée de citronnade.

« Comment est-ce que je peux répondre à ça ? Voici ce que je peux dire : j'étais marié quand je suis parti et elle n'a pas réclamé le divorce.

— Tu n'as pas besoin de tourner autour du pot à la manière d'un avocat. »

Elle avait l'air blessée, comme si j'avais menti pour venir manger sa nourriture.

Je pris une inspiration et lui dis tout ce que je savais.

« Je ne l'ai pas vue depuis deux ans. Depuis la mort de ma mère.

— Vous vous parlez au téléphone ?

— Pas récemment. Et toi ? Tu as quelqu'un ? »

Elle regarda autour d'elle.

« Tu vois quelqu'un ici ? »

Nous changeâmes de sujet, avec le sentiment d'avoir pris les précautions nécessaires.

Après le repas, je l'aidai à débarrasser. Je vidai les assiettes et les empilai dans l'évier. Davina me sourit comme à un bébé qui s'essaie à jouer du piano ou à une autre activité d'adulte.

« Ne t'inquiète pas pour ça. Tu es mon invité. »

Je jure que je n'étais pas venu juste pour coucher avec elle. Je jure que ce n'était pas ce que j'avais prévu. Est-ce que je l'espérais ? J'étais en manque de femme, je ne prétendrai pas le contraire, et c'était précisément ce contre quoi Walter m'avait mis en garde. Mais, pour être honnête, j'étais en manque tout court. La cuisine de ma mère me manquait, entre autres, et cela depuis que j'étais parti à la fac. Davina Hardrick m'avait invité à dîner. Si nous en étions restés là, je serais rentré satisfait.

« Tu désires un café ? »

Je refusai.

« Un autre verre ?

— Volontiers. »

Elle m'en servit un, plus léger, cette fois.

« Je ne voudrais pas que tu te fasses arrêter pour conduite en état d'ivresse. »

Je me sentis déçu à l'idée qu'elle était déjà prête à me renvoyer chez moi.

« Est-ce que je peux te demander quelque chose ? Au sujet de ton séjour là-bas.

— Je n'ai pas fait ce dont on m'a accusé.

— Je le sais. Personne ici ne pense que tu es coupable. Tu étais juste le type de la mauvaise couleur au mauvais endroit au mauvais moment. On ne peut pas faire confiance à la police. C'est pour ça qu'il y a tant des nôtres derrière les barreaux. »

En guise d'assentiment, j'inclinai mon verre et le vidai d'un trait. Puis je le levai dans sa direction.

« Il faut que je sache. »

Voyant qu'elle était sérieuse, je me préparai à une nouvelle question au sujet de Celestial.

« Oui ?

— Là-bas, tu n'aurais pas connu un certain Antoine Guillory ? Antoine Frederick Guillory, de son nom complet.

— Pourquoi ? C'est ton homme ? »

Elle secoua la tête.

« Mon fils. »

Si c'était son fils, il ne pouvait avoir plus de dix-sept ou dix-huit ans.

« Non, répondis-je avec compassion. Jamais croisé.

— La Sauterelle, peut-être ? C'est comme ça qu'on le surnomme. »

En fait, oui, je m'en souvenais. Il était le benjamin là-bas, trop jeune pour être enfermé avec des adultes, trop frêle et trop joli. Je me rappelais ses lèvres fardées et ses cheveux lissés avec de la soude artisanale.

« Ça ne me dit rien.

— Tu es sûr ?

— Certain. Inconnu au bataillon. »

Je lui tendis encore mon verre.

« S'il vous plaît, m'dame.

— Non, tu en as assez eu. C'est pour ton bien.

— C'est bon, je ne risque pas de me faire arrêter. Je suis venu à pied. Cette ville n'est pas plus grande que ma poche.

— Roy, beaucoup de choses ont changé, ici. Tu ne vas pas rentrer à pied de nuit. Il y a des jours où je me demande ce qui est pire, la police ou les gens dans la rue. Antoine a été arrêté parce qu'il portait une arme. Il essayait seulement de se protéger. À seize ans, on l'a condamné comme un adulte.

— Fais-moi confiance. Je n'ai pas peur. Tu sais où j'ai passé les cinq dernières années ? ajoutai-je avec un rire qui me déchira la gorge. Ce n'est pas un péquenot qui surgit de derrière un buisson en criant "Bouh" qui va m'affoler.

— Si c'est un péquenot armé, tu ferais bien de t'affoler, rétorqua-t-elle, me flanquant une tape sur le bras et m'adressant un vrai sourire, avec des fossettes. Bouh toi-même, va ! Espèce d'idiot. D'accord, un dernier pour la route. Mais pas fort.

— Sers-t'en un aussi. Je déteste boire seul. »

Elle revint avec deux petits verres, identiques à ceux que ma mère utilisait pour le jus d'orange.

« Je suis à court de glaçons. »

Nous trinquâmes sans mot dire, avant de vider nos verres d'un trait. C'était agréable. Ça me rappelait mon premier emploi. La fête de Noël de la société. Les Blancs servaient des alcools de luxe que nous buvions comme de l'eau, comme si l'argent coulerait toujours à flots.

Davina se leva pour mettre de la musique. Frankie Beverly qui chantait « Happy Feelings ». Elle claqua des doigts une ou deux fois en revenant. Cette fois, elle s'assit en prenant son temps, me laissant admirer le mouvement gracieux de ses articulations.

« Hé », lança-t-elle avec une inflexion joueuse dans la voix.

Je ne peux pas dire que le whisky la rendait belle. Davina ne pouvait pas plus prétendre au titre de joli brin de fille que moi à celui de jeune cadre dynamique. Mais elle l'avait été et je l'avais été. Il nous en restait tous les deux quelque chose, je pense. Sa peau brune et chaude représentait tout ce qui m'avait manqué.

« Ça va ? »

Je secouai la tête, parce que c'était tout ce dont j'étais capable.

« Qu'est-ce qu'il y a ? »

Je secouai de nouveau la tête.

« Ce n'est pas grave. Tu viens de rentrer. C'est toujours fatigant au début. »

Elle disait ça comme si je sortais de l'armée ou de l'hôpital.

Elle porta la main à ses lèvres et je me penchai vers elle. Celestial – je ne pouvais pas m'empêcher de penser à elle – n'était pas une petite femme fragile. Elle était bien charpentée, la poitrine opulente, mais elle n'était pas aussi moelleuse : à côté, Davina était un peignoir d'hôtel quatre étoiles. Par miracle, je parvins à ne pas me débarrasser de tous mes vêtements sur-le-champ. Je ne voulais pas passer pour un homme des cavernes. Quand je m'autorisai enfin à me laisser aller, je l'embrassai passionnément, enfonçant ma langue dans sa bouche. Elle était chaude, avec un agréable goût de whisky. Ses doigts se promenaient sur mon corps, aussi délicats que des lucioles, pourtant ses mains avaient le pouvoir de guérison d'un prêcheur. Elle les coula sous ma chemise et la sensation de fraîcheur sur mon dos brûlant m'électrisa.

Dans la chambre, il n'y eut pas de déshabillage mutuel. Chacun se dévêtit de son côté, dans l'obscurité. Quand elle suspendit sa robe dans la penderie, les cintres tintèrent, puis elle se glissa dans le lit à côté de moi. Elle sentait le whisky, et aussi le beurre de cacao. Elle se tourna vers moi et laissa ses cheveux se répandre sur mon visage. Je me crispai au contact de leur texture synthétique. Je voulais toucher quelque chose d'authentique. J'aspirais à me frotter contre quelque chose qui respirait. Quelque chose de vivant. Elle leva la cuisse pour la poser sur ma hanche.

« Ça va ? murmura-t-elle.

— Oui. Et toi ?

— Ça va.

— Je suis navré, pour ton fils.

— Je suis navrée pour ta maman. »

Si parler des chers disparus était un éteignoir pour les gens normaux, pour moi, c'était du kérosène, de l'essence, un appel d'oxygène pur. Je l'embrassai encore et me soulevai pour être au-dessus d'elle. Je contemplai sa silhouette dans la pénombre, brûlant de m'expliquer, mais je ne me voyais pas lui dire que je ne voulais pas la baiser comme un type qui venait de sortir de prison. J'avais envie que ce soit comme un homme qui rentrait à la maison pour retrouver sa famille. Un gars du coin qui avait réussi. Je voulais baiser comme si j'avais encore de l'argent, un bureau confortable, des chaussures italiennes et une montre en acier. Comment expliquer à une femme qu'on veut la baiser comme un être humain ?

Je n'étais pas à proprement parler effrayé, néanmoins je restai là un moment, appuyé sur mes avant-bras, me demandant sincèrement ce que je devais faire. Je désirais la satisfaire, mais pas qu'elle hurle mon nom ni un truc débile dans ce genre. Je souhaitais lui faire bonne impression. Elle affirmait ne pas croire que j'avais violé cette femme au Piney Woods, malgré tout, n'y a-t-il pas toujours un doute qui plane, l'autre version que toute histoire est censée avoir ?

« Baby », dit Davina, levant les bras pour m'enlacer et me serrer contre elle.

Me laissant guider par la mémoire du corps, j'écartai ses jambes de mon genou. Elle se dégagea et se tourna sur le flanc, face à moi. Elle poussa mon torse de son index et je retombai sur le dos.

« Pas tout de suite », dit-elle en m'arrêtant de la paume lorsque je voulus me redresser.

Davina prit soin de moi. Je ne saurais pas le dire autrement. Elle me força à rester étendu sur son lit et s'occupa de moi. Avec ses mains et sa bouche, elle me caressa des pieds à la tête, n'oubliant pas un centimètre carré de peau. Elle bougeait dessus et dessous et peut-être aussi à travers moi. Les parties de mon corps privées de son amour étaient en feu, espérant qu'elles mériteraient bientôt son attention. On ne sait pas ce dont on a besoin jusqu'au moment où on reçoit précisément ce qu'on attendait.

Alors qu'elle était entortillée autour de moi de telle manière que son pied se trouvait proche de mon visage, je baissai la tête pour embrasser l'arc de sa voûte plantaire. Comment quelqu'un qui avait grandi ici, à Eloe, pouvait avoir de tels pieds de bébé, je l'ignorais. Ceux de Celestial étaient doux, eux aussi. Cette pensée remua quelque chose en moi et je sursautai comme si je me réveillais d'un cauchemar. Davina s'interrompit. La faible lueur qui éclairait la pièce se reflétait dans ses yeux.

« Ça va ?

— Non.

— Viens », murmura-t-elle, s'allongeant sur le dos, les bras tendus.

Puis elle m'appela encore « baby », comme certaines femmes savent le faire, une langue composée d'un seul mot qui peut revêtir tous les sens qu'elles souhaitent. Là, c'était une invitation. Une manière de dire « s'il te plaît ». Elle enroula les jambes autour de ma taille et je m'accrochai à elle comme si ma vie en dépendait. « Baby », répéta-t-elle.

« Tu as des capotes ?

— Je crois. Dans l'armoire à pharmacie.

— Dans la salle de bains ?

— Oui.

— Je dois en mettre une ? »

Davina resta silencieuse. Je me redressai sur les coudes pour la regarder, mais la lune n'éclairait pas son visage.

« Si tu veux, je vais en chercher une, assurai-je, mais déjà je l'embrassais de nouveau, mordillant sa lèvre inférieure. Est-ce nécessaire ? » Je la suppliais, qu'elle en soit consciente ou non. De tout mon être, j'avais envie de toucher une autre personne sans barrière, sans rien entre nous. De même que je désirais sentir ses vrais cheveux, qui crissaient à la base de son crâne. C'était ce qui séparait une conversation au téléphone d'un échange face à face, souffle contre souffle.

« S'il te plaît, m'entendis-je dire. Je me retirerai. Promis. S'il te plaît. »

Nous nous caressions toujours. Elle ne m'avait pas repoussé, n'avait pas serré les genoux.

« Baby, chuchotai-je, employant la langue secrète à mon tour.

— D'accord. D'accord, baby. Il n'y a pas de risques de mon côté. »

soulagement. La [illegible] la Nation. Une manière de [illegible] qu'il a [illegible] les [illegible] de [illegible] elle [illegible] comme si [illegible] vie en dépendait. [illegible]

[illegible] des [illegible] ?

— [illegible] Tout en haut de la pharmacie.

— Dans la salle de bains ?

— Oui. [illegible]

[illegible]

[illegible] maintenant [illegible] qu'il n'a pas [illegible]

[illegible]

[illegible] une [illegible] tant. [illegible] pour [illegible] que le [illegible] seule [illegible] de [illegible]

[illegible]

[illegible] Elle n'avait pas [illegible]

[illegible]

[illegible]

Celestial

J'avais trois ans lorsque Gloria m'apprit à prier. À genoux à côté de moi, elle me montra comment joindre les paumes sous le menton, à la manière d'un chérubin. L'église, c'était elle, pas mon père. Il y a un certain type de femme chrétienne qui ne peut résister à un homme sans Dieu et se voue à son salut. Parfois, je regrette de ne pas être comme elle, née pour sauver un homme. Alors, j'aurais pu suivre ses pas.

« À présent, je vais me coucher… », psalmodia ma mère, et je répétai, écho enfantin, paupières serrées. Avant « Amen », j'ouvris les yeux et lui demandai ce que signifiait : « Je prie le Seigneur de prendre mon âme. » Elle m'expliqua que c'était à Dieu de décider si je me réveillerais le lendemain matin, de décider si j'avais droit à une autre journée. Si je mourais dans la nuit, je l'implorais de m'emmener au Ciel avec lui. En tout cas, c'est ainsi que je compris ce qu'elle me dit à l'époque. Après son départ, tétanisée dans mon lit à baldaquin, je n'osai même pas cligner des yeux de peur de sombrer dans un sommeil éternel.

Chaque soir, au moment du coucher, nous priions ensemble. Lorsqu'elle était agenouillée à côté de moi, je répétais docilement chaque mot. Mais dès qu'elle avait le dos tourné, je me rétractais, négociant pour garder mon âme.

Quelque part, il est écrit que, jusqu'à l'âge de douze ans, nos péchés viennent s'ajouter à ceux de nos parents, en particulier à ceux de notre mère. Après ça, nos fautes s'affichent sur notre feuille de score personnelle. Du jour où j'eus le choix, je cessai quasiment de l'accompagner à l'église, préférant la compagnie plus facile de mon père. En revanche, je continuai de prier.

Lorsque je vivais seule je priais à haute voix, mais maintenant qu'Andre partageait ma chambre je remuais les lèvres en silence. Je priais pour Roy. Je priais pour qu'il ne lui arrive rien. Je lui demandais pardon, même si à la lumière neuve du jour je savais n'avoir rien fait de mal. Je priais aussi pour Andre, et je lui demandais de me pardonner de demander pardon. Je priais pour mon père et je priais pour trouver une façon de redevenir sa fille.

Ma mère m'avait appris que nous n'avions aucun secret pour Dieu. Il connaissait nos sentiments parce qu'il les avait créés. Quand nous confessions nos péchés, il nous bénissait pour notre courage. Il nous bénissait pour notre humilité. Il nous bénissait lorsque nous étions à genoux.

Dieu ne pouvait donc pas ignorer qu'au fond de mon coffret à bijoux, dans une boîte en feutre, j'avais rangé la dent cassée de Roy. Une sorcière vaudoue aurait su quoi en faire. Même moi, qui n'avais pas de relation privilégiée avec l'invisible, je sentais son énergie de comète embraser ma paume. Mais je n'avais pas la moindre idée de la manière dont j'aurais pu dompter cette puissance ou la soumettre à ma volonté.

Roy

Je passai trente-six heures sans interruption en compagnie de Davina Hardrick, dans l'ancienne maison de Mlle Annie Mae. La vie réserve bien des surprises. Qui aurait pu imaginer qu'une fille que je connaissais vaguement au lycée me mettrait dans un tel état que j'en oublierais presque le chemin du domicile familial ? Si je finis par m'arracher à son lit, c'est uniquement parce qu'elle me jeta dehors pour pouvoir aller travailler. Entre ses talents de cuisinière et ses dons d'amoureuse, j'aurais pu rester là jusqu'à la fin des temps. Lorsque j'apparus dans les habits froissés que je portais (ou plutôt ne portais pas) depuis deux jours, Big Roy attendait devant la maison. Les deux fauteuils étaient vides. Il était assis à même le sol de béton, au bord de la galerie, les pieds dans les parterres de fleurs. Dans sa main gauche il tenait la tasse jaune de ma mère, et dans l'autre une viennoiserie industrielle encore partiellement emballée.

« Tu es vivant ?

— Oui, chef, dis-je en gravissant les marches d'un pas sautillant. Vivant et en pleine forme. »

Il haussa les sourcils.

« Elle s'appelle comment ?

— J'ai juré le secret pour protéger sa réputation.

— Tant qu'elle est célibataire. Après tout ce que tu as subi, ce serait dommage que tu te fasses descendre par un mari jaloux.

— Tu as raison. Mon histoire est assez tragique comme ça.

— Il y a du café sur la cuisinière », ajouta-t-il en indiquant la porte du menton.

Je m'en servis une tasse, puis je ressortis m'asseoir à côté de mon père. Je regardai la rue à droite et à gauche, réfléchissant. Une habitude acquise derrière les barreaux. On imagine l'endroit où l'on voudrait être, avec qui. Ce qu'on aimerait manger. Il m'arrivait de passer une vingtaine de minutes à rêvasser à des olives de Kalamata et à la manière dont je les dégusterais. À présent, je songeais à Davina et je me demandais si je pourrais retourner chez elle dès ce soir.

Trompais-je Celestial, ou les souvenirs que j'avais d'elle ? Il me semblait qu'un homme dans ma situation avait droit à un traitement spécial. Je ne serais pas allé jusqu'à dire que Davina m'avait sauvé la vie avec ses cuisses voluptueuses et ses « chéri », mais elle avait sauvé quelque chose, mon énergie vitale si ce n'était autre chose.

« Le téléphone, c'est à ça que ça sert, mon fils, dit soudain Roy par-dessus le bord de la tasse jaune. Tu ne peux pas disparaître sans prévenir. Pas après ce qui s'est passé. »

Je sentis mes épaules s'affaisser et mon menton tomber presque jusqu'à ma poitrine.

« Excuse-moi, papa. Je n'y ai pas pensé.

— Tu dois réapprendre à tenir compte des autres.

— Je sais. »

Je bus une gorgée de café et il me tendit sa viennoiserie entamée. Je la déchirai en deux et fourrai un morceau de mie sucrée dans ma bouche.

« Il faut que je me réhabitue à être moi.

— Tu devrais appeler ta femme, aujourd'hui. Lui parler.

— Lui parler de quoi ?

— Pas de la raison pour laquelle tu as un sourire jusqu'aux oreilles ce matin. Lui dire que tu es sorti, ce serait un bon début. Fais-moi confiance. Quand bien même celle que tu viens de quitter serait la huitième merveille du monde, ce n'est pas ta femme. »

Je levai les mains.

« Je sais, je sais. »

En cinq ans, je n'avais pas eu droit à une miette de bonheur et il ne me laisserait pas en profiter pendant une heure ?

« Mais commence par prendre une douche », ajouta-t-il.

Il avait raison. Je devais m'organiser pour aller à Atlanta, pour parler à Celestial face à face, peau à peau, et lui demander si nous étions toujours mariés. Une part de moi pensait que, si je devais poser la question, c'était que la réponse était non. Peut-être que je me faisais du mal pour rien. Deux ans sans visite, c'était un message ; pourquoi avais-je besoin de l'entendre de sa bouche ? Quoi qu'elle ait à dire pour se justifier, il y aurait du sang, et ce ne serait pas une coupure nette. La vérité allait me déchiqueter comme une morsure de chien.

Mais restait toujours le fait indéniable qu'elle n'avait pas demandé le divorce. Si elle n'avait pas officiellement mis fin au mariage, c'est qu'elle n'en avait pas envie. Ce n'était pas rien, pour moi. Et puis, une morsure de chien, on en guérissait.

Quand le téléphone retentit, j'étais encore en caleçon. L'appareil désuet émettait une sonnerie métallique bruyante.

« Dis à Wickliffe que je l'attends sur la galerie », cria Big Roy de dehors.

Je me dirigeai vers la cuisine d'un pas hésitant, à demi nu.

« Il attend sur la galerie, déclarai-je en décrochant.

— Pardon ? fit l'homme à l'autre bout.

— Qui est à l'appareil ? Vous êtes chez les Hamilton. Allô ?

— Roy, c'est toi ?

— C'est Little Roy. Vous voulez parler à mon père ?

— C'est Andre. Comment ça se fait que tu répondes au téléphone ? Je croyais que tu ne sortais que mercredi. »

La dernière fois que je l'avais vu, il portait un costume gris pour assister à la veillée funèbre de ma mère. Je sentais les regards sur lui au parloir, alors que nous discutions. Je savais de quoi j'avais l'air : comme tout le monde autour de moi, combinaison bleue et peau noire. Le reste n'était que détails. En costume, Dre ne ressemblait pas à un avocat. Plutôt à un musicien qui s'était exilé en Europe, parce que, « aux States, on ne pige rien au jazz ».

Ça m'avait fait plaisir de le voir. Dre était mon pote. C'était lui qui m'avait présenté Celestial, même si on n'était sortis ensemble que des années plus tard. Le jour du mariage, il était à côté de moi et il avait signé le registre. Et le dimanche où Olive avait été enterrée, il était là.

« Est-ce que tu veux bien la porter à ma place ? », lui avais-je demandé.

Avec une profonde inspiration, il avait hoché la tête.

C'était un souvenir douloureux mais, quand il avait accepté, j'avais éprouvé un mélange de colère et de gratitude.

« Je t'en suis reconnaissant », avais-je dit.

Il avait écarté mes remerciements de ses doigts de pianiste.

« Je suis désolé pour tout ça. Tu sais, Banks continue de… »

À présent, c'était à moi de lui demander de se taire.

« Je m'en fous, de Banks. S'il parvenait à me faire sortir demain, ce serait toujours trop tard. Ma mère est morte. »

Lorsque je réalisai que c'était lui au téléphone, j'éprouvai la même rage honteuse que lorsqu'il m'avait dit qu'il porterait le cercueil. J'avais la gorge qui me grattait et je dus me la racler deux fois avant de pouvoir parler.

« Quoi de neuf, Dre ? Heureux de t'entendre.

— Pas autant que moi, vieux. Mais tu es sorti plus tôt que prévu ! Nous ne t'attendions pas avant quelques jours. »

Nous, avait-il dit. *Nous ne t'attendions pas.*

« La paperasse. La bureaucratie. Un rond-de-cuir de l'administration pénitentiaire a décidé que c'était maintenant que je sortais, alors me voilà.

— Je vois. Celestial est au courant ?

— Pas encore.

— Pas de problème, fit Dre après un silence. J'espère que ça ne t'embête pas d'attendre deux ou trois jours.

— Vous venez tous les deux ?

— Juste moi. »

Je raccrochai et rejoignis Big Roy dehors. Je me plantai devant lui. De là, je distinguais les petites cicatrices sur son crâne dégarni. Je me souvenais que ma mère les embrassait quand il se cognait au plafonnier suspendu un peu trop bas au-dessus de la table de la salle à manger. Elle adorait ce modeste lustre pourtant banal et mon père ne lui avait jamais demandé de l'enlever.

« Ce n'était pas Wickliffe. C'était Andre.

— Qu'est-ce qu'il a dit pour que ça te bouleverse au point que tu sortes en caleçon ? »

Je regardai mes jambes nues qui viraient déjà au gris.

« Il a dit qu'il venait me chercher. Seul.

— Ça te semble normal ?

— Je ne sais pas ce qui est normal.

— Tu ferais mieux d'aller à Atlanta voir ce qu'il reste de ton mariage. »

Il s'interrompit.

« Si c'est ce que tu veux.

— Un peu, que c'est ce que je veux.

— Je te posais la question, car il y a un instant tu n'en avais pas l'air si sûr. »

Le téléphone retentit de nouveau et Big Roy indiqua la maison du menton.

« Réponds. Ce sera soit Wickliffe, soit Celestial. Si c'est Wickliffe, dis-lui que c'est moi qui vais passer. Si c'est Celestial, tu te débrouilles. »

Je laissai sonner jusqu'à ce qu'elle se lasse.

Je réapparus dans la cuisine, habillé de ce que Walmart avait à offrir de mieux en matière vestimentaire : un pantalon kaki et un polo avec un col. Au moins, j'avais des chaussures correctes. Et même si je ressemblais à une version bon marché du golfeur Tiger Woods, je ne portais pas la mention ancien détenu sur mon front.

« Je rentre à la maison. »

Big Roy était penché devant le réfrigérateur.

« À Atlanta, tu veux dire ?

— Oui.

— Tu t'es vite décidé. Andre t'a allumé un feu sous les fesses, on dirait.

— J'ai toujours su que j'irais, mais je n'avais pas décidé quand. À présent, je sais que je dois y aller dès que possible.

— Tu as ton permis de conduire ? »

Je sortis mon portefeuille de la poche arrière de mon pantalon. En dépit des années passées au dépôt de la prison, le cuir en était encore souple et doux. À côté d'une carte fidélité à poinçonner d'un *coffee shop* se trouvait mon permis. Sur la photo, c'était moi au temps de ma gloire : je souriais de toutes mes solides dents carrées, l'air suffisant et sûr de moi dans ma chemise impeccable et ma cravate bordeaux. Selon l'État de Géorgie, j'avais encore le droit de conduire un véhicule pendant six mois. Officiellement, je vivais toujours au 1104, Lynn Valley Road. Ce document était la seule trace de ma vie d'avant. Je le levai, faisant miroiter l'hologramme de l'État à la lumière.

« J'ai le permis, mais pas la voiture.

— Tu n'as qu'à prendre la Chrysler, dit-il, ouvrant une boîte d'œufs pour découvrir qu'il n'en restait qu'un. Il faut que j'aille faire des courses. Deux hommes adultes ne peuvent pas démarrer la journée sans un petit déjeuner digne de ce nom.

— Papa, comment est-ce que tu iras travailler sans ta voiture ?

— Wickliffe m'emmènera, si on partage l'essence.

— Laisse-moi réfléchir.

— Je croyais que tu étais prêt à partir ?

— J'ai dit que je réfléchissais.

— Tu sais, parfois, si tu n'as pas assez d'œufs, tu peux remplacer par du bacon. »

Big Roy se baissa pour fouiller dans l'un des bacs du frigo.

« Rien qu'une malheureuse tranche de bacon. Ma foi, j'imagine que tu peux prendre l'œuf et je mangerai le bacon. »

Il ouvrit un placard, révélant une série de boîtes bien rangées.

« Voilà ! Des croquettes de saumon. Tu aimes ça, non ? »

Je le dévisageai comme si je me trouvais face à un inconnu. Son corps était trop imposant pour la cuisine de ma mère, mais il se débrouillait bien. Il cassa l'unique œuf d'une main et le battit avec une petite fourchette.

« Quoi ?

— Rien, papa. C'est juste que je ne t'ai jamais vu toucher une casserole de toute mon enfance. Et maintenant, j'ai l'impression d'être face à Martha Stewart.

— Ma foi, la disparition d'Olive me laissait deux solutions : apprendre à cuisiner ou mourir de faim, répondit-il le dos tourné, sans cesser de fouetter.

— Tu pourrais te remarier, me forçai-je à dire. Ce n'est pas interdit.

— Quand je voudrai quelqu'un d'autre, je trouverai quelqu'un d'autre. En attendant, si tout ce que je veux c'est un repas, je peux me faire à manger. »

Il brandit sa conserve de saumon.

« Les gens ne le savent pas toujours, mais il y a des recettes au dos des boîtes, qui t'expliquent ce qu'il faut faire. »

Je l'observai un moment, me demandant si c'était ça, passer à autre chose : apprendre à vivre différemment, sans l'être qu'on avait perdu. Il ajouta une pincée de piment de Cayenne dans le petit bol.

« Le problème, c'est que ces recettes ne sont pas très précises en ce qui concerne l'assaisonnement. Mais j'ai remarqué que ça ne faisait jamais de mal de rajouter une pincée de piment.

— Maman cuisinait de tête. »

Big Roy versa de l'huile dans une poêle en fonte.

« Je n'arrive toujours pas à croire qu'elle n'est plus là », dit-il.

Quelques minutes plus tard, il divisait la nourriture dans nos assiettes. Nous avions deux croquettes de taille raisonnable et la moitié de la tranche de bacon, ainsi que quelques quartiers d'orange.

« *Bon appétit**, lançai-je, m'emparant de ma fourchette.

— Seigneur, merci pour ce repas… »

Je la reposai, le temps de la prière.

Ce n'était pas mauvais. Mangeable, à défaut d'être bon.

« C'est goûteux, hein ? La recette disait d'utiliser de la chapelure, mais j'ai écrasé des crackers à la place. Ça donne un petit parfum de noisette.

— Délicieux », affirmai-je, avalant ma demi-tranche de bacon en une bouchée.

Je ne pouvais pas m'empêcher de penser à Olive, une virtuose aux fourneaux. Le vendredi soir, elle préparait des gâteaux, des tartes et des biscuits qu'elle vendait le samedi après-midi, et qui se retrouvaient sur la plupart des tables d'Eloe le dimanche. Elle n'était pas la seule à faire ce petit commerce, mais elle avait l'audace de faire payer ses produits deux dollars de plus que le prix habituel. « Mes desserts valent bien un supplément », décrétait-elle.

Nous mangeâmes lentement, absorbés par nos pensées.

« Tu aurais besoin d'une bonne coupe de cheveux. »

Je passai la main sur mon crâne laineux.

« Où est-ce que je peux trouver un coiffeur ouvert le lundi ?

— Ici même. Tu sais que j'étais barbier, quand j'étais dans l'armée. J'ai gardé ma licence à jour. Si je me retrouve sans rien, je pourrai toujours me faire trois sous comme ça.

— Après tout ce temps ?

— Je t'ai coupé les cheveux tous les samedis soir jusqu'à tes dix ans. J'ai l'impression que les fruits n'ont plus autant de goût qu'avant, ajouta-t-il en soupirant.

— C'est ce qui me manquait le plus, là-bas. Les fruits. Une fois, j'ai payé six dollars pour une poire. »

À peine avais-je parlé que je secouai la tête pour tenter de déloger ce souvenir. Peine perdue, il tenait bon.

« Je n'arrive pas à oublier cette poire. Je l'ai négociée ferme. J'ai vendu un sac-poubelle à un type. Il m'en proposait quatre dollars, mais je n'ai rien lâché.

— On faisait de notre mieux pour t'aider. Si on ne mettait pas autant d'argent sur ton compte que ta belle-famille, ce qu'on donnait représentait un plus gros effort pour nous.

— Ce n'est pas ce que je voulais dire. Je t'explique quelque chose. Essaie de comprendre, papa. J'ai vendu un sac-poubelle et je ne me suis pas demandé pourquoi quelqu'un était prêt à payer pour ça. Je l'ai harcelé pour lui extorquer jusqu'au dernier cent, simplement parce que je crevais d'envie de manger un fruit. Cette sensation de fraîcheur dans la bouche. »

La poire était rouge comme une feuille d'automne et aussi tendre que de la crème glacée. J'ai tout avalé : les pépins, le trognon et la queue, tout. Je l'ai mangée dans la salle de bains crasseuse parce que j'avais peur qu'on cherche à me la prendre.

« Mon garçon… »

Je vis à ses traits défaits qu'il connaissait la fin de l'histoire. Je devais être la seule personne au monde à ignorer ce qu'un homme en prison pouvait faire d'un sac-poubelle. J'avais proposé un morceau de poire à Walter mais, quand il avait su comment je l'avais obtenue, il n'avait pas voulu y toucher.

« Comment est-ce que je pouvais deviner ? »

En prison, on apprend vite que le moindre objet peut être utilisé contre un autre ou contre soi-même. Une brosse à dents devient un poignard, une barre de chocolat fondue permet de fabriquer du napalm artisanal, et un sac-poubelle fait un excellent nœud coulant.

« Je n'en avais pas idée. Sinon, je ne le lui aurais pas donné, et je n'aurais jamais accepté son argent. »

J'avais hoqueté au-dessus des W-C métalliques, espérant que l'odeur nauséabonde me ferait vomir cette poire, mais je n'avais recraché que de la bile, aigre et acide.

« Je ne te reproche rien, mon garçon. Rien du tout. »

Le téléphone se remit à sonner, comme s'il savait que nous étions là et refusait de se laisser ignorer.

« C'est pas Wickliffe, dit Big Roy.

— Je sais. »

Il sonna jusqu'à ce qu'elle se fatigue, seulement pour recommencer quelques minutes plus tard.

« Je ne veux pas lui parler avant de savoir ce que je vais lui dire.

— Je croyais que tu allais à Atlanta. Tu pourrais au moins lui dire ça. »

C'était le moment de dire les mots que j'avais honte de prononcer.

« Je n'ai pas d'argent.

— Je peux t'aider. C'est bientôt le jour de paie. Tu peux prendre ce que j'ai. Wickliffe pourra peut-être me prêter quelques billets d'ici là.

— Papa, tu m'as déjà proposé ta voiture. Tu ne peux pas demander ça à Wickliffe.

— Ce n'est pas le moment de faire ta tête de mule. Soit tu vas à Atlanta avec la somme que j'aurai pu réunir, soit tu attends qu'Andre vienne te chercher. C'est peut-être douloureux pour ton ego d'emprunter de l'argent à un vieux bonhomme comme moi, mais ça te fera encore plus mal si tu attends mercredi. »

C'est fou à quel point il me rappelait Walter à cet instant précis. Je m'étais toujours figuré qu'on ne pouvait pas trouver deux hommes plus différents, et pas uniquement parce que Big Roy était capable de donner son nom au fils d'un autre, alors que Walter n'était qu'un bon à rien. À présent que je les connaissais tous les deux, je me rendais compte que ma mère était attirée par un certain type, comme tout un chacun, je présume. Et son type, c'était un homme qui avait un point de vue. Qui pensait avoir compris comment fonctionnait le monde.

« Tu sais, il y a l'argent que ta mère a mis de côté pour toi. Peut-être deux cents dollars à ton nom. Avec ton permis de conduire et ton extrait de naissance, tu devrais pouvoir les retirer. Olive rangeait tous les papiers te concernant dans son tiroir de la commode. »

La chambre était rigoureusement identique à ce qu'elle était de son vivant. En guise de couvre-lit, une couverture matelassée décorée de cercles entrelacés, qu'elle avait trouvée aux puces. Une photo encadrée de trois fillettes en robe rose sautant à la corde était accrochée au mur. Je la lui avais achetée avec l'argent de mon premier salaire. Ce n'était pas un original, mais la copie était signée et numérotée. Sur la commode, tel un ange facétieux, était assise la poupée vêtue de ma barboteuse.

Lorsque Big Roy avait dit que le livret de la banque se trouvait dans le tiroir d'Olive, il voulait dire celui en haut à droite où elle rangeait ses effets les plus personnels. La main sur la poignée en bronze, je m'immobilisai.

« Tu le vois ?

— Un instant. »

Je tirai d'un coup sec, comme si j'arrachais un pansement. Le courant d'air caressa les vêtements bien pliés, libérant un parfum que j'avais toujours associé à Olive. Le caractériser serait aussi difficile que de décrire l'arôme du café. C'était l'odeur de ma mère et on ne pouvait pas la décomposer. Je portai un foulard fleuri à mon visage. Je sentis la pression s'accumuler derrière mes yeux, mais rien ne vint. J'inhalai profondément l'étoffe et la tension devint encore plus forte, me donnant presque la migraine. Cependant les larmes refusaient toujours de couler. J'essayai de replier le carré de tissu, puis je renonçai, de crainte de déranger les piles bien alignées.

Des papiers attachés par un élastique vert étaient glissés dans un coin au fond du tiroir. Je les pris et je rejoignis Big Roy à la cuisine.

« Tu n'as jamais débarrassé ses affaires ?

— À quoi bon ? Je n'ai pas besoin de plus de place. »

J'ôtai l'élastique. En haut se trouvait mon acte de naissance, indiquant que j'étais un individu noir de sexe masculin, né à Alexandria, en Louisiane. Avec mon nom originel : Othaniel Walter Jenkins. La signature d'Olive était minuscule et resserrée, comme si les lettres essayaient de se cacher les unes derrière les autres. Puis venait le document révisé, avec mon nouveau nom et la signature de Big Roy, une arabesque à l'encre bleue, tandis que l'écriture de ma mère dessinait des boucles rondes enfantines. La première page affichait un dépôt de cinquante dollars l'année de ma naissance et chaque année suivante. La somme augmentait à partir de mes quatorze ans, quand j'avais commencé à mettre dix dollars par mois. À seize ans, j'avais pris soixante-quinze dollars pour obtenir le passeport que je tenais à présent entre mes mains. Lorsque j'ouvris le document bleu, je contemplai la photo d'identité en noir et blanc, prise au bureau de pose d'Alexandria. Je revins au livret. J'avais fait un retrait après le lycée, sept cent quarante-cinq dollars pour aller à l'université, laissant un solde de cent quatre-vingt-sept dollars. Avec une dizaine d'années d'intérêts, il devait y avoir un peu plus aujourd'hui. Peut-être assez pour aller à Atlanta sans faire les poches de mon père et du vieux Wickliffe.

Je restai un instant à observer le dernier article. Un petit carnet que j'aurais juré en cuir, mais dont l'état d'usure révélait qu'il s'agissait de vinyle. C'était le journal que m'avait offert M. Fontenot, à l'époque où je me prenais pour le nouveau Baldwin. Je n'avais rempli que quelques pages. Principalement au sujet de l'obtention de mon passeport, du retrait d'argent et de l'aller-retour à Alexandria avec Big Roy pour faire des photos d'identité. La dernière phrase clamait : « Chère Histoire, le monde n'a qu'à bien se tenir, Roy Othaniel Jr arrive ! »

Il y a trop de mystères qui nécessitent des explications autour de nous. On ne peut pas tous les résoudre. C'est en substance ce que me dit Big Roy en me coupant les cheveux, ce lundi après-midi. N'ayant pas de tondeuse, il employait la méthode traditionnelle : peigne et ciseaux. Le claquement des lames résonnait dans mes oreilles, me rappelait le temps où j'ignorais qu'un garçon pouvait avoir plus d'un père. Un temps où les noms sur la page de garde de notre bible racontaient toute l'histoire, un temps où nous formions une famille de trois personnes.

« Tu veux me dire quelque chose ?

— Non, répondis-je d'une voix aiguë.

— Qu'est-ce qu'il y a ? s'esclaffa Big Roy. On dirait que tu as quatre ans.

— C'est à cause des ciseaux. Ça me rappelle quand j'étais gosse.

— Lorsque j'ai rencontré Olive, tu n'avais qu'un mot à la bouche : "Non." Lorsque je venais lui faire ma cour, tu braillais "Non" en brandissant ton petit poing dès que je m'approchais d'elle. Elle m'a dit sans détour que ce serait deux pour le prix d'un : toi et elle. Pour la taquiner, j'ai répondu : "Et si je veux que le gamin ?" Elle a rougi. Et tu as cessé de vouloir te bagarrer avec moi. Une fois ton accord donné, elle s'est autorisée à envisager le mariage. Tu vois, avant même qu'elle mette le sujet sur la table, j'avais compris que c'était à toi que je devrais demander sa main. Un bébé cabochard.

« Je venais de terminer l'armée. Je rentrais tout juste. J'ai rencontré Olive au restaurant où elle travaillait. Ma logeuse a tenté de me décourager. Il faut dire qu'elle avait des filles à marier – au moins six. Elle m'a chuchoté : "Tu sais qu'Olive a un petit", comme si elle me révélait qu'elle avait le typhus. Mais ça a eu l'effet opposé. Je n'aime pas qu'on dise du mal des gens dans leur dos. Six mois plus tard, on passait devant le juge et tu étais là, en équilibre sur sa hanche. En ce qui me concernait, tu étais mon fils. Tu seras toujours mon fils. »

Je hochai la tête, parce que je connaissais l'histoire. Je l'avais même racontée à Walter.

« Quand tu as changé mon nom, est-ce que ça m'a perturbé ?

— Tu parlais à peine.

— J'étais assez grand pour répondre à mon nom. Combien de temps est-ce qu'il a fallu pour que je l'intègre ?

— Ça a été immédiat. Au départ, c'était une promesse faite à Olive, mais tu es mon fils. Tu es la seule famille qu'il me reste. Est-ce que tu as déjà eu le sentiment que tu n'avais pas de père ? Est-ce qu'il y a un moment où tu as eu l'impression que je ne faisais pas de mon mieux ? »

Les ciseaux avaient cessé de cliqueter et j'ai pivoté sur la chaise pour lui faire face. Il se mordait la lèvre et sa mâchoire était crispée.

« Qui te l'a dit ?

— Olive.

— Et qui est-ce qui le lui a dit ?

— Celestial.

— Celestial ?

— Elle est venue nous voir quand ta mère était hospitalisée à domicile. On avait installé le lit dans le salon, pour qu'elle puisse regarder la télé. Celestial était seule, sans Andre. C'est à ce moment-là qu'elle lui a donné la poupée qu'elle désirait tant, celle qui te ressemble. Olive n'avait pas assez d'oxygène, même avec le masque. Pourtant, elle continuait de se battre.

Elle s'accrochait. C'était horrible à voir. Je ne voulais pas t'en parler. On a dit que ça avait été "rapide". Deux mois après que le diagnostic était tombé, c'était fini. Cancer du poumon. Mais ces deux mois ont duré une éternité. Il faut reconnaître ça à Celestial. Elle est venue deux fois. La première, quand elle a appris la nouvelle. Celestial avait conduit toute la nuit. Olive était assise dans son lit, plus fatiguée que malade. Et elle est revenue tout à la fin.

« Cette seconde fois, Celestial m'a demandé de les laisser. Je pensais qu'elle voulait aider Olive à se laver, quelque chose dans ce genre. Un quart d'heure plus tard, la porte s'est ouverte. Celestial tenait son sac comme si elle s'apprêtait à partir. Ta mère était allongée, si immobile et silencieuse que j'ai cru qu'elle nous avait quittés. Puis j'ai entendu sa respiration rauque. Son front brillait, là où Celestial l'avait embrassée pour lui dire adieu.

« Après ça, j'ai supplié Olive de m'autoriser à lui administrer une dose de morphine. Une giclée sous la langue. Alors, elle a dit : "Othaniel est là-bas avec lui." Ça n'a pas été ses derniers mots. Mais c'est la dernière chose significative qu'elle ait prononcée. Deux jours plus tard, elle s'en allait. Avant la visite de Celestial, elle luttait. Elle voulait vivre. Après, elle a renoncé.

— J'avais fait promettre à Celestial de n'en parler à personne. Pourquoi faire une chose pareille ?

— Je n'en ai aucune idée. »

Andre

À seize ans, j'avais voulu me battre avec mon père. Je pensais qu'Evie allait mourir.

Les médecins affirmaient que c'était fini, que le lupus avait eu raison d'elle, et nous traversions toutes les phases du chagrin au galop, nous efforçant d'arriver de l'autre côté avant qu'il ne soit trop tard. J'avais atteint le stade de la colère lorsque je pris la voiture pour foncer chez mon père. Il était en train de jardiner devant la maison, taillant les buissons en forme de globe, quand je lui flanquai un coup de poing dans la mâchoire. Son fils – mon frère, je suppose qu'on peut dire ça – tenta de s'interposer sans succès. Il était petit et je le poussai dans l'herbe. « Evie va mourir », hurlai-je à Carlos, qui refusait de lever les mains sur moi. Je le frappai à la poitrine. Comme je m'apprêtais à cogner encore, il para le coup, mais ne riposta pas. Il cria simplement mon nom, ce qui m'arrêta net.

Mon petit frère s'était relevé et il nous regardait tour à tour. D'une voix affectueuse que je ne lui connaissais pas, mon père lui lança : « Rentre à la maison, Tyler », avant de se tourner vers moi.

« Le temps que tu as perdu à venir jusqu'ici pour te battre avec moi, tu aurais pu le passer avec Evie.

— C'est tout ce que tu trouves à dire ? »

Il ouvrit les paumes, style « laissez les petits enfants venir à moi ». À son cou brillait une chaîne. Sous sa chemise se trouvait une médaille d'or que sa mère lui avait offerte quand il était jeune. Il ne l'avait jamais ôtée.

« Qu'est-ce que tu veux que je te dise ? », demanda mon père avec douceur, comme s'il souhaitait réellement le savoir.

Et c'était une bonne question. Après toutes ces années, que pouvait-il dire ? Qu'il était désolé ?

« Que tu ne veux pas qu'elle meure.

— Enfin ! Bien sûr que je ne veux pas qu'Evie meure. J'ai toujours espéré que ça s'arrangerait, que nous redeviendrions amis d'une manière ou d'une autre. Je pensais qu'au bout du compte on pourrait se raccommoder. C'est une femme remarquable. Regarde-toi. Elle t'a élevé. Je lui en serai éternellement reconnaissant. »

En matière de déclaration d'amour, c'était léger mais, cette phrase, je l'accueillis comme un cadeau.

Une semaine plus tard, Evie allait mieux et elle quittait les soins intensifs pour une chambre normale au deuxième étage. Un bouquet égayait sa table de chevet, une demi-douzaine de roses roses avec des feuillages. Elle me fit lire la carte. *Bon rétablissement. Cordialement, Carlos.* Après ça, mes relations avec mon père s'améliorèrent un peu. Par gentillesse il m'invitait à présent aux repas de fête, et par gentillesse je refusais. D'ici à quelques jours, je recevrais une carte de Noël, avec à l'intérieur un mot joyeux de sa femme. Je ne lisais pas ces bulletins annuels ; je ne supportais pas ses rapports sur la santé florissante et le bonheur de ses enfants. Je n'étais pas jaloux, c'était juste que je ne les connaissais pas.

En revanche, j'enviais Roy pour son père. Ce n'était pourtant pas la première fois que je rencontrais un homme responsable. Après tout, les Davenport étaient nos voisins. Mais être le père d'une fille, ce n'est pas pareil. C'est comme une paire de chaussures. Elles sont semblables, mais la droite et la gauche ne sont pas interchangeables.

Je ne pensais pas constamment à Carlos. Je ne me prenais pas pour un Noir au destin tragique, traumatisé à vie parce qu'il avait grandi sans modèle masculin. Evie avait été une bonne mère et j'étais plutôt solide dans ma tête. Cependant, lorsque je me retrouvai au volant de mon SUV, coincé au milieu d'une huit-voies, j'aurais payé cher pour parler à mon père. Roy Hamilton était sorti de prison sept ans plus tôt que prévu. Ça ne changeait pas grand-chose au bout du compte, mais l'accélération me nouait les tripes et me donnait le vertige.

J'aurais aimé avoir un guide ou peut-être un coach. Quand j'étais gosse, M. Davenport jouait ce rôle de temps en temps. Dorénavant, il se conduisait comme s'il ne pouvait plus me souffrir. Evie avait déclaré qu'aucun homme n'appréciait le cul-merdeux qui couchait avec sa fille. J'avais essayé de lui expliquer que c'était plus compliqué que ça. « Est-ce qu'il faisait des mamours à Roy avant qu'on le mette sous les verrous ? » Peut-être pas, mais ce n'était pas la question. Désormais, M. Davenport soutenait Roy contre sa propre fille. D'une certaine manière, c'était la population noire tout entière qui était derrière lui, un martyr qui venait de descendre de la croix.

« Passe quand tu veux », m'avait dit mon père avec nonchalance lorsque je les avais croisés, lui et Jeanette, au supermarché Kroger dans Cascade Road, l'an dernier. Il poussait un chariot rempli de poulet, de travers de porc, de pommes de terre irlandaises, de sucre brun et de sodas bourrés de colorant : tout ce qu'il fallait pour un barbecue. Il m'avait repéré le premier, sinon nous n'aurions pas échangé un mot. Tandis que sa femme se dirigeait vers le buffet des crudités, Carlos avait posé la main sur mon bras : « On devrait se voir plus souvent. »

Comment est-ce que les familles s'éloignent ? Je connaissais les photos. Perché sur ses épaules, j'arborais une afro, façon Michael Jackson enfant. Je me souvenais de détails triviaux, notamment du jour où il m'avait appris à pisser sans éclabousser le sol. Malgré la rareté de ses corrections, je me rappelais aussi la brûlure de sa ceinture sur mes jambes. Il avait été mon père et aujourd'hui on ne se parlait quasiment plus. Peut-être un homme ne peut-il aimer son fils que tant qu'il aime la mère de celui-ci. Mais non, c'est idiot. Il était mon père. Même s'il ne m'avait pas légué son prénom, je portais son patronyme et il m'allait comme une seconde peau.

« Tu es toujours le bienvenu chez moi », avait-il dit.

Je décidai de le prendre au mot.

Ce ne sont pas les liens du sang qui font une famille ; c'est le cercle qu'on se crée en se tenant fermement par la main. Les gènes partagés représentent quelque chose, mais quoi, au juste ? Grandir sans père, ça compte. C'est comme d'avoir une jambe qui fait un centimètre de moins que l'autre. Ça n'empêche pas de marcher, simplement, il y a un décalage.

Mon père habitait Brownlee Road, dans une maison presque identique à la nôtre. À croire qu'il ne voulait pas changer d'existence, seulement de famille. Sa femme, Jeanette, ressemblait même un peu à Evie, avec sa peau claire et ses courbes généreuses. Au début, elle gagnait sa vie en faisant des sculptures sur glace pour des mariages et divers événements. À l'époque, elle était beaucoup plus jeune que ma mère, mais à présent elle semblait l'avoir rattrapée, l'écart entre elles réduit par l'étrange pouvoir du temps qui passe.

Carlos ouvrit torse nu, son crâne chauve couvert de mousse à raser. Il se tamponnait le front à l'aide d'une serviette rêche, l'éclat doré de son saint-christophe contrastant avec la toison noire sur sa poitrine.

« Andre, tout va bien ?

— Oui. Je me demandais si tu avais une minute pour qu'on parle. Ce sera bref. »

Il hésita.

« Tu as dit que je pouvais passer quand je voulais. »

Il ouvrit la porte plus grand.

« Bien sûr. Entre. Je m'habille. Andre est là », lança-t-il à la cantonade.

Je fus accueilli par une bonne odeur de petit déjeuner : bacon, café et quelque chose de sucré, peut-être des petits pains à la cannelle. Dans le vestibule se dressait un sapin aux senteurs résineuses, couvert de boules argentées. Des dizaines de paquets scintillants s'entassaient déjà sur un rectangle de tissu rouge bordé de blanc, rappelant le costume du père Noël. Enfant, j'avais toujours peur qu'il n'y ait pas de cadeau pour moi. Pour l'heure, je craignais d'avoir commis un impair en venant les mains vides.

« Il est beau, hein ? Je laisse Jeanette le décorer. Je le porte à l'intérieur, c'est tout ce qu'un homme peut faire. »

Il se pencha pour brancher un fil électrique vert et l'arbre s'illumina, les ampoules blanches si pures et brillantes qu'elles étincelaient même dans la pièce ensoleillée.

Jeanette apparut dans un kimono bleu paon.

« Bonjour, Andre, ça me fait plaisir de te voir, dit-elle en arrangeant ses cheveux.

— Ça me fait plaisir de vous voir aussi, madame.

— Pas de madame entre nous, c'est la famille. Tu veux petit-déjeuner avec nous ?

— Non merci, madame. »

Elle embrassa mon père sur la joue, comme pour me rappeler que c'était sa maison, son mari, le père de ses enfants. Ou peut-être était-ce simplement la tendresse, intacte en dépit des ans. Peu importe, j'avais l'impression de trahir Evie rien qu'en étant ici, même si elle était beaucoup plus détendue sur la question depuis qu'elle avait trouvé l'amour de son côté.

« Viens, on va parler pendant que je termine ça, dit Carlos en indiquant la mousse sur son crâne. Quand j'étais jeune, mes cheveux faisaient fureur chez ces dames. Moitié noir, moitié portoricain ? Une chevelure de jais et des ondulations qui tenaient des jours. Un peu de pommade et un peigne mouillé ? La perfection. Mais aujourd'hui ? »

« Rien ne dure », semblait dire son soupir.

Je le suivis à travers la maison qu'aucun bruit ne troublait, hormis le tintement des casseroles dans la cuisine.

« Où sont les enfants ?

— À la fac. Ils rentrent tous les deux ce soir.

— Ils sont où ?

— Tyler à Oberlin et Mikayla à Duke. J'aurais préféré qu'ils choisissent des universités noires, mais... »

Il secoua la tête, comme s'il avait oublié qu'il n'avait accepté de payer mes études qu'à la condition expresse que je m'inscrive dans son ancienne fac.

Dans la salle de bains, il se plaça entre deux miroirs et entreprit de racler méthodiquement la mousse sur son crâne.

« Michael Jordan a vraiment sauvé la mise aux hommes de mon âge. Maintenant, on peut se raser le ciboulot et prétendre qu'on est chauve par choix. »

J'observai nos reflets dans la glace. Mon père était un homme de belle stature. Il y a une photo de moi nouveau-né dans ses bras. Contre son torse, j'ai l'air à peine plus gros qu'une noix. Il ne devait pas avoir loin de soixante ans, à présent. Sa musculature avait un peu fondu. Sur sa poitrine, à gauche, se trouvait une cicatrice chéloïde, à la place du tatouage de sa fraternité étudiante. Surprenant mon regard, il la couvrit de sa main.

« Aujourd'hui, j'ai honte de ce machin.

— Moi, ce dont j'ai honte, c'est de ne pas avoir prêté serment.

— Arrête, il n'y a vraiment pas de raison. On devient quand même un peu moins con en vieillissant. »

Il reprit son rasage, tandis que je m'examinais dans le miroir. À croire que Dieu, sachant qu'Evie finirait par m'élever seule, avait décidé de me faire entièrement à son image à elle. Nez large, lèvres charnues, cheveux couleur carton et aussi crépus que l'Afrique. L'unique trait que je tenais de mon père, c'étaient des pommettes qui saillaient comme des clavicules.

« Alors, dit-il enfin, laissant le mot s'étirer comme un roulement de tambour. Qu'est-ce qui te tracasse ?

— Je me marie.

— Et qui est l'heureuse élue ? »

Je bafouillai, surpris qu'il l'ignore, de même qu'il avait dû être étonné que je ne sache pas où ses enfants étudiaient.

« Celestial. Celestial Davenport.

— Ah ah ! Je me disais que ça finirait comme ça quand vous étiez petits. Est-ce qu'elle est devenue aussi belle femme que sa maman ? Mais attends un peu. Elle n'était pas mariée à un type qui s'est avéré être un violeur ? Un ancien de Morehouse. Il faisait partie d'une fraternité ?

— Il est innocent.

— Qui prétend ça ? Elle ? Si elle continue à affirmer qu'il n'est pas coupable, alors, tu as un problème. »

Croisant mon regard dans le miroir, il poursuivit sur un ton plus doux :

« Désolé d'aller droit au but. Aujourd'hui, on appelle ça être direct. Pour ta maman, c'était être *un connard.* Je suis dans le Sud depuis trente-huit ans, ajouta-t-il avec un gloussement, mais je suis resté un New-Yorkais dans l'âme. »

Quand il disait « New-Yorkais », il changeait d'accent comme s'il prononçait un mot dans une autre langue.

« Tu n'as pas tous les détails, répondis-je, froissé à la fois pour Celestial et pour Roy. C'est ce dont je veux te parler. L'avocat a obtenu sa libération. Il est sorti. Je vais en Louisiane pour le voir. »

Mon père posa le rasoir et se rinça sous le robinet. Puis il referma l'abattant des toilettes et s'installa dessus comme sur un trône. Il me fit signe et je m'assis sur le rebord de la spacieuse baignoire, en face de lui.

« Et toi, tu veux épouser son ex. Pas évident, en effet.

— Ce n'est pas son ex. Pas officiellement.

— Merde ! Je me disais bien qu'il fallait que ce soit du lourd pour que tu veuilles me parler. »

Je lui racontai l'histoire de A à Z. Lorsque j'eus terminé, il se pinça l'arête du nez, comme s'il sentait venir une migraine.

« C'est ma faute, dit-il enfin, les yeux fermés. Ça ne serait jamais arrivé si je t'avais élevé. Je t'aurais appris à éviter ce genre de traquenard. Il ne peut pas y avoir de gagnant dans cette histoire. D'abord, tu aurais dû avoir la présence d'esprit de ne pas fricoter avec la femme de ce type, même si je suis mal placé pour juger. Quand j'ai rencontré Jeanette, j'étais marié. Evie m'a viré. OK, j'avais un endroit où aller, mais c'était sa décision. Tu le sais, hein ? Je ne l'ai pas quittée. »

Il passa les doigts sur sa tête humide, cherchant les parties râpeuses épargnées par le rasoir.

« Ce n'est pas pour ça que je suis là.

— Alors tu es là pour quoi, au juste ?

— À ton avis ? J'ai besoin de conseils. D'aide. De paroles de sagesse, quelque chose !

— Ma foi, j'ai été l'un des côtés d'un triangle amoureux, je ne t'apprends rien. Tu sais également que dans ce cas-là tout le monde souffre. Ta mère me manque chaque jour. Nous avions grandi ensemble, nous aussi. Mais elle ne supporte pas d'être dans la même pièce que Jeanette.

— Tu aurais pu venir seul.

— Jeanette est ma femme, à présent. Puis nous avons eu Tyler et Mikayla. Tu ne peux pas dire que j'ai fait un choix, parce que ta mère m'a mis dehors. Ne l'oublie pas.

— Arrête. Arrête de réécrire l'histoire. Elle t'a mis dehors parce que tu allais voir ailleurs. Et toi tu as épousé ta maîtresse. Et maintenant tu voudrais rendre Evie responsable de tout ? Et moi ? Je ne t'ai pas mis dehors. J'étais au cours élémentaire. »

L'air dans la salle de bains était chaud, en dépit de la ventilation bruyante. Sa crème à raser sentait le clou de girofle et me donnait la nausée. Qu'est-ce que je fabriquais ici, de toute manière ? Mon père ne me connaissait pas, il ne connaissait pas Celestial et il ne connaissait pas Roy. Comment pouvait-il m'aider à manœuvrer à travers la tempête ?

La voix chantante de Jeanette s'éleva dans le silence.

« C'est prêt !

— Allez, Dre. Reste petit-déjeuner.

— Je ne suis pas venu ici parce que j'espérais une place à ta table. »

Mon père passa la tête par la porte.

« J'arrive, Jeanette. »

Puis il se tourna vers moi avec une précipitation qui semblait indiquer que nous n'avions qu'une minute ou deux.

« OK, reprenons. Tu veux un conseil. Alors, voilà. Sois cash. N'essaie pas d'amortir le choc. Si tu as eu le cran de le faire, tu dois avoir le cran de le dire. Demande à ta mère. Elle t'expliquera qu'elle était malheureuse parce que je ne versais pas de mensonges dans son café pour mieux le faire passer. Elle a toujours su qui elle avait épousé.

« Tu vas annoncer à ce type ce que tu as fait, ce que tu fais encore. Il n'a droit à rien d'autre. Tu ne le lui dis pas la tête courbée. Tu lui communiques une information, pour qu'il comprenne à quel genre d'homme il a affaire, quelle que soit la manière dont il le prenne.

— Et après ?

— Ça dépend de sa réaction. Je pencherais pour la violence. Je ne pense pas qu'il risque de te tuer pour ça. Il n'a certainement pas envie de retourner au trou. Cela dit, tu vas te ramasser une bonne dérouillée. Encaisse et rentre chez toi.

— Mais…

— Précisément. Il y a un mais : il peut te flanquer la raclée de ta vie, te passer à tabac, te démolir la tronche, mais il ne peut pas te prendre Celestial. Ce n'est pas le vainqueur qui remporte le cœur de la belle. »

Il rit. Pas moi.

« OK, mon garçon, je suis sérieux. Ce n'est pas parce que je pense que tu mérites ce que tu vas chercher en Louisiane que je ne te souhaite pas tout le bonheur du monde avec Celestial. On n'a rien sans rien. Il n'y a pas de relation sans épreuves à surmonter. »

Il passa le doigt sur les chiffres qui scarifiaient sa poitrine.

« C'était con. On se marquait les uns les autres comme du bétail. Comme des esclaves. On se flanquait des piles. Mais ça nous a liés. Aujourd'hui encore, j'aime chacun de ces types de tout mon cœur. Quand je te parle d'épreuves, je suis sérieux. Peut-être que, si je suis toujours avec Jeanette après toutes ces années, c'est à cause de ce que j'ai dû surmonter et de cc à quoi j'ai dû renoncer pour être avec elle. »

Là-dessus, il ouvrit la porte de la salle de bains pour retrouver l'ambiance joyeuse de sa maison. Dans l'entrée, je remontai la glissière de ma veste pour affronter le mois de décembre et je me dirigeai vers la sortie. En passant devant l'arbre clignotant, l'enfant en moi ralentit, se demandant s'il y avait un cadeau pour moi, s'il avait pensé à moi pour les fêtes.

« Reviens pour Noël, dit-il. Il y aura un paquet pour toi sous le sapin. »

Gêné d'être aussi transparent, je sentis mon visage s'embraser et, parce que j'avais la couleur de peau d'Evie, il s'en rendit compte.

Je me détournai, mais mon père me rattrapa par l'épaule.

« Je ne t'ai jamais oublié. Pas durant l'année et encore moins à Noël. C'est juste que je ne m'attendais pas à te voir. »

Il tâta ses poches, espérant y trouver je ne sais quoi. Puis, saisi d'une idée, il souleva la chaîne qu'il avait au cou et la passa par-dessus sa tête rasée.

« Ma mère me l'avait acheté à Chinatown avant que je parte à l'université. Les autres garçons recevaient une machine à écrire, une mallette ou un truc dans ce genre. Moi j'ai eu droit à un saint-christophe. Le patron des voyageurs et des célibataires. »

Il embrassa le visage en relief avant de me le tendre.

« Je regrette que tu ne l'aies pas connue. Rien ne vaut une grand-mère portoricaine. Un été ou deux à Harlem, ça t'aurait appris la vie. »

Il fit sauter la médaille dans sa paume comme un dé.

« Elle est à toi. C'est écrit dans mon testament, mais je ne vois pas pourquoi tu devrais attendre. »

Il prit mon poignet et me la fourra dans la main, refermant mes doigts dessus si fort que j'eus mal.

Roy

Les adieux, ce n'est pas mon fort ; je suis plutôt du genre « à plus ». J'avais quitté la prison sans dire au revoir à Walter. Il s'était battu dans la cour et s'était retrouvé à l'infirmerie la veille de ma remise en liberté. J'avais entassé mes possessions à côté de son lit, me demandant s'il n'avait pas lui aussi un problème avec les adieux. Je savais qu'il me manquerait et j'avais griffonné quelques mots sur la première page du carnet que je lui laissais.

Cher Walter,

Quand la porte est ouverte, il faut partir sans attendre. Restons en contact. Tu as été un bon père pour moi toutes ces années.

Ton fils,

Roy

Avant ça, jamais je ne m'étais désigné ainsi. J'étais sincère, mais j'avais été saisi d'une peur idiote à l'idée que Big Roy le découvre ou qu'Olive l'apprenne dans sa tombe. Malgré tout, j'avais laissé le message. Sur son oreiller, j'avais posé une photo de Celestial et moi à la plage de Hilton Head, qu'elle m'avait envoyée. Beaucoup d'hommes avaient des portraits de leurs enfants, pourquoi pas Walter ? *Ton fils, Roy*, c'était bien moi.

L'heure était venue d'aller rendre visite à Olive au cimetière « des gens de couleur », comme on disait autrefois. Il datait du XIXe siècle et c'était l'unique lieu où on enterrait les Noirs jusqu'à la fin de l'esclavage. M. Fontenot m'y avait emmené un jour, pour reproduire par frottement les gravures sur les pierres tombales en ruine. Désormais, c'était là qu'il se trouvait, lui aussi. Il y avait pourtant d'autres possibilités. De nos jours, les cimetières étaient mixtes, comme le reste, mais je ne connaissais personne qui n'avait pas choisi d'inhumer sa famille au Greater Rest Memorial.

J'avais quitté la maison avec un gros bouquet jaune entouré d'un ruban vert sapin. Au volant de la Chrysler, je pris l'allée semée de nids-de-poule qui traversait le cimetière et roulai jusqu'au bout du revêtement goudronné. De là, je fis dix pas à l'est et six au sud, cachant les fleurs dans mon dos comme si c'était la Saint-Valentin.

Je dépassai des tombes modernes sur lesquelles on avait gravé un portrait du défunt. Sur ces stèles aussi astiquées que des Cadillac, les visages appartenaient presque tous à des jeunes hommes. Je m'arrêtai devant l'une d'elles, couverte de baisers roses, et je calculai l'âge du garçon enterré là : quinze ans. Je pensai encore une fois à Walter. « Six ou douze », disait-il parfois quand il était déprimé, ce qui n'était pas constant, mais assez fréquent pour que j'aie appris à sentir venir le blues. « C'est le destin de l'homme noir. Porté par six ou jugé par douze. »

Utilisant les indications de Big Roy comme s'il s'agissait d'une carte au trésor, je tournai à droite après le pacanier et je trouvai l'endroit où reposait Olive, exactement là où elle était censée être.

Je tombai à genoux à la vue du gris crépusculaire de sa pierre. J'atterris brutalement sur le sol tassé où l'herbe ne poussait que par touffes isolées. Au sommet de la stèle figurait notre nom de famille. En dessous OLIVE ANN et, à droite, ROY. Le souffle coupé, je crus un instant que ma sépulture m'attendait déjà, puis je réalisai que c'était mon père. Connaissant Big Roy, j'en déduisis que, quitte à payer un graveur, il avait fait mettre son nom à côté. Le moment venu, je n'aurais que la date à régler. Je passai la main sur les inscriptions, me demandant où l'on m'enterrerait quand ce serait mon tour. Le cimetière était déjà bondé. Olive avait des voisins de tous côtés.

Je plaçai les fleurs dans le vase de métal terni fixé dans la pierre, puis je restai à genoux. « Prie, m'avait dit Big Roy. Dis-lui ce que tu veux qu'elle entende. » Je ne savais pas par où commencer.

« Maman », dis-je. Aussitôt, les larmes montèrent. Je n'en avais pas versé depuis ma condamnation, quand je m'étais humilié devant un juge indifférent. Ce jour terrible, la mélopée funèbre de Celestial et d'Olive accompagnait mes pleurs. À présent, je souffrais *a cappella*. Les sanglots qui me brûlaient la gorge avaient l'âpreté d'un alcool fort qu'on vomit. Ce simple mot, *maman*, était ma seule prière, tandis que je tremblais sur le sol comme si j'étais habité par le Saint-Esprit, à la différence près que j'étais très loin de l'extase mystique. Je me tordais sur la terre noire et froide en proie à une vraie souffrance physique. Mes articulations me faisaient mal ; j'avais l'impression qu'on me frappait le crâne à coups de matraque. Je revivais toutes les blessures que j'avais reçues au cours de ma vie. Au bout d'un moment, la douleur partit comme elle était venue. Alors, je me rassis, sale et épuisé.

« Merci, murmurai-je. Merci d'avoir fait en sorte que ça s'arrête. Et d'avoir été ma mère. Et de t'être si tendrement occupée de moi. »

Je me tus, espérant peut-être percevoir une réponse, un message dans un chant d'oiseau. N'importe quoi. Mais tout était silencieux. Je me levai et époussetai mon pantalon kaki du mieux que je pus. Je posai la main sur la pierre. « Au revoir », bredouillai-je, faute de mieux.

J'étais à la station BP où je faisais le plein de la Chrysler paternelle lorsque je distinguai enfin la voix de ma mère. *N'importe quel imbécile peut prendre la poudre d'escampette.* Quand elle commençait une phrase par « n'importe quel imbécile », elle expliquait ensuite ce que ferait « un homme véritable » dans telle ou telle situation. Elle adorait aussi parler de ce dont les chiens étaient capables. Il y avait : « Même un chien peut faire une portée de chiots ; un homme élève ses enfants. » Des remarques de ce genre, j'en avais entendu des dizaines. Elle m'en bombardait et je faisais mon possible pour incarner l'homme qu'elle avait en tête. En revanche, elle ne m'avait jamais rien dit sur les adieux. À ses yeux, les vrais hommes n'en avaient sans doute pas besoin, car ils ne partaient pas.

Le pistolet de la pompe à la main, je tendis l'oreille pour savoir si elle avait d'autres conseils à me donner. Manifestement, c'était tout.

« Oui, maman », dis-je à voix haute, prenant la direction de Hardwood.

Je devais à Davina Hardrick un véritable adieu, ainsi que des remerciements. Il valait sans doute mieux être honnête et lui dire qu'elle avait tout intérêt à m'oublier. J'étais un mauvais plan, pas prêt à m'engager dans une relation. C'était vrai, même sans parler de Celestial. Pourtant, alors que je répétais mes arguments, je me rendais compte que ce ne serait pas si simple. Ce qui s'était passé entre Davina et moi était sexuel, mais pas seulement. Ce n'était pas comparable à ce qu'il y avait entre Celestial et moi lorsque nous essayions de concevoir un bébé. C'était plutôt comme quand on danse jusqu'au petit matin, tellement ivre que c'est la musique qui prend le contrôle et que, les yeux plongés dans ceux de la femme, on bouge avec elle à l'unisson. Plus encore, baiser avec elle m'avait ramené à la vie. Je ne risquais pas de le lui dire – elle n'avait pas nécessairement envie d'entendre ça –, cependant, le corps d'une femme est parfois la seule chose qui peut guérir un homme. Si c'est la bonne personne et si elle fait ce qu'il faut. C'était pour ça que je voulais la remercier.

Arrivé chez elle, je sonnai et j'attendis, bien qu'il fût évident qu'elle n'était pas là. J'envisageai un instant de laisser un message, du même style que celui que j'avais écrit à Walter, puis je me ravisai. Rompre par lettre était moche ; c'était moche quand le destinataire était un homme, et encore pire s'il s'agissait d'une femme. Ce n'était pas que je voulais à tout prix éviter un comportement stéréotypé. Je m'efforçais de réapprendre à me conduire en être humain. À exprimer ma gratitude à quelqu'un qui m'avait rappelé que j'étais un homme, et pas seulement un pauvre Nègre qui sortait de taule. Mais qu'est-ce que j'avais à offrir en échange ? Rien, hormis ma misérable personne. Ma misérable personne mariée, qui plus est.

Je regagnai la voiture, démarrai et allumai le chauffage. Je ne pouvais pas attendre son retour. Je n'avais ni temps ni essence à perdre. Je fouillai dans la boîte à gants, dont je tirai un stylo et un petit calepin. Si je laissais un message, autant que ce soit sur une feuille grand format. Je ressortis pour regarder dans le coffre. Il n'y avait rien, à part mon sac de couchage et un atlas. Je m'assis sur le pare-chocs, me servant de ma paume en guise de bureau, réfléchissant à ce que j'allais écrire. *Chère Davina, merci beaucoup pour deux jours de sexe revigorant. Je me sens beaucoup mieux.* Non, bien sûr, je n'étais pas idiot à ce point.

« Elle est au travail », dit une voix derrière moi.

Je me retrouvai face à un gamin de cinq ou six ans, un bonnet de père Noël en feutre sur sa petite tête de cacahuète.

« Tu parles de Davina ? »

Il acquiesça, enfonçant un sucre d'orge blanc et vert dans un gros cornichon aigre-doux, une spécialité du Sud surprenante pour les profanes.

« Tu sais à quelle heure elle rentre ? »

Il opina, mâchonnant le cornichon.

« Tu peux me le dire ? »

Cette fois, il fit signe que non.

« Pourquoi ?

— Parce que ça ne vous regarde peut-être pas.

— Justin ! lança une femme du seuil de la maison voisine, où le prof de français vivait autrefois.

— Je lui ai pas parlé, c'est lui qui m'a parlé. »

Je me tournai vers elle pour m'expliquer.

« Je cherche Davina. Justin m'a dit qu'elle était au travail et je me demandais à quelle heure elle rentrait. »

La voisine, qui devait être la grand-mère de l'enfant, était grande, la peau très noire. Ses cheveux tressés blancs aux tempes étaient coiffés en chignon.

« Qu'est-ce qui me prouve que ça vous regarde ? »

Justin m'adressa un sourire triomphant.

« C'est une amie. Je quitte la ville et je voulais lui dire au revoir.

— Laissez-moi un message, je le lui transmettrai.

— Elle mérite mieux que ça. »

La grand-mère haussa les sourcils comme si elle savait de quoi je parlais. Pas un simple au revoir, en fait, mais un véritable adieu.

« C'est Noël. Elle ne sera pas chez elle avant minuit. »

Je ne pouvais pas passer la soirée ici uniquement pour décevoir Davina face à face. Il était 16 h 25 et je devais me mettre en route. Je remerciai la voisine et pris la direction de Walmart.

Je parcourus toutes les travées avant de la trouver au fond du magasin, au rayon des loisirs créatifs, déroulant un tissu pelucheux bleu pour un gringalet à lunettes.

« Donnez-m'en encore un mètre. »

Elle tourna le rouleau deux fois et entreprit de couper à l'aide de grands ciseaux. Elle me remarqua alors qu'elle pliait l'étoffe et notait le prix. Après avoir tendu le tout au client, elle me sourit et je me sentis le dernier des salauds.

Alors que l'homme s'éloignait, je m'approchai de la table comme si moi aussi j'avais besoin d'une découpe.

« Que puis-je faire pour vous, monsieur ? s'enquit-elle, se prenant au jeu.

— Salut, Davina, tu aurais deux minutes ?

— Ça va ? s'inquiéta-t-elle à la vue de mes vêtements sales. Il s'est passé quelque chose de grave ?

— Non, je n'ai pas eu le temps de me changer, ce n'est rien. Mais il faut que je te parle.

— Je n'ai pas de pause avant un moment. Va chercher un rouleau, on peut discuter ici. »

Les étoffes classées par couleur me rappelaient les samedis avec ma mère, quand elle me traînait au Cloth World d'Alexandria. Je revins avec un tissu rouge moucheté d'or. Je le tendis à Davina, qui s'employa immédiatement à l'étaler sur la table.

« Parfois, les clients veulent savoir quelle longueur on en a, et on est obligés de le dérouler entièrement. Je vais faire ça pendant que tu parles. Qu'est-ce qu'il y a ? Tu es venu me dire que je te manquais ?

— Je suis venu te dire que tu allais me manquer.

— Où vas-tu ?

— À Atlanta.

— Combien de temps ?

— Je n'en sais rien.

— Tu vas la retrouver ? »

Je hochai la tête.

« C'est ce que tu avais prévu de faire depuis le début, n'est-ce pas ? »

Elle tira violemment jusqu'à ce que le rouleau soit nu et le tissu déployé, tel un tapis rouge de star. Elle le mesura contre le mètre au bord de la table, comptant à mi-voix.

« Ce n'est pas si simple.

— Je t'ai clairement demandé si tu étais encore marié.

— Et je t'ai répondu que je n'en savais rien.

— Tu n'avais pas l'air de quelqu'un qui ne savait pas.

— Je veux te remercier. C'est pour ça que je suis là. Pour te dire merci et au revoir.

— Et moi je veux te dire d'aller te faire foutre.

— Ce qui s'est passé entre nous était merveilleux, poursuivis-je avec le sentiment d'être un connard, même si je n'avais pas proféré le moindre mensonge. Je tiens à toi. Ne réagis pas comme ça.

— Je réagis comme je veux. »

Elle était furieuse, mais elle n'allait pas s'abaisser à pleurer.

« Va-t'en, Roy. Va retrouver Miss Atlanta. Je te demanderai seulement deux choses.

— Bien sûr, m'empressai-je de répondre, désireux de lui montrer que j'étais prêt à coopérer, que je ne souhaitais pas la blesser.

— Ne salis pas mon nom en allant clamer sur tous les toits que tu étais tellement en manque à ta sortie que tu t'es tapé une vendeuse de Walmart. Ne va pas raconter ça à tes copains.

— Ça ne me viendrait même pas à l'idée. Ce n'est pas ce qui s'est passé. »

Elle leva la main.

« Je suis sérieuse. Je t'interdis de prononcer mon nom. Et autre chose, Roy Hamilton, promets-moi que tu ne reviendras jamais frapper à ma porte. »

Celestial

« Tu es sûre que c'est de l'amour ou est-ce que c'est commode ? », m'avait demandé Gloria le jour de Thanksgiving. Mon père était monté à l'étage avec perte et fracas, tandis qu'Andre récupérait nos manteaux. La facilité, l'habitude, le confort et la reconnaissance pouvaient passer pour de l'amour, avait-elle poursuivi. Est-ce que ma relation avec Andre n'était pas un peu trop facile ? C'était littéralement le garçon d'à côté, après tout.

Si ma mère me voyait à présent, elle se rendrait compte que nous n'avions pas choisi la commodité. C'était Noël. J'avais un magasin que nous étions seulement deux à tenir. Et maintenant que mon mari condamné pour un crime qu'il n'avait pas commis était libre, j'allais devoir lui annoncer que je m'apprêtais à en épouser un autre. La situation était tout ce qu'on voulait – tragique, absurde, improbable, voire immorale –, mais certainement pas commode.

Tandis qu'Andre énumérait ses arguments et répétait le discours qui, espérions-nous, présenterait les choses à Roy avec tout le tact possible, je contemplais les branches nues, me demandant à voix haute quel âge avait le Vieux Hickey. Nos maisons dataient de 1967. Aussitôt la dernière brique posée, nos parents avaient emménagé et entrepris de se reproduire, mais l'arbre était là avant eux. Lorsqu'on avait déboisé pour construire, des dizaines de pins avaient été abattus et les souches arrachées à coups d'explosifs. Seul le hickory avait été épargné.

Andre donna une claque sur l'écorce rugueuse.

« Il n'y a qu'une solution, c'est de le couper et de compter les cercles. Je ne suis pas sûr de vouloir le savoir à ce point. La réponse est *vieux.* Il a tout vu.

— Tu es prêt ?

— Prêt n'est pas le mot », soupira-t-il, s'adossant au tronc et m'attirant à lui.

Je ne résistai pas. Je passai la main dans son épaisse chevelure. Je me penchai pour embrasser son cou, mais il me prit par les épaules, me tenant à distance pour que nous puissions nous regarder. Son visage reflétait les gris et les bruns de l'hiver.

« Tu as peur. Je sens le tremblement sous ta peau. Parle-moi, Celestial.

— C'est réel. Entre nous, c'est réel. Ce n'est pas seulement de la facilité.

— Chérie, l'amour est censé être facile. Facile. Ce n'est pas ce que dit la Ire Épître aux Corinthiens ? C'est réel, ajouta-t-il en me serrant de nouveau. C'est facile. C'est parfait.

— Tu crois que Roy rentrera avec toi ?

— Peut-être que oui. Peut-être que non.

— Tu ferais quoi, à sa place ? »

Andre me lâcha et enjamba les racines qui affleuraient. L'air était frais et pur.

« Je n'en sais rien, parce que je ne peux pas m'imaginer dans sa peau. J'ai essayé, ce n'est même pas la peine. Il y a des jours où je me dis que, si j'étais lui, je me conduirais en gentleman. Je te souhaiterais beaucoup de bonheur et renoncerais dignement à toi. »

Je secouai la tête. Ce n'était pas le genre de Roy. De la dignité, il en avait à revendre mais, pour quelqu'un comme lui, renoncer, c'était perdre toute estime de soi. Gloria prétendait que nos meilleures qualités étaient parfois nos pires défauts. Chez elle, c'était sa faculté d'adaptation, affirmait-elle. « J'ai certainement encaissé des coups que j'aurais dû rendre. Pourtant, c'est ce qui m'a menée à une vie que j'aime. » Selon elle, j'avais toujours assumé mes désirs. « Tu cours vers ce que tu veux. Ton père essaie de te retenir, mais vous êtes pareils : intelligents et impulsifs, un peu égoïstes. Ce qui n'est pas nécessairement un mal. Plus de femmes devraient être égoïstes. Sinon, tu te fais piétiner. » Dans mon esprit, Roy était combatif, encore une qualité à double tranchant.

« En même temps, ce n'est pas évident, poursuivit Andre, pensant tout haut. Il a l'impression qu'on lui a tout pris, son travail, sa maison, sa femme, et il veut qu'on lui rende ce qu'il estime être son dû. Il ne retrouvera pas son travail, le monde de l'entreprise n'attend personne, et surtout pas les Noirs. En revanche, son mariage, il va l'exiger, comme si on t'avait gardée au frais pendant toutes ces années. Et je vais devoir détruire ses illusions. »

Il se tourna pour embrasser du regard nos maisons, nous, peut-être même la ville entière.

« Je me sens coupable, je ne peux pas mentir.

— Moi aussi.

— De quoi ? demanda-t-il en m'enlaçant.

— Depuis toute petite, j'entends mon père me répéter que je suis privilégiée. Que je n'ai jamais eu à me battre. Que je mange à ma faim tous les jours. Que personne ne m'a jamais traitée de "sale Négresse". Il disait : "Le bonheur dépend largement du hasard de la naissance." Lorsque j'avais huit ans, il m'a emmenée aux urgences du Grady pour que je voie comment on traitait les Noirs pauvres qui étaient malades. Gloria était hors d'elle quand il m'a ramenée, traumatisée. Mon père ne s'est pas laissé démonter : "Je veux bien vivre à Cascade Heights, mais elle doit être consciente de ce qui se passe ailleurs." Ça n'a pas apaisé ma mère. "Ce n'est pas un individu représentatif dans une étude sociologique. C'est notre fille." Mon père a insisté : "Notre fille a besoin d'apprendre des choses, elle doit se rendre compte de la chance qu'elle a. À son âge…" Ma mère l'a interrompu : "Arrête, Franklin. C'est le principe du progrès. Tu as eu une meilleure vie que ton père et moi que le mien. Ne lui parle pas comme si elle avait volé quelque chose." Et il a répondu : "Je ne prétends pas qu'elle a volé quoi que ce soit. Je veux juste qu'elle soit consciente de ses privilèges."»

Dre secoua la tête, mes souvenirs semblant faire écho aux siens.

« Tu mérites ta vie. Il n'y a pas de hasard, ni de la naissance ni de rien. »

Je l'embrassai avec ferveur, lui faisant mes adieux comme s'il partait à la guerre, et il prit la route de la Louisiane.

Roy

Boîte postale 973
Eloe, Louisiane 98562

Cher Walter,

Bonjour du dehors. Ne réponds pas à l'adresse de l'expéditeur, car j'ignore où je serai quand tu recevras cette lettre. À cet instant précis, je me trouve sur une aire de repos à la sortie de Gulfport, dans le Mississippi, où je vais prendre une chambre ce soir. Demain, je serai à Atlanta et j'irai voir Celestial pour savoir si j'ai encore une vie là-bas. Tout est possible. Je ne pense pas que j'accorde une importance démesurée au fait qu'elle n'ait pas demandé le divorce. De toute manière, demain à cette heure je serai fixé.

J'ai un peu d'argent en poche, et c'est à Olive que je le dois. Quand j'étais gamin, j'avais un compte d'épargne. Je suis allé à la banque mardi pour le vider et là un petit miracle m'attendait. Ma mère avait arrêté d'alimenter mon compte à la prison lorsqu'elle avait constaté que Celestial s'en chargeait. À la place, elle faisait des économies en prévision de ma sortie. Elle mettait de côté l'argent qu'elle gagnait en vendant ses pâtisseries le samedi, si bien que je dispose maintenant de trois mille cinq cents dollars. Ce qui signifie que je n'aurai pas à me présenter à la porte de Celestial comme un SDF. Ce que je suis d'une certaine manière. Mais au moins, je ne suis pas un SDF fauché.

Celestial n'est pas au courant de ma venue et je suis content que tu ne sois pas là pour me dire ce que tu en penses ! C'est un peu compliqué. En fait, elle a envoyé Andre me chercher à Eloe. D'après ce que j'ai compris, il doit prendre la route demain matin à l'aube. C'est pour ça que je ne l'ai pas prévenue. J'ai besoin de la voir seule, sans Andre derrière la porte. Je ne dis pas qu'il y a quelque chose entre eux, je dis qu'il y a toujours eu quelque chose entre eux. Tu saisis la différence ? Ou est-ce que je suis en train de devenir un aspirant Yoda ? Je veux lui parler sans qu'on s'interpose entre nous. S'il va jusqu'en Louisiane, il lui faudra une journée pour rentrer. Ce qui me laisse deux jours pour faire ce que j'ai à faire.

Reconnais-le. C'est un plan ingénieux.

Peut-être que je suis bien ton fils, après tout.

Quoi qu'il en soit, je vais mettre une partie de cet argent sur ton compte. Ne le flambe pas d'un coup (ah ah !) et prends soin de toi. Si tu le peux, prie pour ton garçon.

Roy O.

TROIS

Générosité

Andre

Nous n'avions pas l'intention de l'abandonner. Nous n'avions pas l'intention de lui dire qu'il n'était pas le bienvenu. Je devais aller à Eloe pour qu'on discute en tête à tête. Je devais lui expliquer que Celestial et moi étions ensemble depuis deux ans, que nous voulions nous marier. Mais qu'il ne se retrouverait pas sans toit. S'il souhaitait s'installer à Atlanta, nous lui trouverions un appartement, tout ce dont il avait besoin pour se remettre en selle. Je devais souligner à quel point nous étions heureux qu'il soit libre et que justice soit enfin faite. Celestial avait suggéré le mot *pardon*, ce que je n'avais pas pu lui accorder. Je pouvais lui demander de la compréhension. Je pouvais lui demander de la modération, en revanche je ne pouvais pas demander son pardon. Nous n'avions rien fait de mal. C'était une situation compliquée, mais nous n'allions pas nous agenouiller devant lui.

« Je devrais peut-être y aller, lui parler moi-même, avait murmuré Celestial juste avant de s'endormir.

— Laisse-moi m'en occuper. »

C'était léger comme plan, mais je n'avais que ça, et le gobelet en polystyrène qui devait exsuder des produits chimiques dans mon café acheté sur la route.

À présent que j'avais quitté la voie rapide, je conduisais avec autant de prudence que si je passais mon permis. Je n'avais aucune envie d'attirer l'attention de la police, en particulier sur les petites routes de Louisiane. Si c'était arrivé à Roy, ça pouvait m'arriver à moi. En plus, non content d'avoir la mauvaise couleur de peau, j'avais une belle voiture. J'ai des goûts modestes dans la plupart des domaines ; je n'accorde pas d'importance aux chaussures et parfois Celestial jette en douce un de mes vieux tee-shirts préférés. Mon point faible, c'est les bagnoles. Mon SUV – Mercedes classe M – m'avait valu d'être arrêté une demi-douzaine de fois en trois ans et, à une occasion, on m'avait même projeté brutalement contre le capot. Apparemment, la marque plus le modèle plus la couleur de peau, ça ne pouvait signifier qu'une chose : dealer. Même à Atlanta. Enfin, ce genre de mésaventures m'était surtout arrivé quand je me trouvais dans les quartiers noirs, bien qu'on ne soit à l'abri de rien dans des coins plus branchés comme Buckhead. Vous savez ce qu'on dit : si tu fais huit bornes hors de la ville, tu n'es plus à Atlanta, tu es en Géorgie. Et aussi : comment appelle-t-on un Noir qui a un doctorat ? De la même façon qu'un Noir qui conduit un SUV de luxe.

Sans la Chrysler dans l'allée, je faillis rater la maison des Hamilton. Désorienté, je fis deux fois le tour du quartier. Pour finir, je me fiai aux grands fauteuils en osier à l'extérieur et je décidai que c'était bien là. Alors que je me garais, le pare-chocs presque contre la galerie, une série de projecteurs s'allumèrent et je dus mettre ma main en visière pour me protéger.

« Bonjour. C'est moi. Andre Tucker. Je suis venu voir Roy. »

Les voisins écoutaient de la musique, du zydeco bruyant et enjoué. Je m'approchai lentement, une part de moi craignant qu'un geste brusque ne me vaille un coup de fusil.

Le vieux Roy se tenait derrière la porte moustiquaire, arborant un tablier de boucher rayé.

« Entre, Andre. Tu as mangé ? Je suis en train de faire des croquettes de saumon. »

Je lui serrai la main et il me mena dans le salon tapissé d'armoires encastrées. La pièce était fidèle à mon souvenir, si ce n'est que le lit d'hôpital avait disparu et que le fauteuil relax vert paraissait neuf.

« Je suis venu chercher Roy. »

Il continua jusqu'à la cuisine. Là, il noua les lanières de son tablier autour de son torse volumineux.

« Little Roy est parti.

— Parti où ?

— À Atlanta. »

Je me laissai tomber sur une chaise.

« Quoi ?

— Tu as faim ? Je peux te faire des croquettes de saumon.

— Atlanta ? Il est parti quand ?

— Ça fait un moment. Je vais te préparer à manger. Après on pourra parler des détails. »

Il me tendit un verre de Kool-Aid violet, qui avait le goût de l'été.

« Je vous remercie, monsieur. Je vous suis reconnaissant de votre hospitalité, mais est-ce que vous pourriez quand même me donner une idée générale de la situation ? Roy est parti à Atlanta ? Comment ? En avion ? En train ? En voiture ? »

Il réfléchit comme si c'était un QCM, tandis qu'il ouvrait une boîte de conserve.

« En voiture, répondit-il enfin.

— Quelle voiture ?

— La mienne. »

J'appuyai mes paumes contre mes yeux.

« Dites-moi que c'est une blague.

— Non. »

Je sortis mon téléphone. On devait être à cent cinquante kilomètres de l'antenne-relais la plus proche, mais il fallait bien tenter quelque chose.

« Les portables ne passent pas très bien, ici. Tous les gamins en réclament pour Noël. Du gaspillage, si tu veux mon avis. »

Je consultai l'écran. Il restait de la batterie, mais je n'avais pas de signal. Je ne pouvais pas me défaire de l'impression que c'était un coup monté. Au mur était accroché un téléphone vert à cadran. Je me levai.

« Je peux ? »

Le vieil homme, qui était en train d'émietter des crackers, s'interrompit un instant et ses épaules s'affaissèrent.

« Il a été coupé hier. Depuis qu'Olive n'est plus là, ce n'est pas facile de joindre les deux bouts. »

Je l'observai en silence tandis qu'il cassait un œuf dans un petit bol et remuait le mélange avec des mouvements lents et soigneux, comme s'il avait peur de lui faire mal.

« Je suis navré, bafouillai-je enfin, gêné d'avoir posé la question. Je suis navré d'apprendre que ça a été si dur. »

Il soupira encore.

« Je me débrouille. »

Je me rassis à la table et le regardai s'affairer. Les années ne l'avaient pas ménagé. Il avait l'âge de Carlos, plus ou moins, mais il avait le dos voûté et des rides profondes autour de la bouche. Voilà à quoi ressemblait le visage d'un homme qui avait trop aimé. Je le comparai à mon père, vain et séduisant, la peau aussi lisse que le verre. La chaîne en or de Carlos avait un côté *Fièvre du samedi soir*, en tout cas, c'était ainsi que je l'avais toujours vue. Mais peut-être y tenait-il parce que c'était un cadeau de sa mère, destiné à le protéger. Je ne savais pas trop ce qu'elle représentait pour moi.

« Tu vas devoir dormir ici, poursuivit Roy, déposant les croquettes dans une poêle grésillante. La nuit tombe tôt, en hiver. Il est trop tard pour reprendre la route. Et tu n'as pas l'air en état de rouler encore sept heures d'affilée. »

Je croisai les bras sur la table pour accueillir ma tête lourde.

« Qu'est-ce qui se passe ? », demandai-je, sans attendre de véritable réponse.

Il nous servit notre modeste repas. Croquettes et carottes. Ça se laissait manger, mais je n'avais pas d'appétit. Big Roy dévora le contenu de son assiette avec une fourchette à dessert, terminant même les carottes. Malgré son sourire, je ne me sentais pas le bienvenu. Après dîner, tandis qu'il versait précautionneusement l'huile de friture dans une boîte en métal, je fis la vaisselle. Puis je l'aidai à l'essuyer, un vrai travail d'équipe. Toutes les cinq minutes, je m'interrompais pour vérifier que les barres de mon téléphone n'avaient pas réapparu par miracle.

« À quelle heure est-il parti ?

— Hier soir.

— Donc… commençai-je, calculant dans ma tête.

— Il a dû arriver à Atlanta à peu près à l'heure où tu te mettais en route. »

Une fois la vaisselle lavée, séchée, rangée et la table propre, Big Roy me proposa un Johnnie Walker.

« Oui, monsieur. Pourquoi pas ? »

Je le suivis au salon, mon verre à la main. Je pris le canapé et il s'assit dans le relax en cuir.

« À la mort d'Olive, je ne trouvais pas le sommeil dans mon lit. Pendant un mois, j'ai dormi dans ce fauteuil, le dossier renversé et le repose-pieds en l'air. Oreiller, couverture. C'était là que je passais mes nuits. »

Je hochai la tête, l'imaginant, me souvenant de lui à l'enterrement, brisé mais déterminé. « À côté de lui, j'ai l'impression d'être une imposture », avait dit Celestial. Je n'avais rien répondu, parce que Big Roy provoquait la réaction opposée chez moi. Je me sentais en empathie avec lui, j'éprouvais toute la force de ses émotions et je comprenais son désespoir aussi, son désir pour une femme qu'il ne pourrait plus jamais serrer dans ses bras.

« Il m'a fallu un an pour apprendre à dormir sans Olive, si on peut appeler ça dormir. »

J'acquiesçai et je bus une gorgée. Sur les boiseries foncées, des photos de Roy à divers âges me regardaient.

« Comment est-ce qu'il va ? Comment est-ce que Roy s'en sort ? »

Le vieil homme haussa les épaules.

« Aussi bien qu'on puisse aller après avoir passé cinq ans derrière les barreaux pour un crime qu'on n'a pas commis. Il a perdu beaucoup de choses, et je ne parle pas seulement de sa mère. Avant ça, Roy était bien parti dans la vie. Il avait fait tout ce qu'il fallait et il avait déjà une situation bien meilleure que la mienne. Et puis… »

Je me recroquevillai sur mon siège.

« Roy savait que je venais. Pourquoi est-ce qu'il ne m'a pas attendu ? »

Songeur, il prit une gorgée et quelque chose qui ressemblait à un sourire apparut sur son visage.

« D'abord, je tiens à te dire que je te suis reconnaissant d'avoir accompagné ma femme pour son dernier voyage. Quand tu t'es saisi de l'autre pelle, je savais que c'était de bon cœur. Je te remercie pour ça aussi. Et je suis sincère.

— Vous n'avez pas à me remercier. J'ai juste… »

Il m'interrompit :

« Mais, mon garçon, je sais ce que tu fais. Je sais ce que tu es venu annoncer à Little Roy. Tu as une histoire avec Celestial.

— Monsieur, je…

— Ça ne sert à rien de nier.

— Je n'allais pas nier. J'allais dire que je ne voulais pas en discuter avec vous. C'est entre Roy et moi.

— C'est entre Roy et elle. C'est eux qui sont mariés.

— Il a été absent pendant cinq ans. Et nous pensions que ça allait durer beaucoup plus longtemps.

— Sauf que maintenant il est dehors. Et ils sont unis aux yeux de la loi. Les jeunes ne respectent plus rien. Laisse-moi te dire que, quand j'ai épousé Olive, le mariage était un sacrement qu'on prenait au sérieux. Au point que tout le monde voulait une femme qui sortait juste de la maison de son père. On a essayé de me mettre en garde, parce qu'elle avait un enfant, mais je n'ai écouté que mon cœur.

— Monsieur, je ne sais pas trop ce que je pense du mariage en général, en revanche je sais ce qu'il y a entre Celestial et moi.

— Mais tu ne sais pas ce qu'il y a entre elle et Roy. Et c'est la seule chose qui compte pour moi. Tes sentiments, je m'en fiche. Tout ce qui m'intéresse c'est mon fils. »

Il se pencha en avant ; je crus un instant qu'il allait me frapper, au lieu de quoi il s'empara de la télécommande et alluma la télévision. À l'écran, un cuisinier présentait un mixeur miraculeux.

Une minute s'écoula dans le silence, jusqu'à ce que le téléphone retentisse, une sonnerie longue et sonore comme une sirène d'incendie.

« Il n'est pas coupé ?

— J'ai menti, admit-il.

— Je n'aurais pas cru ça de vous », protestai-je avec le sentiment d'avoir été trahi.

J'en avais assez d'être le jouet des caprices de tous ces pères : le mien, celui de Celestial et désormais celui de Roy.

« Je pensais que vous étiez un homme d'honneur. Lié par votre parole, ce genre de choses.

— En fait, dit-il, cette fois avec un vrai sourire, je m'en voulais de te mentir, jusqu'à ce que je constate que tu me croyais. »

Le sourire se fit narquois.

« Dis-moi, est-ce que j'ai l'air de quelqu'un qui ne peut pas payer ses factures ? »

Il gloussa, lentement et sans bruit dans un premier temps, puis prenant de la vitesse à chaque respiration. Je tournai la tête, cherchant une caméra cachée. Les rebondissements se succédaient comme dans une comédie romantique, une comédie où ce n'était pas moi qui épousais la fille à la fin.

« Allez, parfois, il vaut mieux en rire. »

Ce que je fis. D'abord par politesse, pour faire plaisir à un vieux monsieur. Puis quelque chose se dégrippa dans ma poitrine et je partis d'un rire irrépressible, m'abandonnant ainsi qu'on s'abandonne quand on soupçonne Dieu de ne pas rire avec nous, mais de nous.

« Encore une chose, ajouta-t-il, son hilarité cessant net comme s'il avait fermé un robinet. Tu es le bienvenu si tu souhaites dormir ici, en revanche, je te demande de ne pas te servir de mon téléphone. Tu as été seul avec Celestial pendant quoi, cinq ans ? Tu as eu tout le temps de plaider ta cause. Tu peux bien laisser une nuit à Roy. Je me rends compte que tu penses que tu dois te battre pour elle, mais que ce soit un combat loyal.

— Je veux juste m'assurer qu'elle va bien.

— Elle va bien. Tu sais que Roy ne lui ferait pas de mal. En plus, elle a ce numéro. Si elle avait quelque chose à te dire, elle aurait appelé.

— C'était peut-être elle, il y a un instant. »

Il reprit la télécommande et la brandit à la manière d'un maillet de juge. La télévision éteinte, le silence était tel qu'on entendait les criquets dehors.

« Écoute, je fais pour Roy ce que ton père ferait pour toi. »

Celestial

Je le voyais de temps en temps et, à force, je m'étais accoutumée aux signes qui indiquaient sa présence : la respiration saccadée, la chair de poule, mon cou soudain glacé. On peut cohabiter avec un fantôme. Gloria prétendait que, pendant une année entière, sa mère lui était apparue tous les dimanches matin. Elle était en train de se mettre du rouge à lèvres, et elle était là, derrière son épaule gauche, vivante dans le miroir, bien que depuis longtemps enterrée. Parfois, elle me hissait sur sa hanche. « Tu vois ta grand-mère ? » Je ne distinguais que le reflet enrubanné d'une fillette prête pour aller à l'église. « Ce n'est pas grave, disait Gloria. Elle, elle te voit. » Mon père trouvait ça ridicule. Il ne jurait que par l'empirisme. Si on ne pouvait pas le compter, le mesurer ou l'évaluer scientifiquement, ça n'existait pas. Peu importait à Gloria, qui ne se souciait pas d'être crue et se réjouissait d'avoir sa mère dans le miroir pour elle seule.

Je n'avais jamais aperçu le visage de Roy à la surface d'une casserole d'eau ou d'un toast. Le fantôme de mon mari m'apparaissait plutôt sous l'aspect d'autres hommes, en général jeunes, qui semblaient sortir de chez le coiffeur une veille de fête. Ils ne lui ressemblaient pas toujours physiquement ; en fait, ils étaient aussi disparates que l'humanité. Mais je reconnaissais chez eux une ambition qui leur collait à la peau comme un parfum épicé, le souffle léger du pouvoir dans l'air, et également une tristesse qui me laissait un goût de cendres dans la bouche.

Deux jours avant Noël, Andre avait pris la route, roulant d'abord vers l'ouest, puis vers le sud, pour accomplir mon devoir à ma place. C'était idiot de charger un homme d'une tâche de femme. Mais il avait insisté – « Permets-moi de faire ça pour toi » – et dans le fond j'étais soulagée. Que m'était-il arrivé ? J'étais plus courageuse, avant.

« Il faut laisser l'homme être l'homme, de temps en temps », m'avait dit mon père le jour de mon mariage, alors que nous dansions ensemble.

Ivre d'amour et de champagne, je m'étais moquée de lui.

« Qu'est-ce que ça veut dire ? Le laisser pisser debout ?

— À un moment ou un autre, tu devras accepter tes limites.

— Parce que tu acceptes les tiennes ? répliquai-je avec un accent de défi.

— Bien sûr, ma puce. C'est ce que le mariage t'apprend. »

J'avais ri encore, tandis qu'il me faisait tournoyer à me donner le vertige.

« Pas le mien. Ce sera différent. »

Trois jours avant Noël, j'avais fait le sac d'Andre : des vêtements de rechange, des médicaments en cas de maux de tête, d'insomnie ou de grippe. Tôt le lendemain matin, je le regardai faire marche arrière dans l'allée, attentif à maintenir ses roues droites pour ne pas abîmer la pelouse, couleur décembre mais vivante en dessous. Mes jambes se tendirent, comme si j'allais m'élancer à sa poursuite afin de le ramener dans ma cuisine douillette, puis mon bras se leva et mes lèvres lui souhaitèrent bon voyage.

Je partis au travail.

Le magasin était bien placé, au croisement de Virginia et Highland Avenue. Le quartier était un petit pays de cocagne, avec ses belles demeures rénovées, ses adorables bungalows, ses cafés coquets et ses boutiques de luxe hors de prix. Les glaciers offraient de généreuses portions, servies par des lycéens se préparant à faire des études supérieures, dont le sourire révélait des appareils dentaires colorés. Le seul inconvénient, c'était qu'il était difficile de se garer, mais c'était juste assez désagréable pour vous faire apprécier le reste.

J'étais chez moi dans le sud-ouest d'Atlanta, et rien ne pourrait jamais changer ça, cependant, parfois, je nous imaginais, Andre et moi, habitant le nord-est de la ville, voire à Decatur. Ce n'était pas que je rêvais d'un nouveau départ ; je voulais juste un peu d'espace pour respirer. Il faudrait laisser derrière nous le Vieux Hickey. Par chance, Virginia-Highland abondait en magnolias ancestraux. Une énergie différente, mais nous saurions nous acclimater.

Ma vendeuse était déjà à pied d'œuvre. J'allumai les ordinateurs, tandis que Tamar mettait des bois de renne miniatures et des nez rouges aux *poupées** en vitrine, concentrée et attentive aux détails. *C'est* *moi, en mieux*, songeai-je. Plus jolie, avec dix ans de moins. Elle aurait pu jouer mon rôle dans le film de ma vie. Tamar créait de petites couvertures matelassées artisanales que je lui avais demandé de signer. Elles se vendaient mal, parce qu'elles étaient presque aussi chères que les poupées, mais je refusais qu'elle baisse le prix. *Ne te brade pas*, lui disais-je. Maman d'un petit garçon né la semaine avant qu'elle obtienne son diplôme de l'université Emory, Tamar se trouvait juste à gauche de la respectabilité, exactement là où elle désirait être.

Si près de Noël, les poupées encore en magasin me faisaient penser à des enfants que personne n'avait sélectionnés dans équipe. Certaines étaient délibérément ratées. Je leur avais fait des sourcils trop épais ou leur avais attribué un torse trop long avec des pattes courtaudes. J'étais sûre qu'il y avait quelque part une petite fille ou un garçon prêt à aimer quelque chose d'imparfait. Ces jouets aussi atypiques que de vrais enfants s'alignaient sur les rayons comme des orphelins laissés pour compte. Il ne restait qu'une belle *poupée**, un poupon adorablement symétrique, avec de bonnes joues et des yeux brillants. Tamar lui avait accroché des ailes et une auréole, puis l'avait suspendu au plafond à l'aide de fil à pêche.

« Prête pour la ruée ? », lança Tamar, une fois la vitrine terminée.

Je consultai ma montre, un cadeau d'Andre. Une montre à l'ancienne qu'il fallait remonter tous les matins, ravissante mais lourde et bruyante, tressautant légèrement au passage des secondes. Je hochai la tête et déverrouillai la porte vitrée. Le magasin était ouvert.

Il y avait du monde, mais peu de ventes. Les clients prenaient les poupées et les examinaient, conscients qu'elles dégageaient quelque chose d'inquiétant sans pouvoir mettre le doigt dessus, puis les reposaient et détournaient les yeux. Je ne me faisais pas de souci. Je savais que, d'ici au 25, elles seraient toutes confortablement installées sous un sapin.

Après le déjeuner, je remarquai que Tamar ne tenait pas en place. Elle tapotait les poupées, les faisant gonfler comme s'il s'agissait d'oreillers.

« Qu'est-ce qu'il y a ? », finis-je par demander.

Elle indiqua sa plantureuse poitrine.

« Je dois allaiter. Sans rire. Encore cinq minutes et j'ai un bouton qui saute.

— Où est le bébé ?

— Il est chez sa grand-mère. Pour ça, les enfants c'est magique : même la mère la plus coincée te pardonnera de t'être fait engrosser. »

Elle pouffa, parfaitement satisfaite de son sort.

« Rentre. Je me débrouillerai jusqu'à la fermeture. Rends-moi juste un service. Si tu pouvais prendre de la mousseline et la déposer chez moi ce soir. On en profitera pour se faire un apéro de Noël. »

Je n'avais pas achevé ma phrase qu'elle était déjà en train de fermer tant bien que mal son manteau.

« N'achète pas une paire de baskets à trois cents dollars au bébé », lui dis-je en lui tendant sa prime de fin d'année.

Elle rit, tout à la féerie de Noël.

« D'accord, mais je ne peux pas te promettre que je ne lui offrirai pas un blouson en cuir ! »

Je regardai mon double amélioré franchir le seuil d'un pas joyeux.

Quelques heures plus tard, alors que je m'apprêtais à fermer, la porte s'ouvrit en carillonnant sur un homme séduisant vêtu d'un manteau en laine fauve. Il était 100 % Atlanta, sa chemise encore immaculée à la fin d'une journée de travail. En dépit de sa fatigue évidente, il avait l'air de bonne humeur.

« Je cherche un cadeau pour ma fille. C'est son anniversaire aujourd'hui. Elle a sept ans. J'ai besoin de quelque chose de beau et j'en ai besoin tout de suite. »

Il ne portait pas d'alliance. Un papa du week-end, probablement. Je fis le tour du magasin avec lui. Ses yeux passaient d'une poupée à l'autre, sans s'arrêter sur aucun de mes joyeux polissons.

« Vous êtes d'ici ? me demanda-t-il soudain. Vous êtes originaire de la ville ?

— Née et élevée au grain ici, une vraie fille du sud-ouest d'Atlanta, déclarai-je, pointant le pouce vers ma poitrine.

— Pareil. J'étais au lycée Frederick Douglass. Excusez-moi mais, vos poupées, elles ont toutes l'air un peu gogoles. Vous vous rappelez quand on disait ça ? Je ne saurais pas dire pourquoi, en tout cas, elles ont un truc qui cloche. Vous n'en avez pas d'autres ?

— Chacune est unique. Elles se ressemblent, mais il y a des variations… »

Il laissa échapper un rire.

« Vous pouvez garder vos salades pour les Blancs. Sérieusement… »

Alors qu'il levait les yeux au plafond, cherchant ses mots, il découvrit le petit garçon qui volait au-dessus de nous.

« Et celui-là, en habit d'ange ? Il est à vendre ? »

Avant que j'aie le temps de répondre, un mouvement sur le trottoir d'en face attira mon regard. Un fantôme de Roy était apparu de l'autre côté de l'avenue animée. J'avais appris à retenir le sursaut d'étonnement, mais celui-là me prit au dépourvu parce qu'il ressemblait vraiment à Roy. Pas à Roy jeune. Ni à Roy vieux. À Roy tel qu'il aurait été s'il n'avait jamais quitté Eloe. Le fantôme-qui-n'était-jamais-parti avait les bras croisés sur la poitrine, comme une sentinelle. Je maintins les yeux sur lui aussi longtemps que je pus, consciente que, si je me détournais, il disparaîtrait.

« Vous avez une échelle ? demanda le client. S'il est à vendre, je peux le décrocher.

— Il est à vendre. »

Soudain, il bondit avec la détente d'un basketteur et attrapa l'ange.

« On dirait que je n'ai pas complètement perdu la main. Vous faites des paquets cadeaux, je suppose ? »

Il ressemblait à Roy, comme la plupart des modèles.

Il y en avait aussi qui s'inspiraient d'Andre, de Gloria, de mon père et de moi-même. Sous le regard attentif de l'homme, je le posai dans une boîte garnie de papier de soie. Je m'interrompis, mais ses clés qui tapaient impatiemment sur le comptoir me forcèrent à me secouer. Je respirai à fond et fermai le couvercle. Je sentis la crise de panique monter par à-coups, partant du centre pour gagner peu à peu le reste de mon corps. Je venais de couper une longueur de ruban vert cristallin lorsque je craquai. À l'aide de mon ongle, je tranchai le Scotch, rouvris la boîte et m'emparai du petit ange pour le coller contre ma poitrine.

« Ça va ? s'enquit l'homme.

— Non. »

Il consulta sa montre.

« D'accord, soupira-t-il. Je suis en retard. Alors, qu'est-ce qui se passe ? Mon ex affirme que je suis nul en émotions. "Je ne peux pas t'apprendre à ressentir", voilà ce qu'elle m'a balancé. Je préfère donc vous prévenir : je vous dirai sans doute ce qu'il ne faut pas, mais ça partira d'un bon sentiment.

— Mon mari sort de prison. »

Il inclina la tête sur le côté.

« Et il faut s'en réjouir ou non ?

— Il faut se réjouir ! répondis-je un peu trop vite. Bien sûr, qu'il faut se réjouir.

— Vous semblez à cran. Mais je comprends. Un frère libre de plus, ça ne peut qu'aller dans le bon sens. *J'ouvrirais toutes les cellules d'Attica, je les enverrais en Afrique*, ajouta-t-il. Vous vous souvenez de cette chanson de Nas ? »

J'acquiesçai, l'ange toujours dans les bras.

« Prenez quelqu'un comme moi. J'ai bien un ou deux cousins qui ont déconné, mais je ne connais rien à la vie carcérale. En revanche, la vie conjugale, oui. Les divorcés : c'est nous qui savons. Oubliez les gens heureux ; ils ne comprennent rien. Ça fait combien de temps ?

— Cinq ans

— Merde. Bon, ça fait un bail. J'ai passé six mois à Singapour. Pour le travail. J'essayais de gagner ma vie. Elle avait l'air de croire que l'emprunt allait se rembourser tout seul. À mon retour, notre mariage était mort. Six mois seulement. »

Il s'interrompit, secoua la tête.

« Tout ce que je veux dire, c'est qu'il vaut mieux ne pas se faire trop d'illusions. Prison ou pas, le *temps*, c'est le facteur essentiel. Je peux avoir la poupée ? dit-il soudain en tendant les mains. C'est la dernière normale. »

Je le raccompagnai à la porte, me demandant s'il n'était pas un fantôme, lui aussi, le fantôme de ce qui aurait pu être. Je ne vis pas d'autres clients. Il y avait toujours du passage sur le trottoir, mais personne n'entra ni ne s'arrêta devant l'élégante vitrine. Je laissai un message pour Tamar et fermai plus tôt que prévu, éteignant les lumières tandis que les aiguilles de ma montre tressautaient à mon poignet.

Avant de baisser le rideau, je jetai un dernier regard de l'autre côté de la rue. Il n'y avait personne, hormis le gardien du parking, qui rabattit la visière de sa casquette sur ses yeux.

— Tout ce que je veux dire, c'est qu'il vaut mieux ne pas se raconter d'illusions. [illegible]

[illegible]

Roy

Enfant, je collectionnais les clés. On n'imagine pas toutes celles qui traînent. Il suffit d'y prêter un peu attention. Je les conservais dans des pots à confiture sur l'étagère supérieure de mon placard. Au bout d'un moment, mes parents se mirent à m'en rapporter. Ma collection se composait principalement de clés de valise en fer-blanc et de clés minute qui pouvaient être copiées pour moins d'un dollar à la quincaillerie. Une fois, sur un marché aux puces, j'achetai une Ben Franklin, longue, avec deux ou trois dents au bout. Mais je n'étais pas élitiste. Ce que j'aimais, c'était l'idée de pouvoir ouvrir des dizaines de serrures. Je m'imaginais héros d'un film ou d'une bande dessinée. Je devais absolument franchir une grande porte et j'essayais toutes les clés en ma possession les unes après les autres, pour trouver la bonne juste à temps. Je les avais accumulées lorsque j'avais entre huit et douze ans, puis un jour je m'étais rendu compte que c'était idiot et j'avais arrêté. En prison, je pensais à ces clés chaque jour.

J'arrivai à Atlanta par l'Interstate 75/85 pour admirer les immeubles qui se découpaient à l'horizon.

Ce n'était pas l'Empire State Building de New York ni la Sears Tower de Chicago. À ma connaissance, Atlanta ne possède pas de gratte-ciel célèbre. Voire pas de gratte-ciel du tout. Des effleure-ciel, à la limite. Il n'empêche, cette vision m'enchantait autant que le visage de ma mère. J'ôtai les mains du volant et passai sous le pont de l'I-20 les paumes en l'air, comme un gamin intrépide sur les montagnes russes. Contrairement à Celestial, je n'étais pas né ici, mais j'avais le sentiment de faire partie de cette ville, et c'était émouvant de rentrer à la maison.

Elle m'avait dit que *Poupées** se trouvait au croisement de Virginia et Highland Avenue, exactement là où je lui avais conseillé de s'installer du temps où nous nous contentions de rêver. C'était la situation idéale : dans un quartier central, où les Noirs pouvaient se rendre sans difficulté, avec un code postal rassurant pour les Blancs. Je payai dix dollars pour garer ma voiture dans un parking en face de sa vitrine en verre blindé. Elle s'en sortait bien, il fallait le reconnaître. Si l'argent de son père lui avait permis de démarrer, elle avait su l'utiliser à bon escient. Les poupées exposées se déclinaient dans tous les tons de peau. Encore une idée à moi. *Style Benetton*, lui avais-je dit. Elles avaient l'air de passer un joyeux Noël ensemble. J'examinai la vitrine pendant quinze minutes, peut-être plus, peut-être moins. Pas évident d'estimer le temps quand on a le cœur qui joue au flipper dans la poitrine.

Je crus l'apercevoir sur une échelle, qui accrochait une poupée ailée au plafond, mais la fille était trop jeune. Elle ressemblait à Celestial à l'époque où nous nous étions rencontrés, à l'époque où elle n'aurait pas daigné m'adresser la parole. Je la regardai plier l'escabeau et disparaître au fond du magasin. Puis Celestial émergea de derrière un rideau rose vif, comme si elle entrait sur scène.

Elle avait changé de coupe de cheveux. Ce n'était pas qu'ils étaient un peu plus courts ou que le style était légèrement différent : la nouvelle Celestial n'avait quasiment pas un poil sur le caillou. Ses cheveux étaient presque aussi ras que les miens. Je caressai mon crâne, imaginant le sien. Elle n'avait pas l'air plus masculine – de mon poste d'observation, je distinguais les gros anneaux d'argent à ses oreilles et son rouge à lèvres –, mais elle semblait plus dure. J'avais beau la dévisager, m'efforçant de croiser son regard, elle ne sentit pas mes yeux sur elle. Elle arpentait la boutique, montrant des modèles, aidant les clients à choisir, souriante. Transi, je finis par regagner la voiture. Je m'allongeai sur la banquette, où je dormis comme une souche. À mon réveil elle était toujours là, en revanche son sosie s'était éclipsé. Elle resta seule, jusqu'à l'arrivée d'un grand Black, mi-rappeur, mi-magaziné de mode. Pendant qu'ils discutaient, les yeux de Celestial se posèrent sur moi. Son sourire se désagrégea. Je ne croyais pas à la télépathie, mais je me souvenais qu'autrefois nous pouvions communiquer sans paroles. Alors, de toute la force de mon esprit, je lui demandai de sortir, de traverser la rue et de venir me rejoindre sur le trottoir. Je parvins à retenir son regard pendant quelques secondes, puis elle se détourna. J'attendis, espérant qu'elle rétablirait le contact, mais elle revint à son client, s'emparant soudain de la poupée pour la serrer contre elle. Le type sourit et, même si je ne le voyais pas, j'étais sûr qu'il exhibait deux rangées de dents parfaitement régulières. Machinalement, ma langue tâta l'espace vide au niveau de ma mâchoire inférieure. Et tout aussi machinalement, ma main chercha le porte-clés dans la poche de mon pantalon.

Il faisait partie des objets qui se trouvaient dans le sac en papier avec lequel j'avais quitté la prison. La clé de voiture avec un capuchon plastifié était celle de la berline familiale. Où qu'elle soit, que Celestial l'ait gardée ou non, elle la ferait démarrer. En revanche, j'étais prêt à parier que l'épaisse clé lisse qui ouvrait la porte de mon bureau ne fonctionnait plus. Mon ancienne boîte avait dû changer la serrure en moins de temps qu'il ne faut pour dire *coupable*. La dernière, une copie de copie de copie, était celle de l'agréable maison de Lynn Valley Road. Je m'interrogeais à son sujet plus que de raison. Une ou deux fois, j'avais passé son bord dentelé sur ma langue.

Sur le papier, cette maison ne m'avait jamais appartenu. Lorsque Mister D l'avait cédée à Celestial, la seule condition était de ne pas abattre le Vieux Hickey. Ça me faisait penser aux stars de cinéma qui laissaient leur fortune à un caniche. L'arbre était nommément cité, en revanche, « Roy Hamilton » ne figurait nulle part dans l'épaisse liasse de documents officialisant le don. Celestial aimait dire que cette maison censée « nous mettre le pied à l'étrier » était un cadeau de mariage qui nous était destiné à tous les deux. « Tu as la clé dans ta poche », répétait-elle.

Elle y était toujours, mais ouvrirait-elle la porte ?

Celestial n'avait pas réclamé le divorce. Au bout d'un an sans aucune visite, j'avais demandé à Banks si elle pouvait accomplir les démarches officielles à mon insu. « En théorie, non », avait-il répondu. Je n'avais pas oublié qu'elle m'avait envoyé une lettre de rupture, cependant c'était deux ans plus tôt, quand j'étais encore censé passer de longues années derrière les barreaux. Pendant cette période, elle aurait eu amplement le temps de divorcer si elle l'avait souhaité. Et elle avait eu tout le temps d'appeler un serrurier.

Les clés tintant comme des clochettes de traîneau dans ma poche, je regagnai la Chrysler, mis le contact et pris la direction de l'ouest. Le pied sur l'accélérateur, je m'efforçais de ne penser qu'à cette clé de cuivre terni portant l'étiquette MAISON, pas plus lourde qu'une pièce de dix cents.

Celestial

Cette maison, je la connaissais aussi intimement que mon propre corps. De même qu'il suffit parfois d'une minuscule crampe dans le ventre pour se rendre compte qu'on est enceinte, bien que trois semaines à peine se soient écoulées depuis la dernière fois, je sentis une présence entre les murs avant d'ouvrir la porte. Je m'immobilisai dans le vestibule. J'avais la chair de poule et des étincelles rapides couraient le long de mes veines.

« Il y a quelqu'un ? Qui est là ? »

Je n'étais pas seule, j'en étais certaine. Je vois peut-être des fantômes, mais je ne crois pas aux esprits. Un fantôme est un souvenir solidifié, alors que l'esprit s'est libéré du corps et continue à errer sur terre.

« Il y a quelqu'un ? répétai-je, ne sachant plus trop en quoi je croyais.

— Je suis dans la salle à manger », lança une voix qui était clairement d'ici-bas, familière et étrangère à la fois.

Roy était assis en bout de table, les mains croisées sous le menton. J'étais chargée de provisions ridicules pour la soirée que j'avais prévue avec Tamar :

sorbet au citron vert, *prosecco*, chocolat au piment de Cayenne, et biscuits en forme de poisson pour le bébé.

« Tu n'as pas changé la serrure en mon absence, dit Roy avec un mélange de joie et de surprise. Après tout ce qui s'est passé, tu as veillé à ce que je puisse encore me servir de ma clé. »

Il se leva et me prit les courses des mains comme si c'était la chose la plus naturelle du monde, me laissant les bras ballants.

« Dre est allé te chercher à Eloe, bredouillai-je en le suivant à la cuisine. Il est parti ce matin.

— Je sais, répondit-il, le sac faisant barrage entre nous. Ce n'était pas à Dre que je voulais parler. »

Je me frottai les bras pour chasser la sensation de fourmillement, tandis qu'il posait les courses sur le plan de travail. Puis il se tourna vers moi avec un sourire dont la partie inférieure était gâchée par sa dent manquante.

« Allons, tu n'as pas un peu d'amour à offrir à un frère qui sort de prison ? Ça n'a pas été facile de venir jusqu'ici. Et pas d'étreinte polie. Je veux un bon gros câlin. »

J'avais l'impression que mes jambes ne m'appartenaient plus. Je m'approchai et il referma les bras sur moi. C'était bien mon mari, pas un caprice de mon imagination. Roy Othaniel Hamilton. Il était plus costaud que du temps où il vivait ici, son corps plus ferme et plus musclé, mais je reconnaissais son énergie, cette manière d'être tendu vers l'action. Inconscient de sa propre force, il me serrait tellement que j'avais la tête qui tournait.

« Je suis à la maison, Celestial. À la maison. »

Il me lâcha et j'inspirai goulûment.

En deux ans, son visage semblait s'être élargi et ridé. Je levai la main vers le mien, lissé par le maquillage, et je songeai à mon crâne presque rasé. Je faillis m'excuser, me souvenant qu'il aimait enrouler une mèche autour de son doigt. Il disait parfois qu'il espérait que Roy III hériterait de ses yeux et de mes cheveux.

L'odeur amidonnée de sa chemise se mêlait au parfum sucré de la pommade du barbier. Il s'était préparé à cette rencontre, alors que j'étais prise au dépourvu. J'avais l'air de quelqu'un qui avait eu une longue journée. Et ce n'était pas qu'un air.

« Je ne voulais pas bouleverser tes projets de soirée. »

Il devrait y avoir un mot pour désigner ce sentiment où l'étonnement côtoie la conscience de l'inéluctable. On lit de temps à autre des récits au sujet de révolutionnaires des années 1960 qui ont tué des policiers par accident, ou peut-être délibérément, je n'en sais rien. Ils s'enfuient, changent de nom, mènent une nouvelle vie honnête et ennuyeuse, prennent du poids, font du shopping dans les grands magasins. Jusqu'au jour où le FBI débarque chez eux. Dans les journaux, leur visage aplati par les flashes a l'air à la fois sidéré et résigné.

« Tu m'as manqué, reprit-il. J'ai un tas de questions, mais d'abord je dois te dire que tu m'as manqué. »

J'aurais pu réciter par cœur le discours d'Andre, comme si c'était un rôle de théâtre. Tous les mots que nous avions choisis ensemble parce qu'ils *devaient être dits.* Gloria n'avait-elle pas raison, quand elle affirmait que c'était à une femme d'expliquer ce genre de choses ? Pourtant, écrasée par l'ombre de mon mari libéré de prison, je me retrouvai incapable de prononcer les paroles nécessaires.

Il retourna dans le salon, m'entraînant à sa suite, et regarda autour de lui.

« Cette pièce n'était pas turquoise, elle était jaune, non ?

— Paille.

— Tous ces trucs africains, c'est nouveau aussi. J'aime bien. »

Aux murs étaient accrochés des masques, et sur les meubles étaient disposées des statuettes, souvenirs des voyages de mes parents. Il prit une figurine d'ivoire représentant une femme agitant une clochette.

« C'est du vrai, je suppose ? Pauvre éléphant.

— Ce sont des objets très anciens, répliquai-je, piquée. D'avant qu'ils soient menacés.

— Oui, enfin, pour l'éléphant, ça ne fait pas une grosse différence. Mais je vois ce que tu veux dire. »

Nous nous assîmes sur le canapé en cuir. Le silence s'épaissit ; chacun attendait que l'autre rompe la trêve. Il était si proche que nos hanches se touchaient.

« Dis-moi, Celestial. Dis-moi ce que tu as à me dire. »

Je secouai la tête. Il prit mes doigts, les porta à ses lèvres et les embrassa deux fois avant que j'aie la présence d'esprit de les retirer. Puis il frotta mes mains sur son visage rasé de près.

« Est-ce que tu m'aimes ? Le reste est secondaire. »

Mes lèvres remuaient, mais aucun son ne sortait.

« Tu m'aimes. Tu n'as pas divorcé. Tu n'as pas changé la serrure. J'avais des doutes, bien sûr. Et puis je me suis retrouvé devant la porte et j'ai décidé d'essayer ma clé. Elle est entrée toute seule et elle a tourné aussi facilement que si elle avait été lubrifiée. C'est comme ça que j'ai su, Celestial.

« Je n'ai pas fouiné dans la maison. J'ai préféré attendre ici parce que je me souvenais que tu ne te servais pas de cette pièce. Quoi que tu aies à me dire, je veux l'entendre de ta bouche. »

Voyant que je me taisais, il parla à ma place :

« C'est Andre, n'est-ce pas ?

— Ce n'est pas si simple. »

Alors, il me surprit. Il posa la tête sur mes genoux et prit mes bras pour s'en envelopper comme d'une couverture.

Roy

Elle n'était pas comme dans mon souvenir. Ce n'était pas uniquement sa coupe masculine ou ses hanches plus larges. Ces détails ne m'avaient pas échappé, mais il y avait autre chose. Elle était différente, plus triste. Même son odeur avait changé. Derrière la lavande toujours présente, je devinais des effluves terreux ou boisés. La lavande venait du flacon de cristal sur la commode. En revanche, la senteur de copeaux irradiait de sous sa peau.

Davina m'avait ouvert ses bras et m'attendait avec un festin digne d'un homme rentrant du combat. Celestial n'était pas au courant de mon arrivée, mais j'aurais voulu qu'elle sente que j'étais en route et qu'elle me prépare une table. Je m'endormis sur ses genoux et elle me laissa me reposer jusqu'à ce que je me réveille. La nuit tombe tôt en hiver. Dehors il faisait aussi noir qu'à minuit, alors qu'il ne devait pas être plus de 20 heures.

« Alors, comment ça va ? C'est une question idiote, se reprit-elle aussitôt, mais je ne sais pas ce que je suis censée dire.

— Tu pourrais déjà dire que tu es heureuse de me voir. Que tu es heureuse que je sois sorti.

— Mais je le suis ! Tu ne peux pas imaginer à quel point je suis heureuse que tu sois sorti. C'est ce pour quoi nous priions tous. C'est pour ça que nous avons demandé à l'oncle Banks de ne pas abandonner. »

J'avais l'impression qu'elle me suppliait de la croire. Je levai les mains.

« S'il te plaît, arrête. »

C'était moi qui étais à genoux à présent.

« Je n'ai pas envie de ça. Est-ce qu'on peut aller à la cuisine ? Est-ce qu'on peut s'asseoir à table et discuter comme un couple marié ? »

Son visage perdit sa douceur. Elle lança autour d'elle des regards soupçonneux et peut-être effrayés.

« Je ne te toucherai pas, promis. »

Les mots avaient un goût amer dans ma bouche.

Elle se dirigea vers la cuisine comme si elle allait à l'échafaud.

« Tu as mangé ? »

La pièce était fidèle à mon souvenir. Les murs étaient bleu océan. Quatre chaises garnies de cuir étaient disposées autour de la table ronde, composée d'un plateau de verre fumé sur un simple pied central. Je me rappelais le temps où je pensais qu'un jour nos enfants s'assiéraient là. En ce temps-là, cette maison était la mienne et Celestial était ma femme. En ce temps-là, j'avais toute la vie devant moi.

« Je n'ai rien pour cuisiner. Pas ici. D'habitude, je mange…

— À côté ? Finissons-en avec ça. C'est Andre. Dis oui pour qu'on puisse passer à la suite. »

Je pris la chaise que je considérais autrefois comme la mienne, et elle s'assit sur le plan de travail.

« Roy, je suis avec Andre, maintenant, c'est vrai. »

Elle semblait réciter un texte mémorisé par cœur.

« Je le sais. Je le sais et peu importe. J'étais loin. Tu étais vulnérable. Cinq ans, c'est long. Ce n'est pas à moi qu'on va l'apprendre. »

Je m'approchai d'elle, me plaçant dans le V formé par ses jambes. Je touchai son visage. Elle ferma les yeux, mais ne me repoussa pas.

« Je me moque de ce que tu as fait pendant que je n'étais pas là. Seul compte l'avenir. »

Je me penchai pour l'embrasser légèrement.

« Ce n'est pas vrai, répondit-elle, ses lèvres sèches effleurant les miennes. Ce n'est pas vrai. Ça ne t'est pas indifférent. Ça compte. Tout le monde y attache de l'importance.

— Non. Je te pardonne. Je te pardonne tout.

— Ce n'est pas vrai.

— S'il te plaît, laisse-moi te pardonner. »

Je me penchai de nouveau vers elle. Elle ne réagit pas plus que la première fois. Je posai les mains sur son crâne sans défense et elle ne m'arrêta pas. Je l'embrassai de toutes les manières imaginables. J'embrassai son front comme si elle était ma fille. Ses paupières frémissantes comme si elle était ma mère morte. Ses joues comme quand on s'apprête à tuer quelqu'un. Ses clavicules comme quand on a envie d'aller plus loin. Je mordillai le lobe de son oreille comme quelqu'un qui sait ce que l'autre aime. Et elle restait là, aussi docile qu'une poupée.

« Si tu m'y autorises, je peux te pardonner. »

Je continuai, me dirigeant vers son cou. Elle leva un peu le menton pour que mon nez sente son pouls battre juste sous la peau. Mais l'excitation s'éteignit vite, l'effet semblable à celui d'une drogue de mauvaise qualité, qui se dissipe aussitôt l'intensité initiale retombée, ne laissant que la faim derrière elle. Je passai à l'autre côté, espérant qu'elle inclinerait la tête et s'offrirait entièrement à moi.

« Demande-le-moi, la priai-je, ma voix à peine un bourdonnement dans ma poitrine. Demande-le-moi et je te pardonnerai. »

Je l'enlaçais à présent ; elle ne répondait ni ne résistait à mon étreinte.

« Demande-le-moi, Georgia. Demande-le-moi pour que je dise oui. »

La sonnette retentit, sept coups brefs presque sans interruption. Je sursautai la première fois, et Celestial aussi. Elle se rajusta à la hâte, comme si on l'avait prise sur le fait, et se laissa glisser du plan de travail pour courir à la porte. Je reconnus la fille du magasin, celle qui ressemblait au passé. Elle avait dans les bras un bébé qui frappait joyeusement la sonnette. Un petit gars potelé aux yeux brillants et rieurs.

« Tamar, tu es là !

— Tu ne voulais pas que je t'apporte la mousseline du magasin de gros ? »

La jeune femme entra tandis que l'enfant tirait sur ses créoles, une clé pendant de l'anneau gauche, comme Janet Jackson dans les années 1980.

« Jelani, tu dis bonjour à tatie Celestial ? dit-elle, s'efforçant de maîtriser le bout de chou qui gigotait dans ses bras. J'espère que ça ne t'embête pas que je l'aie amené ?

— Mais non ! s'écria Celestial. Tu sais bien que je suis toujours ravie de voir ce petit bonhomme.

— Il veut son oncle Dre. Ça va, Celestial ? Tu as l'air un peu stressée. Détends-toi, ma belle, ce n'est pas une prise d'otage. »

Elle partit d'un petit rire joyeux qui s'éteignit lorsque j'apparus.

« Oh. Bonsoir ? »

Celestial hésita un instant, avant de me tirer par le bras.

« Tamar, Roy. Roy, Tamar. Et Jelani. C'est le bébé.

— Roy ? répéta la jeune fille, plissant son joli visage. Roy ! s'exclama-t-elle, une fois les détails replacés dans l'ordre.

— En personne », répondis-je, lui offrant mon sourire de représentant.

Je vis ses sourcils se froncer et je me souvins de ma dent cassée. Aussitôt, je mis la main devant la bouche et fis semblant de tousser.

« Enchantée. »

Elle me tendit une main se terminant par des ongles bleu-vert, assortis au fard irisé de ses paupières. Elle ressemblait plus à Celestial que Celestial elle-même. C'était elle que j'enlaçais en esprit sur le lit crasseux de la prison.

« Assieds-toi. Je t'apporte un verre. »

Ma femme disparut dans la cuisine, me laissant avec la fille et son bébé.

Elle étala sur le sol une couverture matelassée en plusieurs tons d'orange et posa l'enfant dessus. Jelani se mit sur les genoux et les mains en oscillant.

« Il a appris à marcher à quatre pattes tout seul.

— Est-ce qu'il ressemble à votre mari ? demandai-je, histoire de faire la conversation.

— Il n'y a pas de mari dans l'histoire. Vous avez devant vous une mère célibataire surdiplômée. Mais sinon, oui, Jelani est le portrait craché de son papa. Quand ils sont ensemble, les gens plaisantent sur le clonage humain. »

Elle s'assit par terre à côté de son fils, puis ouvrit un paquet en papier, révélant un tissu brun de la couleur de sa peau. Elle en sortit un deuxième, plus foncé, puis un troisième de ce beige que les marchands de peinture appelaient « chair » autrefois.

« *We are the world*, ajouta-t-elle en souriant. Je pense qu'avec ça on devrait tenir jusqu'au nouvel an. On a été dévalisés, au magasin. Celestial va devoir se transformer en machine à coudre humaine si elle veut reconstituer le stock. J'aimerais l'aider mais, si ce n'est pas elle qui l'a cousue et si elle n'a pas mis son sceau sur son popotin, ce n'est pas une vraie *poupée**. »

Je m'assis à côté d'eux, agitant mon porte-clés pour attirer l'attention du bébé. Il gloussa et leva les mains pour l'attraper.

« Je peux le prendre dans mes bras ?

— Allez-y, éclatez-vous. »

Je posai Jelani sur mes genoux. Il se débattit un peu, puis finit par se détendre. Je n'avais pas l'habitude des enfants et je me sentais gauche et ridicule. La scène me rappelait une photographie scotchée sur le miroir d'Olive, où je ne devais pas être plus vieux que lui. Dessus on voyait Big Roy me porter, l'air inquiet, comme si j'étais une bombe prête à exploser. Je fis rebondir le poupon, me demandant si j'avais son âge quand Big Roy m'avait donné son nom.

Celestial revint de la cuisine avec deux flûtes de champagne, à la surface desquelles flottait une minuscule boule de glace. Je pris une gorgée, pensant à Olive. Pour mon anniversaire, elle sortait son saladier à punch et confectionnait une boisson au ginger-ale, parsemée de billes de sorbet à l'orange. Avide de retrouver cette sensation, j'avalai une autre gorgée. Le temps que Celestial réapparaisse avec son verre, j'avais presque vidé le mien.

Nous étions assis tous les trois par terre, quatre en comptant Jelani. Celestial et Tamar parlaient tissus, tandis que je jouais avec lui. Je le chatouillai sous les bras jusqu'à ce qu'il laisse échapper son rire de bébé aux échos vaguement hydrauliques. C'était fascinant de songer que je tenais un être humain miniature.

Le fils que nous n'avions pas eu aurait eu quatre ou cinq ans aujourd'hui. Si la chambre du fond avait été occupée par un enfant, jamais Celestial n'aurait pu me dire qu'elle était avec Andre. J'aurais répondu : « Un garçon a besoin de son père. » C'était un fait scientifique. Il n'y avait pas à discuter.

Mais la chambre était vide et nous avions un tas de choses à discuter, plus de mots que ma bouche ne pouvait en contenir.

Celestial

Tamar finit par emmitoufler son petit garçon dans sa combinaison matelassée d'astronaute. Roy et moi regrettions tous les deux de la voir partir. Comme si nous étions ses parents et qu'elle était notre fille toujours débordée qui n'avait que quelques minutes à nous accorder, minutes d'autant plus précieuses pour nous. Nous nous tenions sur le seuil, agitant la main tandis qu'elle tournait la tête pour reculer dans l'allée. Ses phares s'éloignèrent et se confondirent bientôt avec les lumières de Noël du quartier. Ma maison était noire ; je n'avais même pas pris la peine d'accrocher la couronne d'épicéa que j'avais achetée un mois plus tôt. Seul le Vieux Hickey était festif. La guirlande enroulée autour de son tronc lui donnait des airs de gros sucre d'orge. C'était l'œuvre d'Andre, une manière de se convaincre que tout se passerait bien.

Tamar avait disparu depuis un moment déjà, mais je contemplais toujours la rue silencieuse, inquiète au sujet d'Andre. Il était en Louisiane, jouant les chevaliers servants. Je l'avais appelé du magasin alors qu'il roulait vers le sud. Notre histoire en vaut la peine, lui avais-je dit. Comment tant de choses avaient-elles pu changer en deux heures ? Machinalement, je cherchai mon téléphone dans ma poche. Roy m'arrêta.

« Ne l'appelle pas tout de suite. Donne-moi une chance de plaider ma cause. »

J'attendis, mais il se taisait. Il guida mes doigts sur l'arête accidentée de son nez, puis le long de la courte cicatrice à la naissance des cheveux, encadrée par deux autres petites balafres en relief. Son visage tout entier reposait dans mes paumes, solide et familier.

« Tu te souviens de moi ? Tu me reconnais ? »

J'acquiesçai, laissant retomber mes bras. À présent, c'était lui qui explorait mon visage. Il avait les yeux clos, préférant se fier à ses mains. Lorsque son pouce passa sur mes lèvres, je l'embrassai légèrement. Il répondit par un soupir de soulagement. Il m'entraîna dans la maison sans allumer, comme s'il voulait s'assurer qu'il était encore capable de trouver son chemin à tâtons. Une femme n'a pas toujours le choix, pas véritablement. Il peut s'agir d'une dette à payer, d'un réconfort qu'on attend d'elle, d'un danger contre lequel elle doit se protéger. À toutes, il nous est arrivé au moins une fois de nous allonger pour une raison autre que l'amour. Pouvais-je me refuser à Roy, mon époux, alors qu'il revenait d'une bataille plus ancienne que son père et le père de son père ? Non, bien sûr. Alors que je suivais Roy dans l'étroit couloir, je réalisai qu'Andre le savait depuis le début. C'était pour ce motif qu'il avait pris la route, pour m'empêcher de faire ce que nous craignions tous que je ne doive faire.

Dans quelle catégorie ranger ce qui se passa entre mon mari et moi le soir de son retour, après son séjour en prison ? Nous étions dans la cuisine, mon dos contre le plan de travail en granit, mes vêtements tachés de sorbet fondu.

Roy glissa la main sous mon corsage.

« Tu m'aimes. Tu sais que c'est la vérité. »

Je n'aurais pas répondu, même s'il ne m'avait pas coupé le souffle avec un baiser qui avait un goût de désir mêlé de colère. Oui c'est oui, et non c'est non, mais que signifie le silence ? Le corps de Roy était plus fort que la dernière fois qu'il avait passé la nuit dans cette maison, cinq ans plus tôt. C'était un étranger impérieux dont je sentais l'haleine tiède dans mon cou.

« Pas là », dis-je, lorsqu'il nous entraîna vers la chambre, celle qui à l'origine était celle de mes parents, là où Roy et moi avions dormi en tant que mari et femme. Il m'ignora, me guidant comme si nous dansions. Il y a des choses qu'on ne peut pas plus arrêter que la marée.

Il me retira mes vêtements aussi facilement qu'on pèle une orange, puis il se pencha pour allumer une lampe à l'éclat cru. J'avais honte de mon corps, cinq ans plus vieux que la dernière fois qu'il m'avait vue ainsi. Le temps peut être impitoyable envers une femme. Je ramenai mes genoux contre ma poitrine.

« Ne sois pas timide, Georgia. Tu es parfaite. »

Il s'empara de mon mollet et tira doucement sur ma jambe.

« Ne te cache pas. Décroise les bras, laisse-moi te regarder. »

Dans la bibliothèque secrète de mon esprit, il y a un dictionnaire des mots qui n'existent pas. Il contient notamment un terme mystérieux pour désigner ce drôle de sentiment qui consiste à se voir soudain privé de volonté alors que pourtant on en a. Sur cette page, il est aussi expliqué que, une ou deux fois au cours de sa vie, on se retrouvera sans défense, écrasée sous le poids d'un homme, mais qu'on pourra être sauvée par un mot très ordinaire.

« Tu as un préservatif ?

— Quoi ?

— Un préservatif.

— Ne dis pas ça, Georgia. S'il te plaît, ne dis pas ça. »

Il s'écarta de moi et nous restâmes allongés côte à côte. Je me tournai vers le Vieux Hickey, ancestral et silencieux. Même quand Roy posa une main lourde sur ma hanche, je ne bougeai pas.

« Sois ma femme. »

Je ne répondis pas, alors, il me fit rouler comme une bûche et enfonça son visage dans le creux de ma gorge, insérant les doigts entre mes cuisses.

« Allez, Celestial. Ça fait tellement longtemps.

— Un préservatif », insistai-je, emplissant ma bouche du mot, sentant son poids sur ma langue.

Il guida ma main juste en dessous de ses côtes, où la peau était irrégulière et caoutchouteuse.

« J'ai été poignardé. Je n'avais jamais rien fait à ce type. Je ne l'avais même pas regardé. Il a aiguisé une putain de brosse à dents et il a essayé de me tuer avec. »

Mon pouce parcourut la cicatrice.

« Tu vois ce que j'ai subi ? Tu ignorais ce que je vivais. Je suis sûr que, si tu l'avais su, tu ne m'aurais pas laissé. »

Il embrassa mon épaule et remonta vers le cou.

« S'il te plaît.

— Un préservatif.

— Pourquoi ? Parce que j'étais en prison ? J'étais innocent. Tu le sais. Quand cette femme a été violée, j'étais avec toi. Tu sais que ce n'est pas moi. Ne me traite pas comme un criminel. Tu es la seule à pouvoir être sûre que je ne l'ai pas fait. S'il te plaît, ne me traite pas comme si j'avais je ne sais quelle maladie.

— Je ne peux pas.

— Tu peux au moins m'écouter ? »

Il tira ainsi plusieurs anecdotes de sa boîte à souvenirs, chacune censée me persuader que je n'avais pas le droit de l'obliger à mettre une barrière entre nous.

« J'ai tué un homme par accident. Ça a été dur, Celestial. Même si tu entres innocent, tu es un autre quand tu ressors. S'il te plaît.

— Ne me supplie pas. S'il te plaît. »

Il se rapprocha, ses mains se refermant sur mes poignets.

« S'il te plaît. »

Essayez de nous imaginer dans notre lit conjugal. Moi clouée au matelas, à sa merci. Mais en est-il jamais autrement, même quand l'amour est vrai et pur, qu'il n'a été souillé ni par le temps ni par les trahisons ? C'est peut-être ça, être amoureux, se mettre à la merci de l'autre. Je fermai les yeux, sentant son poids sur moi, et je priai comme j'étais censée le faire quand j'étais petite. *Si je devais mourir avant mon réveil.*

« Pas sans préservatif », murmurai-je, consciente qu'on ne pouvait jamais réellement se préserver.

Il se laissa retomber à côté de moi.

« J'ai mal, Celestial. Tu ne le vois donc pas ? »

Je soulevai les paupières et je vis à quel point il avait souffert pendant toutes ces années, à quel point il souffrait encore, la tête sur l'oreiller.

« Je sais. Je sais. »

Il se tourna vers moi.

« Tu penses que j'ai attrapé quelque chose ? Que j'ai fait quelque chose quand j'étais là-bas ? Ou alors tu ne veux pas retomber enceinte ? C'est parce que tu ne veux pas d'enfant de moi ? »

Il n'y avait pas de bonne réponse à cette question. Aucun homme n'aime faire l'amour sans le faire vraiment. Se rapprocher, mais seulement jusqu'à un certain point.

« Dis-moi. Pourquoi ? »

Je serrai les lèvres, enfermant la vérité en moi. Je secouai la tête.

Il appuya sa poitrine contre la mienne.

« Tu sais que je pourrais le faire si je voulais », reprit-il, un accent de menace dans la voix.

Je ne résistai pas. Je ne suppliai pas. Je m'étais préparée pour ce qui semblait inévitable depuis que j'avais franchi le seuil de ma maison et senti que je n'étais plus chez moi.

« Je le pourrais », répéta-t-il.

Il se leva, s'enveloppant du drap comme d'un linceul, me laissant glacée et exposée.

« Je le pourrais, mais je ne le ferai pas. »

Roy

Davina ne m'avait pas traité ainsi. Quand j'étais venu la trouver, elle m'avait ouvert sa porte. Elle s'était ouverte. Mais Celestial, mon épouse devant la loi, se la jouait Fort Knox avec moi. Walter m'avait pourtant prévenu. S'il y avait eu un autre homme, d'autres hommes même, j'étais prêt à l'encaisser. *Une femme est un* être *humain, après tout.* Je ne suis pas naïf. Les candides ne survivent pas à la prison. Mais quand elle ne demande pas le divorce, alimente le compte de son mari et ne change pas la serrure, celui-ci peut croire qu'il a une chance. Et si en plus elle se laisse faire lorsqu'il se penche pour l'embrasser, si elle le suit dans la chambre, il en conclut que, tout ça, ce n'est pas seulement dans sa tête. Cinq ans derrière les barreaux, c'est long, mais pas assez pour oublier comment marche le monde.

Tu as un préservatif ?

Elle savait que je n'en avais pas. Je m'étais préparé, mais pas à ça. C'était ma femme. Qu'aurait elle imaginé si j'avais débarqué avec des capotes ? Elle n'aurait certainement pas pris ça pour de la considération. Au contraire, elle en aurait déduit que je pensais qu'elle avait couché à droite et à gauche. Pourquoi n'était-ce pas comme à New York, quand nous nous connaissions à peine ? En prison, combien de fois m'étais-je rejoué notre première nuit ? Je me repassais chaque détail, un film silencieux qui défilait dans ma tête, et je peux vous garantir qu'il n'y avait pas de latex sur le plateau. Ce soir-là, à New York, je me prenais pour Captain America ; peu m'importait d'avoir perdu une dent en me battant pour elle. Ce n'est pas tous les jours que se présentait l'occasion d'être un héros. Et maintenant, elle voulait faire comme si tout ça n'avait jamais eu lieu.

Jetant le drap par terre, je traversai la maison dans le plus simple appareil, cherchant un endroit où m'allonger. Je ne pouvais pas rester dans la chambre, c'était évident, je me rabattis donc sur l'atelier de couture et m'écroulai sur le futon, même s'il était un peu petit pour moi. La pièce était encombrée de *poupées** en cours de réalisation. À côté de la machine à coudre, il y avait une tête en tissu, couleur carton, et quelques paires de bras terminés par des mains qui semblaient me faire signe. C'était perturbant, mais j'étais de toute façon passablement perturbé en pénétrant ici.

Les poupées achevées s'alignaient sur une étagère, patientes et amicales. Je songeai à la vendeuse de Celestial – Tamara, non ? – et à son petit garçon joufflu qui rayonnait de santé. Quand Celestial avait disparu pour aller chercher leurs manteaux, la fille m'avait touché le bras de ses ongles bleu-vert.

« Vous allez devoir la laisser partir, même si ça vous brise le cœur. Sinon c'est eux qui vous le briseront. Je vous dis ça, parce que je sais des choses que vous ignorez. Personne ne le souhaite, mais vous allez souffrir. »

Je m'efforçais de comprendre à quel jeu elle jouait, lorsque Celestial avait réapparu avec les vêtements et embrassé le bébé comme si c'était le sien.

Il était peut-être 3 heures du matin. J'avais des pensées d'ivrogne, même si je n'étais pas soûl. J'attrapai une poupée de chiffon sur l'étagère et lui flanquai mon poing dans la figure. Il s'enfonça dans la tête molle, puis elle se reforma, toujours souriante. Je m'étirai sur le futon, les pieds dépassant du matelas, incapable de trouver une position confortable. Je me levai et m'approchai de la chambre à pas de velours. Devant la porte, je ne pus me résoudre à essayer la poignée. Si Celestial s'était enfermée à clé, je préférais ne pas le savoir.

Dans l'atelier de couture, j'appelai Davina, qui répondit d'une voix effrayée, ce qui était prévisible à une heure pareille.

« Salut, c'est Roy.

— Ah.

— Je voulais dire bonjour.

— C'est fait. Heureux ?

— Ne raccroche pas. Reste un peu. Je voulais te remercier d'avoir passé du temps avec moi. D'avoir été aussi gentille.

— Roy, dit-elle plus doucement. Ça va ? Tu n'as pas l'air bien. Où es-tu ?

— À Atlanta. »

Je ne pouvais pas ajouter grand-chose. Il n'y a pas beaucoup de femmes qui accepteraient d'écouter un homme pleurer à cause d'une autre, pourtant, elle patienta jusqu'à ce que je sois capable de dire :

« Davina ?

— Je suis là. »

Elle n'avait pas dit *Je te pardonne.* Mais je lui étais reconnaissant pour ces trois mots.

« Je ne sais pas ce que je dois faire.

— Dors. Tu connais le psaume : Si le soir des pleurs subsistent…

— … au matin la joie éclate. »

C'était la promesse répétée à tous les enterrements baptistes. Je songeai à celui de ma mère et demandai à Davina si elle y avait assisté.

« Est-ce que tu as vu Celestial et Andre ? Ils étaient déjà ensemble ?

— Pourquoi est-ce que c'est si important pour toi ?

— Parce que.

— Je peux te dire une chose. Je l'ai vue en compagnie d'un homme juste après, au Saturday Nighter. Je donnais un coup de main au bar pour aider mon oncle Earl. Ils sont arrivés et ils ont commencé à boire en pleine journée. Elle, surtout. Je ne pense pas qu'ils étaient ensemble, mais il y avait quelque chose dans l'air. Ça se sentait, comme quand il va pleuvoir. Pendant qu'il était aux toilettes, elle s'est penchée par-dessus le comptoir et m'a dit : "Je suis quelqu'un d'horrible."

— Elle a dit ça ? Ma femme ?

— Oui. Mot pour mot. Puis il est revenu. Elle s'est ressaisie et, cinq minutes plus tard, ils étaient partis.

— C'est tout ?

— Oui. En fin de journée, ton père est passé aussi. Couvert de terre, de la tête aux pieds. On raconte qu'il a enseveli ta maman sans l'aide de personne. »

Je serrai le combiné de toutes mes forces et le pressai contre mon oreille, dans l'espoir illusoire que je me sentirais moins seul. Je n'étais pas sorti depuis une semaine que déjà j'avais l'impression d'être de nouveau prisonnier, comme si une femme m'avait ligoté à une chaise avec du fil à linge. On entend des histoires à propos de types qui volent une bière dans un magasin devant la caméra de sécurité exprès pour qu'on les renvoie en taule, là où ils savent à quoi s'attendre. Jamais je n'aurais fait un truc pareil, mais ça ne me surprenait pas. Tirant un plaid pour couvrir mes hanches, je pensai à Walter, le Yoda du ghetto, et je me demandai ce qu'il aurait dit de tout ça.

« Tu es toujours là ? fit Davina.

— Oui.

— Repose-toi. C'est dur au début, pour tout le monde. Prends soin de toi, ajouta-t-elle d'une voix apaisante de berceuse.

— Davina, je voulais te dire quelque chose. J'ai réfléchi.

— Ah ?

— Je me souviens d'un garçon qu'on appelait la Sauterelle.

— Il allait bien ? »

Sa voix était si basse que je ne suis pas sûr de l'avoir réellement entendue. Néanmoins, je savais ce qu'elle disait.

« Ça allait. C'est pour ça que je n'ai pas pensé à lui tout de suite. Rien à signaler. »

Lorsque je raccrochai, l'horloge orange au-dessus de la machine à coudre affichait 3 h 30, les aiguilles dessinant un angle droit parfait. Andre était sans doute chez mon père et il dormait dans mon lit. J'eus un petit sourire, imaginant la tête qu'il avait dû faire quand Big Roy lui avait annoncé que j'étais à Atlanta. Il était sûrement en jean et en tee-shirt, comme tout le monde, mais dans mon esprit il portait toujours le costume gris ajusté qu'il avait mis pour enterrer ma mère. *Oh, maman.* Que penserait-elle si elle me voyait maintenant, condamné à dormir sur le canapé dans ma propre maison, entouré de poupées de chiffon rieuses que Celestial allait vendre cent cinquante dollars pièce ?

« Ça n'arrive qu'à Atlanta », dis-je à voix haute.

Peu après, je trouvai enfin le sommeil.

Andre

Je dormis avec le père de Roy dans le salon, moi sur le canapé et lui dans son fauteuil relax. À croire qu'il avait peur que je ne tente de m'enfuir dans la nuit. Il s'inquiétait pour rien. Lorsque je remontai le drap frais et la couverture douillette, j'étais fatigué et prêt à tourner la page de cette folle journée. La pièce était silencieuse, à l'exception du sifflement du chauffage d'appoint au gaz dont la flamme bleue brillait dans le coin. Cependant, je me réveillai à plusieurs reprises dans la nuit.

« Tu veux des enfants ? demanda brusquement M. Hamilton, me tirant du sommeil

— Oui, marmonnai-je, espérant retourner à mon rêve.

— Roy aussi. Il a besoin de ce nouveau départ. »

Je suffoquai soudain sous la couverture. Le vieil homme savait-il qu'il avait failli être grand-père ? Je me rappelais avoir ramené Celestial en voiture, déprimée et lessivée.

« Celestial, je n'en suis pas sûr.

— C'est parce qu'elle se fait des idées. L'amour vient avec les bébés.

— Vous et votre femme, vous avez décidé d'arrêter après Roy ?

— Oh ! ce n'est pas moi, répondit-il en étouffant un bâillement. Si ça n'avait tenu qu'à moi, on aurait peuplé la maison d'enfants. C'était Olive. Elle avait peur que je néglige Roy si on en avait d'autres. Elle se trompait. Je n'aurais jamais fait une chose pareille. Il portait mon prénom. Mais elle est allée chez le médecin et a réglé la question avant même qu'on ait le temps d'en discuter. »

Peu après, il se rendormit. Ou du moins il se tut. Pour ma part, je comptai les heures jusqu'au matin, tripotant la médaille de Carlos, m'efforçant de ne pas penser à Roy à Atlanta.

Il faisait encore noir dehors quand M. Hamilton se leva et m'indiqua la salle de bains, où il m'avait sorti une serviette propre et une brosse à dents. Avant de repartir, je pris mon petit déjeuner avec lui : café et petits pains luisants de beurre. Il faisait frais mais pas froid. Nous étions assis sur le bord de la galerie, nos jambes se balançant dans le vide.

« Tu veux Celestial, dit-il, jouant avec la cordelette de son sweat-shirt à capuche. Mais tu n'as pas besoin d'elle. Tu comprends ? Mon fils, lui, a besoin d'elle. C'est tout ce qui lui reste de sa vie d'avant. De la vie qu'il avait méritée. »

Le café mêlé de chicorée sentait le tabac. Je le buvais noir, normalement, mais Big Roy l'avait sucré et dilué avec du lait. Je vidai ma tasse et la posai sur le béton à côté de moi. Je me levai.

« Monsieur. »

Sa poignée de main était à la fois cérémonieuse et sincère.

« Retire-toi de la course, Andre. Tu es quelqu'un de bien. Je n'en doute pas. Je me rappelle que tu as porté Olive. Agis en homme d'honneur et tiens-toi à l'écart pendant un an ou deux. Si après ça elle veut toujours de toi et inversement, je m'inclinerai.

— Monsieur Hamilton, j'ai besoin d'elle, moi aussi. »

Il secoua la tête.

« Tu ne sais même pas ce que ça signifie. »

Il agita la main pour me congédier et, sans réfléchir, je fis quelques pas en direction de ma voiture. Je me retournai soudain.

« Sauf votre respect, c'est des conneries. »

Il me regarda comme si un chat de gouttière venait de citer Mohamed Ali.

« Je veux bien admettre que j'ai eu plus de chance que d'autres, mais il y a un tas de gens qui sont mieux lotis que moi, et il y en a aussi qui ont eu une vie plus dure que Roy. Soyez honnête. Je suis sûr que vous pouvez vous mettre à ma place. Je vous ai vu vous échiner avec votre pelle sous le soleil. Vous savez exactement ce que je ressens.

— Olive et moi, nous avons été mariés trente ans. Nous avons surmonté beaucoup d'épreuves ensemble.

— Ça ne vous donne pas le droit de me parler sur ce ton, de vous conduire comme si vous étiez Dieu sur son trône. Est-ce qu'il faut aller en prison pour avoir le droit de vouloir être heureux ? »

Il se gratta le cou, où les poils poussaient en boucles grises serrées, puis il essuya ses yeux humides.

« Tu ne comprends pas, Andre. C'est mon fils. »

Roy

Le matin arriva sur la pointe des pieds. Je dormais comme une souche quand le grésillement du bacon dans la poêle me chatouilla les narines. J'avais toujours mal, au réveil. Cinq ans sur une couchette de prison, ça vous bousille le corps. À la lumière du jour, je trouvai les poupées aussi dérangeantes, mais moins moqueuses que la veille.

« Bonjour ! lançai-je en direction de la cuisine.

— Bonjour, répondit-elle après un silence. Tu as faim ?

— J'aurai certainement faim après avoir pris une douche.

— J'ai mis des serviettes dans la salle de bains jaune. »

Je baissai les yeux, ce qui me rappela que j'étais nu comme un ver.

« Il y a quelqu'un dans la maison ?

— Rien que nous. »

Je sortis dans le couloir, conscient de mon corps : la cicatrice plissée sous mes côtes, mes muscles acquis en prison, ma verge durcie par l'afflux de sang matinal et toujours déçue. Malgré les bruits de casserole qui s'échappaient de la cuisine où s'affairait Celestial, je me sentais surveillé. Une fois à l'abri derrière la porte fermée, je constatai qu'elle avait pensé à mettre mon sac de voyage à côté du lavabo pour que j'aie de quoi m'habiller. L'espoir se ranima en moi en grondant comme un ventre affamé.

Je laissai couler l'eau chaude et, en attendant, je jetai un coup d'œil sous le lavabo. Je découvris un gel douche pour hommes qui devait appartenir à Dre. Il avait une odeur verte de forêt. Je fouillai le placard, curieux de voir ce qui était à lui, mais je ne trouvai rien d'autre, ni rasoir, ni brosse à dents, ni poudre pour les pieds. L'espoir poussa encore un grognement, de chiot rottweiler, cette fois. Andre ne vivait pas ici. Il avait sa propre maison, même si elle était juste à côté.

Sous la douche, je me résolus à contrecœur à utiliser son gel, l'unique autre option sentant les fleurs et la pêche. Je me savonnai soigneusement, prenant mon temps. Je m'assis sur le bord de la baignoire pour me frotter la plante des pieds et entre les orteils. Je mis encore un peu de savon dans ma paume pour me laver les cheveux, puis je me rinçai, l'eau brûlante presque douloureuse. Après, j'enfilai les vêtements que j'avais achetés avec mon argent.

Dans la cuisine, elle avait disposé les assiettes et les verres devant les chaises dont nous ne nous servions jamais autrefois.

« Bonjour, répétai-je, tandis qu'elle versait de la pâte sur la plaque du gaufrier.

— Tu as bien dormi ? »

Le visage de Celestial n'était pas maquillé, mais elle portait une robe en tissu molletonné qui semblait indiquer qu'elle s'apprêtait à sortir.

« En fait, oui, merci. »

Le petit rottweiler optimiste avait recommencé à gronder.

Elle servit les gaufres, du bacon craquant et un ramequin de salade de fruits. Elle me donna une tasse de café noir, avec trois cuillères de sucre. Quand nous menions une vie normale, il nous arrivait de prendre un brunch dans un restaurant à la mode, surtout l'été. Celestial portait des robes dos nu moulantes et piquait une fleur dans ses cheveux. Les yeux sur ma femme, je disais à la serveuse que j'aimais mon café noir et sucré, comme mes femmes. J'avais généralement droit à un sourire. Alors, Celestial, qui commandait toujours un cocktail champagne et jus d'orange, ajoutait : « J'aime mon mimosa comme mes hommes : *transparent.* »

Avant d'attaquer mon assiette, j'ouvris la main.

« Je pense qu'on devrait dire le bénédicité.

— Si tu veux. »

Je fermai les yeux et baissai la tête.

« Seigneur, nous te demandons de bénir ce repas. Bénis les mains qui l'ont préparé et bénis ce mariage. Au nom du Père, du Fils et du Saint-Esprit. Amen. »

Celestial ne dit pas « Amen ». Simplement : « *Bon appétit**. »

Je mangeai, mais j'étais incapable d'apprécier le goût des aliments. Ça me rappelait le matin avant le verdict. La prison du comté servait au petit déjeuner des œufs en poudre, de la charcuterie industrielle et des toasts mous. Pour la première fois depuis qu'on avait refusé de me libérer sous caution, j'avais vidé mon assiette, parce que j'avais perdu le sens du goût.

« Alors ? dis-je enfin.

— Je dois aller travailler. C'est le 24 décembre.

— Ta jumelle peut bien s'occuper du magasin.

— Tamar a déjà accepté de faire l'ouverture à ma place, mais je ne peux pas la laisser seule toute la journée.

— Celestial, toi et moi, il faut qu'on parle avant…

— Avant ?

— Avant le retour d'Andre. Je sais qu'il est en route.

— Roy, je suis désolée, je ne voulais pas que ça se passe comme ça.

— Écoute, repris-je d'un ton que j'espérais raisonnable. Tout ce que je demande, c'est de discuter. Il ne s'agit pas non plus de tout mettre à plat. J'aimerais juste que les choses soient claires entre nous. Si on se conduit en adultes, si on est sincères, je peux être parti avant qu'Andre… »

J'hésitai. Je ne voulais pas dire *rentre à la maison.*

« Je serai parti avant son retour. »

Celestial posa mon assiette vide sur la sienne qu'elle avait à peine touchée.

« Qu'est-ce que tu veux de plus ? demanda-t-elle d'une voix lasse. Tu sais déjà tout ce qu'il y a à savoir.

— Non. Je sais ce que tu as fait, mais je ne sais pas comment tu envisages l'avenir. »

Elle se mordit la lèvre d'un air pensif, mettant son discours en ordre dans sa tête. Soudain, alors qu'elle s'apprêtait à parler, je réalisai que c'était moi qui n'étais pas prêt à l'entendre.

« Attends. Laisse-moi récupérer mes affaires d'abord.

— Tes vêtements ont été donnés à des associations caritatives, répondit-elle, prise au dépourvu. Tout le reste, je l'ai rangé dans des cartons. Je n'ai rien jeté de personnel. »

Celestial avait l'air de s'être dégonflée. Son nuage de cheveux arrogant me manquait. Je voulais qu'elle redevienne telle qu'elle était lors de notre rencontre, mignonne et un peu provocante. Je lui souris, pour lui signifier que je voyais toujours la jeune fille d'autrefois, avant de me souvenir de ma grimace édentée.

Ma dent était un petit bout de mon corps que je n'aurais jamais dû perdre. Ce sont des os, après tout. Et tout le monde a le droit de garder ses os, c'est la moindre des choses.

« Est-ce qu'il y a quelque chose dont tu as besoin en particulier ? J'ai tapé une liste sur l'ordinateur. »

Tout ce que je voulais, c'était ma dent. Pendant des années, je l'avais rangée dans un petit écrin à bague en velours. Je ne pouvais pas le lui dire, parce qu'elle aurait pensé que j'étais sentimental, que je tournais et retournais le souvenir de notre premier rendez-vous dans ma bouche comme une pastille à la menthe. Comment lui expliquer que je ne pouvais pas partir sans ce morceau de moi ?

Elle avait fait son choix. Je le voyais à la détermination de ses épaules carrées, tandis qu'elle lavait mon assiette et ma tasse. Ce serait ainsi et il n'y avait rien à ajouter. De même, un jury dans une salle d'audience en préfabriqué avait décidé que j'étais un violeur. Puis un juge dans une autre salle miteuse avait décidé que j'irais en prison. Enfin, à Washington, un magistrat compatissant avait décrété que je devais être remis en liberté parce que mon procès n'avait pas été équitable, et là encore il n'y avait rien à ajouter. Depuis cinq ans, des gens décidaient à ma place ce que serait ma vie et il n'y avait jamais rien à ajouter. Que pouvais-je faire ? Dire au juge que je n'irais pas en prison ? Dire au procureur que je préférais y rester ? Et que pouvais-je dire à Celestial ?

Pouvais-je l'obliger à m'aimer ? La nuit précédente, lorsque nous étions au lit et qu'elle chantonnait « préservatif, préservatif », pendant un instant, que dis-je, un micro-instant, un nano-instant, j'avais eu envie de lui apprendre qu'elle n'était pas seule à décider. Cinq ans plus tôt, j'avais juré devant un tribunal que je n'avais jamais violé personne. Même à la fac, je ne m'étais jamais montré physiquement insistant avec une fille. Mes potes, certains du moins, racontaient ce qu'ils faisaient s'ils découvraient que leur copine les avait trompés : coucher avec elle une dernière fois pour une séance de baise brutale. Je ne m'étais jamais servi de ma queue comme d'une arme, mais je l'avais brièvement envisagé, la veille. C'était la prison qui m'avait fait ça. Elle avait fait de moi un homme qui était capable de penser une chose pareille.

Pour rejoindre le garage, il fallait descendre au sous-sol et traverser la buanderie, où bourdonnaient une machine à laver et un sèche-linge en inox, modernes et efficaces. Là, j'appuyai sur l'interrupteur qui actionnait l'enrouleur de la large porte. Le frottement du métal sur le métal me fit grincer des dents. Autrefois, Celestial disait que les ferraillements de la porte du garage la faisaient sourire, parce qu'ils signifiaient que j'étais rentré du travail. En ce temps-là, nous étions sur la même longueur d'onde à tous les niveaux : mental, spirituel, et bien sûr physique. Mais voilà qu'elle se conduisait comme si elle ne me connaissait pas. Pire : comme si elle ne m'avait jamais connu. Où étaient Walter et ses conseils ? Personne ne m'avait préparé à ça.

La lumière du jour égayait un peu l'endroit. C'était le 24 décembre et, quelle que soit l'issue de ma journée, toutes les mamans allaient faire un effort pour leurs enfants. En face, une femme élégante sortait une douzaine de poinsettias sous son porche. Dans les coins, des candélabres électriques clignotaient. Au soleil, on distinguait à peine les ampoules, néanmoins, en plissant les yeux, je les apercevais. En plein dans mon champ de vision se dressait l'arbre auquel Celestial accordait autant de soins qu'à un animal familier. Je n'avais rien contre les plantes. Enfant, j'avais un pacanier que j'aimais particulièrement. Mais il y avait une raison à cela. Il donnait des noix de première qualité, qui se vendaient un dollar le sachet. Olive s'occupait des lilas des Indes dans le jardin à l'arrière, parce que les papillons et les fleurs la ravissaient. C'était différent.

Je me concentrai sur le garage. Il était bien rangé. L'œuvre de Dre, sans aucun doute. C'était un garçon organisé. Il régnait une ambiance de *showroom* là-dedans. Trop propre pour servir vraiment. De mon temps, ça sentait la terre sur la pelle, l'essence de la tondeuse et l'odeur des rameaux coupés sur le sécateur. Désormais, tous les outils étaient suspendus à des crochets et brillaient comme s'ils étaient à vendre. Il y avait même des étiquettes. Depuis quand avait-on besoin qu'on nous précise ce qu'était une hache ?

Des cartons s'entassaient le long du mur face au sud. En majuscules creuses : ROY H. DIVERS. J'aurais préféré voir seulement mon nom. Ou AFFAIRES DE ROY. Ou encore BORDEL DE ROY, n'importe quoi, tant que c'était moins froid. Lorsque j'avais quitté la prison, on m'avait remis un sac en papier étiqueté HAMILTON, ROY O. EFFETS PERSONNELS. Dans ce sac se trouvait tout ce que j'avais sur moi le jour de mon arrivée, moins un lourd couteau de poche qui avait appartenu à l'oncle de mon père, Roy, premier du nom. À présent, il y avait cinq ou six grands cartons devant moi. J'aurais aisément pu les caser dans la Chrysler. Un type un peu plus malin, comme Big Roy ou Walter, aurait chargé la voiture et se serait tiré. Mais non, pas moi. Il fallut que je les traîne dehors et que je les pose sur le banc en demi-lune sous le Vieux Hickey.

Lorsque je repartis chercher de quoi couper le ruban adhésif au garage, je ne trouvai rien, hormis la hache à double tranchant. Je me rabattis donc sur une clé, celle-là même qui avait ravivé mes espoirs quand elle m'avait permis d'ouvrir la porte.

Le premier carton renfermait le contenu du tiroir supérieur de ma commode. Tout gisait pêle-mêle, comme si Celestial et Andre s'étaient contentés de le vider dans le carton. Un petit flacon de Cool Water côtoyait des clichés cornés de mon enfance et des photos de notre couple, prises aux premiers temps de notre relation. Pourquoi ne pas avoir au moins gardé ces dernières ? J'exhumai aussi les restes d'un sachet de cannabis, mélange de graines et de poussière. Dans un autre carton, je trouvai mon diplôme universitaire protégé par une pochette de cuir. Je leur étais reconnaissant de cette attention. En revanche, pourquoi le minuteur pour faire cuire les œufs et les antibiotiques entamés ? La logique m'échappait. Je sortis un presse-papiers de verre enveloppé d'un sweat-shirt violet et or, que je m'empressai d'enfiler. Il sentait la friperie, mais j'étais heureux d'avoir une couche supplémentaire contre le froid.

Rien de tout cela n'avait d'importance pour moi, mais je ne pouvais pas m'empêcher d'ouvrir les cartons un par un et de les vider dans l'herbe, à la recherche de ma dent. Tournant la tête vers la maison, j'aperçus un mouvement à la fenêtre. J'imaginai Celestial qui risquait un regard prudent. Derrière moi, je sentais les yeux de la femme d'en face. Avant, je connaissais son nom. J'agitai le bras, espérant qu'elle ne s'inquiétait pas et qu'elle n'allait pas appeler la police. Tant qu'à faire, je préférais éviter de croiser les forces de l'ordre. Elle me rendit mon salut, plaça une pile d'enveloppes dans sa boîte aux lettres et leva le drapeau rouge pour indiquer la présence de courrier à expédier. La Chrysler de Big Roy garée à moitié sur le trottoir, les cartons dépecés et la pelouse jonchée de détritus devaient offrir un tableau évoquant une cité glauque plus que Lynn Valley Road. « Joyeux Noël », lançai-je en agitant encore la main. Elle parut rassurée, mais pas au point de rester dehors.

Le dernier carton recelait quelques trésors, notamment un bocal de pièces de vingt-cinq cents émises pour la commémoration du bicentenaire des États-Unis, que je trimballais depuis l'âge de six ans, ainsi que quelques clés isolées, mais toujours pas de dent. Je passai les doigts sous le rabat, au cas où elle se serait glissée là. J'en tirai une enveloppe rose pâle à mon nom, tracé de l'écriture d'écolière de ma mère, à l'encre bleu des mers du Sud. Je m'assis sur le banc de bois froid et dépliai sa lettre.

Cher Roy,

Je préfère t'écrire ces mots pour que tu les lises à tête reposée. Si nous en discutions de vive voix, tu risquerais de t'énerver et de ne pas écouter, car tu ne vas pas aimer ce que j'ai à dire.

D'abord, je veux que tu saches que je suis fière de toi. Peut-être trop. Il y a beaucoup de gens à l'église qui sont las de m'entendre parler de toi, parce que leurs enfants ne s'en sortent pas aussi bien. Leurs fils sont en prison ou font tout ce qu'il faut pour y aller, leurs filles adolescentes ont des bébés. Ce n'est pas vrai de tout le monde, mais ça l'est assez pour créer des jalousies et des rancœurs. Et je prie tous les soirs pour que le Seigneur te protège.

Je suis heureuse d'apprendre que tu as rencontré une femme que tu souhaites épouser. Tu sais que j'ai toujours voulu être grand-mère (même si j'espère être trop jeune pour avoir l'air d'une mamie). Tu n'as pas à t'inquiéter pour ton père et moi. Nous mettons de côté depuis le début pour pouvoir payer nos factures jusqu'au bout. Ne pense donc pas que ce que j'ai à dire soit lié à des considérations financières.

Je te demande simplement de réfléchir : es-tu sûr que c'est une femme pour toi ? Est-elle la femme qui convient *à la vraie personne que tu es* ? Comment peux-tu en être sûr si tu ne l'as pas amenée à Eloe pour nous la présenter ? Je sais que tu connais sa famille et qu'elle t'impressionne, mais nous avons besoin de la rencontrer nous aussi. Viens donc nous rendre visite. Je te promets qu'elle ne trouvera rien à redire à l'état de la maison et que je me tiendrai bien.

Roy, je ne peux pas critiquer une femme que je n'ai jamais vue, malgré tout je suis inquiète. Ton père prétend que je ne veux pas admettre que tu as grandi. Il me rappelle que beaucoup de gens avaient des doutes quand il m'a passé la bague au doigt. Mais je ne serais pas ta mère qui t'aime si je ne te disais pas que mes rêves sont revenus. Je sais que tu ne crois pas aux présages, je ne vais donc pas t'embêter avec les détails. Tout ce que je peux dire, c'est que je me fais du souci pour toi, mon fils. Ton père a peut-être raison. Je reconnais que je te couve un peu trop. Peut-être que rencontrer Celestial m'apaisera. Elle m'a l'air d'être une gentille fille, d'après ce que tu racontes. J'espère que ses parents ne vont pas imaginer que nous sommes des rustres.

Lis cette lettre trois fois avant de me dire ce que tu en penses. Je t'envoie également une carte de prière. Cela te ferait du bien de prier avec *tous les soirs*. Et agenouille-toi. Si tu crois que tu pries lorsque tu es allongé à méditer dans ton lit, tu te trompes. Réfléchir et prier sont deux choses différentes. Et quand il s'agit d'une décision aussi importante, c'est de la *prière* qu'on a besoin.

Ta maman qui t'aime,

Olive

Je repliai la lettre et la glissai dans la poche de mon pantalon. En dépit du vent mordant, j'étais en sueur. Ma mère avait essayé de m'avertir, de me sauver. Mais de quoi ? Au début, elle s'efforçait de m'éviter deux écueils : la prison et les filles faciles. Lorsque j'avais terminé le lycée sans avoir jamais été condamné ni mis aucune de mes camarades enceinte, elle avait eu l'impression d'avoir accompli son travail. Le jour où j'étais monté dans le bus Trailways pour Atlanta avec trois valises flambant neuves, elle avait brandi les poings avec exultation : « On a réussi ! » Je ne pense pas lui avoir donné d'autre sujet d'inquiétude entre ce moment et le jour où je lui avais annoncé mon intention de me marier.

Je m'assis sur le banc pour relire la lettre. Je ne croyais pas aux « rêves prophétiques » d'Olive, d'autant plus que c'était l'État de Louisiane qui avait causé ma perte, pas Celestial. Il n'empêche, la tendresse sous les conseils maternels était réconfortante. Puis je me souvins de ma réaction, toutes ces années auparavant. J'avais bafouillé une réponse maladroite, mais j'étais blessé au plus profond de moi. *N'aie pas honte de nous*, devinait-on entre les lignes. Je relus la lettre plusieurs fois, transpercé par chaque mot. À la fin, n'en pouvant plus, je la rangeai dans ma poche et contemplai le fouillis sur la pelouse. Quelque chose d'aussi petit qu'une dent pouvait aisément se perdre dans ce fatras, se cacher dans une touffe d'herbe. Il était peut-être inévitable que je poursuive mon chemin vers un avenir incertain sans elle, tout compte fait. Les pilleurs de tombes du prochain millénaire me découvriraient, incomplet pour l'éternité, l'histoire de ma vie inscrite dans ma mâchoire.

Je jure devant Dieu que j'avais décidé de partir sur-le-champ. Je ferais le plein et je prendrais la route, n'emportant rien d'autre que la lettre de ma mère.

Puis je pensai à la raquette de tennis que j'avais vue dans le garage. Elle avait coûté cher et, plus important, elle m'appartenait. Peut-être la donnerais-je à mon père ; quand j'étais petit, nous jouions au centre de loisirs en ville. J'empruntai l'allée couleur sable, songeant à ce que Celestial avait dit à Davina après l'enterrement.

« Georgia, lançai-je à la cantonade. Tu n'es pas la seule à être horrible. »

J'examinai le mur du garage. La raquette était bien là, suspendue à un petit crochet. Je m'en emparai pour découvrir qu'elle était voilée par les ans et l'inactivité. Lorsque je l'avais achetée, c'était ce qu'on pouvait trouver de mieux à Hilton Head, où nous passions nos vacances. Du métal rouillé et un cordage de boyau : voilà tout ce qu'il en restait aujourd'hui. Malgré le manche poisseux, je mimai un revers. La raquette s'abattit sur le pare-chocs de la voiture de Celestial. C'était un accident. En revanche, le deuxième, le troisième et le quatrième coup étaient délibérés. L'alarme retentit en signe de protestation, mais je continuai jusqu'à l'arrivée de ma femme, sac à l'épaule et clés à la main.

« Chéri, qu'est-ce que tu fais ? demanda-t-elle, éteignant la sonnerie à l'aide d'une petite télécommande. Ça va ? »

La pitié dans sa voix me hérissa.

« Non, ça ne va pas. Comment est-ce que ça pourrait aller ? »

Elle secoua la tête avec la même tristesse douce. Je n'avais jamais frappé une femme. N'avais jamais été tenté de le faire. Pourtant, à cet instant, ça me démangeait de chasser d'une gifle l'inquiétude de son joli minois.

« Roy. Que veux-tu que je fasse ? »

Elle savait très bien ce que je voulais. Ce n'était pas compliqué. Je voulais qu'elle se comporte en épouse et me fasse une place dans notre maison. Je voulais qu'elle m'attende comme les femmes attendaient les hommes depuis l'Antiquité. Elle parlait, à présent, mais je n'avais pas envie de l'entendre pleurnicher et marmonner qu'elle avait *essayé.*

« Essaie plutôt de passer un peu de temps dans un établissement aux frais de l'État. Tu verras. C'était si dur de ne pas coucher pendant cinq ans ? C'est si dur de réserver un bon accueil à un homme fatigué ? Je ramassais du soja, en prison. Je suis diplômé de Morehouse et je me suis retrouvé à travailler la terre comme mon arrière-arrière-grand-père. Alors, ne viens pas me raconter que tu as essayé. »

Elle reniflait quand je m'en pris de nouveau à la voiture. La raquette de tennis n'était pas de taille face à la Volvo. Je ne parvins même pas à briser les vitres. Je réussis juste à faire encore sonner l'alarme, que Celestial interrompit aussitôt.

« Roy, arrête, soupira-t-elle, l'air d'une mère exténuée. Pose cette raquette.

— Je ne suis pas un enfant. Je suis un homme. Pourquoi est-ce que tu ne t'adresses pas à moi comme à un adulte ? »

Je ne pouvais pas m'empêcher de me voir à travers ses yeux, en sueur, ridicule dans mes vêtements bon marché et mon vieux pull du lycée, brandissant une raquette de tennis déglinguée comme une arme. Je la lâchai et elle tomba par terre.

« Veux-tu te calmer, s'il te plaît ? »

Je parcourus du regard les rangées d'outils bien étiquetés, espérant trouver une lourde clé ou un marteau pour briser en mille morceaux toutes les vitres du véhicule. Devant moi, à ma portée, je vis la hache à double tranchant, dont l'aspect me plaisait. Curieusement, dès que ma main se referma sur l'épais manche de bois, l'atmosphère de la scène changea du tout au tout. Celestial retenait son souffle et il y avait de la peur à l'état pur sur son visage. C'était crispant, mais pas autant que sa pitié. Je levai la hache tant bien que mal dans l'espace étroit entre la Volvo et le mur du garage. La vitre éclata, projetant des bris de verre de sécurité. Bien que terrorisée, elle eut la présence d'esprit de couper l'alarme pour ne pas alerter le voisinage.

Toujours la hache à la main, je m'approchai d'elle. Elle se recroquevilla.

« Tu penses que je suis dangereux, maintenant ? dis-je avec un petit rire. Tu me connais si mal que ça ? »

Tel Paul Bunyan, le mythique bûcheron du folklore américain, je sortis du garage avec la hache sur l'épaule et le sentiment d'être un homme. Dehors, je retrouvai le soleil froid. J'étais prêt à rentrer à Eloe avec rien d'autre que cette hache, la lettre de ma mère et la peur dans les yeux de ma femme.

Il n'y a pas un truc qui dit de ne pas se retourner, dans la Genèse ? Bêtement, je regardai derrière moi et je la vis se détendre, soulagée de constater que je n'avais rien pris ne pouvant être remplacé, rien détruit ne pouvant être réparé.

« Est-ce que tu n'as plus aucun sentiment pour moi, Georgia ? Dis-moi que c'est le cas et je disparais de ta vie. »

Elle se tenait dans l'allée, les bras autour de son torse, comme si elle était gelée.

« Andre est en route.

— Je ne t'ai pas parlé d'Andre.

— Il sera là d'une minute à l'autre. »

J'avais mal à la tête, mais j'insistai.

« C'est oui ou non.

— Est-ce qu'on peut l'attendre pour discuter ? On peut…

— Arrête avec lui. Je veux savoir si tu m'aimes, *moi*.

— Andre… »

C'était une fois de trop. La suite, je n'en suis pas seul responsable. La question était simple pourtant, mais elle refusait de me donner une réponse simple.

Je lui tournai le dos et virai à gauche, traversant la pelouse à grands pas, sentant l'herbe sèche crisser sous mes chaussures. En six longues enjambées, je me retrouvai au pied de l'arbre monumental. Je caressai l'écorce rugueuse, prêt à accorder le bénéfice du doute au Vieux Hickey. Puis je me repris : ce n'était qu'un tas de bois inutile. Il était grand, et après ? Pour casser la coque de ses noix, il fallait un marteau et un décret parlementaire, puis un tournevis pour accéder à un fruit aussi savoureux qu'un morceau de craie. Personne ne regretterait jamais un hickory, à part Celestial, et peut-être Andre.

Quand j'étais petit, si petit que je pouvais tout juste soulever une hachette, Big Roy m'avait appris à abattre un arbre. *Plie les genoux, fais un geste large et bas, et frappe parallèle au sol.* Celestial pleurait comme le bébé que nous n'avions jamais eu, vagissant et bêlant à chaque coup. Je ne faiblissais pas, en dépit de mes bras brûlants et tremblants. Des éclats de bois fusaient du tronc blessé et criblaient mon visage de piqûres cuisantes.

« Réponds, Georgia, criai-je, m'acharnant contre l'épaisse écorce grise, avec une sensation de plaisir et de puissance. Je t'ai demandé si tu m'aimais. »

Andre

Je m'attendais à une situation de chaos psychologique. Cependant, lorsque je me garai au bout de Lynn Valley Road, la scène était plus physique qu'émotionnelle. La pelouse était jonchée d'un bric-à-brac d'objets et de cartons éventrés ; Celestial se tenait dans l'allée, habillée pour aller travailler, sanglotant dans ses poings, tandis que Roy Hamilton massacrait le Vieux Hickey avec ma hache. J'espérais que c'était une hallucination. Après tout, j'avais roulé longtemps. Mais le choc aigu du métal contre le bois vert était bien réel.

Celestial et Roy prononcèrent mon nom en même temps, me plaçant devant un dilemme. Je ne savais pas à qui m'adresser. Pour finir, je posai une question à laquelle ils pouvaient répondre tous les deux :

« Putain, qu'est-ce qui se passe ? »

Celestial indiqua l'arbre contre lequel s'acharnait Roy et celui-ci lui assena un dernier coup, laissant la lame enfoncée dans le tronc, comme une épée fichée dans un rocher.

J'étais pris entre deux planètes, chacune dotée d'un champ de gravité et d'une orbite. Au-dessus de nous, le soleil était froid et lumineux.

« Eh bien, ça alors ! La troisième personne la plus horrible du monde, lança Roy. L'homme qui tombe à pic. »

Il s'essuya le visage avec son tee-shirt.

Son grand sourire édenté lui donnait l'air un peu dérangé. La hache était toujours coincée dans l'arbre.

Je ne suis pas sûr que je l'aurais reconnu si je l'avais croisé dans la rue. C'était bien lui, mais la prison l'avait rendu plus trapu. Des rides profondes plissaient son front et ses épaules se voûtaient sur son torse hypertrophié. Nous avions à peu près le même âge, pourtant il semblait beaucoup plus vieux, pas tant comme son père, qui me faisait penser à un vénérable politicien, qu'à la manière d'une machine puissante trahissant des signes d'usure.

« Qu'est-ce qu'il y a, Roy ?

— Eh bien… »

Il leva la tête vers le soleil, sans chercher à s'abriter les yeux.

« J'ai été emprisonné pour un crime que je n'avais pas commis et à ma libération je découvre que ma femme se tape mon pote. »

Celestial s'approcha de moi comme si je rentrais du travail à la fin d'une journée normale. Machinalement, ma main s'incurva autour de sa taille et je l'embrassai sur la joue. Son contact était rassurant. Quoi qu'il se soit passé en mon absence, elle était avec moi, à présent.

« Ça va, Celestial ?

— Bien sûr, qu'elle va bien. Je ne lèverais jamais la main sur elle, tu devrais le savoir. Je suis toujours Roy. Peut-être qu'elle n'est plus ma femme, mais je reste son mari. Est-ce que vous êtes aveugles ? »

Il leva les paumes comme pour montrer qu'il n'était pas armé.

« Viens, Dre, parlons. Asseyons-nous pour discuter entre hommes.

— Roy, c'est évident qu'on a un conflit. Qu'est-ce qu'on peut faire pour le résoudre ? »

Maintenant que j'avais lâché Celestial, mes bras me paraissaient inutiles.

« Ne t'en fais pas », lui dis-je, même si c'était surtout moi que j'essayais de convaincre.

Imitant le geste « ne tirez pas » de Roy, je m'approchai du Vieux Hickey. L'odeur du bois à vif rappelait presque celle de la canne à sucre. Des copeaux parsemaient la pelouse de confettis irréguliers.

« Parlons, insista Roy. Je suis désolé pour l'arbre. Je me suis laissé emporter. Mais j'ai un cœur, j'ai des sentiments. Beaucoup de sentiments. »

Il épousseta le banc.

« C'est mon père qui l'a construit, dis-je. Quand j'étais petit.

— Dre ? C'est tout ce que tu as à me dire ? »

Il se releva brutalement pour m'étreindre, une accolade virile avec force tapes dans le dos. À son contact, j'eus un mouvement de recul involontaire, dont j'eus honte.

Il me lâcha et se laissa retomber sur le banc.

« Alors, Dre. Quoi de neuf ?

— Des choses et d'autres.

— Et on va en parler, de ces choses ?

— On peut. »

Il indiqua l'espace à côté de lui et s'adossa à l'arbre, jambes étendues devant lui.

« On t'a bien eu, avec mon père, hein ?

— Il semblerait.

— Alors, pourquoi ? J'ai juste besoin de comprendre et après, promis, je te laisse le champ libre. Qu'est-ce qui a fait que tu t'es dit “Tant pis pour cette pauvre cloche de Roy. C'est dommage pour lui qu'il soit au trou, mais je pense que je vais me taper sa femme” ?

— Tu dénatures tout. Tu sais très bien que ce n'est pas ce qui s'est passé. »

Parce que je trouvais incorrect de laisser Celestial dans l'allée, où elle ne pouvait pas nous entendre, je lui fis signe de nous rejoindre.

« Ne l'appelle pas. C'est entre toi et moi.

— C'est entre nous trois », rectifiai-je.

En face, la voisine déplaçait des poinsettias pour les aligner sur un seul rang. Roy leva la main et elle répondit.

« Peut-être qu'on devrait inviter tout le quartier et décider que ça concerne tout le monde. »

Celestial s'assit sur le banc entre nous, aussi limpide que la pluie. Je l'enlaçai.

« Ne la touche pas, s'insurgea Roy. Tu n'as pas besoin de lui pisser dessus comme un chien qui marque son territoire. Surveille tes manières.

— Je ne suis pas un territoire », coupa Celestial.

Il se leva pour faire les cent pas nerveusement.

« J'essaie d'être aimable. Je le jure. J'étais innocent. Innocent. Je ne demandais rien à personne quand la police m'est tombée dessus. Ça pourrait t'arriver à toi aussi, Dre. Quand c'est ta parole contre la sienne, ça peut très vite partir en vrille. Les flics n'en ont rien à foutre que tu sois propriétaire de ta maison ou que tu possèdes un SUV Mercedes. Ce genre d'histoire peut arriver à n'importe qui.

— Tu crois que tu m'apprends quelque chose ? J'ai été noir toute ma vie, figure-toi.

— Roy, intervint Celestial. Il n'y a pas eu un jour sans qu'on parle de toi, sans qu'on pense à toi. Ne va pas imaginer qu'on s'en moque. C'est juste que, douze ans, ça semblait une éternité. »

J'écoutais Celestial sans rien dire. C'étaient les mots que nous avions choisis, mais ils sonnaient faux à présent. Affirmions-nous que notre relation était le résultat d'un concours de circonstances ? Que nous nous aimions uniquement parce que Roy était absent ? C'était un mensonge. Nous nous étions toujours aimés et je refusais de prétendre le contraire.

« Celestial, dit-il. Tais-toi.

— Roy, tu dois comprendre qu'on est ensemble, intervins-je. Point final. Les détails sont sans importance. Point final.

— Point final ?

— Point final.

— Écoutez tous les deux, nous interrompit Celestial.

— Rentre à la maison. Laisse-moi parler à Dre. »

Ma main appuya sur ses reins pour l'inciter à rejoindre la porte, mais elle était intraitable.

« Je n'irai nulle part. C'est ma vie aussi. »

Nous nous tournâmes tous les deux vers elle. Je reconnus sur le visage de Roy le reflet de l'admiration que j'éprouvais pour elle.

« Si c'est ce que tu souhaites, écoute, reprit-il. C'était pour ton bien que je te conseillais de rentrer. Tu n'as pas besoin d'entendre ce qu'Andre et moi avons à nous dire. J'essaie de me conduire en gentleman.

— C'est à elle de décider. Nous n'avons aucun secret l'un pour l'autre.

— Bien sûr que si, vous en avez, ricana Roy. Demande-lui ce qui s'est passé la nuit dernière. »

Lorsque je l'interrogeai du regard, je ne vis qu'un visage vide, fermé, face au soleil.

« Je te dis qu'il vaut mieux que tu t'éloignes, reprit Roy, s'adressant à Celestial. Quand les hommes parlent, ce n'est pas joli joli. C'est le problème avec la prison. Trop de mecs au même endroit. Tu es coincé là, alors que dehors il y a des femmes qui mettent des fleurs dans des vases, rendent la vie plus agréable, civilisent le monde. Là-bas, j'étais en cage, un animal enfermé avec d'autres animaux. C'est ta dernière chance, Celestial. Prends ta jolie petite personne par la main et rentre à la maison. Va coudre des poupées.

— Pas question. Il faut qu'il y ait au moins un être raisonnable, ici.

— Vas-y, chérie. Tu as eu toute la journée d'hier pour lui parler. »

Je m'efforçai de garder un ton neutre, de ne pas laisser entendre que je me demandais s'ils avaient fait autre chose que parler.

« Dix minutes suffiront, ajouta Roy. Ça ne sera pas long. »

Celestial se leva. Je regardai son dos lisse et musclé s'éloigner. Roy s'était tourné vers la voisine, qui nous observait franchement désormais, ne faisant même plus semblant de s'occuper de ses fleurs.

Il attendit que Celestial ait disparu.

« Voici ce que je pense. Le monde est rempli de femmes, et Atlanta en particulier. Tu es noir, tu as un emploi, tu es hétéro, libre, et tu aimes les frangines de couleur. Tu n'as que l'embarras du choix, putain. Pourquoi est-ce qu'il a fallu que tu prennes ma femme ? C'était irrespectueux. Pour moi et pour ce que je subissais, pour ce que nous subissons tous dans ce pays. Celestial était ma femme. Tu le savais. Merde, c'est toi qui nous as présentés ! »

Il s'était mis debout et se tenait devant moi, sa voix pas plus forte mais plus grave.

« Alors, quoi ? C'était pratique ? Tu voulais baiser à côté de chez toi pour ne pas avoir à prendre la voiture ? »

Je me levai, car il y a des mots qu'un homme ne peut pas entendre assis. Il m'attendait et il bomba la poitrine, plaquant son torse contre le mien. De près, il dégageait une odeur de feuille écrasée.

« Lâche-moi, Roy.

— Dis-moi. Dis-moi pourquoi tu as fait ça.

— Pourquoi j'ai fait quoi ?

— Pourquoi tu m'as piqué ma femme. Tu aurais dû la laisser tranquille. Elle se sentait seule, d'accord, mais pas toi. Même si elle s'est jetée à ta tête, tu aurais pu poursuivre ta route.

— Qu'est-ce que tu n'arrives pas à comprendre ?

— Ne me prends pas pour un con. Tu savais qu'elle était ma femme avant de t'embarquer dans cette histoire. Il y avait une occasion et tu as sauté dessus. Tant que tu pouvais te vider les couilles, tu t'en foutais. »

Je le poussai parce qu'il ne me laissait pas le choix.

« Ne parle pas d'elle comme ça.

— Sinon quoi ? Tu n'aimes pas ma façon de parler ? On n'est pas très politiquement correct en prison, tu sais ; on ne mâche pas ses mots.

— Alors, qu'est-ce que tu essaies de me dire ? Et qu'est-ce que tu veux entendre ? Si je te dis que c'était un plan cul, tu vas me cogner. Si je te dis que je veux l'épouser, pareil. Arrête le bla-bla et casse-moi la gueule. De toute manière, on en reviendra toujours au même point : elle ne t'appartient pas. Elle ne t'a jamais appartenu. Si tu ne peux pas comprendre ça, défoule-toi sur moi et passe à autre chose. »

Roy attendit quelques instants.

« C'est tout ce que tu as trouvé ? Elle ne m'appartient pas ? s'écria-t-il, laissant échapper un postillon par le trou qu'occupait sa dent autrefois. Elle ne t'appartient pas non plus, mon pote.

— OK. »

Je me détournai, torturé par les questions qui s'enroulaient telles des ronces autour de mes jambes. Le doute me mit à sa merci. J'en négligeai la prudence. Le rire de Roy m'avait secoué, me faisant oublier que je la croyais plus que mes propres yeux.

Il me frappa par-derrière avant que j'aie fait un pas.

« Ne me tourne pas le dos. »

C'était la violence prédite par mon père. *Encaisse*, avait-il dit. *Encaisse et rentre chez toi.* J'offris mon visage à Roy, qui m'écrabouilla le nez sans me laisser le temps de serrer les poings. Je sentis l'impact, puis le jet chaud sur mes lèvres et enfin la douleur. Je ripostai, deux coups solides dont un crochet bas aux reins, avant qu'il ne me plaque à terre. Roy avait passé les cinq dernières années en prison, pendant que j'écrivais des codes informatiques. Jusqu'à cet instant, j'étais fier de mon casier vierge, de ma vie de garçon sage. Mais sur la pelouse au pied du Vieux Hickey, alors que je tâchais de me protéger des poings de granit de Roy, je regrettai soudain de ne pas être un autre homme.

« Tout le monde est d'un calme qui me rend fou, comme si c'était un petit accrochage, haleta-t-il. C'est ma vie, connard. Ma vie ! On était mariés. »

Est-ce que vous avez déjà regardé la fureur en face ? Il n'y a rien à faire quand elle est aux commandes. Roy avait le visage hagard et déchaîné. Les muscles de son cou étaient pareils à des câbles, ses lèvres serrées dessinaient une balafre implacable. Les coups qui pleuvaient sur moi étaient alimentés par un besoin de me faire mal plus grand que son désir d'oxygène ou de liberté. Il était même plus grand que mon propre désir de vivre. Mes efforts pour me protéger étaient maniérés et symboliques, ils tenaient du rituel, alors que ses poings, ses pieds et ses besoins étaient programmés par un code brutal.

Avait-il appris ça en prison, cette façon de cogner ? Je ne retrouvais pas les gestes – un coup puis un pas en arrière – des bagarres de récréation. C'était l'acharnement féroce d'un homme qui n'avait rien à perdre. Si je ne me relevais pas, il me piétinerait le crâne. Je me mis debout, mais mes jambes me trahirent. Je tombai d'abord à genoux, comme un immeuble en démolition, puis je m'effondrai sur la pelouse, l'odeur de l'herbe sèche et du sang humide dans les narines.

« Dis que tu regrettes », demanda-t-il, le pied prêt à partir.

C'était une occasion à saisir. La possibilité d'agiter le drapeau blanc. Ce ne serait pas très compliqué de cracher ces quelques mots avec le sang que j'avais dans la bouche. Je pouvais bien lui offrir ça, sauf que j'en étais incapable.

« Que je regrette quoi ?
— Tu le sais très bien. »

J'observai ses yeux plissés face au soleil et je ne le reconnus pas. Aurais-je capitulé, si j'avais pensé que ça pouvait me sauver, si je n'avais pas cru qu'il était tout entier animé par le désir de me tuer ? Je l'ignore. Mais si je devais mourir devant chez moi, autant que ce soit avec un minimum de dignité.

« Je ne regrette pas. »

Pourtant, je regrettais un tas de choses. Pas ce qu'il y avait entre Celestial et moi, ça jamais. Je regrettais qu'Evie ait souffert du lupus presque toute sa vie. Je regrettais qu'on tue des éléphants pour leur ivoire. Je regrettais que Carlos ait échangé sa famille contre une autre. Je regrettais que Celestial doive assister à cette scène de la fenêtre. Et surtout, je regrettais ce qui était arrivé à Roy. La dernière fois que je l'avais vu, le matin avant la veillée de sa mère, il avait dit : « Je n'avais aucune chance de gagner, n'est-ce pas ? Je croyais seulement que j'en avais une. »

J'avais trouvé un moyen pour ne pas sentir la douleur : je pensais à Celestial et moi. Nous nous étions crus capables de surmonter cette calamité. Nous avions cru pouvoir nous en sortir par la discussion, par le raisonnement. Mais, de même que Roy avait payé pour ce qui était arrivé à cette femme, quelqu'un allait devoir payer pour ce qui était arrivé à Roy. Il y a toujours quelqu'un qui passe à la caisse. On dit qu'une balle ne porte pas le nom de sa victime. Eh bien, je pense qu'on peut en dire autant de la vengeance. Et peut-être de l'amour. C'est une tornade mortelle qui frappe au hasard.

Celestial

Il y a des jours où je ne me comprends pas moi-même. Roy et Andre se tournaient autour, exhalant une énergie de vestiaire, un mélange de violence et de compétition. Lorsqu'ils me dirent de m'éloigner, j'obéis. Pourquoi ? Craignais-je d'assister à ce qui allait se passer ? Je ne suis pas du genre docile, pourtant je les laissai sans faire d'histoires.

Ils durent s'empoigner dès que je franchis le seuil. Le temps que j'atteigne la fenêtre – pour les observer de derrière le rideau comme une jeune fille du Sud bien élevée –, Roy et Andre roulaient dans l'herbe sèche, un fouillis de bras et de jambes. Je ne regardai pas plus de quelques secondes, mais c'était déjà trop. Quand Roy plaqua Andre au sol et s'assit sur lui à califourchon, ses poings et sa rage s'abattant à toute volée sur lui, j'ouvris la fenêtre. Le rideau de dentelle accroché à sa mince baguette flottait comme un voile devant mes yeux. Je hurlai leurs noms dans le vent. Ils ne purent ou ne voulurent pas entendre. Les grognements d'épuisement et de satisfaction qui me parvinrent, se superposant aux halètements de douleur et d'humiliation, m'arrachèrent à mon poste.

Je me précipitai dehors, avec l'intention de les sauver tous deux.

Je les rejoignis sur la pelouse, trébuchante et tremblante.

« 17 novembre ! », criai-je, espérant que le code d'autrefois atteindrait Roy.

Il s'interrompit seulement pour secouer la tête d'un air de dégoût.

« Il est trop tard, Georgia. Il n'y a plus de mot magique pour nous. »

Il ne me laissait pas le choix. Je sortis mon téléphone et le braquai sur lui.

« J'appelle la police ! », hurlai-je à pleins poumons.

Roy se figea.

« Tu le ferais ? Tu le ferais, n'est-ce pas ?

— Si tu m'y obliges. Lâche-le.

— Je m'en fous. Appelle. Allez tous vous faire foutre, toi, Dre, les flics. »

Andre tenta de se dégager, mais Roy lui flanqua un coup de poing pour souligner son propos. Andre ferma les yeux, n'émettant aucun son.

« Roy, s'il te plaît, suppliai-je. S'il te plaît, ne me force pas à appeler la police.

— Vas-y. Est-ce que j'ai l'air d'en avoir quelque chose à faire ? Appelle les flics. Renvoie-moi en taule. Je n'ai plus rien ici. Renvoie-moi là-bas.

— Non. »

C'était Andre, ses pupilles noires et immenses débordant sur ses iris plus clairs.

« Celestial, tu ne peux pas faire ça. Pas après ce qui est arrivé.

— Vas-y.

— Celestial, insista Andre d'une voix à la fois résolue et lointaine. Lâche ce portable. Immédiatement. »

Je m'accroupis et lentement déposai l'appareil sur la pelouse. Roy desserra sa prise sur Andre, qui se mit à genoux, le corps en berne. Je voulus me ruer sur lui, mais il m'arrêta.

« Ça va, Celestial », dit-il, ce qui était clairement un mensonge.

Des éclats de bois pendouillaient de ses vêtements.

« Laisse-moi au moins regarder ton œil.

— Écarte-toi, Celestial », murmura-t-il, les dents striées de rose.

À quelques mètres, Roy ouvrait et fermait les poings.

« Je ne lui ai pas donné de coups de pied. Lorsqu'il était par terre, je ne l'ai pas bourré de coups de pied. J'aurais pu, pourtant.

— Peut-être, mais regarde ce que tu lui as fait !

— Et toi ? répliqua Roy, qui à présent faisait les cent pas comme s'il arpentait une cellule minuscule. Ce n'était pas ce qui était censé se passer. Je voulais juste rentrer chez moi. Je voulais du temps pour discuter avec ma femme et tirer la situation au clair. Dre n'aurait pas dû s'en mêler. »

Je n'avais pas appelé la police, mais elle vint quand même, avec des lumières bleues clignotantes et sans sirène. Les agents, une Noire et un Blanc, étaient mécontents de travailler un 24 décembre et ils ne cherchaient pas à s'en cacher. Je me demande ce qu'ils pensèrent de nous. Deux hommes meurtris et ensanglantés, et moi en tenue de fête, pimpante. J'avais l'impression d'être la mère de jumeaux nouveau-nés, courant de l'un à l'autre, m'assurant qu'aucun des deux n'était négligé, qu'ils avaient tous les deux un peu de moi.

« Tout va bien, madame ? », lança la femme.

Je ne m'étais pas trouvée si près de policiers depuis la nuit où on m'avait tirée de mon lit au Piney Woods. Machinalement, j'effleurai la cicatrice sous mon menton, la mémoire du corps réveillant la douleur. En dépit de la fraîcheur de décembre, je sentais la chaleur spectrale de cette nuit d'août. Sous la menace des armes, on nous avait ordonné de ne pas parler et de ne pas bouger. Malgré tout, mon mari avait pris ma main et nos doigts s'étaient entremêlés pendant un instant désespéré, avant qu'un coup de brodequin noir nous sépare.

« S'il vous plaît, ne lui faites rien, dis-je à la femme. Il a beaucoup souffert.

— Qui sont ces individus ? », me demanda le Blanc.

Il avait un accent à couper au couteau, caractéristique de la banlieue nord d'Atlanta, tournez à gauche après le Gros Poulet[1]. Je tentai sans succès de croiser le regard de la policière, qui ne quittait pas les hommes des yeux.

« C'est mon mari et mon voisin, dis-je de la voix impersonnelle que j'employais au téléphone. Il y a eu un petit malentendu, mais tout va bien maintenant. »

La femme s'adressa à Andre :

« C'est vous, le mari ? »

Voyant qu'il se taisait, Roy prit la parole :

---

1. Surnom donné au restaurant KFC de Marietta, surmonté d'une haute structure en acier représentant un poulet géant, qui est devenu un point de repère pour les habitants.

« C'est moi. »

Elle fit un signe de menton à Andre.

« Alors, vous êtes le voisin ? »

En guise de réponse, il récita son adresse, indiquant sa porte.

Une fois les policiers satisfaits, ils nous souhaitèrent un joyeux Noël qui résonna comme un mauvais présage. Ils repartirent sans les lumières bleues, leur pot d'échappement empuantissant l'air. Roy se laissa choir lourdement sur le banc en demi-lune. Il m'invita à le rejoindre, mais je ne pouvais pas, pas avec Andre à quelques mètres, son visage virant au violet autour des yeux et sa lèvre fendue révélant la chair à vif.

« Georgia… »

Le corps de Roy se contracta et il eut un haut-le-cœur, la tête entre les genoux. Je m'approchai de lui et caressai son dos agité de convulsions.

« J'ai mal. J'ai mal partout.

— Tu veux aller à l'hôpital ?

— Je veux dormir dans mon lit. »

Il se leva avec l'air résolu de quelqu'un qui savait où il allait, mais se contenta de se tourner vers le Vieux Hickey.

« C'est trop. »

Alors, très vite – ce dut être rapide, pourtant, curieusement, je distinguai chaque mouvement –, Roy aspira ses lèvres entre ses dents, étreignit l'arbre fraternellement, renversa la tête en arrière, présentant son visage au ciel, avant de frapper son front contre l'écorce séculaire. Il y eut un bruit étouffé, comme le craquement d'un œuf qui tombe sur le sol de la cuisine. Il répéta son geste. Sans réfléchir, je me plaçai entre mon mari et le hickory. Roy tendit le cou, prêt à recommencer, sauf que cette fois, s'il décidait de lancer son crâne en avant, c'était contre moi qu'il s'écraserait.

Ses épaules nouées tressaillirent. Ses yeux balayèrent la scène, le Vieux Hickey, les copeaux éparpillés autour de nous, Andre et moi. Puis il se regarda.

« Comment est-ce que c'est arrivé ? », demanda-t-il en se touchant le front.

Le sang dégoulinait sur ses sourcils. Il s'assit dans l'herbe avec souplesse, l'air déterminé.

« Qu'est-ce que tu veux que je fasse ? »

Il se tourna vers Dre.

« Sérieusement. Qu'est-ce que je devrais faire, à votre avis ? »

Andre s'assit précautionneusement sur le banc arrondi, se crispant à la perspective de la douleur.

« Nous t'aiderons à redémarrer. Si tu veux, tu pourras rester chez moi.

— Je serai chez toi pendant que tu habiteras chez moi avec ma femme ? À quoi ça rime ? »

Il se tourna vers moi.

« Celestial, tu savais que ça ne marcherait pas. Tu me connais. Comment est-ce que tu as pu penser que j'accepterais un arrangement pareil ? Qu'est-ce que tu imaginais ? »

Qu'est-ce que j'imaginais ? À vrai dire, avant que Roy ne réapparaisse dans mon salon, j'avais oublié qu'il était réel. Cela faisait deux ans qu'il n'était plus qu'une idée pour moi, ce mari qui n'existait pas vraiment. Il avait disparu de ma vie pendant plus longtemps qu'il n'en avait fait partie. Je m'étais persuadée qu'il y avait des lois limitant la responsabilité. Quand j'avais envoyé Andre en Louisiane, j'espérais peut-être que Roy déciderait de ne pas revenir à Atlanta, que je resterais un souvenir pour lui ainsi qu'il en était un pour moi.

« Roy, franchement, est-ce que tu m'aurais attendue pendant cinq ans ? », demandai-je, m'interrogeant à voix haute.

Son corps se convulsa encore.

« Celestial, répliqua-t-il du ton patient dont on use avec les enfants. Ce genre d'histoire ne te serait de toute manière jamais arrivé. »

Andre fit mine de nous rejoindre, mais je secouai la tête. Son souffle était saccadé et il exhalait dans l'air de petits nuages blancs.

« Qu'est-ce que ça fait de prendre toutes les décisions ? C'est toi qui décides de tout depuis cinq ans. Avant le mariage, c'était moi. Tu avais un doigt qui avait besoin d'une bague. Tu t'en souviens ? Tu te rappelles le temps où j'étais un fiancé dont tu pouvais être fière ? Tu braquais ce diamant devant toi comme si c'était un projecteur. Je mentirais si je prétendais que ça ne me faisait pas triper. Aujourd'hui, je suis là et c'est tout ce que j'ai à t'offrir. C'est déjà mieux que l'an dernier, où je n'avais rien du tout. Donc, me voici. »

Il s'adressa à Andre :

« À toi, Dre. Qu'est-ce que tu as à dire ? »

Il répondit à Roy, mais c'est moi qu'il regardait.

« Je n'ai pas besoin de dire à Celestial ce que je ressens. Elle connaît mes sentiments.

— Moi, ça m'intéresse. Raconte-moi comment tu t'es retrouvé avec la tête sur mon oreiller.

— Roy, je suis peiné de ce qui t'est arrivé. Tu le sais. Ne prends pas ça pour un manque de respect, mais je ne tiens pas à en parler. »

Il toucha sa lèvre éclatée du bout de la langue.

« Tu avais la possibilité de discuter avec moi et tu as préféré te battre. Je n'ai plus rien à te dire.

— Et toi, Georgia ? Tu n'as rien à dire non plus ? Qu'est-ce qui t'a poussée à choisir Dre ? »

La vérité, c'est qu'Olive avait décidé pour moi, quand je l'avais vue allongée dans son cercueil et que Big Roy m'avait montré ce qu'était la communion entre deux êtres, à quoi ça ressemblait, le bruit que ça faisait, et même son odeur de terre fraîche et de tristesse. Je ne pouvais pas expliquer à Roy que notre mariage ne tenait pas la comparaison. C'était une greffe qui n'avait pas eu le temps de prendre.

« Est-ce que c'est parce que Dre était là au bon endroit et au bon moment ? demanda-t-il, comme s'il avait entendu le murmure de mes pensées. Est-ce que c'est un crime passionnel ou est-ce que c'est l'occasion qui a fait le larron ? J'ai besoin de savoir. »

Je voulais lui dire que le désir ne fonctionnait pas comme je le croyais autrefois, lorsque l'électricité de l'attirance suffisait à me tourner la tête. Ce qu'il y avait entre Andre et moi était de l'ordre du quotidien. Il y avait une tendresse entre nous qui semblait exister depuis toujours, parce que c'était le cas.

Devant mon silence, Roy insista :

« Comment est-ce qu'on en est arrivés là ? Ma clé marche, mais tu ne veux pas me laisser entrer. »

Il se redressa péniblement, seulement pour retomber sur le banc, les yeux vides et désespérés. Je me tournai vers Andre, qui ne me rendit pas mon regard. Il examinait Roy, anéanti et grelottant.

« Ce n'est pas toi qui lui as fait ça, dit-il enfin. Tu n'as pas à culpabiliser. »

Et il avait raison. Tout autour de Roy, il y avait les éclats d'une vie brisée, et pas uniquement d'un cœur brisé. En même temps n'étais-je pas la seule qui pouvait le réparer, si une telle chose était possible ? Le travail des femmes n'est jamais simple, jamais propre.

« Tu sais où me trouver », ajouta-t-il.

Andre partit de son côté, nous du nôtre. Je guidais Roy comme s'il avait reçu une balle ou perdu la vue. Alors que nous gravissions les marches du perron, j'entendis la voix calme d'Andre :

« Il s'est cogné la tête violemment. Il a peut-être subi une commotion cérébrale. Il ne faut pas qu'il s'endorme tout de suite.

— Merci, répondis-je.

— Merci pour quoi ? »

Dans la salle de bains, Roy me laissa nettoyer sa blessure, mais refusa d'aller aux urgences.

« Je sais que tu peux me soigner. »

Il n'y avait pas grand-chose à faire, hormis appliquer de l'antiseptique. La nuit vint. Nous parlions pour repousser le sommeil, même si nos paupières semblaient lestées par des pièces de monnaie.

« Qu'est-ce que tu cherchais ? Quand tu as vidé tous les cartons ? »

Roy sourit et glissa le bout de son petit doigt dans l'espace entre ses dents.

« Ça. Ce n'était pas un déchet. Pourquoi l'avoir jetée ?

— Je l'ai gardée.

— C'est parce que tu m'aimes, bredouilla-t-il.

— Ne t'endors pas, dis-je en le secouant. Si tu as une commotion cérébrale, tu peux mourir dans ton sommeil.

— Tu imagines le truc con ? Je sors de prison. Je rentre chez moi, je trouve ma femme avec un autre et je la récupère, tout ça pour crever après m'être battu contre un arbre. »

Dans la pénombre, il dut sentir un changement en moi.

« J'ai parlé trop vite ? Je ne t'ai pas récupérée ? »

Chaque fois que ses yeux se fermaient, je le secouais.

« S'il te plaît, non, murmurai-je, m'ouvrant à lui, tirant un loquet rouillé. Je ne peux pas te perdre comme ça. »

Andre

C'est ainsi que je me retrouvai seul.

Lorsque Celestial entra avec sa clé et apparut dans le salon, il n'était pas loin de 1 heure du matin, le soir, mais aussi déjà le lendemain. Elle s'était changée. Pour ma part, je portais encore mon jean. Avant même que je sois assez près pour voir ses yeux gonflés, l'odeur de sel me parvint, une odeur de plage.

« Salut, lança-t-elle, soulevant mes jambes pour s'asseoir sur le canapé, puis les reposant sur ses genoux. Joyeux Noël.

— Si on veut », répondis-je en lui tendant le verre carré contenant ce qu'il restait de la bouteille de scotch paternelle.

Lorsqu'elle but, les vapeurs de l'alcool me firent penser à Carlos.

Je me plaquai contre le dossier pour lui faire de la place.

« Allonge-toi. Je ne veux pas parler de ça si je ne te sens pas près de moi. »

Elle secoua la tête et se leva.

« J'ai besoin de marcher. »

Elle errait dans la pièce comme un fantôme sans but, piégé.

Je tentai de me redresser. J'avais pansé mes côtes, mais chaque respiration était douloureuse.

« J'en déduis donc que Roy est toujours en vie ?

— Dre… »

Elle s'assit en tailleur sur le tapis blanc, à l'autre bout de la pièce. Ses pieds nus semblaient glacés et vulnérables.

« Il est anéanti.

— Ça n'a rien à voir avec nous.

— Il y a tant de choses que tu ignores. Des choses que nous ne pouvons même pas imaginer.

— C'est pour ça que tu te caches dans le coin ? Celestial, à quoi tu joues ? Allez, viens ici. Parle-moi. »

Elle me rejoignit sur le canapé et nous nous allongeâmes côte à côte. Elle se blottit contre moi, son front touchant le mien.

« Je l'ai épousé pour une raison. On ne peut jamais véritablement désaimer quelqu'un. L'amour change peut-être de nature, mais il est toujours là.

— Tu le crois vraiment ?

— Dre, nous avons tant, et lui n'a rien du tout. Même pas sa mère. Pendant qu'il parlait, j'avais le visage en feu, comme à l'enterrement d'Olive. La marque de sa main me brûlait la joue, pour que je n'oublie pas. »

Elle m'attrapa le poignet.

« Sens. »

Je la repoussai, soudain irrité par son contact, par l'odeur de whisky dans son haleine, par le parfum de lavande dans son cou. Je ne souhaitais pas encourager son délire sur les gifles données par des esprits, les mères défuntes et le devoir.

« Va-t'en. Si tu as décidé de me quitter, fais-le. Ne t'abrite pas derrière le surnaturel. C'est toi qui fais ce choix, Celestial. Toi.

— Tu sais ce que je veux dire, Dre. Nous avons de la chance. Nous sommes nés sous une bonne étoile. Roy doit recommencer de zéro. Tu l'as vu tenter de se tuer contre cet arbre. Il voulait se fracasser le crâne.

— Ah bon ? J'avais l'impression que c'était moi qu'il essayait de tuer.

— Dre. Toi et moi, on a seulement le cœur brisé. C'est tout. Seulement le cœur brisé.

— Parle pour *toi*.

— Baby, tu ne comprends pas ? Ce que je te fais, c'est à moi que je le fais aussi.

— Dans ce cas, ne le fais pas. Rien ne t'y oblige. »

Elle secoua la tête.

« Tu ne l'as pas vu. Si tu l'avais vu, tu serais d'accord avec moi.

— Je ne peux pas vivre sans toi, Celestial. Je t'attends depuis toujours. »

Elle bougea pour que nous nous touchions de nouveau. Lorsqu'elle ferma les yeux, je sentis le chatouillis de ses cils.

« Je n'ai pas le choix. »

Celestial ne me devait rien. Il y avait encore quelques mois, c'était ce qui était magique entre nous. Pas de dettes. Pas d'obligations. Elle affirmait que l'amour pouvait changer de nature mais, en ce qui me concernait, c'était un mensonge. Je l'enlaçai, le corps douloureux et ankylosé. Je la tins jusqu'à ce que mes muscles cessent de m'obéir, conscient que ce serait fini dès que je la lâchcrais.

Roy

Je me réveillai à 11 h 15. L'air tout neuf sentait les arbres. À l'exception de ses cheveux, j'avais retrouvé ma Georgia. Je me levai et elle me prit dans ses bras, écartant les doigts sur mes épaules. Sa peau était aussi chaude qu'une tasse de chocolat.

« *Merry Christmas*, *baby*, dis-je, un clin d'œil à Otis Redding.

— Joyeux Noël, répondit-elle en souriant.

— Avec tout ça, j'avais presque oublié les fêtes. »

Je regrettai un peu tard de ne pas avoir utilisé une partie de l'argent d'Olive pour lui offrir le cadeau parfait, un bel objet dans un petit paquet.

« Ne dis pas de bêtises. Tu es sain et sauf. »

Elle savait que ce n'était pas entièrement vrai. J'avais honte quand je pensais à la veille, pas tant à la violence qu'à mes aveux désespérés, alors qu'elle s'efforçait de me tenir éveillé pour me sauver la vie. Quand je lui avais raconté l'épisode de la poire, elle m'avait apaisé avec un cantique, celui qu'elle avait chanté à l'enterrement de ma mère. J'avais oublié le pouvoir de sa voix, cette façon qu'elle avait de vous hérisser pour mieux vous caresser. Je songeai à

Davina, qui était capable de guérir un homme. Que penserait Celestial si elle découvrait que je m'étais retapé en brisant le cœur d'une femme généreuse ? On ne blesse pas les gens impunément. Mais Celestial le savait déjà.

« Devine ce que je veux pour Noël. Mes deux dents de devant. Surtout celle du bas, en fait. »

Elle se dégagea et se dirigea vers la commode, vêtue d'une combinaison dans laquelle elle avait l'air d'une vierge. La première fois que je l'avais vue en blanc c'était le jour de notre mariage, et la dernière c'était le soir où on avait défoncé la porte de notre chambre.

Elle prit un coffret à bijoux qui était une réplique miniature du meuble. Elle l'ouvrit et en sortit une petite boîte, qu'elle me tendit. Je la secouai et je fus récompensé par le tintement d'un fragment d'os perdu.

« Tu te souviens de cette soirée ? J'ai voulu jouer les Superman pour te séduire.

— Tu as été à la hauteur de la situation, mieux que ça !

— J'espère que tu ne le prendras pas mal. Je sais que tu es une femme indépendante et tout. Tu gagnes bien ta vie et tu as l'argent de ton père. Mais j'étais heureux de pouvoir te sauver. Quand je courais après ce mec dans la rue, j'avais l'impression d'être un héros. Même quand il m'a cassé une dent.

— Il aurait pu te tuer. Je n'y ai pas pensé avant que tu ne le rattrapes.

— Il aurait pu, mais il ne l'a pas fait. Ça ne sert à rien de s'inquiéter au sujet de ce qui aurait pu se passer. Je ne m'inquiète même pas de ce qui a eu lieu. C'est un nouveau jour. Un nouveau départ. »

Nous préparâmes un petit déjeuner tardif en pyjama. Je proposai de faire des croquettes de saumon. Elle se chargea du gruau de maïs. Tandis qu'elle remuait le contenu de la poêle, je remarquai l'éclat chaud d'un rubis à sa main droite.

Le téléphone sonna et Celestial lança « Joyeuses fêtes » dans l'appareil, comme si c'était le nom d'une société. Je devinai qu'elle parlait à ses parents. M. et Mme Davenport, le génie excentrique et l'administratrice scolaire, bien à l'abri dans leur maison hantée. Ils me manquaient, ainsi que le confort et la sécurité qu'ils incarnaient. Je tendis la main pour qu'elle me passe le combiné. Elle secoua la tête, formant le mot « chut » avec ses lèvres.

« Est-ce qu'on va dîner chez eux ? demandai-je après qu'elle eut raccroché.

— Nous ne sommes pas en très bons termes. En plus, je ne suis pas prête à mêler le monde extérieur à cette histoire.

— Noël était ma fête préférée, dis-je. Dès que j'ai eu des dents, chaque année, Big Roy découpait une pomme, que nous partagions. Quand il était enfant, c'était tout ce qu'il trouvait sous le sapin, une pomme. Il ignorait que les autres recevaient des petites voitures, des vêtements et toutes sortes de cadeaux. Il se réjouissait de ce qu'il avait : une pomme pour lui seul.

— Tu ne m'avais jamais raconté ça.

— Je suppose que je n'avais pas envie que tu nous plaignes, alors que c'est un de mes souvenirs les plus heureux. Après notre mariage, le matin de Noël, je cherchais toujours ma pomme. »

Elle détourna les yeux.

« Tu aurais pu m'en parler. Je ne suis pas celle que tu crois.

— Georgia, je le sais à présent. Ne m'en veux pas. C'était il y a tellement longtemps. J'ai fait des erreurs. Tu as fait des erreurs. Ce n'est pas grave. Personne ne reproche rien à personne. »

Songeuse, elle ouvrit le four pour en extraire un plat de toasts, mous dessous, grillés dessus, avec juste cinq gouttes de beurre : exactement comme ceux d'Olive. Elle prit une tranche qu'elle soumit à mon examen. *Je fais de mon mieux. Je fais vraiment de mon mieux*, lisait-on sur son visage.

Dans le frigo, je trouvai une grosse pomme rouge qui semblait sortie d'un livre d'images. Le couteau que j'ôtai du bloc était petit mais aiguisé. Je coupai un épais quartier que je lui donnai avant de m'en tailler un.

« Joyeux Noël. »

Elle le leva.

« À la tienne. *Bon appétit**. »

Pour la première fois, j'avais l'impression que nous nous étions retrouvés, qu'une vraie réconciliation était possible.

La pomme acidulée me rappelait Big Roy. Je l'imaginai, seul en ce jour de Noël. Wickliffe devait célébrer les fêtes avec sa fille et ses petits-enfants, et il ne voyait pas grand monde en dehors de son ami.

« Celestial. Je sais que j'ai dit que nous ne devions pas vivre dans le passé. Mais il y a encore une chose dont j'aimerais parler. »

Mâchant sa pomme, elle hocha la tête, une lueur inquiète dans les yeux.

« Je ne suis pas en colère. Je te le promets. Il ne s'agit pas d'Andre et il ne s'agit pas non plus d'avoir des enfants. C'est à propos de ma mère. »

Elle posa sa main poisseuse de jus sur la mienne et je pris une inspiration.

« Big Roy m'a dit que tu avais parlé de Walter à Olive. Il prétend que ça l'a tuée. Littéralement. D'après lui, elle allait mieux, mais après ça elle a renoncé à se battre. Elle avait perdu l'envie de s'accrocher.

— Non ! s'écria-t-elle alors que je retirais ma main. Non, non et non. Ce n'est pas ce qui s'est passé.

— Quoi, alors ? »

Je lui avais assuré que je n'étais pas en colère, pourtant ce n'était peut-être pas tout à fait vrai. La pomme dans ma bouche avait un goût de terre.

« Je suis effectivement allée la voir à la fin. Ce n'était pas une agonie paisible, Roy. L'infirmière faisait de son mieux, mais ta maman refusait les calmants de peur que ça n'accélère le processus, car elle voulait tenir pour toi. Le cancer avait colonisé ses poumons, au point que j'entendais le gargouillis dans sa poitrine, comme quand on fait des bulles dans un verre de lait. Elle avait beau se battre de toutes ses forces, c'était un combat perdu d'avance ; ses doigts étaient bleus, et ses lèvres aussi. J'ai demandé à ton père de quitter la chambre et je lui ai tout raconté.

— Pourquoi ? Pourquoi est-ce que tu as fait ça ? Deux jours plus tard, c'était fini. »

Olive était morte seule, pendant que Big Roy était en train de lui acheter de la compote au 7-Eleven. *Je l'ai abandonnée*, m'avait-il dit. *Le temps que je revienne, c'était fini.*

« Maman ne méritait pas ça. »

Celestial secoua la tête.

« Non. Tu peux me reprocher tout ce que tu veux, mais pas ça. Quand je lui ai parlé de Walter, elle a soupiré, regardé le plafond, et alors elle a dit : "Dieu a un drôle d'humour. Envoyer Othaniel à la rescousse." Ton père se trompe s'il pense qu'elle a renoncé. Quand elle a réalisé que tu n'étais pas seul, elle s'est enfin autorisée à lâcher prise. »

Celestial croisa les bras sur sa poitrine comme pour contenir ce qu'il y avait à l'intérieur.

« Je sais que tu m'avais demandé de ne pas le faire. Mais si tu avais été là… »

C'était à mon tour de croiser les bras, m'agrippant à mes côtes.

« Ce n'est pas ma faute si je n'y étais pas. Je serais venu, si on m'avait autorisé à sortir. »

Nous étions assis face à face, incapables de nous consoler mutuellement. Elle se souvenait d'avoir été le témoin impuissant de la souffrance de ma mère, et moi je souffrais parce que j'avais été privé de ce moment avec elle.

Elle se ressaisit la première. Elle attrapa la pomme sur la table et en coupa encore un quartier pour elle et un pour moi.

« Mange. »

Le soir arriva et la nuit succéda au jour, ainsi qu'il se doit, amenant la promesse d'un nouveau matin. Cette idée m'avait aidé à supporter toutes ces années noires. Pendant que Celestial se douchait, j'appelai mon père. Je perçus la mélancolie dans sa voix, lorsqu'il décrocha et prononça le nom que nous partagions.

« Ça va, papa ?
— Oui, Roy. J'ai une petite indigestion, rien de méchant. Mme Franklin m'a apporté une assiette et j'ai trop mangé, ou peut-être que j'ai avalé trop vite. Elle n'est pas aussi bonne cuisinière que ta maman, mais elle se débrouille.
— Tu as le droit d'apprécier sa nourriture, papa. Tu as même le droit de l'apprécier, elle. »
En dépit de son rire, il n'avait pas l'air bien.
« Tu essaies de me marier pour que tu n'aies pas à revenir t'occuper de moi ?
— Je veux que tu sois heureux.
— Tu es libre, Roy. Ça suffit à me rendre heureux jusqu'à la fin de mes jours. »
Ensuite, alors que la vapeur de la douche de Celestial s'infiltrait dans la chambre, j'appelai Davina.
« Joyeux Noël. »
On entendait de la musique et des rires dans la pièce.
« Je te dérange ? »
Elle hésita.
« Un instant, je sors. »
Pendant que j'attendais, je l'imaginai avec une décoration de Noël scintillant dans ses cheveux, sur sa main ou à sa hanche. Lorsque sa voix s'éleva dans l'appareil, je m'efforçai de prendre un ton léger :
« Je voulais juste te souhaiter un joyeux Noël. »
Je tenais le combiné à deux mains, comme si j'avais peur qu'on me l'arrache.
« Roy Hamilton, j'ai une question à te poser. Prêt ? Voilà : *quelque chose ou rien du tout ?* C'cst peut-être l'alcool qui parle, mais j'ai besoin de savoir.

Ce qui s'est passé entre nous, est-ce que c'était *quelque chose* ou *rien* ? »

C'est ça, les femmes, des interros surprises sans bonne réponse.

« Quelque chose ? répétai-je d'une voix incertaine.

— Tu n'en es pas sûr ? Parce que pour moi, Roy Hamilton, il y avait quelque chose. Il y a quelque chose.

— Davina, ne m'oblige pas à mentir. Je suis marié. J'ai découvert que j'étais toujours marié. »

Elle me coupa la parole :

« Ce n'est pas ce que je t'ai demandé. *Quelque chose* ou *rien*, c'est tout ce que je veux savoir. »

Tordant le fil du téléphone, je me souvins du moment que nous avions passé ensemble. Deux nuits, pas plus ? Mais ces deux nuits étaient le début du reste de ma vie. J'avais rampé jusqu'à sa porte et j'étais reparti sur mes deux pieds.

« Quelque chose, dis-je d'une voix plus ferme. Quelque chose. J'aimerais pouvoir dire quoi. »

Je raccrochai et Celestial apparut, l'air d'un cadeau de Noël dans une nuisette de dentelle que je reconnaissais pour la lui avoir offerte. Elle s'était plainte que le tissu devait gratter, à l'époque, sous-entendant qu'elle paraissait bon marché. Je l'avais pourtant payée un bon prix mais, à présent que je la voyais sur elle, je comprenais ce qu'elle avait voulu dire. Elle pirouetta.

« Ça te plaît.

— Oui. Beaucoup. »

Elle s'étendit sur les oreillers, telle une déesse au repos, sa poitrine mouchetée d'or.

« Viens. »

Elle parlait comme à la télévision, pas comme dans la vraie vie.

Je m'approchai, mais je n'éteignis pas la lumière.

« Encore une chose. Une dernière chose pour que tout soit clair entre nous. D'accord ? Avant de continuer, d'accord ?

— Tu n'es pas obligé. Il n'était pas question de recommencer de zéro ? »

Je tressaillis. Recommencer de zéro, c'était le fantasme d'entrer dans une pièce propre et vide, et de refermer la porte derrière soi.

« Je ne veux pas recommencer de zéro. Je veux commencer pour de bon.

— Vas-y, alors.

— Voilà. Quand j'étais à Eloe ces derniers jours, ça n'allait pas fort. C'était trop pour moi. Et il y a une femme que je connaissais du lycée. Elle m'a invité à dîner chez elle et une chose en amenant une autre… »

Curieusement, mon aveu me semblait aussi familier qu'un vieux jean dont on n'arrive pas à se débarrasser. Cette dynamique était un résidu de l'époque où nous nous disputions comme seuls se querellent les amants. Aujourd'hui, Celestial ne pouvait pas légitimement être jalouse mais, si les sentiments avaient quoi que ce soit à voir avec la légitimité, ça se saurait. J'esquissai un sourire, me souvenant du soir où elle avait jeté à la poubelle ma part de gâteau d'anniversaire et vidé les flûtes de champagne. Peut-être nos disputes me manquaient-elles autant que notre amour, parce que, avec elle, je n'avais jamais connu le second sans les premières. Notre passion était puissante et dangereuse comme un atome instable. Je n'oublierais jamais la fois où, en gage de réconciliation, elle m'avait mordu la poitrine, laissant un cercle violet que j'avais senti pendant un jour et demi. Avec une femme pareille, on savait qu'on vivait quelque chose.

« Comment est-ce que je pourrais t'en vouloir ? Je ne suis pas hypocrite à ce point. »

J'examinai son visage qui ne reflétait que la lassitude. Elle aurait aussi bien pu hausser les épaules. Ça faisait longtemps que je ne l'avais pas vue, mais je la connaissais encore un peu. Il y a des choses en nous qui ne changent pas. Celestial était une femme intense. La veille, sous l'arbre, malgré les efforts qu'elle faisait pour garder son sang-froid, pour maîtriser le feu en elle, je la devinais incandescente.

« Georgia, tu comprends ce que je suis en train de dire ?

— Oui. Tu as beaucoup souffert. C'était une aventure qui ne signifiait rien. C'est ça, non ? »

Je la pris dans mes bras. J'étais en pantalon et en chaussettes alors qu'elle était presque nue. Elle sentait la poudre pailletée et le savon.

« Celestial, ça t'est indifférent, n'est-ce pas ?

— Ce n'est pas que ça m'est indifférent. J'essaie de me comporter en adulte.

— Je l'ai appelée il y a un instant, pendant que tu étais sous la douche. »

J'avais ralenti mon débit, détachant chaque mot pour qu'il s'imprime dans son esprit. Je n'en tirais aucun plaisir. Je jure que je ne voulais pas la blesser, mais il fallait que je sache si j'en avais la capacité. Si j'avais encore ce genre de pouvoir, ce genre d'influence.

« Elle m'a appris à redevenir moi-même, ou peut-être qu'elle m'a fait découvrir mon nouveau moi, celui que je devrais être désormais. Ce n'était pas purement sexuel. Je ne peux pas te mentir et te dire que ce n'était rien. Elle m'a traité comme un homme, ou peut-être simplement comme un être humain. »

Le regard de ma femme était totalement inexpressif.

« D'accord, et elle s'appelle comment ?

— Davina Hardrick. Elle m'a demandé ce qu'il y avait entre nous. Entre elle et moi, pas entre toi et moi.

— Tu as dit quoi ? »

Le ton de sa voix était curieux, rien de plus.

« Je lui ai dit que j'étais marié. »

Celestial hocha la tête, puis elle éteignit la lumière et me tira vers le lit.

« Oui, tu es un homme marié. »

Allongé dans le noir, je me sentais incertain. J'avais l'impression d'avoir oublié jusqu'à mon propre nom.

La seule question selon Davina était *quelque chose* ou *rien*, mais c'était un fantasme, au même titre que l'idée de repartir de zéro. Jusqu'à la fin de nos jours, il y aurait *quelque chose* entre Celestial et moi. Nous ne connaîtrions jamais la paix du *rien*. Le réveil à côté du lit venait d'afficher minuit. Noël était officiellement terminé. Je sentis soudain ma femme bécoter mes épaules. Ses baisers avaient le goût de la tristesse, mais elle continuait de me caresser, murmurant mon nom avec mélancolie. Je lui fis face ; dans ma main, sa tête était aussi fragile qu'une ampoule.

« Tu n'es pas obligée, Georgia. »

Elle me réduisit au silence d'un baiser que je n'étais pas sûr de vouloir. À la lueur du réveil, je distinguais son front crispé et ses paupières frémissantes.

« Il n'y a aucune obligation. On peut simplement dormir. »

Sa peau était brûlante contre ma cuisse, alors que je caressais la dentelle qui ourlait sa nuisette. Je cherchais son corps, mais je sentais ses muscles se contracter sous mes doigts. J'avais l'impression de la changer en pierre, une cellule après l'autre.

« C'est comme ça que je t'aime », dit-elle, s'allongeant sur l'amas d'oreillers.

Dans l'obscurité, je devinais sa poitrine qui se soulevait et retombait rapidement, son souffle d'oiseau qu'on tient au creux de la main.

« S'il te plaît, Roy. Laisse-moi arranger les choses. »

Lorsque j'étais en prison, Olive m'avait rendu visite tous les week-ends jusqu'à ce que la maladie l'en empêche. J'étais toujours heureux de sa venue, et en même temps humilié qu'elle me voie ainsi. Un dimanche, je sentis quelque chose de différent, sans savoir quoi. Elle devait être au courant pour le cancer, mais elle n'en parla pas. Je remarquai qu'elle respirait avec difficulté, malgré tout ; Olive en était consciente et elle se surveillait. Elle prenait de petites inspirations inquiètes, comme Celestial aujourd'hui.

« Little Roy, me dit ma mère, il n'y a aucun doute dans mon esprit. J'ai juste besoin d'entendre de ta bouche que tu ne l'as pas fait. »

J'eus un soubresaut et je reculai le buste avec la sensation qu'elle m'avait craché au visage. Elle plongea en avant comme pour rattraper un verre qui bascule de la table.

« Je sais que tu ne l'as pas fait. Je le sais, répétait-elle d'une voix apaisante. Je veux juste t'entendre le dire, s'il te plaît.

— J'étais avec Celestial au moment où ça s'est passé. Tu n'as qu'à lui poser la question.

— Ce n'est pas elle que je veux entendre. C'est toi. »

Je ne peux pas penser à cette journée sans me remémorer son souffle haletant, sans imaginer les cellules cancéreuses se multipliant à l'intérieur de son corps et la consumant. Olive était en train de mourir et je n'avais eu que des mots d'amertume. Le fait que je l'ignorais n'y changeait rien.

« Maman, je ne suis pas un violeur, répondis-je en détachant chaque syllabe d'une voix retentissante.

— Little Roy… »

Je l'interrompis :

« Ça suffit. Je n'ai pas envie de parler.

— Je te crois », dit-elle avant de partir.

Alors que je la regardais s'éloigner, j'énumérai dans ma tête tout ce qui me déplaisait en elle. Je fis délibérément abstraction de la dévotion dont elle se drapait comme d'une cape, j'écartai sa force et sa beauté de travailleuse. Je récapitulai tout ce que je n'aimais pas chez elle, trop furieux pour lui dire au revoir.

Dans la pièce silencieuse, ma femme leva ses bras gracieux, encerclant mon cou et m'attirant vers elle avec une puissance que je ne lui connaissais pas.

« Je veux que tu te sentes bien. »

Sa voix était courageuse et déterminée.

« Je ne l'ai pas fait. Je n'ai pas touché cette femme. Elle était persuadée que c'était moi. Elle n'imaginait pas que ce puisse être quelqu'un d'autre qui était entré dans sa chambre et qui s'était jeté sur elle. Lorsqu'elle est passée à la barre, je n'ai même pas pu affronter son regard, parce qu'à ses yeux j'étais un barbare, un chien. Si je la regardais me regarder, je devenais celui qu'elle pensait que j'étais. On ne peut rien dire de pire d'un homme.

— Chut. C'est fini, tout ça.

— Rien n'est jamais fini », répliquai-je, dénouant ses bras.

Allongé à côté d'elle, je nous revis gisant sur l'asphalte, sans pouvoir nous toucher.

« Celestial, repris-je, surpris par le son caverneux de ma voix qui résonnait dans ma poitrine. Je ne suis pas un violeur. Tu comprends ce que j'essaie de te dire.

— Oui, répondit-elle, décontenancée. Je n'ai jamais pensé que tu étais coupable. Je sais qui j'ai épousé.

— Moi aussi, je sais qui j'ai épousé. Tu es en moi. Quand je te touche, ta chair communique avec mes os. Tu crois que je ne sens pas ta tristesse ?

— J'ai peur, murmura-t-elle. C'est dur de recommencer. »

Ses doigts transmettaient une volonté désespérée.

L'immense générosité des femmes est un tunnel mystérieux et nul ne sait où il mène. Partout, il y a des indices qui sont autant de pièges et, quand on est un homme, il faut être conscient que la logique ne nous conduira pas nécessairement à la sortie. Cruelle ironie, en me montrant qu'elle m'aimait, elle me révélait qu'elle ne m'aimait plus. Celestial s'offrait à moi comme un don de la Providence, comme une poire rouge sans le moindre défaut. En voulant me prouver son affection, elle laissait apparaître les limites de celle-ci.

« Écoute, Georgia, dis-je, avec l'impression de signer mon arrêt de mort. Écoute-moi bien. »

J'avais martelé ces mots et elle se raidit. Pour me faire pardonner, je poursuivis d'une voix aussi douce que si je m'adressais à un papillon.

« Celestial, jamais je ne prendrai une femme contre son gré. »

J'ôtai ses deux mains apeurées de mon corps, les tenant entre les miennes.

« Tu m'entends ? Je ne te forcerai à rien. Même si tu me le permets, même si tu *veux* que je le fasse, jamais je ne le ferai. »

J'embrassai la base de son doigt, là où elle portait ma bague autrefois.

« Georgia, dis-je, commençant une phrase que je n'avais pas le courage de terminer.

— J'ai essayé.

— Chut… Dors, Georgia. Dors. »

Mais pas plus que moi elle ne put fermer les yeux face aux ténèbres infinies de cette nuit silencieuse.

ÉPILOGUE

Chère Celestial,

Les gens d'ici pensent que j'ai trouvé le salut en prison. Mais la prison est un palais des miroirs hanté ; il est impossible d'y découvrir la moindre vérité. Lorsque je m'efforce d'expliquer ça, ils changent leur fusil d'épaule et me demandent si je suis musulman, puisque je n'appartiens à aucune Église et que je me considère comme un homme de Dieu. Je ne peux pas vraiment leur en dire plus, parce que je ne suis pas sûr de bien comprendre moi-même. Qui croirait que ce qui m'est arrivé s'est produit dans l'obscurité sacrée de notre chambre ?

J'ai honte quand je pense à ce que j'ai fait à Andre. Je te jure que je n'ai jamais frappé un autre homme ainsi. En prison, je n'ai jamais brutalisé qui que ce soit. J'ai mal derrière les yeux lorsque je songe que j'étais à deux doigts de le tuer. Il n'a pas réellement tenté de se défendre. Et j'ai eu l'impression qu'il estimait que je n'en valais pas la peine. Peut-être voulais-je que tu le voies souffrir dans la mesure où tu semblais indifférente à ma propre douleur et où je savais que tu l'aimais. Je suis conscient que tout ça doit paraître incohérent, mais je crois que je dois au moins essayer de t'expliquer mon état d'esprit ce jour-là. J'avais perdu la tête. J'étais même jaloux de cet arbre. Je me sentais abandonné de tous. Il n'y a pas d'autre mot. Quand tu as menacé d'appeler la police, j'étais heureux. Ce téléphone que tu tenais était un pistolet et j'espérais que tu allais tirer. Alors, tu aurais été obligée de vivre avec ce que tu avais fait, et moi je n'aurais plus eu à vivre du tout. Mon cerveau raisonnait ainsi. Mon cœur battait ainsi. J'étais prêt à mourir et à entraîner Dre dans ma chute. J'allais le tuer avec les mains que Dieu m'avait données.

Ces mêmes mains, je m'en suis servi pour signer les papiers rédigés par ton oncle Banks. Davina est habilitée à certifier les documents officiels, ne t'étonne donc pas d'y trouver également sa signature. Je sais qu'il fallait le faire, mais ça m'a peiné de voir mon nom sur cette ligne en pointillé. Nous avons essayé. Je suppose qu'on ne peut rien dire ni faire de plus.

Bien à toi,

Roy

P-S : L'arbre ? Il a survécu ?

Cher Roy,

En te lisant, j'ai eu l'impression de croiser brièvement un ami, sachant que je ne le reverrais peut-être jamais. Quand tu étais là-bas, tes lettres me donnaient le sentiment d'être proche de toi, alors que maintenant elles me rappellent la distance qui nous sépare. J'espère qu'un jour nous aurons l'occasion de refaire connaissance.

Tu penses peut-être qu'Andre et moi allons nous empresser de convoler, à présent que j'ai les papiers. En fait, nous n'éprouvons pas le besoin de nous marier. Ma mère, la sienne, et aussi des gens qui ne sont rien pour nous... tout le monde voudrait me voir en robe blanche, mais Dre et moi apprécions ce que nous avons et ne demandons rien d'autre.

Au bout du compte, je n'ai envie d'être la femme de personne. Même pas celle de Dre. Quant à lui, il n'aurait que faire d'une épouse qui ne souhaite pas l'être. Nous vivons ensemble, dans une véritable communion.

Merci de t'enquérir du Vieux Hickey. Un spécialiste est passé la semaine dernière. Il nous a dit qu'on pouvait déterminer l'âge d'un arbre simplement à l'aide d'un mètre et d'une calculette. Selon lui, il aurait cent vingt-huit ans. Et il en a encore autant devant lui, si personne d'autre ne s'attaque à lui avec une hache.

Et voici la nouvelle : j'attends un enfant. J'espère que tu seras heureux pour nous. Je sais que c'est douloureux aussi, et ne crois pas que j'aie oublié ce que nous avons vécu ensemble il y a des années. Peut-être est-ce trop demander, mais prieras-tu pour nous ? Prieras-tu chaque jour jusqu'à sa naissance ?

Toujours,

Georgia

Chère Celestial,

Ne ris pas, mais c'est moi qui vais courir devant le juge de paix. Davina et moi n'essayons pas d'avoir un enfant, en revanche, je suis prêt à retenter le mariage. Je pense que tu as tort de dire que tu n'es pas faite pour ça. Tu as été une bonne épouse pour moi quand les conditions étaient favorables, et tu as continué à l'être pendant longtemps alors qu'elles ne l'étaient plus du tout. Tu mérites plus de respect que je ne t'en ai manifesté et plus que tu ne t'en témoignes.

En ce qui me concerne, je serais heureux d'être père, mais Davina a un fils, et la situation est déjà assez compliquée. Elle n'a pas envie de recommencer et, pour être honnête, malgré tous les fantasmes que j'ai pu nourrir au sujet de mon petit « Trey », je ne veux pas risquer ma relation avec elle pour un rêve qui ne me correspond peut-être plus. Son fils est adulte. Sinon, j'aurais aimé imiter Big Roy et l'élever comme le mien. Dans l'état actuel des choses, elle et moi formons une famille à nous deux. Si on a besoin d'un enfant pour rester ensemble, est-on vraiment ensemble ? C'est ce qu'elle dit et elle n'a sans doute pas tort.

Bien sûr, que je prierai pour toi et ton enfant, mais tu as l'air de croire que je suis un genre de prêtre ! Je ne souhaite évangéliser personne, hormis moi-même. Je me suis trouvé un petit lopin de terre sacrée près du ruisseau. Tu te souviens de cet endroit ? Je m'y rends à l'aube et j'écoute le vent jouer la musique du pont, pendant que je médite ou que je prie. Tout le monde sait que c'est mon rituel matinal, et j'invite parfois une ou deux personnes à se joindre à moi. Big Roy est venu, ainsi que Davina quelques fois. Mais la plupart du temps, je suis seul dans ma tête avec mes souvenirs.

À propos de tête, Big Roy et moi avons monté une affaire. Nous avons ouvert un salon qui s'appelle Disciplin'Hair. J'ai toujours eu une âme d'entrepreneur, tu me connais. Imagine un barbier traditionnel, avec son enseigne rotative bleu, blanc et rouge, et en prime un confort et des services 2.0. On gagne bien notre vie, pas au niveau de *Poupées** (pas encore), mais je ne me plains pas.

Je prie pour que tu trouves la paix. C'est quelque chose qui demande du travail. Elle ne te tombe pas dessus comme ça. (Ces paroles de sagesse, je les dois à mon géniteur, à qui je rends visite presque tous les dimanches. Il vieillit en prison et c'est dur de le voir ainsi.)

Je suis satisfait de ma vie, même si ce n'est pas celle que j'imaginais. Il y a des jours où j'ai la bougeotte, alors je parle à Davina de lever le camp pour nous installer à Houston, La Nouvelle-Orléans ou encore Portland. Elle joue le jeu, puis, quand j'ai terminé, elle sourit, parce que nous savons tous les deux que je n'irai nulle part. Et lorsqu'elle m'offre un sourire, je ne peux pas m'empêcher de le lui retourner. Je suis chez moi. C'est là où je suis.

Bien à toi,

Roy

Remerciements

À de nombreuses reprises, au cours de l'écriture de ce roman, j'ai craint de ne pas pouvoir résoudre les conflits épineux qui liaient et séparaient les personnages. Je me sens immensément redevable aux gens et aux institutions qui m'ont fait confiance pendant les moments sombres où j'avais du mal à croire en moi.

En particulier, je tiens à remercier mes amis et mes proches qui ont relu mes premiers jets. Ils m'ont parfois fourni involontairement des répliques cruciales, m'ont poussée à élargir mon champ de réflexion et m'ont aidée à redresser la barre lorsque c'était nécessaire : Barbara et Mack Jones, Renee Simms, Camille Dungy, Suheir Hammad, Shaye Arehart, Maxine Clair, Denis Nurkse, Maxine Kennedy, Neal J. Arp, Terraine Bailey, William Reeder, Anne B. Warner, Mitchell Douglas, Jafari S. Allen, Willie Perdomo, Ron Carlson, Ginney Fowler, Richard Powers, Pearl Cleage, Andra Miller, Lisa Coleman, Cozbi Cabrera, June M. Aldridge, Alesia Parker, Elmaz Abinader, Serena Lin, Sarah Schulman, Justin Haynes, Beauty Bragg, Treasure Shields Redmond, Allison Clark et Sylvia Jenkins.

Par ailleurs, je tiens à remercier les organisations suivantes pour leur généreux soutien en ces temps difficiles pour la culture, qui a vu chuter ses subventions : le National Endowment for the Arts, la Ucross Foundation, la MacDowell Colony, l'université Rutgers-Newark et le Radcliffe Institute for Advanced Study à Harvard.

Jane Dystel, ma géniale agente, est à mes côtés depuis le début ; Dante lui-même n'avait pas Virgile plus charmant et plus compétent. Lauren Cerand est mon attachée de presse et ma confidente. Bridgett Davis m'a écoutée me débattre avec cette histoire pendant des années sans jamais se départir de sa patience et de sa gentillesse. Jamey Hatley m'a aidée à garder la foi. Mon éditeur Chuck Adams est un collaborateur perspicace et bienveillant, et la maison Algonquin Books est une véritable amie des arts. Jeree Wade sait trouver des réponses. Tom Furrier est le meilleur docteur des machines à écrire du monde, et c'est aussi un gentleman. Mon amie Amy Bloom a eu la bonté de me montrer la lumière dans la nuit. Claudia Rankine et Nikki Giovanni m'ont autorisée à emprunter leurs vers et je m'applique à suivre leur admirable exemple. Johnnetta B. Cole m'a ordonné de continuer et je n'ai pas pu lui désobéir.

L'adorable Lindy Hess était une amie très chère. Elle a été pour moi un guide et un bon génie. Je regrette de tout mon cœur qu'elle n'ait pas pu voir ce livre imprimé.

Cet ouvrage a été composé et mis en page
par FACOMPO, LISIEUX

Imprimé en France par CPI
en août 2020
N° d'impression : 3039298

S30643/01